Butterfly in the War

Igane Gentaro

戦火のバタフライ

伊兼源太郎

講談社

目次

装幀　高柳雅人
写真　getty images

戦火のバタフライ

いま、私の手元に三冊の古いノートがある。もっとも古い一冊は元々丈夫だっただろう厚手の表紙がひどく傷み、紙も黄ばみ、めくると今にもほつれ、ばらばらに崩れてしまいそうだ。各ページには細かな綺麗な文字が並び、所々に染みがある。インクではない。血だ。手が泥で汚れたままペンを取ったのか、指紋の跡もあちこちに残っている。汗で文字が滲《にじ》んだ箇所もある。この一冊に比べれば残り二冊の劣化程度はまだ緩やかだが、時間の経過は表紙やページにしっかりと刻まれている。

三冊のノートからは現在と地続きの血腥《ちなまぐさ》く、謀略にまみれた昭和の暗部、裏面史が垣間見られる。

＊

私が三冊のノートを引き継いでから、もう四半世紀以上が経った。初めてノートの存在を知ったのは大学三回生の夏、進学先だった京都から東京の阿佐谷《あさがや》に一年ぶりに帰省した初日の深夜だった。

父は相変わらずまだ帰宅しておらず、母はとっくに寝室にいき、私はひとりリビングのテーブルセットに座っていた。三人家族なのになかなか揃《そろ》わないのは、私のうちでは日常だと言えた。

音量を絞ったオーディオで独り暮らしするまでよく聴いたジャズを流しながら、父のウイスキーをちびちび飲んでいると、久しぶりの慣れ親しんだ音色に心が弾んだ。大学の仲間内でジャズを聴く者はいなかったし、ＣＤも父のものなので関西に持っていけなかったのだ。おかえり。ジャズがそう言ってくれているようだった。昼間も中杉《なかすぎ》通りのケヤキ並木、街並み、十八年住んだマンションが優しく出迎えてくれた気がした。京都は好きな街だが、自分にとって地元や実家、歩んできた過去は特別な存在なのだろう。きっと多くの人にとっても。そんな、昼間やしらふなら面映《おもは》ゆくなりそうなことを考えていた一時過ぎ、父が仕事から帰宅し、リビングに入ってきた。

父がちらりと私のグラスを見た。私はグラスの縁を人差し指で弾いた。

「勝手に飲んでるよ」

「うまいか」

「うまいよ」

「そりゃよかった。俺も一杯もらおうか」

父はその場でネクタイをほどくと椅子に上着と一緒にかけ、台所に向かい、氷を入れたロックグラスを持ってきた。

父が正面に座ると、私はウイスキーの瓶に手を伸ばした。

「どれくらい？　グラスの半分くらい？」

「ああ、頼む」

私がウイスキーを注ぎ終えると、ありがとな、と父はグラスを手元に寄せ、人差し指で器用に氷を回した。

「ウイスキーロックは十三回転半混ぜるのが肝なんだ。きっちり十三でも十四でもなく、半だぞ。美は細部に宿るってやつだ」

「憶えておくよ」

乾杯、と二人でグラスを掲げあった。私は一息に飲み干し、自分も十三回転半のウイスキーロックを作り、一口含んでみた。

「確かに違うな。まろやかなのに鋭さもある」

「なかなか生意気な感想じゃないか」父は満足そうに目を細くした。「一緒に酒を飲むのは初めてだな。ついこの間までランドセルを背負ってたのに、不思議な感覚だよ」

私が物心ついた頃から父は昼も夜もなく働き、休日出勤も多く、深夜に、下手をすれば明け方に帰宅するのもざらだった。たまの休みも一人でどこかに出かけていき、会話なんて毎年両手の指で数えられるほどしかしなかった。

「酒だけじゃなくて、こんなに会話のラリーが続くのも初めてさ」

「おまえのじいさんに似たようなことを言った記憶がある」

「じゃあ、俺も将来、子どもにそう言われそうだな」

祖父はこの前年に亡くなった。祖母は伴侶の遺志を尊重し、そのまま目白《めじろ》の自宅に住んでいた。就職時に父が家を出て以来、祖父母は一貫して同居を望んでいない。私は中学生の頃、祖父に理由を尋ねた。

――だって互いに気を遣うだろ。そんなの面倒だ。じいちゃんにはじいちゃんの人生があって、おまえのお父さんにはお父さんの人生がある。いくら離れていたって家族や親しい人とは根っこで繋《つな》がってるんだよ。

祖父はいつも笑顔で優しく、海外にもよく出向いていた。仲間に会いに行くと言って。

「飯は食った？　母さんを起こす？」

「職場で出前を頼んだ。飯くらい一人で食えるさ。そんなことでいちいち母さんを起こさなくていい」

父はロックグラスをテーブルに置き、慣れた手つきでワイシャツの袖をまくった。

「暑いのにスーツに長袖、おまけにネクタイまで締めるなんて大変だな」

「融通のきかない職場でな。どの会社も、どの組織も似たようなもんさ」

「嬉しい限りだよ。おまけに休みもろくにないとくれば、暢気《のんき》な学生でも労働意欲が湧いてくる。日本の会社は最高じゃないか」

「これでも、おまえのじいさんの現役時代よりはまだましだろうよ」父は苦笑いを浮かべると、真顔になった。「お前もそろそろ就職活動だろ。進みたい道はあるのか」

「困ったことに、特にない」

官僚、弁護士、商社マン、自動車メーカー。就きたい職種が決まっている友人もいた。歌手や俳優を志す者もいた。しかし私には目指す道は何もなかった。見つかる気配すらまったくなかった。

「いま、進みたい道がなくたって別に構わないさ。案外、予期しない時に見つかるもんだ。他人様《ひとさま》に迷惑をかけず、好きなように生きればいい」

「含蓄あるお言葉をどうも」

「結果的にお前がどんな道に進むのかは知らんが、いまのうちに目を通しておいた方がいいものがある。ちょっと待ってろ」

父は階下の迷惑にならないよう静かに立ち上がり、リビングを出ていった。ビッグバンドのアップテンポな曲が終わり、しっとりとした雰囲気のナンバーになった。

父がリビングに戻ってきた時、手にしていたのが三冊のノートだった。

「おまえのじいさんから引き継いだんだ。死ぬ三日前に渡された」

さらに途切れ途切れのぎこちない会話をしつつウイスキーを小一時間飲んだ後、私は自室に向かい、試しにノートを開いてみた。

知らない祖父の顔が記されていた。この夜、三冊のノートが私の進路を決めた。

翌朝、自分でノートを保管したいと父に申し出た。

「好きにしろ。どうせいずれ一人息子のお前が引き継がなきゃいけないノートなんだ。お前ならなくすわけもないだろうしな」

父の口調は柔らかかった。

＊

三冊のノートを介し、一人の高齢の女性とも知り合った。祖父のあれこれだけでなく、父がたまの休日に何をしていたのかも女性に教えてもらった。彼女は台東区《たいとう》在住だったので、就職活動で東京に戻ってきた時、何度かお宅に行き、時折姪の方の力を借りながら話を伺った。大学卒業後、社会人となってからも折を見て女性宅にお邪魔した。

彼女の記憶はとても鮮明だった。細かな点まで話を伺っている間、私は彼女の中に存在する息苦しい空気の肌触りを、重苦しいきな臭さを、生命の強さと儚《はかな》さを、渦巻く紅蓮《ぐれん》の熱を、血の感触を、やり場のない歯痒さを追体験した。

彼女が大事にしまっていた手の平大の古い日記帳も読ませてもらった。彼女の肉親がしたためたものだ。変色したページをめくると、火薬のような、何かが焦げるようなニオイがした。

以来、私の脳と胸の奥底には彼女の話と古い日記帳の記述も眠ることになった。貴重な記録であり、遺産だった。

天国、地獄、大地獄、天国、地獄――。

軽やかにそう囃《はや》し立てながら手の指先と谷間を、もう片方の手でなぞっていく遊びを子どもの頃にした。多くの人の記憶にもあるかもしれない、誰が考案したのかは定かでないが、あの他愛ない手遊びは世の真理を突いているのではないのか。

この世に現実なんて存在しないのだと。世の中が天国でないのなら、私たちは地獄か大地獄に暮らしているのだと。

祖父の三冊のノート、女性の話、古い日記帳。この三つを通して私は痛感させられた。地獄は存在する。地獄は他人事ではない。地獄は一つだけではない。好むと好まざるとにかかわらず、人間は地獄で暮らしているのだと。

地獄はあるのに、天国はまだ存在していない。今日まで私なりに天国を作る一助になろうと戦ってきたが、いまだ実現できていない。

＊

明日、私は三冊のノートを知人に託す。彼なら全力を尽くしてくれるだろう。

声で発せられようと、粘土板に記されようと、紙に印字されようと、スマートフォンの液晶画面に表示されようと、どんな形であっても書き手や語り手が心を込めた言葉には誰かに何かを伝えようとする力が宿るはずだ。

私は三冊のノートと、女性から伺った話と古い日記帳に宿った力を、知人を介してようやく物語という形で昇華できるのかもしれない。

できると信じたい。いや、信じている。蝶の羽ばたきの風を浴びた一人として。

第一部

一章　戦場のバタフライ　――一九四五――

1

ここは地獄だ。小曽根太郎《おぞねたろう》はもう少しでそう呟いてしまいそうだった。絶え間ない銃声と砲弾の破裂音が、鼓膜だけでなく腹の底まで揺さぶってくる。

敵方の火力は徐々に近づいている。天然の洞窟を利用した地下壕も時折揺れ、頭上から土くれがぱらぱらと落ちる。立ちあがれば頭のつかえる低い天井は、いつ崩れるか定かでない。砲弾の直撃には耐えられないだろう。

兵士の傷口から滲み出る血、垂れ流しの糞尿、獣じみた臭い――。戦場の血腥い空気を深く吸い、小曽根は手首で額の汗を拭った。

じっとしていても、体の奥底から滲み出る汗が額から頬、首筋へと伝っていく。戯れに空中で蛇口をひねる真似をすれば、水が滴り出てきそうなほど蒸し暑い。足元にも水たまりがあちこちにある。三時間前、熱帯特有の視界を奪われるほどのスコールが降り、雨水が川のごとく流れ込んできた。

うう……うう。う…うう……。足元から呻《うめ》き声がする。わびしい灯りに照らされているのは、数秒前に壕内に運び込まれた若い兵士だ。砲弾の破片にやられた。肋骨が浮き出た腹が裂け、赤黒い内臓がはみ出ている。

「尾崎《おざき》、針を直ちに消毒してくれ」

小曽根は衛生兵の尾崎洋平《ようへい》に指示し、胸ポケットからマッチを投げ渡した。尾崎は数ヵ月前、学徒出陣で前線に配属された。手際がよく、理解も早く、小曽根は信を置いている。

右肩から左向きに吊り下げた携帯嚢《けいたいのう》を開け、小瓶を取りだした。蓋《ふた》に記された「モルヒネ」という文字を確認し、目の前にかざして振ってみる。むなしい音がした。かろうじて液体が残っているが、あと数人分が関の山だ。絶望的に物資が足りない。かといって、目の前に傷ついた者がいるのに出し惜しみできない。人を助けるのが医者の本分だ。

注射器にモヒ液を充填《じゅうてん》し、速やかに傷病兵の腕に打った。痛みが引くと腹圧が下がり、腸が体内に収まる。戦場で得た知識だ。平時なら、ろくな現場経験もない二十五歳の医師が知るはずもない現象だった。前任の下士官に教えられたのだ。地獄にも学びはある。この下士官は傷病兵を最前線から運んでくる途中、額を撃ち抜かれて即死した。

小曽根は周囲を見回す。ここ数日の戦闘で壕内は傷病兵だらけだ。壁に寄りかかったり、横たわったりする彼らには、大きな蠅《はえ》がたかっている。鼻につく血や糞尿のニオイではなく、蠅は死臭を嗅ぎつけ、どこからともなく飛んでくる。

「軍医殿」

声をかけられ、小曽根は右手を出した。マッチの火で炙《あぶ》った針を渡され、針孔に縫合糸を通す。糸も今回の処置にぎりぎり足りるかどうかだ。

よし。傷病兵の内臓は引っ込んでいる。

「腹が裂けた痛みに比べれば、縫合の痛みなんて屁みたいなもんです」

小曽根は傷病兵に語りかけ、尾崎を一瞥《いちべつ》した。

「体を押さえてくれ」

はい、と尾崎が傷病兵にのしかかるようにして、太腿や肩を手で押さえる。

小曽根は汚れた手を布で拭いた。まったくの気休めだ。布は泥や他の傷病兵の血で汚れ、洗ってもいない。

やせ衰え、もはや皮膚だけとなった腹を手早く縫合していく。手が生温い血でぬるりとする。傷病兵はほとんど動かない。モルヒネが効いているのか、あまりの痛みに痛覚が麻痺しているのか、暴れる力もないのか。あるいはそのすべてか。

縫合は五分足らずで終わった。糸もちょうどなくなった。今後、医療道具を使った縫合手術はできない。服の切れ端や蔓《つる》で代用しよう。衛生面でかなり不安だが、腹が裂けたままよりはいい。

「運ぶぞ」と尾崎に声をかけた。

小曽根は傷病兵の腕を、尾崎が脚を持った。薪《まき》でも手にしたようで、成人男性とは思えない軽さだ。

今回の戦闘は約一時間前に始まった。まだ正午にもなっておらず、戦闘はあと数時間続く。まもなく傷病兵が次々運ばれてくるだろう。応急処置用の場所をできる限り空けておきたい。

小曽根は縫合手術を終えたばかりの兵を、傷病兵たちとのわずかな隙間にそっと下ろした。

呻き声、念仏、「お母さん、お母さん」と祈りのようなうわ言。それらが一緒くたになった虚ろな音の塊が聞こえる。銃声と砲弾の炸裂音が絶える気配はない。自軍の銃声は一割にも満たないのではないのか。弾薬もとっくに尽きかけている。

兵士の数も足りない。当初約三千三百人いた部隊で、現在生存しているのは一割にも満たない。生き延びたわずかな者も、八割近くがマラリアを発症している。発熱し、足が腫《は》れ、心臓も悪くなった兵士まで前線に出る有様だ。前線に到着するまでの密林で行き倒れ、死ぬ者も多い。軍医として歯痒《はがゆ》い限りだ。

最前線に配置された軍医の役目は、傷病兵の治療を短時間に行い、一刻も早く原隊復帰させることに尽きる。具体的にはまず傷病兵の応急処置を行い、さらに治療が必要な時は後方の病院に送致する。現状では前線ではろくな応急処置ができず、後方送致もかなわない。ましてや日本に送り返す余裕なんてない。

米軍は火力も兵力も圧倒的で、こちらには援軍も兵站《へいたん》もなければ、病院もない。本土の大本営からは「自力で武器と食料を調達し、戦い続けろ」との指示を受け、撤退もありえない。戦局は誰がどうみても絶望的で、上官は一人でも兵士の頭数を揃えたいのが本音だろう。たとえやせ衰えた者ばかりだとしても。

軍医も本来なら一個師団およそ一万の兵力に三十人ほどが配置されるが、現隊で医療行為に従事するのは自分と素人助手の尾崎だけになった。あとの者は銃に撃たれたり、マラリアやアメーバ赤痢などに罹《かか》ったりして死んだ。彼らの軍医携帯嚢から薬品や外科道具を回収し、なんとか今日まで応急処置を施してきた。

なぜ自分はいま生きているのか。千人単位の死を間近にしてくると、そう思わざるをえない。死んだ軍医たちは経験豊富で、尊敬できる人ばかりだった。国際法に通じる者もいた。本土で出会っていたら、たっぷり時間をかけて医療の心得や技術の教えを請いたかった。

小曽根は江戸時代からの医師の家系に生まれ、東京帝国大医学部を昭和十八年に卒業すると陸軍軍医学校に入校し、応急処置や緊急手術の訓練を一年間行った。時局柄、医師免許を得るとほとんどの者が軍医となる。同級生や先輩の成績優秀者の中には、本土や満州の研究機関に引っ張られる者もいた。

半年前、この南方戦線に軍医中尉として配属された。配属初日、先輩軍医に真顔で助言された。

――戦場では学校で得た常識は一切通用しない。手早く判断しろ。兵を生かすも殺すも、君次第だ。

事実、三日後には中規模の戦闘が起き、応急処置の嵐に放り込まれ、「習うより慣れろ」とばかりに経験不足を実践で補った。

金言をくれた先輩軍医は三ヵ月前にアメーバ赤痢とマラリアの合併症で死んだ。痩せ、食欲がなくなり、下痢を繰り返し、身体がまるでミイラ状になって表情がなくなり、眠り死んでいくという典型的な息の引き取り方だった。先輩軍医は死を予感したのか、下痢を繰り返す段階で小曽根にある物を託した。彼も、先に死んだ軍医から託されたのだという。

「相変わらずお見事な手際です」尾崎が小声で言った。「軍医殿がいる限り、自分は安心して怪我を負えます」

「馬鹿を言うな。軍医なんて暇な方がいい」

「はっ。失礼しました」

「だいたい尾崎が怪我をしたら、誰がおまえの体を押さえるんだ」

猛烈な破裂音がした。足元が揺れ、頭上から小石や土くれがぱらぱらと降ってくる。近い。今のうちに傷病兵を別の安全な場所に搬送した方がいい。しかしどこへ？ 安全な場所があったとしても、尾崎と二人でこれだけの人数を運べるか？ ざっと数えただけでも百人近くいる。

「搬送先をご検討ですか」

「よくわかったな」

「今すべきは兵士の手当てと、搬送ですので」

「安全な場所を知っているか？」

「いえ」尾崎は顔を顰《しか》めた。「一ヵ所だけありますが……」

「言うな。私もわかっている」

最も安全な場所は相手陣地内の戦場病院だ。物資も豊富で助かる命もあるだろう。降伏さえすれば、米軍は捕虜を無下《むげ》に扱わないはずだ。少なくとも留学経験のある祖父ならそう言う。

だが。

生きて虜囚の辱《はずかし》めを受けず――。戦陣訓が枷《かせ》になっている。捕虜になった兵士が作戦についてぺらぺら話すと懸念しているのだ。軍上層部は兵士たちをまるで信用していない。

小曽根は軍医携帯嚢を一瞥した。先輩軍医に託されたあれを使う頃合いなのか。

また破裂音がした。先ほどよりも近い。地下壕が敵の手に落ちるのも時間の問題だ。

「一つだけ戦闘状態での利点があります。空腹を忘れられます」

尾崎は苦々しげだった。確かに戦闘中は慢性的な空腹感が不思議と消える。生存本能が研ぎ澄まされ、頭の片隅に追いやられるのだろう。死んだ軍医たちなら原理を明快に回答してくれたはずだ。

トカゲ、ヘビ、ネズミ、セミ。動く生き物は手当たり次第に食った。ネズミを焼くと意外とうまい。もっとも、全兵士の胃袋を満たすだけの獲物はとれない。トカゲにありつけるだけでも運がいい日なのだ。とにかく空腹を満たすために土を食う兵士もいた。生水をがぶ飲みする兵士もいた。いずれもアメーバ赤痢などに罹患し、悶《もだ》え苦しみながら死んでいった。

飢え、病気、敵軍。何のために戦っているのだろう。何のために相手を殺しているのだろう。何のために自分は殺されないとならないのだろう。何のために自分たちは生まれてきたのだろう。

ここにいる傷病兵たちは虚空を見つめ、何を考えているのか。

壕内に、上官の西村《にしむら》中佐が駆け込んできた。腰に下げた軍刀がかちゃかちゃと鳴り、虎髭面《とらひげづら》の顔には泥がつき、目は血走っている。

「小曽根軍医、ちょっとこっちに来てくれ」

2

小曽根は地下壕最深部の司令官室で西村と向き合った。相変わらず、仏頂面だ。虎髭は荒々しい猛将さながらなのに、内面はまるで違う。感情の起伏に乏しく、声を荒らげることもなく、常に切れ長の細い目で周囲を観察している。軍人というよりも学者の方が似合う人だ。どんなに軍服が汚れても、それが汚れに見えない清潔さ――いや、金属のような無機質さも崩れない。いかに戦況が厳しくなっても、他人事のように常に冷静でもある。

「この壕を捨て、西に転進する」

また移動か。小曽根は心の底が暗くなった。背嚢《はいのう》を背負った兵士がうつむいて列をなし、誰もが力ない足取りで歩き、己もその一部となる。

軍隊に移動は付き物で、現地の事情を知らない参謀本部からの指令で右へ左へと動かされる。

数ヵ月前までは、胸を張っての移動だった。

兵士一人が携帯する装備品一式の重さは計数十キロにもなる。背嚢に飯椀、飯盒《はんごう》、襦袢《じゅばん》、三角巾などの生活用具を詰め込み、鉄兜、携帯用の天幕、水筒、靴、小型シャベルなどを括《くく》りつける。歩兵銃も重さは四キロを超え、大砲、工兵の機材、通信兵の機器なども運ばないとならない。橋のない河を渡り、獣すら通らない密林を進んだ。荷物は肩に食い込み、腰部に擦過傷を作り、足の裏の皮はずる剝けになる。腰を下ろすと立てなくなるので、休憩でも木々や岩に寄り掛かるだけだった。

前回の転進中、指揮官だった大佐が戦死した。

――生き恥を晒《さら》すな。潔く散れ。陛下のため、お国のための死に場所はここだッ。

大佐は手榴弾一つを手に兵士に突撃させ、自らも銃剣を持ったまま死んだ。大佐の頭は、凝り固まった大義を果たす思いで一杯だったのだ。だから部下を道連れに、死に突っ込んでいけたのだろう。

大佐が死ぬと、西村は即座に転進を兵に命じた。大義より命を優先できる将校という希望がもてた。ただ、多くの荷物を置いていかざるをえなかった。

荷物が軽くなったとはいえ、兵士の消耗具合を鑑みると、延々と歩き続けるのは無謀だ。

「転進先に目途はついているのですか」

「目ぼしい洞窟をすでに先遣隊が見つけている」

「承知しました。傷病兵を搬送する人員はどれほど割いていただけますか」

「そんな余力はない」

「傷病兵は捕虜にすると？」

「戦陣訓がある」

「ではどうするんです」

「動けない者を処置する」

西村は淡々と言った。

大佐と違って命の重さを理解している将校かと思っていたが、この男も所詮はただの軍人か。処置とは動けない兵士を毒殺、銃殺するという意だ。とうとう自軍の傷病兵を殺す……。

軍隊で上官に物申すのはご法度だが、医師としては承服できない。

「現在、傷病兵は百名近くいます。全員を薬殺するほどの物資がありません。できうる限り搬送の努力をすべきです」

「手榴弾が五つもあればいい。ピンを抜く力くらいはまだあるさ。そもそも無事に新たな場所に搬送できたとして、命を助けられる確率は？　薬もない現況では零《ゼロ》に近いはずだ」

言い返せなかった。多くの傷病兵の顔を見れば一目瞭然だ。人間なのに人間ではない顔になっている。石や落ち葉、土くれと同じ顔と言ったらいいのか、人間の尊厳が失われ、生きる希望がなくなった者は不思議と一様に表情がなくなる。

足元がまた揺れた。地下壕の最深部にいるのに、砲弾が炸裂する音が大きく聞こえる。西村は瞬きを止め、小曽根を見据えた。

「すでに死にかけている者は、一刻も早く死にたいと願っている。これは相談ではない。決定だ。いまから傷病兵に私が指示を言い渡す。軍医はさっさと壕から脱出してくれ」

西村がくるりと背中を向け、よく聞け、と小曽根を見ずに淡々と続けた。

「くれぐれも逸《はや》るな。あれの使いどころはまだ先だ」

知られている？　咎《とが》めないのか？

西村が司令官室を出ていった。小曽根は慌てて背中を追った。せめて己の耳で傷病兵への指示を聞かねばならない。

西村は迷いのない足取りで日章旗を背に立ち、壕内をぐるりと見回した。何事かと、自然と誰もが注目する。

「全員に告ぐ」西村が声を張り上げた。「直ちに荷物をまとめ、十五分以内に転進せよ。動けない者は置いていく。残置者については、身の振り方を誤らぬよう相応の用意がある」

小曽根は全身が粟立った。あれほど蒸し暑かった空気が一気に冷えた気がする。傷病兵からは何の声もあがらない。

「以上だ」

西村は足早に司令官室に戻っていった。

必死に戦った兵士をあっさり見捨てる国に、明るい未来があるのだろうか。

数分前に腹を縫った若い兵士は何とか立ち上がり、歩き出した。のそのそと動き出す傷病兵はほんの数人で、大半はぴくりとも動かない。これまでの行軍中や戦闘中、仲間が手榴弾で自決する姿を誰もが見てきた。ついに自分の番が来たと腹を括ったのか、どうせ助からないのなら餓死や病死よりましだと判断したのか。

「荷物をまとめてきます」

尾崎が壕の奥に駆けていく。

荷物といっても、薬も医療物資もほぼない。残りの医薬品はすべて肩にかけた携帯嚢に収まっている。尾崎がまとめるのは水筒やアルミ食器などだ。小曽根は瞑目《めいもく》し、眉間を揉み込んだ。何かが潰れる音がした。

「軍医殿、早く逃げてください。あなたには長生きしてもらわないと」

足元から野太い声がした。右脚の膝から下と右腕を失った年嵩《としかさ》の伍長だ。三十代半ばの伍長は主計課として食料や金銭などの管理が主な任務で、戦局が悪化する前は小曽根もよく顔を合わせた。

――今日はこいつが捕獲できましてね。どうぞ食べてください。

伍長の人懐こい笑みは誰をも安心させた。ウミガメやワニなどの精のつく貴重なたんぱく源は、部隊長よりも先に小曽根のもとに運ばれた。医師は隊を維持する上で必要不可欠な存在だからだ。伍長は獲物の罠《わな》を仕掛けるのも得意だった。密林の蔓や枝を使って器用に罠を創り、色鮮やかな鳥も捕らえた。医者の不養生を地でいくと隊全体に迷惑をかけてしまうため、小曽根は少々心苦しさを覚えつつも、ありがたく獲物を食った。今となれば、戦争中でも呑気でいられた夢幻のごとき日々だった。

伍長は上体だけ起こすと苦笑した。どちらかといえば丸顔だったのに頬はすっかりこけ、目がぎょろついている。

「ようやく、あと何人死ねば他の者に食料が行き渡るかを計算しなくて済みます。虫歯の痛みからも解放される」

兵士の大半は虫歯を患っている。激戦地では歯磨きする余裕など皆無だ。

「街の布団屋で一生を終えるはずが、まさか南方のジャングルで死ぬとはね。人生なんて一寸先は闇ですよ。かみさんも娘も驚くでしょう」

――まんまると太ったかみさんでしてね。水を飲むだけでも太るとぬかしやがるんです。

――娘が最初に喋った言葉は『おとう』だったんですよ。

伍長はたびたび嬉しそうに語った。ありふれた家庭の話を聞くと、小曽根はいつも心が和んだ。日常がすぐ身近にある気になれたのだ。

伍長はやおら腰から拳銃を取り出すと、左手で弾倉をぎこちなく外し、弾を取り出した。そしてもう一度、不器用な手つきで一発だけ銃に込めた。伍長の利き腕は右だ。

「私には一発で充分です。親にもらった身体ですからね。ばらばらにするのは気がひける。せめてばらばらになる前に、自分で自分の始末をつけるのが親孝行でしょう。あとの弾は軍医殿が持って行ってください。いざという時、私の弾で身を守ってください」

即座に返答できなかった。戦争中でも自分は医師だ。誰も殺したくない。相手が敵であっても。不幸中の幸いか、まだ誰も殺していない。

「肩を貸します。ともに逃げましょう」

伍長からはまだ死臭が漂っていません、という一言は呑み込んだ。

「遠慮しときます。足手まといになっちまいますよ」

「死にたいんですか」

「まさか。生きて家族と再会する気満々でしたよ。ですが、もうどうにもなりません」

「伍長以外、誰が指と認識票を管理するというんです」

隊では戦死した者の指を切り取り、そこに名前と日時と場所を記し、認識票をくくりつけている。もちろんできる範囲でだ。まともに砲弾をくらい、指すらもなくなる者がいる。肉片になると、腕が転がっていても誰のものか判然としない。三日程度で指の雑嚢は一杯になってしまう。

「誰かがしますよ。軍には代わりはいくらでもいるんです」

「あなたの代わりはいない。諦めたらいけません」

「いえ」伍長の目に力が宿った。「諦めたんじゃありません。自分らしくもがこうと腹を括ったんです。弾を拾って早くお逃げください」

小曽根は無力感に襲われた。医者は全知全能ではない。平時においても、助けを求めてこない患者を救う力はない。ましてや物資のない戦場においては。だからこそ目の届く範囲の者を助けたかった。伍長にしてやれる治療はもうない。伍長に固執しているうちに自分自身の命を失いかねない。目の届く者がいなくなる瞬間まで、死ぬわけにはいかない。

「申し訳ない。私は伍長を助けられませんでした」

伍長が目元を緩め、首を振った。

「謝る必要なんてありませんよ。こんな状況で絶体絶命の窮地を救えるのは、せいぜい神様くらいでしょう。一つ心残りは、軍医殿にうまいワニを食わせられなくなることですな」

「あれはうまかったです。一生忘れません」

不意に涙が滲んだ。小曽根は瞬きを繰り返し、涙が流れるのをこらえた。

「最後まで軍医殿は私に対して敬語でしたなあ。軍隊は階級社会だというのに。医師としてのお心が強いんでしょう」伍長が一礼し、目を合わせてくる。「最後に人間らしい会話ができてよかった。相手になってくれて、ありがとうございました」

軍医殿、と尾崎が駆け寄ってきた。背嚢が膨らんでいる。

「荷物をまとめました」

「さあ」伍長が急き立ててくる。「急いで。軍医殿はまだ動ける。生き延びてください」

小曽根は素早く銃弾を拾って背嚢に入れると、深々と頭を下げた。顔を上げると、久しぶりに人懐こい笑みを伍長が浮かべていた。

「軍医殿にかける言葉として相応しいかどうかは微妙ですが、ご武運をお祈りします。軍医殿も、私が無事に拳銃の引き金を絞れるのを祈ってください。ここだけの話、怖くてね。腕と脚の痛みとおさらばできますし、銃の痛みなんて一瞬でしょう。せめて末期《まつご》の水をがぶ飲みしたかった」

小曽根はハッとした。まだ伍長にしてやれる処置がある。

「先に出ててくれ」小曽根は尾崎を見て、伍長に向き直った。「水を汲んできます」

生水なら奥に溜めてある。

小曽根は返事も聞かずに伍長の傍らにあった水筒を手に取ると、動こうともしない傷病兵を何人か跨ぎ越えて奥に急いだ。生水を溜めた瓶につけ、表面に浮くぼうふらを手で払い、たっぷり水筒に汲んだ。

伍長のもとに駆け戻ると、まだ尾崎は残っていた。

「さっさと行け」

「軍医殿を置いては出られません」

小曽根は頷き、伍長の傍らに膝をついた。伍長の双眸には涙が滲んでいる。

「かたじけない」

「水です。煮沸前なので腹を下すでしょうが……」

「かまいません。今から死ぬんですよ?」伍長が咽喉《のど》を鳴らして生水を飲んだ。水滴を飛ばし、水筒を口から勢いよく離す。「うまい。恩に着ます」

「私は……私はできる範囲のことを諦めたくなかっただけです。失礼します」

小曽根が地下壕の出入り口に向かっていると、銃声がした。

振り返ると、伍長が頭を血まみれにして倒れている。手を合わせかけた時、小曽根は首筋が強張《こわば》り、心臓を冷たい手で鷲摑《わしづか》みされたようだった。

伍長の腹部が上下している。側頭部がえぐれ、血と脳漿《のうしょう》が飛び出ているものの、呼吸は止まっていない。自死し損ねたのだ。拳銃自殺は口に銃口を咥《くわ》えれば、失敗しない。伍長はこめかみにあて、引き金をひく際に銃口がすべったのだろう。

小曽根は伍長のもとに駆け戻った。

「……後生です……軍医殿……早く……殺してください。楽にしてください」

か細い声だった。体が吹っ飛ぶ前に死にたいと言った伍長。治療は不可能だ。放っておけば、あと十数分は生きている。つまり生きながらばらばらになる。

小曽根は伍長の傍らに屈み、肩から斜めに下げた携帯嚢を開け、小瓶を取り出した。モヒ液はもうほぼない。消毒液ならまだある。注射器を取り出し、手早く五cc充塡する。

何をやっている？　遠くから己の理性的な声が聞こえてくる。

うるさい。胸中でかぶりを振った。戦場では平時の理屈は通用しない。こんな状態の人間を放っておけるわけがない。

「今から注射を打ちます。私が看取ります」

言った瞬間、周囲から音が引いていった。

「恩に……着ます」

小曽根の手は震えていた。くそ。注射針がぶれる。これでは満足に注射も打てない。

隣から手首を摑まれた。尾崎だった。

「自分も手伝います」

「すまん」

二人がかりで己の震えを抑え込み、伍長の左手首の静脈に針を手早く打ち込み、液体を体内に送り込んだ。伍長は何度か瞬きをすると、穏やかな顔つきになり、すうっと目を瞑《つぶ》った。消毒液のクレゾールを五cc静脈注射すれば、人間は死ぬ。先輩軍医に教わった。

「私たちも立派な人殺しだ」

「はい」

尾崎の声は硬かった。

小曽根は伍長に手を合わせた後、尾崎と速やかに地下壕を出た。密林の葉が頭上に生い茂っていても目の前が明るくなり、眩《まぶ》しい。

銃声と砲弾の着弾音が近い。濃厚な密林に硝煙と血のニオイが広がっている。前方には密林に分け入っていく背中がある。転戦は始まっている。

小曽根たちも密林に入った。ぬかるむ足元に抗い、前を歩く者の背中を追い、蔓や枝などを泳ぐように腕でかきわけて進んだ。蔓や枝は切り落とせない。いくら密林の植物の成長がたくましくとも、追手にとっては格好の目印になってしまう。

しばらく進んだ時、後方の地下壕の辺りから爆発音がした。小曽根は膝から頽《くずお》れそうだった。医者なのに百人近くを見殺しにした。医者なのに己の手で伍長を殺した。大佐や西村を責める資格は自分にはない。

周囲を見てみる。伸びきった髪に虫の卵が産みつけられ、ハエにたかられている者。杖に体を預け、なんとか前に進もうとする者。腕や股の傷口に指を突っ込み、ウジを取りながら歩いている者。傷口から膿《うみ》を垂れ流し、無表情に歩いている者。太い枝にもたれかかって息絶えている者。妻子の写真を胸に抱き、泥水の中で死んでいる者。小曽根も尾崎も誰も、彼らを助ける余裕はない。自分自身が密林を進むだけで精一杯だ。

密林の葉は、緑色というよりも黒色に見えた。


五時間ほど密林を歩き、日が傾きかけた頃、次の本拠地となる洞窟にようやく辿り着いた。小曽根は洞窟の一角に腰掛け、ランプを灯し、携帯嚢からまず薬瓶を取り出した。残りは微々たる量だ。洞窟にはざっと二百人はいる。これで彼ら全員の命を守れるはずがない。

失われた物を嘆いても無意味だ。この量で救えるだけの命を救う。自分には薬を作り出せないのだから。いや、待て……今は無理だ。すべき仕事をしよう。ノートも兼ねた日記帳と万年筆を取り出した。いや、インクだけはたっぷりある。先輩軍医たちの遺品だ。万年筆のキャップを外すと、日本で耳にした時と同じ音がして少し気分が落ち着いた。

万年筆は支給されたが、小曽根は日本から持参したペンを愛用している。支給品と違い、書き心地も段違いにいい。祖父から譲り受けた、ペリカンの万年筆だ。

――インクさえ補給すれば、太郎がじいちゃんくらいの歳になっても使えるぞ。手入れをすれば、太郎も孫に譲り渡せる。ぜひ渡してくれ。じいちゃんの思い出の品でな。

「孫か」

小曽根は呟いた。まだ結婚すらしていない。胸のあたりに手をやる。軍服越しでも、幼馴染と揃いのペンダントの感触を指先で味わえ、一息つけた。戦場に余計なものを持参してはならないが、日本から靴の底に忍ばせ、近頃は常に身につけている。感触を味わうのは周囲に誰もいない時だけにしている。クリスチャンに誤解されるだけで非国民扱いされる。小曽根は現人《あらひと》神《がみ》もキリストも信じていない無神論者だが、誤解されるのは得策ではない。

生きて帰ろう。いつの時代も医師は死と近い職業だが、祖父も父も現在の自分ほど死と紙一重の世界にいた経験はないはずだ。

数時間前までいた壕内で、死を受け入れた傷病兵たちの姿が脳裏をよぎる。

死が安らぎになる世界なんて間違っている、と自分には言えない。脳漿と血にまみれた伍長の最期の顔……。注射を打たなければ、伍長は苦しみながら五体が吹き飛ばされるのを待つだけだった。何が正しくて、何が間違っているのか。そんなものは時と場合によって違うと痛感する反面、己の行いを心底正しかったとは言えない自分がいる。

医師が意図的に患者を殺すことがあっていいのだろうか。たとえ過酷な戦場で、数分後に残酷な死が迫っている者に対しても。深く息を吸い、長い瞬きをした。戦場での日常に戻ろう。やるべき務めは山積みだ。日記帳を開いた。

治療していた者の名前はすでに書いている。名前の横に日付と、レ点を書き添えた。これで傷病兵が何日に死んだのかが一目瞭然になる。今回は指もない。誰か識別票を回収したのだろうか。無理か。転進までの時間はさほどなかった。

日記帳には治療や戦死者の記録だけでなく、日々の他の出来事も書いてきた。小曽根の手は止まった。全身に震えが走る。

処置――。

意図的に伍長を殺した、としっかり書くべきだ。心ではそう理解しているのに、手がまるで動かない。小曽根は一度万年筆を置き、両手で頬をはたいた。しっかりしろ、おまえも医師の端くれだろ。再び万年筆を手に取り、指に力をこめた。

『伍長、穏やかな顔で逝く。我、瀕死《ひんし》の彼を薬殺す。嗚呼』

強い筆圧で記した。敵軍ではなく、もっと大きな何かと戦っている気がする。良心？　尊厳？　現在、戦場で自分がこの二つを守ろうとしているのは確かだ。だが、この二つを含んでしまう、もっと違う大きな何か——。

万年筆を置き、携帯嚢に手を突っ込んだ。まず二枚の写真を引っ張り出し、しげしげと眺めた。数分後、さらに奥底にしまっているあれを握り締め、柔らかさを手の平に感じた。

少し先では尾崎が日記をつけている。尾崎も人殺しに加担させてしまった。

3

日陰にいるのに体の奥底から汗が滲み出てくる。小曽根は疲労で強張った首筋を軽く揉み、太い木の幹に体と頭を預けた。背中が幾分ひんやりして心地よい。

密林の葉や蔓の切れ目から正午過ぎの強烈な陽射しが落ち、湿った足元をまだら模様に染めている。風はない。遠くから動物の甲高い鳴き声が聞こえる。猿か鳥か。

小曽根は喘《あえ》ぐように息を吸った。赴任当初は密林に満ちる濃密な緑のニオイに驚いたが、いまや何も思わない。無数の木々、草花が光合成をするニオイなのだ。大量の酸素は蝶や蛾、甲虫といった昆虫、鳥や小動物たちを支えている。

大量の命に満ちた密林で、三千人以上にのぼる仲間が死んだ。

「ここは地獄だなあ」

通信兵がぼやいた。満州の部隊から転戦し、一年半も激戦地の南方戦線で生き延びている古参だ。本土にいた頃は上野《うえの》界隈を仕切るヤクザの組員だったという。

通信兵を見て、兵長が眉をひそめた。

「服を着ろ。マラリアにかかるぞ。他にも得体のしれない吸血虫がわんさかいるんだ」

「撃たれて死ぬのも虫で死ぬのも一緒ですよ」

通信兵がうそぶき、兵長が言葉に詰まっている。兵長は小学校教員で温厚な性格なので、強く言えないのだろう。丸い眼鏡の奥にある目つきも優しい。

他二名と尾崎を加えた六人で斥候《せっこう》に出ていた。小曽根は尾崎と薬草を探すためでもある。植物が豊富な密林なのだ。小曽根は祖父から薬学の手ほどきを受けている。日本の薬草に似た植物が近辺にないとも限らない。薬がないのなら生み出すしかない。せめて消毒や解熱、下痢止めとなる薬草を手に入れたい。兵長たちの任務は昨日辿り着いた洞窟よりもさらに奥地に、次の拠点にできる場所を探すことだ。

小曽根は再び膝をついて上体をかがめ、草花に目を凝らし、口を開いた。

「兵長の言う通り、体の露出部分は減らした方がいいでしょう」

小曽根はつい敬語で言った。自分は中尉で、六人の最高位にいる。が、戦場で死線を潜り抜けた回数は兵長たちの方が多い。咳払いし、小曽根は続けた。

「軍医としての指示だ。銃で撃たれるより、マラリアや風土病で死ぬ方が確実に苦しむ」

「へいへい。中尉殿に言われれば、従うしかありません。ただ、蚊の野郎も得体のしれぬ虫も、オレを刺さないんですよ。ヤクザもんは虫からも嫌われてるんでしょう。満州にいた時だって、俺だけ南京虫が寄ってこなかったんです」

通信兵が不承不承の面持ちで薄汚れたメリヤスのシャツを肌にじかに着た。

「軍医殿、ありがとうございます」

小声で兵長に礼を言われ、小曽根はわずかに首を振った。

「軍医としては、一人でも元気な兵士が多い方がいいので」

「ごもっとも。戦歴を重ねても、戦闘は始まる前の方が気持ち悪いものでしてね。私が根っからの軍人じゃなく、召集組だからでしょう。あいつも――」兵長が通信兵を一瞥した。「ご多分に洩れず、心がざわざわして不安に襲われてるんです。いざ始まれば頭を使う余裕がなくなり、不安も消えるんですが」

「手術と一緒ですね。戦場の手術で不安に襲われる時間なんて、一秒にも満たないですが」

処置が一秒遅れるだけで、命とりになりかねない。

「なるほど、頼もしいですな。薬草はありそうですか」

「目下、捜索中です」

ううっ、と通信兵が大きく伸びをする。

「こんだけ暑いと、死んだ後に灼熱地獄に落ちても困りませんな」

誰も否定の言葉を吐かなかった。全員が実感しているのだ。ここが地獄でないとすれば、どこが地獄だというのかと。死んでから落ちる地獄の方が、戦場よりましではないのかと。

「憲兵野郎がいない点は満州よりいいですがね。薄気味悪いんですよ。出世目当てに得点稼ぎに精を出すのも気にくわねえ」

満州か。小曽根の友人や先輩も赴任している。あっちはあっちで大変なのだろう。

「さすがの現人神も、ご自慢の神通力を南方までは及ばせないんですなあ」

「不敬だぞ」

兵長がさすがに気色ばんだ。

「こんな状況ですよ。敬いたくても敬えません。どうせ俺はヤクザですしね」

「開き直るな」

「まさか兵長は今現在、現人神のご加護を得てると信じてるんですか。だったら教えてくださいよ。いつ、どこで、どんなご加護を俺たちは受けてるんです？　現人神なら戦場に出てきて、敵をさっさと殲滅《せんめつ》すればいい。人間の俺たちが戦う必要なんてないでしょう」

「おいッ」兵長がまた声を荒らげる。「貴様、今晩の飯は抜きだ」

「どうせ現地調達じゃないですか。はなからない飯を抜きと言われても、屁でもないですね。トカゲ、ネズミ、得体の知れない虫。せいぜいごちそうを自力で捕まえますよ」

小曽根は尾崎と目を合わせた。刺々しい言葉のぶつかりあいではあるが、教師に食ってかかる不良生徒という構図にも見える。好きにやらせておけ、と小曽根は尾崎に目顔で言った。戦場ずれしたのだ。銃弾が飛び交い、血のニオイでむんとする修羅場に比べれば、二人の言い争いなど子猫のじゃれあい程度に過ぎない。

「軍医殿」と通信兵が声をかけてきた。「俺たちは栄養失調で倒れませんか」

「大和魂でなんとかしろ」と兵長が割って入ってくる。

通信兵が嘲笑を浮かべた。

「またお得意の大和魂ですか。大和魂じゃ生きていけませんぜ。飯があって、弾薬もあれば見事に暴れてみせますよ。お国の偉いさんは俺たちを放ったらかして、丸投げじゃないですか。俺は半端なヤクザもんですがね、今の状況のおかしさはわかりますよ。俺たちの業界だって、オヤジは最低限の面倒をみてくれます。だからこそ体を張れるんです」

「前提が違う。国に頼るな。我々が大日本帝国に対して何ができるかを考えろ」

「だから、そいつは最低限の飯と弾薬があっての話ですよ」

肉を打つ、力ない音がした。兵長が通信兵に拳をふるった。顔を真っ赤にし、拳を握り締めている。通信兵の目つきが剣呑になった。

「やめろッ」小曽根は精一杯威厳を込めた声を発し、立ち上がった。「二人とも頭を冷やせ。殴り合ってる場合じゃない」

密林特有の湿気と生き物のニオイが混じった、濃密な風が吹き抜けていく。一秒が一分にも、十分にも感じられた。

通信兵は荒い鼻息を吐き、拳を解いた。

「殴り返して軍法会議で処刑でもされれば楽になるでしょうが、国の決まり事で命を捨てるのはご免です。死に方くらい自分で決めたい」

死に方か。伍長は殺してくれと頼んできた。いわば伍長自身で決めた死に方で、自分は手を貸しただけという見方はできる。いや、屁理屈か。

「一つだけ教えてください、軍医殿」通信兵が真顔になった。「俺は間違ってますか。大和魂で腹いっぱいになれるんですか」

「なれない。でもな、私たちは現在の制度で生きていく以外に道はない。私たちが取り込まれた制度は、最前線で変更できるほどやわじゃない」

「俺みたいなヤクザ、兵長のような先生、軍医殿のような医者。こんな兵士に向いてない人間まで集めて勝てるんですか」

　おい、と兵長が通信兵の胸倉をつかんだ。

「軍医殿も言われただろ。我々は今、ここで生きていかねばならん。余計なことを考えるな」

「考えるに決まってるでしょう。これじゃあ何のために死ぬのか、自分を納得させられません。俺みたいな半端者は腹を減らし、腕や脚を吹き飛ばされ、野垂れ死んでいくのがちょうどいい。けどね、軍医殿や兵長のような立派な人がどうしてこんな目に遭わないといけないんです。人間、こんなみじめな思いをするために生まれたんじゃないでしょう」

　通信兵は目を剝き、まくしたてるように続ける。

「死んでいった連中だって、いい奴ばっかりだった。誰にも看取られず、無残に死んでいった。俺たちは何と戦ってるんです？　偉い連中はなぜ戦争なんか仕掛けたんですか」

　通信兵の語尾が弱々しく震え、血走った目からみるみる涙が溢《あふ》れていく。

　兵長は通信兵の胸倉から手をそっと離し、頭上の木々を仰いだ。

「開戦時、我々民衆も熱狂したんだ。喝采を送った。抑えつけられた生活から抜け出せるかもしれないと」

　今となれば痛恨だ。小曽根も悔やんでも悔やみきれない。他ならぬ自分も含め、全員無知で、浅はかだった。中国との長引く戦闘などで生じた、頭からのしかかっていた閉塞感を米国との開戦で打ち破れると本気で喝采を送った。強者に一撃を加えた爽快感に酔い、時代の流れに従ってしまった。ちょっと立ち止まり、頭を使えば良かったのだ。

米国と戦争をして、どうやって終戦に持ち込もうとした？　米本土を占領？　中国とも泥沼の戦いをしているのに？　日本国民と米国民の絶対数も違う。仮に米国側が終戦を持ち出してくると読んでいたとすれば、認識が甘すぎる。資源量で絶対的優位な国が、じり貧ゆえに暴発した国に屈するはずがない。

「万世一系の皇国には、いずれ神風が吹く。鬼畜米兵に必ず打ち勝つ。大和魂を見せろ」

「兵長、我々の有様を見ても、今と同じことを本土の子どもたちに教えられますか。大和魂に殉じろと言えますか」

通信兵が詰め寄ると、兵長は唇を引き結んだ。通信兵が手の甲で涙を荒っぽく拭った。

「密林を歩きながらずっと『生きたい、死んでたまるか』と心の中で念じてました。もう一回うまいものを食いたい、いい女を抱きたい、すき焼きや天丼を腹一杯食いたい、熱い湯船に肩までつかって鼻歌を歌いたい、一度でいいから銀座の一流テーラーが仕立てた背広を着たい、ふかふかの布団で惰眠を貪《むさぼ》りたい。俺はおかしいですか？　おかしいってんなら、こんな願いすら叶わない状況を招いたやつがおかしくしたんでしょう。生き延びるのを心から願って、何が悪いんですかッ」

兵長も小曽根も誰も何も言えなかった。

通信兵が大きく息を吸い、何かを振り切るように吐く。

「俺たちはここで死ぬ。誰が何と言おうと、何もしてくれない陛下のために死ぬなんてごめんです。俺はまだ死にたくない。やり残したことだらけだ……」

通信兵の言葉が嗚咽で途切れた。

「人間、誰しもいつかは死ぬ」

兵長は粛とした顔つきだった。しんとした。密林の葉のざわめきや生き物の鳴き声さえ聞こえてこない。

「腹、減りましたね。獲物を探しませんか。付近にトカゲが結構います」

尾崎が場を収めるように穏やかに言った。

4

薬草は見つからなかったが、比較的大きなネズミが三匹も獲れ、小曽根たちは火を焚き、焼いた。頭上に覆われた枝葉で煙は立ち昇らないし、肉の焼ける匂いも風で運ばれる間に十メートルも進まないうちに消えてしまう。

「我々だけいいんですかね」

尾崎がおずおずと誰ともなしに尋ねると、通信兵が顔の前で手の平をぞんざいに振った。

「構うもんか。斥候の駄賃だよ。涙が出るくらい情けない駄賃だよな」

ネズミが焼き上がると、兵長が熱消毒したナイフで肉を六等分に切り分けた。小曽根たちは受け取り、わずかな塩をふりかけた。骨ごとかぶりつく。うまい。小曽根は肉の脂でしっとりと光った指まで舐めた。

「食うと余計に腹が減ってくるのはなんででしょうね」

通信兵が骨を爪楊枝のように咥え、おどけるように言う。

「空腹を感じなくなって死ぬよりましだ」と兵長はナイフの柄も舐める。

「そいつは同感です。生のトカゲよりうまかったですね」

通信兵がさらにおどけた。

爆発音がした。新たに陣地を置いた方角からだ。通信兵は骨を口から吹き飛ばすと、機器のアンテナを手早く立てた。

「こちら斥候部隊、応答をお願いします」

雑音がするだけで返事はない。

「応答をお願いします」

やはり返事はない。兵長が傍らに置いた小銃を肩にかけた。

「全員、緊急事態に備えろ。軍医殿もご注意を」

たちまち空気が張りつめた。呼吸音すら漏らすのを憚《はばか》られる中、陣地の方に目を凝らす。密林の枝葉で様子は一切見てとれない。五感を研ぎ澄ませた。産毛まで逆立っていく。

また爆発音がした。驟《しゅう》雨《う》の音にも似た、絶え間ない銃声が続く。

新たな陣地が攻撃されているのだ。敵軍はこちらよりも早くこの辺りを斥候し、日本軍が退却する地点を予想していたに違いない。自軍の通信機器は先ほどの爆発でやられたのか。数秒後にはここにも銃弾が飛んでくるのではないのか。

無言の時間が続いた。銃声と砲弾が炸裂する音は途切れない。このままでは自分たちを除き、部隊が全滅してしまう。かといって、ろくな武器もない六人で何ができるというのか。

ガサッ。少し先で音がして、兵士たちが一斉に小銃を向けた。

待て、と密林の向こうから低い声がした。

「私だ」

西村が素早く枝葉を割って出てきた。

「中佐、あの音は？」

兵長が早口で問いかけると、西村の眉間にしわが寄った。

「集中放射を浴びている。私は貴様らと通信が繋がらないので、向こうの通信兵と陣地を出ていて助かった。通信兵は途中、流れ弾で力尽きた」

くそ、とヤクザの通信兵が力なく呟く。小曽根は唇をきつく引き結んだ。また誰も助けられない……。

「全滅は時間の問題だ」

西村はこんな状況でも淡々とした物言いだった。

「どうするんです」と通信兵が突っかかるように訊く。

「逃げる」

「一緒に死線を潜り抜けてきた戦友を見殺しにするんですか」

「ああ。これが初めてでもない」

「あんた、それでも人間かよ」

「今のところはな」

西村は事務的な口調で、仏頂面はいささかも揺るがない。

「指は？」兵長が息苦しそうに尋ねた。「戦友たちが生きた証です。死んだ証です。せめて取りに戻りましょう」

「ならん。あの砲撃だ。もう粉々になってる」

「どこで誰が死んだのか確認できなくなります」

「我々が生き伸びる方を優先する。仮に指が残っていても、ここにいる者まで全滅したら誰が探しに戻れる？」

流れ弾が何発も近くを飛ぶ甲高い音がする。弾丸で枝が折れたり、幹に食い込んだりする音も聞こえる。頬を数発の弾丸がかすめていく。西村が全員を見回した。

「先を急ごう」

「自分は反対です」兵長が声を張った。「今こそ大和魂の見せ時です。命の捨て時です」

「ここで死ぬのは許さん」

西村はにべもなく却下し、兵長の腕をとった。

「こんな戦況だ。いつだって死ねる。死に時は今ではない。これは命令だ。私の指示が不服なら、生き延びた後、合流した隊の幹部に告げろ。西村中佐は腰抜けで、戦闘現場から逃げたと。喜んで軍法会議にかかる」

「いえ。出すぎた発言でした」と兵長がうつむいた。

貴様、と西村が通信兵を見る。

「兵長と二人で先頭を進め」

敵と遭遇した際、一番先に死ぬ確率の高い役割だ。小曽根と尾崎は列の真ん中に入った。誰もが黙して歩いた。途中、小曽根は木の根に躓《つまず》き、足首を捻《ひね》った。一歩ごとに激痛が足首から全身に響き、肉体のもろさを思い知るも、奥歯を噛み締めて堪《こら》えた。痛みに負ければ死ぬだけだ。医師として、せめてこの残り六人には最後まで医療を施したい。

尾崎がわきの下に滑り込んできた。

「自分が松葉杖代わりになります」

「すまん」

二時間後、小休止中に尾崎が添え木に手ごろな木片を拾ってきた。尾崎は手の届く位置にあった蔓を引きちぎり、木片を足首に素早く巻いた。その場で恐る恐る足踏みする。助けがなくても歩けそうだった。

「情けないな。本来なら私が医師として皆を助けないとならないのに」

「この程度なら私にもできます。ガキの頃、柔道教室で何度も捻挫《ねんざ》しましたので」

尾崎は屈託なく笑った。

「行こう」と西村が表情一つ変えずに立ち上がった。

足元がぬかるんだ密林を二時間以上歩き、木々の間に大きな岩が鎮座する場所にやってきた。西村が時計を見る。

「ひとまず今晩はここで過ごそう」

洞窟や洞穴はないが、太い木の下に七人が集まって座った。夕暮れまではいささか時間がある。早く太陽が落ちてほしい。夜襲は滅多にない。戦闘は大抵、日が上っている間だけ行われる。小曽根はふくらはぎから太腿にかけて揉んだ。若干熱を持ったようにだるい。疲労も体の芯に居座っている。目を瞑れば、あっけないほど簡単に眠りに落ちるだろう。

尾崎が声をかけてきた。

「足の調子はいかがです」

「添え木でだいぶ楽になった。腫れはあるが、なに、歩けるさ」

左隣では西村が真顔で前方を見据えている。

「中佐、今後の方針は？」

兵長が訊いた。誰もの胸にある疑問だった。約三千三百人いた部隊で生き残ったと思《おぼ》しいのは、ここにいる七人のみ。武器も物資もわずかだ。敵の大軍と互せるわけもない。

西村は目をきつく瞑り、数秒後、勢いよく開けた。

「あがくだけあがき、他部隊との合流を目指す。途中、米兵と遭遇したら受けて立とう」

「だったら」と通信兵が言下にいった。「新しい陣地を見捨てず、あの場で戦えばよかったじゃないですか。どのみち俺たちは全滅する。どうせなら大勢の仲間と玉砕した方がいい」

誰も通信兵を止めなかった。通信兵の胸中を知ってしまったからだろう。

「自ら全滅を望むのは愚の骨頂だ」

「軍人らしからぬご発言ですね」と通信兵が皮肉めかす。

「死んだら戦えない。戦える期間をいかに延ばすかを優先しているだけだ。米軍と戦うには兵力が要る。だからこそ、いつ死んでもいいとの覚悟を述べた兵長と貴様を先頭で歩かせた」

西村は淡々と言い、残り六人を見回した。

「私は軍人だ。『死ね』という命令を受ければ死ぬ覚悟はとうにできている。そんな命令は受けていない。私の役目は貴様らを殺すことではない。生きて、兵士を指揮し、敵軍と戦うことだ。それとも、生き延びていては死んだ仲間たちに顔向けできないか？　靖国《やすくに》で再会した時、自分がみすぼらしくなるか？　皆に後ろ指をさされるか？　まだ戦えるのに死を選ばずに生きる方法を模索するのが恥ずかしいか？」

誰も何も言葉を発しない。西村は小曽根を見た。

「医学的に死後の世界は証明されているのか」

「いえ」と小曽根は答えた。「ですが、ないとも証明できていません」

西村が小さく頷く。

「ない場合は言わずもがなだ。死後の世界があったとしても、地球で生まれ死んでいった人類をすべて収容する場のはずだ。相当広い。そんな広い世界に靖国はあるのか？　あったとして、迷わず行けるのか？　我々がいるこの島から脱するよりも困難だぞ」

「合理的なご見解です」と小曽根は応じた。

「自分でもそう思う。だから中佐止まりだった。今後も大佐になる見込みもない」

西村は顔色ひとつ変えずに言った。

無事に日暮れを迎え、七人は順番に仮眠をとった。歩哨《ほしょう》は必須だ。敵兵だけでなく、毒蛇といった自然の脅威も相手にしないとならない。空腹に襲われるとあまり眠れないが、今晩は違った。昼間の行軍が深い眠りを運んできた。

小曽根と尾崎は深夜三時に歩哨役を他の二人と交代した。夜露に濡れた下生えの草に腰をおろし、携帯嚢から日記帳と万年筆を取り出した。頭上の枝葉から漏れる月光でかろうじて文字の読み書きができる。

今日だけで三百人近くが戦死――。この場にいる七人以外、戦死したのだ。

三百人と一括りにした自分に嫌気がさす。一つ一つの死が三百も集まったのだ。兵士おのおのに人生があった。それがいともかんたんに消えていく。骨も拾えない。砲弾により、骨が残っているのかすらも定かでない。医師としてもう誰も助けられずに死んでいくのか。何のために医師になったのだろう、何のために二十五年生きてきたのだろう。

日記帳を閉じ、万年筆とともに携帯嚢に戻した。

「溜め息なんて珍しいですね」

「溜め息？　吐いた自覚がなかったよ。昨晩、自分が何と戦っているのかって疑問を覚えてね。敵軍や人間の良心、医者の尊厳とも違う、もっと大きな何かなのはなんとなくわかる。でも、具体的な正体が見えなくてな。尾崎は見当がつくか」

「もっと大きな……」尾崎が思案を巡らす間があり、密林の葉がそよ風で揺れる音が耳に届く。「わかりません。毎日必死で、何かを考える時間がなくて」

「そうだよな。兵士だって人を殺す時、何も考えられないいんだろうな。生き延びるために無我夢中で。やらないとやられるんだ。野生動物と一緒さ。戦争は人間を獣に戻す、か。生きる目的においては良い悪いもない」

「自分も感覚がすっかり麻痺してます。誰も助けられないのが当たり前なんです」

「戦地で言うべき台詞じゃないが、誰も殺したくないし、殺されたくもないな」

「伍長の一件が引っかかってるのですね」

「ああ」小曽根は短く言い、手の平を見つめた。「この手で命を奪った。尾崎は私がこうなるのを見越し、罪悪感を一緒に背負おうとしたんだろ」

日ごろからこちらの様子や心境を読んでくれる、優秀な助手だ。

「出過ぎた真似だったと承知しています。心を痛めているのは、軍医殿がまだ人間である証拠です。観点を変えれば、伍長を救ったとも言えます。苦しみから解放したんです」

「そいつは医者じゃなく、神様仏様の仕事だ」

夜なのに鳥の声がし、羽ばたく音がした。蛇でも襲いかかったに違いない。別の部隊と合流できるのだろうか。別部隊に薬が余っているはずはないが、可能性は零ではない。

小曽根の腹が鳴り、尾崎の腹の虫も呼応した。暗闇の向こうで尾崎が微笑んだ気配があった。

「ネズミを食ってから何も口にしてないもんな。若いと腹が減るだろ。まだ十代だったよな」

「いいえ、先日二十歳になりました。伍長がワニを獲ってきた日が誕生日でした。日頃の行いが良いんでしょう」

ウミガメやワニを食った頃が懐かしくさえある。まだ数ヵ月前の出来事だ。戦局は悪化の一途を辿っている。あの頃自分の周りにいた顔はもう二度と見られない。

「戦争でよかった点が一つだけあります。軍医殿と知り合えました」

「からかうな」

「自分は本気です。伍長に末期の水を飲ませたり、最期の処置をしたり、どんなに絶望的な状況になっても諦めず、役目をまっとうしようとし、人間の心を保ち続けられている。そんな人はなかなかいません」

またどこかで鳥が鳴き、羽ばたく音がする。夜明けが近いのだろうか。

「私と尾崎はたかが五歳しか違わないんだ。そんなに変わらん」

「されど五歳の差です」

「私のような人間はざらにいる。私程度の行動なんて、心がけ一つでどうにでもなる」

「軍上層部にいないことだけは確実です」

「辛辣だな。否定できないのが虚しくなる」

「我々は事実をありのまま述べているまでですよ。自分は西村中佐に賛成です。日本にいた頃、兵隊はもっと華々しく戦い、勝っていると信じ込んでいました。学徒動員の時も、自分たちの力で戦局を好転させると意気込んだほどです。転進とは退却で、玉砕が全滅だと知らずにいた。戦争の是非はどうあれ、兵士の本分は戦うことで、死ぬことではない。死を強要する命令はどうかしています。常軌を逸してます」

酒があればな、と小曽根は思った。飲みたい場面だ。尾崎は胸の裡《うち》に戦場でのやり場のない鬱憤《うっぷん》や憤《いきどお》りをため込んできたのだ。全滅を間近にし、心境を吐露したに違いない。尾崎と西村の意見に、小曽根も同感だ。兵士は消耗品ではない。

「これだけ悲惨な境遇に陥ったんだ。せめてちゃんとした未来の土台にはなりたいな」

どこかで鳥の羽ばたく音がした。

「もう一度、日本の山や海や川を拝みたいですよ。この島にもありますけど、やっぱり何かが違う。ひと目でいいので家族にも会いたい。げんこつを浴びせてきた父親、口うるさかった母親、生意気な妹が懐かしいんです。あと一回でいいので、ジャズを大音量で聴きたい」

ジャズは敵性音楽だ。尾崎が好んでいるとは知らなかった。意を決して公言したのか。

「私もジャズは好きだよ。グレン・ミラーやデューク・エリントンとか」

「ベニー・グッドマンもお忘れなく」

「そうだな。恋人はいるのか」

「いいえ。女性と二人きりで出かけた程度なら何度かありましたが。軍医殿は？　ご結婚されてませんよね」

尾崎とこんな他愛ない会話を交わすのは初めてだった。

「親が結婚させたがってる幼馴染はいる。うちには大きな妹と小さな双子の妹がいて、三人ともよくなついててな。生きて帰れたら、行き遅れをもらうよ」

「そんな憎まれ口を言っちゃって。本当は待っててもらってるんじゃないですか」

さあな、と小曽根は密林の漆黒を凝視した。

みんな無事だろうか。祖父も両親も妹も幼馴染も。戦場で日本での淡い日々を反芻《はんすう》していると、悲惨な現実に上塗りされてしまいそうな恐怖を覚える時がある。決して忘れたくない、掛けがえのない記憶ばかりだ。

――ここだけの話、本気で陛下やお国のために死んでいく者なんてごく一部です。兵士は自分が死ぬと悟った時、お袋さんか恋人か嫁さんの名前を叫びます。身近な人間を守っているって意識で死んでいくんです。

いつか伍長が教えてくれた。傷病兵の死に際も一緒だ。

「日本に戻った時、我々は以前と同じように笑ったり泣いたりできるのでしょうか」

小曽根は目を見開いた。ここまで追い詰められていても、尾崎は帰国できると信じているのか。そう信じていないと精神が破壊されてしまう自己防衛からの言葉なのか。

どっちにしても。

「嵐の後は青空に虹《にじ》がかかり、空気は澄んで、肌に優しい風が吹く——さ」

「いい言葉ですね」

「受け売りだよ。真夏、突然夕立に見舞われて、公園の大きな木の下に大きな妹と逃げ込んだんだ。大粒の雨は木々の葉を叩き、土を抉《えぐ》るように地面を打ちつけ、アスファルトの路上も砕きそうな勢いだった。夕立を見ながら妹が言った。『嵐の後は青空が出て、虹がかかるよ。空気も変わって、風も穏やかになるよ』って。雨が上がり、妹の言った通りになった。『嵐の後には凪《なぎ》がくる』ってことわざを妹が知っていたとは思えない。実感のこもった言葉なんだよ」

あの時の虹は見事だった。

「自分はことわざより、妹さんの言葉の方が好きです」

「尾崎、故郷は神戸《こうべ》だったよな。山っかわ……だっけか」

「はい。是非一度お越しください」

神戸では北側を山っかわ、南側を海っかわと呼ぶらしい。尾崎の家庭にはどんな団欒《だんらん》があったのだろう。

「いいところなんだろうな」

「戦争がなければ、どこでもいいとこなんでしょう。母の作った紅ショウガの天ぷらをまた食いたいですよ。軍医殿にとってのおふくろの味は？」

「かつお出汁《だし》のきいた煮物だな」

尾崎がこちらを向く。

「日本に戻ったら軍医殿の病院で働かせていただけませんか。東京の下町でしたよね」

尾崎には実家の稼業や場所を話している。

「歓迎するよ。ただし給料は安いぞ」小曽根は尾崎の肩に手を置いた。「生きて戻ろう」

「はい」

また密林のどこかで鳥が羽ばたく音がした。

5

夜明けと同時に轟音《ごうおん》が襲いかかってきた。空気の振動は鼓膜だけでなく、腹の底まで揺さぶってくる。いきなり集中射撃の渦中に放り込まれたらしい。的は自分たち七人だ。歩哨を終え、ようやくうとうとしかけていた小曽根の神経は瞬時に覚醒した。

しまった。歩哨の時、密林のあちこちで鳥が飛び立った。米軍が夜のうちに自分たちを取り囲んでいたためだったのだ。

数メートル後方で砲弾が炸裂《さくれつ》した。引きちぎられた木々の枝と土くれが四方に飛び散り、小曽根はその場に伏せ、咄嗟《とっさ》に頭を抱えた。粉塵をまともに浴び、即座に唾を吐く。ほとんどが士と小石だ。右斜め前方と左斜め前方から銃弾が耳元を通り過ぎていく。息ができない。吸っても吐く余裕がない。敵は左右から斜めに交差する形で射線を作っているようだ。こちらの退路を断つべく射線が交わらなくなる辺りに砲弾を撃ち込んでもいる。逃げ場はない。ここで死ぬのか……。

おかあさんッ。集中攻撃の轟音を切り裂く野太い叫び声がした。兵士の一人だ。それっきり声は続かない。圧倒的な火力を前に一メートル先すら弾幕で見えない。

また背後で耳を圧する爆音がし、顔に勢いよく何かがぶつかった。引きちぎられた誰かの腕だった。骨と肉が剝き出しの断面から赤黒い血が溢れている。生々しい血肉、酸味が濃い硝煙、焦げた土。むせかえるような戦場のニオイで息苦しい。

肩を揺さぶられた。隣に西村が這ってきていた。西村は口を大きく開け、動かしている。声を張り上げたのだろうが、猛烈な集中射撃音で何も聞こえない。先刻の『おかあさん』という声は空耳だったのか、あるいはとてつもない声量だったのか。

西村が小曽根の右の耳元に顔を寄せた。

「聞こえるかッ」

「なんとかッ」

小曽根も怒鳴り返した。

「あれを使え。尾崎と生き延びろ」

先輩軍医に託されたあれ――。

「中佐はどうされるんですッ」

西村はこんな状況なのに、いつもの仏頂面のままだ。

「二人のための血路を開く」

「なぜ私と尾崎なんですッ」

尾崎現着ッ。左の耳元で尾崎の大声があがった。

「軍医と衛生兵は純粋な兵士じゃない」と西村が声を張り上げる。

「しかし――」

「命令だッ」

西村は叫び、周囲に素早く目をやった。

小曽根もつられ、視線を振る。弾幕の切れ間に兵長が、ヤクザの通信兵がこちらを見て同時に敬礼した。二人とも十数メートル先で這いつくばっている。死が目の前に迫っているのに穏やかな顔つきだ。残り二名の姿は見えない。もう死んだのか。

「あれを使えば、全員が助かりますッ」

「無理だ。弾幕で数メートル先の視界もきかない。相手の指が止まる瞬間を作らねばならん。風が吹いた一瞬を狙う。隙を見て射線を切って逃げ、高く掲げろ。運が良ければ、残りも助かるッ」

違う。小曽根は悟った。西村は小曽根のもとにくるまでに、全員に指示を出した。皆がここで死ぬ決意をした。面構えがそう物語っている。反撃されれば、相手は銃弾が飛んできた位置を一斉に狙う。三人が囮《おとり》になった隙に射線を抜ければ、あれを使える望みが生まれる。

「いいかッ」西村が吠えた。「誰かが絶対に生き延びねばならん」

また背後で砲弾が炸裂した。どっちみち運任せのいちかばちかだ。昨日挫《くじ》いた足にかまっているような状況ではない。土煙を吹き流すほどの強風が折よく起これば、こちらの姿が相手にも見えるはず。今の状況があと一時間も続けば確実に全滅する。

「以上が中佐としての私の言葉だ。これからは独り言になる」西村は声を低くした。かえって鮮明に耳に飛び込んでくる。「すまない。俺は部隊を生かしきれなかった」

ぎりっと音がした。西村が歯を食い縛っている。小曽根が何も答えられずにいると、西村が腰から軍刀を外した。

「使え」

軍人にとって軍刀は、陛下から下賜《かし》された命懸けで守るべきもの。退却時に軍刀を自陣に取りに戻り、死んだ者も大勢いる。上層部に疑問を抱いていたとしてもその軍刀を……。

「たかが道具だ。遠慮は無用。手を挙げて合図をする。俺たちにここで死ぬ理由をくれ」

「拝借しますッ」

小曽根は軍刀を左手で受け取り、携帯嚢に右手を突っ込んだ。まさぐり、底から柔らかな感触のあれを引っ張り出した。

眼に眩しいほどだった。血や泥で汚れた戦場に似つかわしくない、純白の布。降伏の印として白旗代わりにする。

西村が匍匐《ほふく》前進で離れていく。小曽根は草花がみっしり生えた地面に這いつくばり、軍刀の先に白旗をきつく結びつけていった。

敵方からの銃声は止まらない。ますます激しくなっている。

――私も先輩から引き継いだ。医局で着た白衣を一枚の布に仕立て直し、こっそり鞄に忍ばせて戦場に赴いたそうだ。我が国が白旗を用意するはずもないと見越してな。医師の仕事は人を助けることだ。誰かの命を助けられると判断したら、躊躇《ちゅうちょ》なく使え。

譲られた際の言葉が胸に蘇る。先輩軍医は骨と皮だけになった体を動かし、弱々しい声だった。一瞬でいい。幸運が微笑みかけてほしい。

「合図があり次第、背後に駆け出すッ。俺の後ろを駆けてこいッ」

少しは自分が弾よけになれる。尾崎はまだ二十歳なのだ。ここで死んでいいはずがない。

「承知しましたッ」

尾崎が叫び返してくる。

西村はすでに小曽根から離れ、右斜め前方に身を伏せている。軍刀を持つ手がじっとりと汗ばんでくる。煙や泥で汚れないうちに高く掲げたい。降伏の白旗だと相手に認識されなければならない。

雷鳴にも似た轟音が左後方で炸裂した。かなり近い場所に砲弾を撃ちこまれたのか。凄まじい爆風が煙や土埃もろとも、猛烈な勢いで右へ吹き抜けていく。

西村が左手を挙げた。

「いくぞッ」

小曽根は叫んだ。

「いきましょうッ」

尾崎が応じた。

小曽根は素早く中腰になり、駆け出した。背後で西村たちが反撃を始めた音がする。頬や頭頂部を何発もの銃弾がかすめていく。木の根や石に躓きつつも、太腿と背筋に力を入れてこらえ、走り続ける。

西村たちから三十メートル近く離れた。木々の枝葉が銃弾で折れ、見通しはいい。小曽根は軍刀の柄を右手で持ち、白旗を高く掲げ、大きく左右に振った。

「サレンダーッ」

小曽根は力の限り声を張り上げた。絶叫は無数の銃声の重なりにかき消されていく。サレンダーッ。尾崎も背後で叫んでいる。銃声はまるで分厚い塊だ。それに阻《はば》まれ、こちらの声が聞こえないのは理解できる。白旗も見えない？　相手に視力のいい兵士はいないのか？

「サレンダーッ」

小曽根は咽喉が張り裂けんばかりに声を張り上げ、さらに大きく白旗を振る。見えろ、見えろ、見てくれ。念じながら白旗を振り続ける。

腹部に熱が走った。左肩にも熱が走った。白旗が裂けるような音がした。見上げると白旗に穴が開いている。さらに右肘から鮮血が散り、腕に力が入らず、軍刀ごと白旗を落としそうになるも、隣から尾崎が支えてくれた。

右胸にも銃弾を食らった。小曽根は仰向けに倒れた。屈みこんできた尾崎がぼやけて見える。どうやら尾崎は無傷らしい。尾崎、と言いかけた時、口から血が出た。肺をやられたのか。だめだ。もう日本に帰れない。体がもたない。やっぱりもう誰も助けられないまま死んでいくのだ。このままでは尾崎も……。

小曽根は目を見開いた。力を振り絞り、肩にかけた携帯嚢を外し、尾崎の胸に押しつけた。

「日記帳と万年筆がある。絶対に日本に運んでくれ。万年筆を私の代わりに使ってくれ」

小曽根は血もろとも言葉を吐き出した。

「軍医殿ッ」

「いけ」小曽根はまた血を吐いた。「逃げろ」

「軍医殿たちを置いていけませんッ」

小曽根は尾崎の目を凝視した。

「尾崎が逃げられれば、私は一人の命を救えたことになる。私のためにも逃げてくれッ」

尾崎が短く瞬きをした。

「失礼しますッ」

白旗を持ち、携帯嚢を下げた尾崎が駆け出していく。

小曽根は密林に消えていく背中に声をかけた。

「お前は私の希望だッ」

小曽根は密林に消えていく背中に声をかけた。仰向けに倒れると、銃弾で枝が払われた木々の遥か彼方に空があった。

青い。白い雲が流れ、少し欠けた白い月が浮かんでいる。地球は戦争なんてお構いなしに動いている。久しく広い青空を見ていなかった。さすがに虹はない。妹と公園で虹を見たのは五、六年前だったか。妹はあの時即興でメロディと歌詞をつくり、澄んだ声で歌ってくれた。妹は歌を作るのが得意だった。恥ずかしがり屋で兄の前でしか歌えないのに、歌手になりたいと目を輝かせていた。

小曽根は顔を西村たちの方に向ける。とてつもない量の銃撃で枝葉がもぎとられた木々と煙の間に、西村、兵長、通信兵が見える。

三人とも地面に倒れ、銃弾を浴びるたびに頭や体が動いている。三人はいずれも首がおかしな方向に曲がり、全身が穴だらけで大量の血を流し、腕や足は今にもちぎれそうだ。

銃弾は小曽根の近くの地面にも突き刺さり、両脚を貫き、両腕の肉を削いでいく。自分も長くない。もう一度、空を見よう。小曽根は顔の向きをもとに戻した。

もう一度、虹が見たかった。

もう一度、故郷の家族に会いたかった。

もう一度、母の煮物を食べたかった。

もう一度、妹の即興の歌を聴きたかった。

もう一度、医者の務めをしっかりまっとうしたかった。

もう一度――。

手を胸にやる。トルコ石のペンダントの感触が手になじむ。もう誰の目も気にせず、ペンダントの感触を味わえる。

このペンダントは幼馴染と二つで一つになる意匠になっている。自分と幼馴染が二度と会えないように、ペンダントも二度と一つになる時はこない。

もう一度、故郷の幼馴染に会い、あの柔らかな手を握りたかった。

もう一度、彼女に名前を呼んでほしかった。

もう一度、二人でペンダントを合わせ、彼女が微笑む顔を見たかった。

視界に蝶が飛びこんできて、近づいてくる。ここには……戦場にも、こんなきれいな蝶がいるのか。

小曽根は蝶の羽ばたきで生じた、ごくわずかな風を頬に感じた。

二章　下町の紅夜　――一九四五――

1

「南方でも中国でも、兵隊さんはいまこの瞬間も命を賭《と》して敵と戦っているのだ。我々も大和魂、敢闘精神で消火を完遂し――」

けばだった畳敷きの柔道場で、上座の隣組組長が居丈高《いたけだか》な調子で演説をぶっている。小曽根さくらはうつらうつらしながら聞き流していた。早く終わってほしい。さっさと布団に潜って眠りたいのに。

今日も六時に起床し、雑穀の朝ごはんを食べ、七時半には家を出た。集合場所でみんなと合流し、つる姉――担任の赤木《あかぎ》つる先生に引率され、隣町の軍需工場に勤労に出た。徒歩での移動中はみんなとわいわい喋れて楽しい。赤木先生は丸顔で愛嬌があり、生徒にとっては姉みたいな存在になっている。さくらにとっては本当の姉同然だ。小さい時からずっとそばにいた。真向かいの家に住んでいて、太郎兄ちゃんの幼馴染だ。

工場では八時に作業が始まる。機関銃の弾丸を作る工場で、薬莢《やっきょう》や弾丸の検査をするのがさくらたちの役目だ。昼に一時間の休憩があるものの、午後五時半までの労働時間はやたら長く感じる。工場は埃《ほこり》っぽくて寒いし、薬莢も弾丸も冷たいし、目はしょぼしょぼする。作業で疲れ果て、心の中で歌をうたう気力も湧いてこない。でも、自分が手にした弾丸を太郎兄ちゃんがいつか使うかもしれず、一瞬たりとも手は抜けない。

校庭の片隅にあった二宮金次郎の銅像はとっくに供出された。どこかで弾丸にされているに違いない。二宮金次郎も自分が弾丸になるなんて想像もしていなかっただろう。

働いてみると実感する。大人はすごい、と。おじいちゃんもお父さんも町医者として、朝から晩まで大勢の患者さんを診察している。お母さんはそんな二人をしっかり支えている。

太郎兄ちゃんは前線から戻ってきたら、小曽根医院を継ぐ。わたしはどんな大人になるのだろう。そもそも大人になれるのだろうか。

つる姉によると、国の方針で来月から一年間授業が停止される。週に一回とはいえ、登校日がなくなるのは寂しい。勉強嫌いの男の子たちは喜んでいるけど、さくらは学校が恋しかった。戦争さえなければ、今頃中学一年生らしく国語や数学、英語も学べた。もともと勉強が好きなたちではないのに、できなくなると体の一部がなくなったようだった。休み時間に友だちと他愛ない会話をしたい。放課後はつる姉と音楽や物語の話をしたい。つる姉はジャズや小説、講談について色々知っていて、物語については結構辛口だ。

――『忠臣蔵』は大石内蔵助《おおいしくらのすけ》たちばっかりを讃《たた》えるけど、吉良上野介《きらこうずけのすけ》にだって言い分があるよ。言葉足らずだよね。作り手が手を抜いたんじゃないの。

――『坊っちゃん』の主人公って頼りなさすぎ。私から見れば、男としての魅力が皆無。

「……よって銃後は我々がしっかり守らねばならない。各自が――」

組長の話はまだ続いている。何様のつもりだろう。職業で人を判断するつもりはないけれど、単なる柔道教室の先生が何を偉そうにしているのか。校長先生の訓話より長い。

授業中、つる姉に尋ねたことがある。

――銃後ってどういう意味ですか。

――直接の戦場ではない場所のことです。

日本本土も戦場と言えるのではないのか。わたしのような十三歳の一般国民まで武器作りに動員され、現に去年からは東京も何度となく空襲を受け、銀座や日本橋、浅草《あさくさ》にも被害が出ている。今年一月は名古屋、先月は神戸で何百人もが亡くなった空襲があった。さくらが住む界隈はまだ被害に遭っていないが、多くの少国民は疎開した。さくらには五歳の双子の妹、幸《さち》と雅《まさ》がいる。二人はまだ疎開対象の年齢に達していない。

――兄ちゃんがいない間はお父さん、お母さん、おじいちゃんを手伝い、幸と雅の世話も頼むぞ。困ったら、つるに相談しろ。

出征前日、太郎兄ちゃんはわたしの頭をぽんぽんと叩いた。

――帰ってきた時、三人がどれくらい大きくなっているか楽しみだなあ。

――わたしはもう背が伸びないかもよ。

さくらは小柄で、学校で背の順で並ぶ際は一番前が定位置だ。

――さくらはもっと背が伸びるよ。兄ちゃんはもう無理だけどさ。

今頃、太郎兄ちゃんはどこで何をしているのだろう。兵隊さんの怪我や病気を治療中だろうか。時々手紙が届くけど、居場所は書かれていない。秘密にしないといけないらしい。

さくらは物心がついた頃から、太郎兄ちゃんに育てられたといっても過言ではない。お母さんはお父さんとおじいちゃんの手伝いに忙しい。服の着方も、お米のとぎ方も、勉強も、口の利き方も、礼儀作法もすべて太郎兄ちゃんに教わった。太郎兄ちゃんからの手紙はすべてさくらが桐の裁縫箱に入れ、大切に保管してある。さくら宛の手紙は漢字交じりで、妹宛の手紙はカタカナで記されている。

「明日の防空訓練は心して――」

まだ組長の話は終わりそうもない。さくらはこみあげてきた欠伸《あくび》をかみ殺した。明日の工場勤めは午前中のみだけど、午後は辺り一帯の隣組と共同防空訓練があり、バケツリレー、火叩きで消火訓練を行わないといけない。はっきりいって苦手だ。

もう何十回も繰り返しているので、手順は嫌でも頭に入っている。

焼夷弾投下ッ、という威勢のいい掛け声を合図に、もんぺ姿のわたしたちがバケツや火叩き、とび口、濡れたむしろを持って走り寄る。建物に飛ぶ火の粉を払う真似をし、砂袋やむしろを模擬落下地点に投げ、もとの場所にまた急いで戻る。少しでも遅れると、警防団員に怒鳴られる。しかも貯水槽や井戸から水を汲む第一走者は、誰が決めたのかさくらの役目だ。水を入れたバケツは重たいし、冷たい。竹竿の先に何本もの縄を結んだ火叩きを振るのも腕が疲れる。戦争なんてさっさと終わればいい。こんなふうに思うなんて非国民なのだろうけど、本心なのだから仕方ない。

「――とまれ、鬼畜米英に必ず勝つという強い気構えがあれば、焼夷弾の始末なんぞ朝飯前だ。どんな火も消せる。信念でＢ公も打ち落とせる」

明日の防空訓練を思うと、気が滅入ってくる。そもそも運動が得意ではない。同級生、幸や雅ら小さな子が路地や公園で走り回っている気がしれない。何が悲しくて走らないといけないのか。息が上がって苦しいし、汗は出るし、転んだら痛い。太郎兄ちゃんは勉強だけでなく、運動も得意だったらしい。できる人は何だってできる。世の中は不公平にできている。

ああ、眠い。こんなつまらない話を長々と聞かされているのに、みんなよく起きていられるものだ。周りを見てみると、壁際でつる姉がうつらうつらしていて、さくらは心の底がいささか温かくなった。

「軍が発表しているように、焼夷弾や爆弾はうまく命中するもんじゃない。百発に一発命中すれば御の字、五十発に一発で上出来なんだ。むろん死ぬ者はいる。全体から見れば微々たる損害で、戦争である以上はやむをえない犠牲だ」

組長の目はらんらんと輝き、声も大きくなってきた。爆弾が自分にあたる可能性を想定していないらしい。現に銀座や浅草などへの空襲では何百人も死んでいるというのに。焼夷弾が落とされてから爆発するまで少し間があるといっても、道路がえぐれ、コンクリート製の建物も崩れたという。火を消す前にさっさと逃げた方がいいはずだ。でも、住んでいる地域に焼夷弾が落ちてきても、わたしたちは逃げてはいけない。防空法でそう決められている。日本人たるもの、おのおの地域で精一杯火を消すのが義務だという。

「諸君らも空襲にはとっくに慣れただろう。恐るるに足らず。否、大和魂を発露して恐れに打ち勝たねばならない」

空襲はやっぱり怖いし、克服したわけではないけど、慣れ始めているのは間違いない。最初は警報が鳴るたびに心臓が破裂しそうなくらいばくばくし、指先が震えた。いつからか落ち着いて防空壕に駆け込めるようになった。

「そこでだ、小曽根さくら君」

急に名前を呼ばれ、さくらは体がびくっとした。

「君のへっぴり腰はわが隣組の恥だ。他の隣組の連中はきびきびと動いている。戦場でお国のために働くお兄さんの名誉のためにも明日はしっかりやってくれ」

――そんなへっぴり腰じゃ火は消せんぞッ。

いつも警防団員が浴びせてくる罵声《ばせい》が耳の奥に蘇る。

「しっかりせんと、小曽根家の名が泣くぞ。名に恥じぬ行動をみせてくれ」

小曽根家は代々医師の家系なので、周辺は長屋ばかりの中、診療所兼住宅の少し大きな家は目立っている。

「はあ」

「なんだ、その返事は。陛下に申し訳が立たないと思わんのかッ。大和魂はないのかッ」

ぐうぅ。間が悪く、さくらのお腹が鳴った。まだ晩御飯を食べられていない。工場から帰ってきた途端、集まりに引っ張り込まれた。

組長のこめかみに青筋が出て、顔が真っ赤になっている。

「おい」さくらの隣にいるおじいちゃんが声をあげた。「大和魂も結構だけどよ、爺さんは眠くなってきた。いざという時に万全の状態でいるために、睡眠は大事だと医師として申し上げる」

「しかし――」

「しかしもへったくれもあるか。てめえはウチの孫を飢え死にさせる気か。二度とてめえも、てめえの家族も診察しねえぞ。さっさと配給の説明をしやがれッ」

おじいちゃんの啖呵《たんか》で組長の怒気が消えた。

組長は明日以降の配給予定を簡単に述べ、会合を終えた。道場を出るなり、おじいちゃんが空に向かって大きく伸びをした。夕方から吹き始めた強い北風はまだ収まっていない。頬の肉を削ぎ取るように吹き抜けていく。

おじいちゃんが荒い鼻息を吐いた。

「けったくそ悪い奴だな。てめえが食糧や配給品を作ってるんじゃねえくせに、威張りくさりやがって。単にくじ引きで決まった組長じゃねえかよ。おまけに見事なイワシ頭だ。軍の受け売りさ。自分の頭じゃなんも考えられなくなってる」

しっ。さくらは唇に人さし指をあてた。

「誰かに聞かれるよ。特高がどこかにいるかも」

「知ったこっちゃねえさ。こんなじじい一人とっ捕まえたとこで何になる」

おじいちゃんはカッと咽喉を鳴らし、道端に痰《たん》を吐いた。

「ちょっと、はしたないよ」

「構うもんか。どうせイワシ組長の家の前だ。いまや、米も野菜も蠟燭《ろうそく》も石鹸もなにもかもが配給制だ。そいつが隣組を通じて行われる以上、自然と組長の態度が大きくなっちまうのは、まあいい。日本全国、大なり小なりどこもおんなじだろう。人間なんてそんなもんだ。けど、あいつはてめえだけが正しい……違うな、お上は絶対に正しいと信じ込んでやがる」

「ねえ、本当に誰かに聞かれるよ。続きは家で」

おじいちゃんは歯を見せて笑った。

「へいへい。寒いし、さっさと帰って飯を食おう。さくらは腹ぺこだったな」

「そりゃそうだよ、昼から何も食べてないもん」

今日の昼食も蒸かしたさつまいもだった。しかも半分。不満はない。昼食を食べられるだけいい。昼時になると、手ぶらでみんなの輪からふらっと離れていく級友もいる。

「組長の話はうるせえだけじゃなく、聞いてると馬鹿になっちまうぞ」

おじいちゃんはもう一度痰を吐いた。

別の地区にいる友達も「うちの組長もうるさいのなんの」と口を尖《とが》らせていた。空襲警戒警報が鳴ると外に灯りが漏れないよう、黒い布などで電灯を覆わないとならないが、少しでも遅れると、メガホン片手に担当地区を巡回する組長の罵声が飛んでくるそうだ。一つの灯りで爆弾の投下場所を決めているとは思えないが、自分の隣組のせいで近隣一帯に爆弾が投下されかねない。近隣住民の命にかかわるから必死なのか、自分の責任問題になってしまうのが怖いのか。うちの組長は後者に重きを置いているように見える。

さくら。背後から声を掛けられた。

振り向くと、同じ隣組で同級生の河内勝男《かわちかつお》――かっちゃんがいて、目を吊り上げていた。工場では互いに苗字で呼び合うが、こういう時は昔からの呼び名で声をかけあっている。

「頼むから、明日はしっかりやってくれよな。他の隣組にいる連中の手前、俺まで恥ずかしくなるんだ。バケツリレーは最初が肝心なんだからさ」

「なら、順番変わって。かっちゃんは足が速くて力も強いんだから、わたしより適任でしょ」

「だめだね。警防団員が決めた順番だろ。規律が大事なんだぞ。命令系統を辿っていくと、いずれ陛下に行き当たる。皇国は陛下のもと、一丸となって勝利を摑むんだ。銃後の俺たち一人一人の行動が鬼畜米英との戦いを勝利に導くんだ」

かっちゃんは威勢よく言い、拳を胸の前に掲げた。

おじいちゃんは子ども同士の会話に興味がないのか、もう家の引き戸を開けている。

「ここだけの話……」かっちゃんが声を潜めた。「明日は陸軍記念日だ。ひょっとするとひょっとする。訓練が訓練でなくなるかも」

「今日は空襲警報も鳴ってないよ」

「最近空襲はしょっちゅうだろ。お客さんも単に休憩してるだけかも」

空襲が度重なり、さくらも含め、多くの人がB29を「お客さん」「B公」「定期便」などと呼んでいた。

かっちゃんは足元の残雪を蹴った。二、三日前に降った雪が氷のように固くなり、ざくっと音が鳴る。

「常在戦場。心構えだけはしっかりしとけ」

訓練なんてまっぴらごめんだなんて言えない雰囲気だ。かっちゃんは変わった。かっちゃんだけではない。男の子たちの大半は変わった。ちょっと前までは、どんなに小さな原っぱにも男の子たちがいて、三角ベース、相撲、ベーゴマ、チャンバラなどではしゃぎまわり、どんな路地をも遊び場にしていた。

さくらは前にかっちゃんに質問を投げかけた。

――満足に食事もできない暮らしをさせられてるのに、なんでそんな一生懸命になれんの。

――苦しいのはみんな一緒だ。耐えなくてどうすんだよ。いま苦しいのはお国のため、将来の勝利のためなんだ。腹が減っただただのなんだのは、非国民の言い草だぞ。今回は見逃してやるから以後、気をつけろよ。

「あと、ちゃんとらっきょうを食べて、金魚をしっかり拝んでおけよ」

らっきょうを食べると、金魚を拝むと爆弾が落ちてこない――という噂が流れている。

「気休めでしょ」

「気休めでも、ないよりましだよ」

「ところでさ、まだ歯磨き粉を食べてんの？」

かっちゃんをはじめ、男子諸君は腹が減ると歯磨き粉を食べると自慢げに話していた。

「あんなもんは初歩だな。甘いから結構いけるぞ」

「げえ」

さくらは嘔吐の真似をする。かっちゃんの表情はついさっきまでとは一変し、年相応の笑みを浮かべている。さくらはその顔を見て、少し安心した。

かっちゃんがいささか胸を張る。

「最近は絵の具に挑戦した。赤よりも白の方が甘いな」

「ほんとに？」

「みんなそう言ってる」

絶対に思い込みだ。

「じゃあ、また明日」とさくらは手を振る。

「じゃあな」とかっちゃんも手を振り返してきた。

強い北風が吹き続け、さくらは踏ん張った。それでも体ごともっていかれそうになる。本当に今日は夕方から風が強い。どうか明日の訓練までにやんでいますように。ただでさえ重たいバケツに足をとられるのに、正面から吹きつけられたら無様な醜態を晒しかねない。訓練なんてなくなればいいのに。

2

玄関に入るなり、かつお節のいい匂いがした。こんなまろやかな出汁の香りを嗅いだのはいつ以来だろう。急いで靴を脱ぎ、お勝手に入った。ぐつぐつと何かが煮える音がする。

「あら、お帰り」お母さんがにっこりと笑う。「配給はどうだって？」

「いつも通り。だんだん少なくなってるとこまで、いつも通り」

「そう。今晩はかつお節が手に入ったから、蕪《かぶ》と大根を煮てるよ」

「嬉しい、やったね。でもどうやって？」

もう何ヵ月もかつお節は配給されていない。いまや貴重品だ。

「つるちゃんが持ってきてくれた。どっかで手に入れたみたい」

つる姉とはこのところ朝から晩まで一緒にいる。かつお節を買ったりもらったりする場所なんてどこにもないはずだ。

「会合にいたでしょ？」

「うん、眠そうだった」

「昔からよく寝て、よく食べる子だったからねえ」

「わたしも寝るのも食べるのも大好きだよ。幸と雅は？」

「寝てる。小さい子は寝るのも仕事だから」

お母さんも寝るのが大好きだ。眠るのが好きな人に悪い人はいないと思う。強風で、がたがたとガラス窓や引き戸が震えた。

「なんだか怖いね」

「今の季節は毎年強い風が吹くから。自然の前では人間なんてちっぽけなんだよ」

お母さんが訳知り顔で言い、菜箸で大根を突《つつ》いた時、玄関の引き戸が開く音がした。

「おじゃましまーす」

「つるちゃん、こっちこっち」

お母さんが大声で呼びかける。大きな足音がし、つる姉がお勝手にやってきた。

「いい匂い。さすがおばさん。かつお節もさぞかし喜んでるよ。やっぱり託して正解だった」

「ふふふ、大根と蕪の煮炊きはお任せあれ。いずれ作り方をつるちゃんにも伝授してしんぜよう」

「楽しみにしてる。おばさんの煮物は深い味なんだよねえ」

「さすが食いしん坊。舌が肥えてるねえ。食べていく？　持って帰る？」

「ここで一個つまみ食いして、うちの分は持って帰ります」

つる姉は悪戯っぽく笑い、鉢皿を出した。合点承知、とお母さんが応じる。さくらはつる姉のもんぺの裾を引っ張った。

「赤木先……つる姉、かつお節なんてどこで手に入れたの」

「ベー太郎」

勤労動員先の工場長だ。奥さんも子どももいるのに、生徒がいる前でも「妾にしてやってもいいぞ」とつる姉に言い寄ってくる。年頃の男は兵隊にとられ、つる姉と釣り合う年頃の者がいないためだ。『贅沢は敵だ』『決戦に休みなし』『撃ちてし止まん』『足らぬ足らぬは工夫が足らぬ』。工場に行く途中、壁にいくつもの様々な標語が貼られているが、『足らぬ足らぬは夫が足らぬ』と落書きされるほどだ。

さくらたちは心の中で工場長に舌を出し、あっかんべーをする。それで当初は『あっかんべー太郎』と呼び、転じて『ベー太郎』というあだ名に落ち着いた。

「ベー太郎がかつお節を持ってたの？　つる姉にくれたんなら、自宅の分も含めて二本あったんでしょ」

「こんなご時世でも、あるとこにはあるんだよ」

さくら、とお母さんが割り込んでくる。

「つるちゃんは先生なんだから、そんな口の利き方をしないの」

「いいでしょ。ここは学校じゃないもん」

「おばさん、大丈夫。学校じゃ……いまは工場か。どっちにしても、依怙贔屓《えこひいき》してないから」

「してくれてもいいんだよ」とさくらはまぜ返す。

「先生、か」つる姉が視線を落とした。「何にもみんなに教えてないね」

「違うよ」さくらはかぶりを振り、人さし指を立てた。「『どんな時も希望を失ってはいけません。どんな時でも心ある人はいます。意志あるところに道は開けるんです。裏返せば、意志がないと道は開けません』。いつもそう言ってくれるでしょ。あの言葉、みんな好きだよ。わたし、幸と雅にも教えたもん」

「そういや」とお母さんが声を弾ませる。「幸も雅もそんなことをむにゃむにゃ言ってたな。うん、いい教え」

「そうおっしゃっていただけると、教師の端くれとして心よりうれしく存じます」

つる姉が急に真面目くさった口調で深々と頭を下げ、三人でけらけらと笑った。

「ねえ、今晩もあれを着るの？」

さくらが訊くと、つる姉は嬉しそうに目元を緩めた。

「もちろん。本当は一日中着てたいけど、平日は工場だし、明日は訓練だし。寝る時くらいはお気に入りの服を着ないとね」

太郎兄ちゃんが兵隊になる前に贈った、白地に水玉模様のブラウスだ。絹も使われ、肌触りがとてもいい。もんぺ姿を強要されるようになり、おしゃれをしたかったら、寝る時か、国民服の下に着る以外にない。組長やかっちゃんがつる姉のおしゃれを知ったら、「贅沢は敵だ、非国民め」と鼻息荒く非難するに違いない。開戦後もさくらは何度か銀座や日本橋に行った。当初はおしゃれをする人もいたけれど、おじいちゃんが「この大本営発表は嘘だぞ、また負けた」と解説しはじめた頃から世の中の空気が急速に暗くなった。

「ペンダントはいつするの？　また見たいな」

ブラウスと一緒に太郎兄ちゃんが贈ったらしい。銀細工のペンダントトップの中心に据えられたトルコ石は空よりも青い。中途半端な形だけど、つる姉はとても気に入っている。

「あれは特別な時に着けないと。ありがたみがなくなっちゃうもん」

いただき、とつる姉が箸を大根のひとかけらに突き刺し、口に入れる。

「ほひひひ」

「え？　なになに？」とお母さんが砕けた調子で問う。

つる姉は口をぱくぱく開け、「あふあふ」とまた意味不明なことを言っている。大根がかなり熱いのだ。つる姉はつまみ食いした大根を呑み込むと、にっと笑った。

「おいしい」

「ひょっとして、さっき言った〝ほひひひ〟って〝おいしい〟って言ってたの？」

さくらが尋ねるなり、そうそう、とつる姉は両手を頬に添えた。

「ああ、よかった。まだほっぺたがあるね。おいしすぎて落ちたかと心配しちゃった。お行儀の悪さはご勘弁を。真似しちゃだめだよ」

「よし、完成」

お母さんが火から鍋をおろし、つる姉が持参した鉢皿に大根と蕪を手際よく入れ、おたまで煮汁をかけた。さらに手際よく刻んだ大根と蕪の葉っぱをふりかける。

「葉っぱは余熱で火が通るから。それくらいがしゃきしゃきでおいしい」

「よし、今晩はごちそうだ。じゃあまた明日」

笑顔のつる姉を見送り、さくらは幸と雅を起こした。少しむずかるものの、頻繁に空襲されるようになってから二人の寝起きはかなり良くなった。

「太郎兄ちゃんとつる姉が結婚しないかな」

「帰ってきたら、せかしてやらないと」とお母さんがきゅっと口元を結ぶ。

やがて診察時間を終えたお父さんも居間にやってきた。

「おっ、今日は豪勢だな」

さくらはかつお節の話を手短にした。

おじいちゃんが最後に居間に来て、いつもの席に座る。

「食える時に食え、寝られる時に寝ろ。いただきます」

おじいちゃんが今晩も家訓を述べ、家族六人の夕食がはじまった。幸も雅も小さな手で器用に箸を操り、黙々と口に大根や蕪を運んでいる。いつも二人は賑やかだけど、久しぶりのかつお出汁の煮物に声も出せないのだろう。灯火規制で電灯に黒い布をかぶせている上、窓の遮蔽幕も閉めているので、家族の顔はぼやっとしか見えない。

「お兄ちゃんにも食べさせてあげたいね。大根と魚の煮つけが大好きだったもん」

さくらが呟くと、だな、とお父さんがぼそりと言い、続けた。

「案外、もっといいもん食ってるかもよ。なんせ兵隊は体が資本だ」

いいなあ。雅が間髪を容れずに箸を上下に振る。

「せめて、どこにいるのか教えてほしいねえ」

お母さんが遠くを眺めるような眼差しになった。

さくらは雑穀にほんのわずかな白米が混ざった飯を口にいれ、何度も噛み締める。一口ごとに百回噛むと、量を食べずとも多少はお腹が満たされる。たとえ体が大きくならなくても、自分の分を幸と雅に食べさせたい。自分も太郎兄ちゃんにそうしてもらった。

――お兄ちゃんがお腹減っちゃうよ。

――大丈夫だよ。よく噛むから。よく噛むと栄養も吸収しやすくなるんだ。

他愛ない会話が懐かしい。

いくらおいしくても量が少ないので、夕食はすぐに終わった。お母さんはお勝手に食器を洗いにいき、お父さんはラジオをつけ、ごろりと畳に横になった。ラジオからは琴の曲が流れている。のんびりした音色だけど、太郎兄ちゃんがいる戦場に関する緊急の大本営発表があるかもしれない。

おじいちゃんは今朝届いた新聞をもう一度読んでいる。

「何が書いてあるの？」とさくらは尋ねた。

「摩訶不思議な話だよ。新聞の記事、ラジオや映画ニュースで流れる映像、大本営発表。どれも文字通りに受け取ったら、日本は連戦連勝で勝利は目前だ。なのに、どうしてさくらのような子どもまで勤労動員されなきゃならない？　我々の生活はどうして楽にならない？　食い物はどこにいった？　娯楽はどこにいった？　日々のいとなみはどこにいった？」

「おやじ、いつも言ってるだろ。さくらに妙なことを吹き込まないでくれ」お父さんが眉を寄せる。「ただでさえ多感な年代なんだ」

「おまえはものわかりが良すぎるんだよ。誰かの話を丸のみするんじゃなく、てめえの頭で物事を吟味する訓練をしろって言ってるだけだ。人に流されんな」

「そいつが余計なんだ。一介の個人が何を考えていようと、何も変わらないのが現実だし、大勢が同じ意見なら、そっちの方が正しい確率が高いだろ」

お父さんが言い返すと、おじいちゃんが肩をすくめた。

「正しさなんて立ち位置によって変わんだよ。人数で決まるもんじゃねえ」

「民主主義の否定だな」

「この国のどこが民主主義だよ」

最近、二人は言い争う機会が多い。どちらの言い分にも賛成できる面がある。

幸と雅がお手玉できゃっきゃと遊んでいる。

「七代目、どうせやりかけの仕事があるんだろ。仕事に戻れ。ラジオは聞いといてやる」

お父さんは不承不承の面持ちで立ち上がり、やりかけの仕事をしに自室に向かった。

「さて。さっきの続きだ、さくら。国の発表と俺たちの生活水準の低下が反比例している事実は何を導き出す？」

「導き出すも何も、耳にたこができるくらい聞いてるよ。嘘を吐かれてるんでしょ」

「そういうこった。国の行方を左右する大事な事実について嘘をつく国は長くない。俺たち一人一人がこんな国になるのを許しちまったんだ」

おじいちゃんが深い溜め息をついた。幸と雅が遊ぶ声とラジオの琴の音色が胸をつく。こうしている間も、どこかでお兄ちゃんたちは戦っている。

「絶対に外で言っちゃだめだよ」

「ああ。いくらじいちゃんが無鉄砲でも心得てるさ。憲兵ってのはたちが悪いからな。足音もなく近寄ってきて、背後からぐさりなんてご免だ」

吹き止みそうもない強風が窓ガラスを揺らした。その強風に背中を突き飛ばされるように、さくらはこれまでは怖くて咽喉から出なかった疑問を絞り出した。

「日本は負けるの？」

「間違いなくな。神風を頼る馬鹿もいるが、滅多に吹かないから神風なんだ。せいぜい数百年に一度あるかないかさ。そんなのにすがりついてどうする」

「どうやったら勝てるの？　負けると男は全員奴隷にされて、女は全員妾にされるんでしょ」

おじいちゃんは呵々《かか》と笑った。

「それも嘘の一つだ。試しに計算してみろ。日本の人口はおよそ七千万人。全員をアメリカに連れていくのに、どれだけの時間と労力がかかる？　半分が男だとして、三千万人の潜在的な敵を抱える危険を冒すか？　妾？　さくらは自分の結婚相手が妾を持ったらどうだ、嫌だろ。アメリカのご婦人方だって一緒だ。許すわけがない」

あっ。さくらは声が漏れた。おじいちゃんの言う通りだ。強い表現に目をくらまされていた。怖い……。同じ内容を繰り返し言われているうちに、少し頭を使えば見当がつく事実関係すら見えなくなってしまうなんて。

「じいちゃんはもう歳だ。あとは死ぬだけの身。さくらたちが不憫《ふびん》でならんよ。生まれる時代さえ違っていれば、今頃は楽しい日々を過ごせただろうに」

「みんなといられて幸せだよ。太郎兄ちゃんとつる姉が結婚したら、もっと幸せになれる」

「じいちゃんだって世の中の動きに目を瞑れば、幸せだよ。でも、他の幸せも知っている。それをさくらたちにも味わわせたいんだ」

幸せ。さくらは心中で呟いた。家族といられる以外の幸せについて一度も考えた経験がない。日本が戦争中でなければ、今頃何をしていたのだろう。他愛ないおしゃべりをする以外、何ができたのだろう。勉強？　恋？　おしゃれ？

五十年後の十三歳は防空訓練をするのだろうか。六十年後の十三歳は鬼畜米英という言葉を知っているのだろうか。七十年後の十三歳は空襲におびえる日があるのだろうか。どれもない方がいいに決まっている。

ねえ、お姉ちゃん。幸の声で我に返った。

「どうしたの」

「おなか空いた」

「もう？　さっき食べたでしょ」

「あれじゃ足りないよ」

おなか空いた、と雅も腕をぶんぶん振る。自分も二人くらいの頃、妙におなかが空いた時期があった。

「仕方ない。非常食にしよう」

さくらが言うと、幸がお手玉を差し出してきた。お手玉には大豆と小豆が入っている。中から数粒取り出し、空き缶に入れてこたつの炭で炒るのだ。数粒を口に含むだけで空腹をしのげる。お手玉の豆もだいぶ少なくなった。あと何回この手が使えるのか。豆がなくならないうちに戦争が終わり、空腹に困らない日常がやってくるのだろうか。

おまめっ、おまめっ、おまめっ。幸と雅が節をつけて歌っている。さくらも二人にあわせて歌いながら、箸で空き缶の豆を転がしていった。

五分もたたないうちに煎り豆の香ばしい匂いが漂った。そろそろ頃合いだ。煎りたては熱いので箸で慎重にしっかりとつまみ、二人が火傷しないよう上下左右に振って冷ます。

「はい、どうぞ」

幸も雅も両手で豆を受け取った。さくらも一粒の大豆を口に入れる。ふわっと香ばしさが広がり、歯ごたえも心地よい。しばらく舌先で転がし、ほどよくふやけたところで一気に嚙み締める。本当においしい。わたしは生涯、妹たちと食べたこの豆の味を忘れないだろう。

「明日も早いから歯を磨いて寝ようね」

はあい。幸と雅の声が揃った。


ポーッ。二十二時三十分。警戒警報の長い音が鳴った。さくらはぬくもったばかりの布団から上半身を起こした。いつ空襲警報に変わるか予想できない。外ではすごい強風の音がする。ますますひどくなっているみたいだ。寒い。目だけ開けていればいい。さくらはもう一度布団にくるまった。

「入るぞ」とお父さんの声がしてふすまが開いた。「今晩は氷の当番じゃないんだな?」

「そうだっ」

さくらは跳ね起き、枕元に置いたちゃんちゃんこを羽織った。

「行ってきます」

玄関口でとび口をつかんで外に出るなり、全身が震えた。

寒さのせいばかりではない。怖い。とてつもなく強い北風で立っていられないどころか、目も満足に開けられない。電信柱ごと倒れそうなほど電線が波打って揺れ、大八車が動いている。顔の前に腕をかざし、強風に立ち向かうように進み、貯水槽へ向かう。空襲に備え、貯水槽の氷を割っておかないとならない。さくらの年代の役割だ。少国民にこの役目はまだ早い。さくらの隣組ではかっちゃんと三日ごとの交代で課され、今晩は白分の番だった。

氷が割れる音がした。だれ？　目を凝らすと、夜の闇にうっすら人影がみえる。人影は貯水槽に屈みこみ、砕けた氷を外に捨てている。そのままにしておくと、また凍ってしまう。しかも今晩はこんな北風だ。さくらは人影に走り寄った。

かっちゃんだった。

「ごめん。わたしの番なのに」

「いいさ。うちの方が近いんだ。今晩は寒いしな」

こともなげな口ぶりだ。さくらはかっちゃんの隣に屈みこみ、まだ浮いている氷をつまみあげ、外に捨てた。指先が凍ってしまいそうだ。

「寒いね」

「そりゃ、まだ冬だからな。俺は暑い冬の方が嫌だよ」

「言えてる」

「ちゃんちゃんこは燃えやすいぞ」

「大丈夫。逃げる時は、かっちゃんにもらった柔道着も重ねて羽織る」

「重装備だな」

かっちゃんは子どもの頃から隣組の組長の道場で稽古をしている。柔道着はかっちゃんが三年前に着ていたもので、小柄なさくらにはちょうどいい。

氷を捨て終えると、揃って立ち上がった。かっちゃんが指先にはあっと息を吹きかける。

「今晩はもう顔を合わせずに済むといいな」

「ほんとにね」

じゃあ、と手を振って別れた。

家に帰ると、ラジオから「繰り返します」と放送が流れている。

「お客さんはもう帰ったってさ。洋上はるかに逃走せり。おまけに明日の陸軍記念日に向けて行軍の士気はますます盛んだそうだ」

お父さんが重そうな鉄兜を畳の上に置いた。

3

アァーアァーアァー。空襲警報が鳴っている。さくらは寝ぼけ眼でも、反射的に上半身だけ跳ね起きた。氷を割ったのは何分前？

「起きろッ」おじいちゃんの大声が間近で聞こえた。「南の空がもう真っ赤だ」

「警戒警報はなかったの？」

同級生には警戒警報では起きない猛者《もさ》もいるけど、さくらは必ず起きていた。今日に限って聞き逃すとも思えない。

「鳴ってない。いきなり空襲だ。只事じゃないぞ」じいちゃんは早口で言う。「さっさと支度しろ」

さくらは枕元に置いていたちゃんちゃんこの上に、お古の柔道着を羽織り、頭巾をかぶった。幸と雅をせきたてる両親の声がする。水筒や布切れ、お兄ちゃんからの手紙を入れた小箱を底にしまった背嚢を担ぐ。小走りで玄関に行き、ゴム長靴を履き、外に出た。

南の空が赤い。炎と黒煙の上をB29が飛んでいる。こちらに向かってくる機体もある。北風はうなりを上げて吹いている。

空襲、空襲ッ。誰かが叫んでいる。さくら、早く。お母さんに声をかけられた。右手で幸を、左手で雅の手を引いている。

「おじいちゃんとお父さんは？」

「すぐにくる」

二人が大八車を引いてきて、玄関前に置いた。隣組共同の防空壕には、すでに何人かが入っている。つる姉一家はいない。

「焼夷弾など恐るるに足らんッ。落ちてきたら即刻、消せッ」

壕の前で組長が叫んでいる。

炎に照らされたB29が焼夷弾を次から次に落としている。ぱらぱらと細い棒が空から落ちていき、数秒後にそのあたりの空が真っ赤に染まる。

防空壕に入ろうとすると、待て、とおじいちゃんに止められた。

「いつもと違う」おじいちゃんは険しい顔つきで人差し指をなめ、風にかざした。「北西の風だ。風上に逃げよう。議論はなしだ。残りたいならお前だけ残れ」

おじいちゃんはお父さんに取りつく島もない語気で告げた。お父さんはおじいちゃんを見据えている。

「従うよ」

「消火を放棄するのかッ」

組長がおじいちゃんの肩を摑んだ。おじいちゃんが即座に振りほどく。

「命がないと消火もできんッ。お前らもさっさと逃げろ」

貴様ら、待てッ。

組長の怒声を背に一家で玄関まで戻り、お父さんが幸を背負って布団や診療道具を載せた大八車を引き、お母さんは雅を背負った。幸と雅は宝物のお手玉を握り締めている。さくらは妹二人に小さな防空頭巾をかぶせた。

「二人ともしっかりね」と声をかけると、幸と雅はちょっとだけ頷いた。

いくよ。お母さんが力強く言った。

走り始めた。おいっ。壕の前で組長の大声がし、それは瞬時にかき消された。列車が頭上を走っているみたいな轟音がして、さくらの肌は粟立った。

B29だ。

大型台風の豪雨さながら焼夷弾が降ってきた。あちこちの屋根を貫き、さくらの数メートル後ろでも地面に刺さる音がする。防空壕の人たちは大丈夫だろうか。走りながら振り返ると、組長の脳天に焼夷弾が突き刺さり、一気に体が燃え上がった。さくらは言葉を失い、前を見た。

逃げるしかない。逃げるんだ。頭上ではＢ29が爆音を響かせ、焼夷弾を落とし続けている。至る所で火が噴きあがり、北西の風であっという間に隣家に燃え移っていく。油脂工場からとてつもなく大きな火の手があがる。

大通りに出ると、逃げ惑う人でごったがえしていた。

「大八車を捨てろ」

おじいちゃんの指示でお父さんは道端に大八車を置き、診療道具の入った背嚢を素早く肩にかけた。消防車のサイレンが遠く近くで聞こえる。

炎が炎を呼ぶ。風に乗った炎がうなり、別の炎と一体となり、火焔の渦を作り、トタンや木材を巻き上げていく。上空では紙屑のように舞い上がった大八車が何台も燃えている。どこから走ってきたのか三頭の馬が焼夷弾の直撃をくらって倒れ、断末魔の叫びをあげて燃えていく。

目を疑う光景だった。さくらは走った。息が上がり、肺が苦しい。熱風で目も咽喉も痛い。誰かに蹴られ、足がもつれるも、なんとかこらえる。立ち止まったら死ぬ。立ち止まったら燃えてしまう。立ち止まったら、焼夷弾にやられる。

「お嬢ちゃん、背中ッ」

誰かに言われ、さくらは自分の影に炎の揺らめきを見た。立ち止まるなり、息荒いお母さんがはたいてくれるも、火は消えない。

「背嚢を捨てろ」とおじいちゃんが叫んだ。

「お兄ちゃんからの手紙が」

「また受け取れるッ」

さくらは仕方なく、背嚢を道端に捨てた。大丈夫。太郎兄ちゃんとの思い出まで焼けるわけじゃない。自分にそう言い聞かせた。

米国の寄付で建設されたという同愛病院の近くまで来た時、かっちゃん一家に出会った。

「だめです。蔵前橋《くらまえばし》の向こうも火がすごいです」

かっちゃんの父親が叫んだ。おじいちゃんが何か大声で言い返している。

「さくら」鉄兜をかぶったかっちゃんが、しょんぼりと話しかけてきた。「偉そうに言っときながら、俺は消火活動できなかった。逃げてきた」

「こんなの逃げるのが当たり前でしょ。自分を責めないで」

「ん……泣いてるのか？　そりゃ怖いよな。俺も怖いよ」

我知らず泣いていたらしい。さくらは指先で目元を拭った。

「煙は目に染みるし、お兄ちゃんの手紙は焼けちゃうし……」

かっちゃんの手がさくらの両肩に置かれた。

「さくらは絶対大丈夫だ。この柔道着を着た時、俺は無敗だった。縁起がいい柔道着なんだ」

「そんな縁起がいい柔道着、弟にあげなくてよかったの？」

「構うもんか。弟に着せるなんてもったいない」

「いま着てる柔道着も縁起がいいの？」

かっちゃんは学生服に柔道着を羽織っている。

「多分ね。まだこいつを着て試合してないから確信はないけど、母ちゃんに頼んで、内側に同じ刺繍をしてもらってるし」

「刺繍なんてあった？」

「逃げた先で見てみ。さくらんちもうちと一緒に行くのかな」

「かっちゃんたちはどこに行くの。風上には行かないの」

「親父は中川方面に行くって。中川を越えれば荒川《あらかわ》で、荒川を越えれば千葉だ。さすがに千葉の漁村まで燃やそうとはしないって読みらしい」

勝男、行くぞ。かっちゃんの両親と弟が東に歩いていく。

「別行動みたいだな。お互い気をつけよう。そうだ、さくらにあげるよ」

かっちゃんが懐に手を入れ、巾着袋を出し、さくらに押しつけるように渡してきた。

「これなに？」

「らっきょう。じゃあ、またな」

かっちゃんが手を振り、家族に駆け寄っていく。さくらは巾着袋を懐にしまった。

「河内さんの話だと、蔵前橋はまだ渡れるってよ。浅草側に渡って上野方面を目指すぞ。ひとまず寛永寺《かんえいじ》に行こう」

おじいちゃんは風上に向かって指をさした。

「かっちゃん一家は千葉まで行くって」とさくらが言った。

「ああ。風下に逃げてどうすんだか。聞く耳を持ってくれなくてな。ぐずぐずしてられんぞ」

蔵前橋のたもとには疲れ果てた顔の人が大勢いた。橋の上もごった返していたけど、なんとか隅田川《すみだがわ》を渡れた。いざ対岸にきたものの、浅草側も炎が方々で渦巻き、頭上をB29が飛び回っている。道路の両側の建物が燃え盛っていて、炎の巨大な輪っかを潜っていくようだ。夜なのに張り紙の文字も読める。

『肉を切らせて骨を断つ』『帝国の未来は汝ら青少年学徒の双肩にあり』

道路には黒焦げの人間が何体も横たわっている。正面から熱風が吹きつけてきた。自分まで燃え上がってしまいそうだ。

少し行くと東に向かう人がひしめいていて、流れに抗って西に進めそうもない。目指すべき北西方面にも炎が立ちふさがっている。

「みんな東に向かってます。うちだけですよ、北西に進もうとしてるのは」

お父さんがおじいちゃんに食ってかかる。

「他人と違ってようと、こんな時に自分の頭で判断せんでどうする」

落ちてくるぞ。男の叫び声が聞こえた。

東側に逃げる一団の一人に焼夷弾が突き刺さり、体中から火を噴いた。別の焼夷弾が電柱に刺さって、周囲が一気に燃え、破片が飛び散り、人々の腕や首をむしり取っていく。女の人、子どもがあっけなく崩れ落ち、燃えあがる。東への退路も塞がれた恰好だった。

「口論の暇はありません」お母さんの瞳には真赤な炎が反射している。「北に行きましょう」

一家は再び走り出した。

いきなり道の両側の建物が発火した。前方で逃げている人の髪の毛が突然燃え、叫び声があがった。ガラスが溶け、鉄の柱が飴細工《あめざいく》のように曲がっていく。前後左右からこぶし大の火の玉が飛んできて、逃げ惑う人々の群れに襲いかかる。真っ黒い煙があちこちで渦巻き、視界を遮ってくる。警官や警防団員が叫んでいる。

さくらは時折、父母の背にいる妹たちの様子を窺った。大丈夫だ。煙や熱で目を瞬かせているが、怪我をした気配はない。

西に抜けられそうな道や路地は大量の瓦礫《がれき》で埋もれているか、炎の壁が立ちふさがっていた。あちこちで人が燃えている。人が燃える時はざわざわと音を立てるのか、とさくらはぼんやりと思った。知りたくもなかった。先頭のおじいちゃんが西から東に向かう人波に分け入り、北に突っ切る流れを切り開こうとする。

「通してく……」

おじいちゃんの声が大勢のざわめきにかき消された。そのまたちまち人波に呑み込まれ、連れ去られていく。さくらたちは急いで立ち止まり、人の流れから一定の距離を取った。

「おじいちゃんッ」

叫ぶも、返事はなく、その姿はもう見えない。

「あんた、どうする」お母さんがお父さんに問うた。「このまま北に行く?」

さくらは周囲を見回した。逃げ場はない。千住方面の北も、上野方面の西も深川《ふかがわ》方面の南も炎の壁。東の錦糸町《きんしちょう》方面も火の海だ。

家が崩れ落ちる音がし、焼け落ちた屋根や天井が地面に落下する轟音も荒々しい。前後左右から熱風が吹きつけてくる。黒煙と炎は北風で暴れ狂っている。なんまんだぶ、なんま……。

黒煙と炎に染まった夜空に手を合わせるおばあちゃんがいる。泣き叫ぶ赤ちゃんがあちこちにいて、日本刀を掲げる警官がいて、がれきに押し潰された人がいる。助けて。悲鳴がする。出してくれ。呻き声があがる。おとうちゃん、おかあちゃん。子どもの泣き声が聞こえる。炎に照らされるあれこれ全部が影絵に見える。本当に影絵だったらいいのに。作り話だったらいいのに。

「東に戻ろう」お父さんは額の汗を拭った。「これだけの人間が東に向かっているんだ」

「みんな隅田川を目指してるんじゃない？」とさくらは言った。

火には水。単純な思考回路だ。隅田川まで出たとして、水があるけど、どうやって火に対抗するの？　飛び込む？

「誰か知恵者がいるさ。行こう」

さくらの内心を見透かしたのか、お父さんが言った。

五人は東に進路を変えた。お父さんの判断がなくとも、実質的には変えざるをえなかった。東に向かう人波を北に突っ切るのはまず無理だ。貯水槽で手ぬぐいと頭巾を水に浸した。つい数時間前は氷が張っていたのに、熱湯だ。残雪も消え失せている。街全体……いや下町一帯が火焙《ひあぶ》りにされているのだ。

突風が吹いた。左側の炎が一瞬にして道路をひとなめして右側に燃え移った。すぐ先で大勢の人が火にあおられ、倒れていく。前方が火の粉の雨で見えない。こんな炎をバケツリレーと火たたきで消せるわけがない。偉い人は本気で消火できると考えていたのだろうか。そうだとしたら正気じゃない。

大きな火の粉が飛んできて、幸の頭巾に火がつき、さくらは慌てて叩いて消した。さっき水に浸したのに、もう頭巾が乾いている。

「幸、熱くなかった？　怪我はない？」

「うん、大丈夫」

幸が気丈に答えた。お手玉をぎゅっと握っている。雅を見ると、母の背中でぐっすり眠っていた。たいした度胸だ。将来が楽しみになる。

人の流れに沿い、東に向かっていく。熱風にあおられ、顔の前に腕をかざし、少しでも呼吸を楽にして、目を開けていられるようにしないと歩けない。

大きな道に出ると、まさに火の道だった。火の球が飛び交い、煙が渦巻き、人が蠢《うごめ》き、向こう側が見えない。

「言問橋《こといばし》にいく大通りだ。いこう」

お父さんは血走った目で、強い口調だった。

背を押され、小突かれ、進んでいく。さくらは時折体が浮き、歩いていないのに前に前に進んだ。幸と雅が潰されないよう、さくらは両手を広げて二人の背中を守った。もう引き返せない。後ろからどんどん人が押し寄せてきて、流れに乗るしかない。

先はどうなっているのだろう。さくらは背が低いので、人波に阻まれて東側の様子が見えない。空は真っ赤だ。怒号、泣き声、サイレン、何かが燃え崩れる音、強風の雄叫び。すべての音が一体となって押し寄せてくる。

爪先立ちのまま背中を押され、ふくらはぎが今にも攣《つ》りそうだ。もう横に逸れることもできない。言問橋脇には公園があるけど、高射砲陣地になっているので一般市民は入れない。どこに逃げればいいの？

――人に流されんな。

おじいちゃんの声が耳の奥で聞こえた。

大きな火の玉がうなりを上げて頭上をかすめていき、数秒後、背後で悲鳴があがった。逃げなきゃ。とにかくここから逃げないと。さくらは妹二人の背中を庇いつつ、つんのめるように進んでいく。

言問橋まで至ると、橋の上は人間でひしめきあっていた。浅草寺の初詣の人出より、はるかに多い。さくら一家は橋の左端を進んだ。橋が無数の人間の重みでたわんでいるようで、欄干《らんかん》もへし折れてしまいそうだ。隅田川は両岸からの炎で赤く染まり、時折、川面《かわも》に人が浮かんでは沈んでいる。

後ろからどんどん人がきていた。なのに前には進めず、とうとう橋の中ほどで身動きがとれなくなってしまった。

「ちょっと向こうを見てくれ」

父親がさくらの腰に手を回し、持ち上げた。さくらは、頭巾と髪の毛が蠢く橋の様子に息を呑んだ。

橋の右側では二台の消防車が立ち往生し、消防隊員が何か叫んでいた。対岸からも言問橋に大勢が押し寄せてきていて、頭上では火の粉が右に左に飛び去っていく。錦糸町方面も背後の浅草方面も、炎は地域全体を呑み込んで火勢が衰える気配はない。

「どうだ？」

お父さんの問いに、さくらは見たままの状況を伝えた。

「そうか」

返答は短かった。お父さんはお母さんと目を合わせてから、さくらの頭に手を置いた。

「幸と雅を連れて先に逃げてくれ。さくらなら二人を連れて、人の間をすり抜けられる。集合場所は錦糸公園にしよう」

幼い頃、太郎兄ちゃんとも何度となく遊びに行った大きな公園だ。数年前は大きな虹がかかるのを見た。公園の木立も燃えてしまったのだろうか。

さくらは父母の目を見つめた。

「わかった」

さくらが父母と幸と雅を結びつけていた紐を外した。雅はいつの間にか目を覚ましている。お父さんとお母さんが交互に幸と雅の頭を撫でた。

「姉ちゃんの言うことをよく聞くんだぞ」とお父さんが優しく声をかけた。

「またあとでね」とお母さんが涙ぐんだ。

幸と雅が不安そうな顔つきで、うん、と答える。さくらは右手で幸を、左手で雅の小さな手を握り締めた。

「二人とも、お姉ちゃんの手をしっかり握ってて。わたしも絶対に離さない」

うん。幸と雅が声を揃えた。

「お父さん、お母さん。またあとで」

「幸と雅を頼むぞ」

お父さんが真顔で言い、母親は力なく微笑んだ。

さくらは前の人たちの背中と背中の間に顔をねじこみ、無理矢理に空間をこじ開けて幸と雅を引っ張り込んだ。人間と荷物の間に滑り込み、かきわけ、一心不乱に対岸を目指した。頭上を飛び交う火の玉や、ひしめく人間の体温で真夏よりも蒸し暑く、全身から汗が噴き出してくる。妹たちの手をしっかり握り、舌を噛まないよう奥歯にぐっと力を入れる。誰かの靴を踏み、誰かの荷物を乗り越え、倒れ込んだ誰かの背中を渡り、ひたすら橋を渡っていく。

「幸、雅、もうすぐだよッ」

うんッ。二人も叫び返してくる。轟音が渦巻いているのに不思議と二人の声はすんなり耳に入る。幸の頭巾がどこかにいって髪の毛が逆立ち、雅の左手の袖は引きちぎられそうだ。三人は必死になって身動きがとれない大勢の間を力任せに突き進んでいった。お父さんとお母さんはいつ橋を渡れるのだろう。朝には再会できるのだろうか。今はとにかく前に進もう。

人。怒号。苦しい。火の球。人。熱い。火の球。悲鳴。人。怖い。

無我夢中で体を動かしていくうち、なんとか橋を渡り切れた。幸と雅を見る。二人とも煤《すす》で顔が真っ黒で、髪の毛はぐちゃぐちゃだ。衣服も破れたり焦げたりしている。幸い怪我をした様子はない。

「二人とも平気？」

言葉を発すると、乾ききった咽喉が痛かった。

「うん」と二人が言い、雅が指さした。「おねえちゃん、くつ。平気？」

さくらの長靴も破れ、爪先が開いていた。脛《すね》の部分は平気なので、まだしばらくはこれで歩ける。ちょっとしたサンダルだと思えばいい。

「大丈夫、歩けるよ」

辺りを見ると、浅草側と同じようにぼろぼろになった人が蠢いている。橋の上で立ち往生する人たちを押し込むように、浅草側に向かおうとする人も多い。日を押上《おしあげ》駅側に転じても、炎が渦巻き、黒煙が真っ赤な空に立ち昇っている。あの炎と煙の中にお父さんとお母さんとの集合場所になる錦糸公園がある。

「ちょっとお嬢さん……」

斜め前の若い女の人が振り返ってきた。生まれて数ヵ月くらいの赤ちゃんを背負っている。

「うちの子、さっきから全然泣かないの。ぐっすり寝てる？　いつもよく泣くんだけど」

さくらは赤ちゃんの顔を覗き込んだ。煤で汚れていても、肌の具合でひと目でわかった。死んでいる。呼吸をしていない。炎と煙で息ができなかったのだろうか。押し潰されてしまったのだろうか。さくらは作り笑いを浮かべ、はい、と短い嘘をつく以外できなかった。

唇を引き結んだ。お父さん、お母さんはいつ橋を渡れるのだろう。わたしは妹一人の命を守れるのだろうか。今晩を生き抜けるのだろうか。

視界の隅で炎の線が走った。慌てて隅田川に目を向けると、こちら岸の炎が凄まじい速度で対岸に渡っていった。隅田川を流れる誰かの布団や荷物、小舟があっという間に燃え上がり、消えていく。川に飛び込んだ人もいたのに……。

炎は橋脚を這い上がり、大勢でひしめく橋の上に襲いかかった。

「お父さんッ、お母さんッ」

さくらは喉の痛みも忘れて叫んだ。

悲鳴とも叫び声とも怒号とも違う、地の底から噴き出たような声の塊が炎から聞こえてくる。炎は言問橋を呑み込み、橋の上の人を巻き上げ、上空へ昇っていく。炎が隅田川上を縦横無尽に駆け回っている。

さくらは妹二人の手を握ったまま、胸の裡が空っぽになっていった。こんなんじゃだめだ。自分に語りかけるも全身に力が入らない。もうやめてください、誰か助けてください……。

「さくらちゃんッ」

つる姉の声が後ろから聞こえた。

4

つる姉は一人だった。

「おじさんとおばさんは？」

「おじいちゃんは途中ではぐれた。おじいちゃん先生は？」

「おじさんとお母さんは言問橋の上」とさくらは力なく言った。

「わたしは小柄だから、幸と雅をつれて先に橋を渡った」

つる姉は言問橋をちらりと見て、頬を強張らせた。橋の方からは、もう地の底からの声も聞こえない。ざわざわと人が燃える音がするだけだ。

つる姉は、さくらを力一杯抱きしめた。

「大変だったね。つらかったね……」

優しい声を耳にした途端、さくらは抱きしめられたまま、妹二人の手を握ったまま、その場にへたり込んだ。つる姉は膝をついてくれた。幸と雅がつる姉にしがみついた。二人は声を押し殺して泣いている。荒れ狂う炎の轟音、建物が燃え崩れる音、人々のざわめき、身を裂くような風の唸りが耳に迫ってくる。

つる姉が体をさくらから離した。

「三人とも聞いて。ここにいても焼け死んじゃう。大川に飛び込んでも流れが速いから溺れるか、火に呑み込まれる。逃げよう。水がいっぱいあって、流されず、溺れないところに」

「つる姉の家族はそこにいるの？」

「さあ。でも、もう逃げ場はそこだけだよ。立って」

さくらは腰を上げようとするも、足に力が入らない。

「だめ、力が入らない。立てない。どうせわたしたちもここで死ぬんだよ……」

「つらいよね。でも、いつも言ってるでしょ。どんな時も希望を失っちゃだめ」

さくらはつる姉にもう一度抱きしめられた。さくらはつる姉の襟首の隙間から白地のブラウスを見た。つる姉の匂いに太郎兄ちゃんの匂いも混ざっている。頬に硬い感触もある。ペンダントトップだ。

「さくらちゃん、今まで色々な小説と講談の話をしたでしょ。あの中には完全な空想もあれば、作者の実体験や歴史上の出来事を書き換えたものもある。私たちがいま経験している出来事も、いずれ誰かが物語にする。歴史や体験は物語になって再び命を得るの。過去は未来を照らす。過去と真正面から対峙することは、未来に向けての一歩目になる。絶対に生き抜いて、物語になった私たちの経験をああだこうだ批判してやろう」

なんて強い人なんだろう。まさにいま頭上に焼夷弾が落ちてきてもおかしくない状況で、わたしたちを置いて逃げられるのに時間を使って、諭すように語りかけてくれるなんて。つる姉はカーキ色の国民服やもんぺを強要される生活でも、おしゃれ心を忘れていない。お気に入りの洋服を着て、一緒に太郎兄ちゃんと逃げている。今日を諦めないで、明日への希望を持っている。現実に負けないでいるのだ。

「うん」とさくらは力強く答えた。

わたしもつる姉みたいな大人になるのだ。そのためには死ねない。こんなひどい現実には絶対に負けたくない。負けてはならない。なんとしてもみんなで生き延びないと。

さくらは両足に力をこめ、地面を蹴り飛ばすように立ち上がった。幸と雅も繋いだままの手で、驚くほど強い力で引っ張り上げてくれた。

「ありがとう、つる姉」

「立ち上がったのは、さくらちゃんだよ」

つる姉が先頭に立ち、さくらは妹二人の手を引いて背中を追った。

あちこちに転がる黒焦げの焼死体をまたぎ越え、地面に突き刺さった焼夷弾のすぐ脇を駆け抜け、燃え上がった人々を助けられずにひたすら走る。見渡す限りの家々が火を噴き、塀や電柱が炎の壁となり、町工場の骨組みは真赤になって波打つように揺れている。

さくらはつる姉の背中を凝視した。つる姉と再会できなかったら、言問橋のたもとで死を待つだけだった。

貯水層の水を頭から全員でかぶり、また走り出そうとした時、轟音が近づいてきた。炎と煙の間から敵機が急降下して迫ってくる。

「敵だッ」

近くにいた誰かが声を張り上げた。地面から小刻みに土煙があがり、前方にいる人が血まみれで倒れていき、翼にぶつかってしまうくらいの超低空飛行で敵機が正面から飛んでくる。

「伏せてッ」

つる姉が地面に飛び込むように突っ伏した。さくらも伏せようとした時、左腕に熱が走った。左脇腹にも熱がかすめ、自分の腕と腰から血が流れ出るのを感じた。

雅が叫び声をあげ、さくらの左手が強く後ろに引っ張られた。すぐさま隣を見ると、雅の胸の辺りから血が噴き出ていた。

「雅ッ」

さくらは呼びかける。つる姉が起き上がり、駆け寄ってくる。雅は崩れ落ちるように膝をつき、ぐったりとして目も虚ろだ。敵機は轟音とともに去っていく。

「雅ちゃんは私が抱いて走るッ。さくらちゃんは幸ちゃんを頼むよ」

「でも……」

「雅ちゃんを引きずって走れないでしょッ」

「そうだね……」

さくらは左手を離そうとした。指が動かない。固まってしまっている。

「だめ、指が言うことをきかない」

つる姉は膝をつき、雅の手を握るさくらの指を一本一本はがしてくれた。雅の呼吸は浅く、早い。つる姉は素早く首からペンダントを取り、さくらの首にかけた。青いトルコ石も炎で真っ赤に染まっている。こんな時でも見とれてしまうほど綺麗だ。

「早くしまって。持ってって」

言われ、さくらは服の下にペンダントトップを隠した。

「なんでわたしが？」

「雅ちゃんを抱いた時、石が傷口に当たったら痛いでしょ。もうすぐだから頑張ろう」つる姉は血まみれの雅を抱きかかえた。「さくらちゃん、怪我の具合は？」

「大丈夫」

撃たれたはずなのに痛くない。ただ血が流れていくだけだ。幸は一発もあたっていない。ほんの数メートル、いや、数十センチ違うだけで無傷だった。

「さあ、行こう」

つる姉が声を張り、さくらはこくりと頷いた。

折れ曲がったり、溶けたりしている線路沿いを進み、大横川にぶつかった。火に追い立てられるように何人かが川に落ち、路上に倒れた人は体から火を噴き、呆気なく燃えていく。

つる姉は橋で立ち止まり、川面を凝視した。炎に照らされたつる姉の顔は真っ黒で、髪も眉毛も焼け、目は真っ赤だ。服は焼け焦げてしまい、下のブラウスが見え、雅の血に染まっている。首筋や手首は赤黒く腫れあがっている。

さくらも川面に視線をやった。いかだや木材などの目ぼしいものには誰かが摑まっていて、自分たちが入れる余地はない。

対岸から七、八人乗りの小舟がやってきた。明らかに定員を超える人数が乗り、なかば沈みかけている。

「乗せてッ」

つる姉が大声で呼びかけた。飛び降りろッ。即座に応答があった。

「さくらちゃん、先に幸ちゃんと行って。後で私と雅ちゃんを受け止めて。先に私が雅ちゃんを抱いて飛び下りても、その後、さくらちゃんを受けとめきれない」

「わかった」

ぐずぐずしている暇はない。さくらは欄干をまたぎ越えて川側に立った。左手で欄干を握り、右手で幸を向こう側から引っ張り上げた。幸に欄干を摑ませ、下をそっと見る。川面までは九尺くらいか。水面に炎がうつり、赤く揺らめいている。

「幸、怖がらないでね。お姉ちゃんも一緒だから」

「だいじょうぶ」

いきますッ。さくらは幸の手を引き、躊躇なく飛び下りた。足元から熱気がふわっと立ち上る。男の人が受け止めてくれ、ぐらぐらと揺れる小舟に足を下ろす。見上げると、雅を抱いたつる姉が欄干をまたぎ越えようとしていた。

「つる姉、早くッ」

ひときわ強い風が吹き、さくらの声をかき消した。分厚い黒煙がつる姉と雅に覆いかぶさり、二人は橋の方に背中から倒れた。

「どうしたのッ」

さくらが叫んでも返事はなかった。

巨大な炎が、つる姉と雅が倒れたあたりを呑み込んだ。二人がいた辺りが瞬く間に燃え上がり、二つの黒い影が上空に舞い上がっていく。さくらは絶叫し、手を伸ばした。いくら指先を広げても、何も摑めない。幸も言葉にならない声で叫んでいる。

つる姉と雅の体は炎と同化してしまい、まったく見えなくなった。さくらはまた膝から崩れ落ちそうになった。全身から力が抜けていくものの、幸がさくらのもんぺの裾を握り締めているので、かろうじて頽《くずお》れなかった。

「お嬢ちゃんもまだ助かったわけじゃねえぞ」受け止めてくれた男が言った。「冷たいけど、油の下にある川の水をたっぷり浴びろ。小さい子もだ。いきなり髪の毛や服が燃えちまう」

――どんな時も希望を失っちゃだめ。

つる姉の声が耳の奥で聞こえた。そうだ。生き抜くんだ。

さくらは男から鉄兜を借り、身を乗り出して川の水を汲んだ。すぐ近くにとてつもない炎が燃え盛っているのに、指先が痺れるくらいに水は冷たい。

川には靴、服、板切れなどが浮き、人の真っ白い足も見える。浮かんでは沈んでいく無表情な顔もある。手足をばたつかせ、必死に何かに摑まろうとする人もいる。溺れた人が浮いている人を水底に引きずり込んでいく。炎の中も地獄なら、水の上も地獄だ。

男がとび口で溺れそうな若い女性を一人助けた。小舟はさらに沈みこむ。

「くそ、もう限界だ。誰も助けられねえ」

男は顔を歪めている。

「幸、冷たいけど我慢して」

二人で何杯も水をかぶり、さくらは幸を背後から抱きかかえた。幸は全身を震わせ、歯が鳴っている。吹き止まない北風が身を削いでいくように鋭く、冷たい。

「大丈夫。お姉ちゃんが幸を守る」

「お姉ちゃんは死なないでね」

「うん。絶対に死なない。幸も死なせない」

小舟は緩やかな流れに乗り、進んでいく。さくらは左腕と腰を触った。血がべっとりとつく。撃たれているのにどちらの傷も痛くない。不思議だ。普段なら転んでひざを擦りむいたり、深爪したりしただけでも痛いのに。

船上にいる多くの人がぼんやり川べりを見上げている。何かを見ているようで、何も見ていない顔つきだ。炎が荒れ狂い、なおも人々を呑み込んでいく。無数の人がつる姉と雅のように燃え上がったまま夜空に消えていく。さくらは唇を引き結び、涙をこらえた。泣くのは後でいい。泣くのは今じゃない。お父さんとお母さんだって、まだ死んだと決まったわけじゃない。生きて、集合場所の錦糸公園に行くのだ。

火球が川面を転げまわっていく。助けてくれ。悲鳴がどこかで聞こえる。

「体を丸めて、息を止めろッ」

男が叫んだ。突風とともに炎が船に食らいついてくる。さくらは幸を抱きかかえ、うつぶせになった。

神さま仏さま、どうかもうこれ以上、誰も殺さないでください――。

数秒後、炎が去った。恐る恐る顔を上げると、船の上から人が消えていた。炎に炙られたからなのか、耳の奥や鼻の奥まで熱い。頬や首筋は熱を持ち、分厚い皮膚がごろりと取れてしまいそうだ。川の中では大勢の人が手を突き出し、命からがら泳いでいる。

「またすぐに火がくる。今のうちに水をかぶっとけッ」

男が言い、さくらは幸とともにまた川の冷水を浴びた。

「来たぞッ」

男がまた叫ぶ。さくらは幸を抱え込むようにうつぶせになり、炎をやり過ごす。炎が去ると、また船から人が減っていた。

その後も炎が襲ってくるたび、船の上からは人が減った。川を漂う人を助け上げても、やはり減った。さくらと幸は船底に這いつくばり、何度も炎をやり過ごした。時折、一緒に船に乗る女の人の髪がいきなり燃え、都度、川の水を汲んで浴びた。

「みんな頑張れ、B公はもういない」男は船に残る全員を鼓舞し続ける。「陸の炎も小さくなってきた」

燃えるものがなくなってきたのだ。さくらと幸は体を震わせながら冷水をかぶり、隣の人にかけ、炎をやり過ごし、ひたすら自分にできることをした。煙と炎で目がかすみ、寒さと眠さで意識が朦朧とするも幸の体を揺さぶったり、逆に揺さぶられたりして目を開け続ける。

米軍は日本人を皆殺しにする気なの？　雅やつる姉が何をしたっていうの？　ただ日本に生まれ、暮らし、国の偉い人に従った生活をしただけなのに。一晩で何人くらいが殺されたのだろう。どれくらいの家が焼かれたのだろう。みんなわたしたちと同じで悪い人ではないはずだ。日本人として生まれただけで、こんなにむごい方法で殺されないといけないなんておかしい。さくらはがたがたと震える幸を力一杯抱きしめる。

やがて朝が来た。太陽が黒焦げになった町の縁を真っ赤に染め、燻《くすぶ》る煙が靄《もや》のように漂っている。あんなに強かった風はいつの間にか止んでいる。

小舟は竪川《たてかわ》と合流するあたりの船着き場に接岸した。生き残った数人が上陸していき、小舟を動かしていた男がさくらの顔を見た。

「言うべきかどうか一晩中迷ってたんだ。お嬢ちゃんといたお姉さんについて……」男はいまこの瞬間も迷っているようだった。「お嬢ちゃんと二度と会えないだろうし、俺も明日には死んでいるかもしれない。だから言うだけいっておく。聞いてくれ」

さくらは黙って男を見返し、続く言葉を待った。

「あのお姉さんは最初に船に飛び下りた方が助かりやすいって判断したんだ。お嬢ちゃん二人で船が沈みかける恐れもあった。とっくに定員を超えてたしさ。だから二人を先に飛び下りさせた」

夜空に消える、つる姉と雅を巻き込んだ炎が目蓋《まぶた》の裏に蘇った。雅はもはや助からないと、つる姉は見切っていたのか。

「こんなご時世だけど、せっかく生き残ったんだ。お姉さんの分も生きろよ」

「お世話になりました」

さくらは頭を下げ、幸の手を引いて岸にあがり、階段を上った。

黒と灰色の世界が広がっていた。地面からは煙と湯気が立ち昇り、火事の後のニオイが街中を覆っている。

町も人間と一緒だな、とさくらは思った。おばあちゃんを火葬した時と同じなのだ。おばあちゃんは小さな骨だけになった。目の前の光景も、町そのものが小さくなったようだ。

さくらは焼け落ちる前の町を想像しようとした。この辺りには何度も来たはずなのに、どこなのか、さっぱりだった。かっちゃんたちが遠征と称して遊んでいた路地も、原っぱも、豆腐屋さんや布団屋さんも、威勢のいい標語が貼られていた壁も何もかもが焼けている。

焼け焦げた建物や自転車、リヤカーがあちこちにあり、性別不明の焼死体が至る所に横たわっている。真っ黒い電柱から架線がだらりと力なく垂れ下がり、鉄骨が剝き出しになった工場の窓枠からは、鉄やガラスがつららみたいに垂れ下がっていた。

生き残った人たちの顔や首、手首などは赤黒く腫れ上がり、髪は焼け縮れ、目や唇が赤く爛《ただ》れている。頰から唇にかけて裂け、骨や歯が見えている人もいる。片腕がない人もいる。服も焼け焦げたり、ちぎれたりし、裸足の人も多い。誰もが無言でどこかに向けて歩いている。みんなぼろぼろだ。わたしと幸もその一人なのだろう。幸と手を繫ぎ、とぼとぼと進む。

小学校の校門から焼死体の山が見えた。文字通りの山だ。黒焦げの遺体、身体の半分だけが焼けた遺体、服が焦げているだけの遺体。様々な遺体が一緒くたになって無造作に積み上げられている。さくらはさらに黙々と歩みを進めた。路上の焼死体を跨《また》ぐのは失礼だとわきまえていても、よけきれる量ではなかった。

焦げていても、何度も見てきた郵便ポストがあった。もう少しだ。あちこちでがれきを掘り返す人たちがいて、見覚えのある人もいる。距離の見当をつけ、さくらは家に向かった。

「お姉ちゃん、目が痛い」

立ち止まって屈み、幸の顔を覗き込んだ。幸は右目を瞑っている。

「右目が痛いの？」

「両方」

「おんぶするから目を瞑って」

「お姉ちゃん、怪我してたでしょ」

そういえば血が止まっている。傷口が焼け、止血になったのか。ふと気づくと、右手の人さし指と中指がくっついたまま離れない。痛みが走り、力も入らない。

「大丈夫だよ」

幸をおんぶし、さくらは家があった方に向かった。さくらも目の奥の痛みが激しくなってきた。右目を瞑ってしばらく歩いたら今度は左目を瞑り、右目を開けて歩いた。

家は焼け落ち、炭と化していた。周囲を見回しても何もない。わたしが暮らした家はどこにいったのだろう。路地も原っぱも何もかもが燃えてしまった。目に入る瓦礫には人々の生活があった。一人一人に生活があった。みんなで暮らした時間まで焼かれてしまったようだった。かつお出汁で煮た大根を食べたのがずいぶん昔に思える。つい昨晩の出来事なのに。

焼夷弾の破片もあちこちにある。米国のどこかで、誰かが焼夷弾を作っている。その人は、いまわたしが見ている光景を想像もできないだろう。想像していたら焼夷弾なんて作れないはずだ。そうか……。わたしもだ。工場で作った弾丸が誰かを殺したのではないのか。

焼け跡を掘り返す体力も気力もなく、力ない足取りで錦糸公園に向かった。

焼け焦げたブロック塀に真新しい張り紙があった。

『頑張りましょう、勝つまでは』

下町がひと晩で消えるほどの空襲を受け、どうやって戦争に勝てるのだろう。どうやって頑張るのだろう。これ以上、なにをしろと言うのだろう。

川の対岸で警防団がとび口で遺体を引き上げている。引き上げられた無数の遺体は市場の野菜や魚のように並べられている。黒焦げの遺体もあれば、今にも動き出しそうな遺体、水でふやけた遺体もある。

錦糸公園の立木は燃えていて、原っぱだった場所に遺体がどんどん運びこまれている。疲れた体を引きずるように集まった人たちの顔を見ていく。みな虚ろな表情で座り込み、焼けた地面を見つめている。風が吹き、ぼろぼろになった柔道着の前がはだけた。束の間立ち止まり、風が止むとまた歩き出す。

「お嬢さん……」

右側から中年女性に声をかけられた。顔は煤け、焼け落ちたもんぺの下からは火傷した皮膚が見える。

「その柔道着はあなたの？　お兄さんの？　私たちを助けてくれた男の子が着ていた柔道着の裾裏の刺繍と一緒なの」

――母ちゃんに頼んで、内側に同じ刺繍をしてもらってるし。

さくらは幸の右脚を支えていた手を放し、裾をめくった。桃色の糸で桜の花が刺繍してある。色のない世界で目に鮮やかだった。

「わたしの幼馴染です。どこで会ったんですか」

「亀戸駅《かめいど》の近く」

錦糸公園のどこかにいるかも。ささやかな希望が胸に宿った瞬間、女性の顔が曇った。

「彼はがれきの下敷きになった私たちを助けた直後、焼夷弾の直撃を受けて……」

さくらは唇を引き締めた。焼夷弾を食らって燃え上がった人たちを大勢見た。かっちゃんもああやって死んでしまったんだ。

「主人と息子がいまその辺りに行っています。せめて亡骸《なきがら》を自分たちの手で弔《とむら》いたいと。同行したかったのですが、私は足を怪我してしまったので」

常に黒焦げの焼死体が視界に入るような状態だ。きっと見つからない。かっちゃんの古い柔道着はわたしを守ってくれたのに。

「優しくて、強い幼馴染でした。失礼します」

さくらはその場を後にした。懐に手を入れ、巾着袋を触った。このらっきょうと、かっちゃんの古い柔道着がわたしを守ってくれたに違いない。

公園をぐるりと一周しても、お父さんとお母さんはいなかった。

さくらは座ると二度と動けなくなる気がして、言問橋に向かった。動いていないと死んでしまいそうだ。幸を残して死ねない。背中からは幸の寝息が聞こえ、首筋が温かい。

建物がなくなり、遠くまで見渡せる。浅草方面も両国《りょうごく》方面も押上方面も千葉方面も。浅草寺も両国の国技館も鼠小僧のお墓も燃えてしまったのだろう。都電も焼け、車両は鉄の骨組みだけになっている。鉄籠状の車両にも黒焦げの遺体が何体もある。

言問橋の上は黒焦げの焼死体で埋まっていた。切れた架線に片手を引っかけてぶら下がっている死体もある。橋の上は血と人間の脂が染み込み、無数の幾何学模様を作っている。鼻を衝く何とも言えないニオイがする。

さくらは焼死体の山を見ても、もう一切感情が動いていない自分に気づいた。余りにも焼死体を目にしすぎたためだろうか。

急に身体の力が抜け、背中の幸ごと焼け焦げた路上にへたりこんだ。

＊

大本営発表。

本三月十日零時過より二時四十分の間B29約百三十機主力を以て帝都に来襲市街地を盲爆せり。右盲爆により都内各所に火災を生じたるも宮内省主馬寮は二時三十五分其の他は八時頃迄に鎮火せり。

現在迄に判明せる戦果次の如し

撃墜　十五機

損害を与へたるもの　約五十機

三章　モノトーンの街　――一九四五～一九五三――

1

「見えたぞ」

甲板で誰かが声を張り上げている。ついさっきまで虚ろな顔つきだった復員兵たちが甲板に向かって一斉に走り出し、隣で寝転んでいた南原康夫《なんばらやすお》が上体を起こした。

「やっと日本やな」

ああ、と尾崎は腕の傷痕を軍服越しにさすった。よく生き残れたものだ。我ながら驚く。

あの日――。

小曽根軍医の遺志を汲み、密林を走りに走り、ようやっと戦場を抜け出した。白旗は無数の銃弾に撃ち抜かれていた。米軍は白旗が見えなかったのか、無視したのかは定かでない。自分に被弾しなかったのは幸運以外なにものでもない。否。小曽根軍医がしばらく自分の前を走ってくれたおかげだ。進んで弾よけになってくれたのだ。

いざ戦場から脱出しても、たった一人でどこに向かえばいいのかと途方にくれた。小曽根軍医たちのためにも生きねばと己を叱咤し、足を動かした。昼がきて、夜がきた。朝がきて、昼をすぎ、また夜がきた。朝露や夜露で咽喉の渇きを誤魔化し、トカゲやネズミを生のまま食って空腹をしのぎ、何日も密林をさまよい続けた。軍医に託された携帯嚢とともに。

やがて一つの村に辿り着いた。住戸が二十戸ほどの集落だった。ほっとしたのか、尾崎はその場に倒れた。現地の人たちは幽鬼さながらの尾崎を怖がらず、介抱してくれ、鶏や野菜、芋を食わせてくれた。言葉は通じずとも気持ちは通わせられた。ありがとう。おはよう。眠い。便所はどこですか。お腹がすきました。仕事を手伝いましょう。日本語で心を込めて述べると、不思議と伝わったのだ。

平和だった。日本では農家だろうと勤め人だろうと、朝から晩まで働く。現地の彼らはあまり働かなかった。気候的にも土壌的にも、自生する果物や作物が実りやすい豊かな大地に恵まれているためだろう。尾崎は人間の暮らしの根本を見た気がした。同時に、疑問というよりも怒りに近い感情が体の奥底で渦巻いた。資源確保だの、大東亜共栄圏だの、富国強兵だの、イデオロギーだの、すべてがくだらなくなった。何のために人が殺され、人を殺しているのだろうかと。殺し合いの先にのんびり暮らせる生活が待っているとも思えない。日本はどこで正気を失い、道を誤ったのか。優秀な人材は山ほどいるのに。

一ヵ月、二ヵ月と過ぎた頃、南原たち五人の敗残兵が村にやってきた。誰もが尾崎と同世代でやせ衰え、服はぼろぼろだった。

一人ならともかく、日本兵が六人いると米軍に襲われる危険があり、集落を出ざるをえなかった。そこで集落から一里ほど離れた密林に、村人たちの手も借りて雨露をしのげる簡易的な陣地を作った。

――大きな部隊と合流しても、また前線に送られて死ぬだけや。ここでじっとしとこ。

南原の提案に全員が同意した。非国民と罵られたっていい。尾崎は生き延びられる確率を少しでも上げたかった。自分を逃がすために死んでいった小曽根軍医たちの代わりに、日本の土を踏むために。ある時、そんな胸中を南原に明かした。

――全面的に同意すんで。戦争なんてあほくさ。帰国して、偉いさんに文句の一つでもぶつけな、やってられへん。

南原は大阪出身で、同じ関西人というだけでなく、歳も一緒で気が合った。六人とも召集組で、生粋《きっすい》の軍人がいなかった面も大きい。部下もろとも突撃死した大佐や、兵長のような生真面目さだけが取り柄の堅物がいれば、どこかの部隊との合流を第一に行動させられた。南原たち五人は同じ部隊ではなく、落ちのびた者が三々五々合流したのだという。

世話になった集落にも一週間に一度顔を出して、農作業などの労働と引き換えに食料を分けてもらった。六人は次第に体調も回復し、伸び放題の髭や髪をからかいあった。飢えがないのは大きかった。体力が戻ってくると、疫病にも対抗できる。

南原と二人で斥候《せっこう》に出た際、米軍と二度遭遇した。こちらに武器はなく、一方的に撃たれるだけだった。一度目は尾崎が密林に飛び込んでも、南原がいつまでも追いついてこなかった。葉の間から恐る恐る覗き込むと、南原は右脚を撃たれてうずくまっていた。尾崎は意を決し、周囲の土や木々に弾丸がめり込む中に飛び出し、南原の脇に首を突っ込んで身体を支え、無理矢理歩かせた。頭上や耳のすぐ脇を弾丸が通り抜け、目の前で葉や幹が砕け散り、なんとか密林の奥に逃げ込むなり太い幹に背を預け、荒い呼吸を整えた。

――なんで助けにきたんや。尾崎まで死ぬ危険があったのに。

――くそ度胸や。人を助けるのに理由なんかいらん。

二度目の遭遇では逆に尾崎が逃げ遅れ、南原に助けられた。

――なんで助けた。南原まで死ぬ危険があったのに。

――くそ度胸があんのは尾崎だけやないで。

ある時、集落の長老が尾崎たちのもとにきて、一枚のビラを出した。そこには日本語が記されていた。

『日本兵の皆さん。戦争は終わりました。帰国事業が始まります。米軍はあなたたちに危害を加えません』

長老は米軍からビラを渡され、尾崎たちと似た顔の造りで同じような言葉を話す者も同行していたと身振り手振りで伝えてきた。ビラの内容が真実かどうか定かでなく、罠の恐れもある。ひとまず明日六人で集落まで行き、様子を窺うことにした。

翌日、集落に異変はなかった。尾崎と南原が斥候となり、集落の若者に道案内してもらい、米軍がいるという開けた土地に向かった。

木の柵に覆われた広い一角に日本兵が集められていた。遠くから眺めると、皆、やせ衰えてはいるものの暗い顔ばかりでなく、笑顔も見られ、煙草を吸う者もいた。米軍が日本兵に危害を加えるつもりがないのは確実そうだった。

二人は集落に戻り、六人で日本人が集められた一角に向かった。

船の第一便は出た後で、主に傷病兵が先に復員したらしい。どこかの部隊の中佐が割り込むように乗ったとの話もあった。

──胸糞悪いやっちゃな。いい指揮官なんて例外や。胸糞悪い連中が軍で幅を利かせとったんや。どうりで負けるわけやで。

南原が吐き捨て、尾崎は眉を上下させた。

──驚きだな、周りに人がわんさかおんのに、こんな会話ができるなんて。

囲い地では本土の様々な噂が飛び交っていた。東京や大阪など大都市圏は京都を除き、空襲で壊滅的被害を受けたという。広島と長崎の街が一瞬で消えた──など、にわかには信じがたい話もあった。

こうして一九四五年十一月、尾崎たちは復員船の第二便に乗れた。


「船はどこに着くんやったっけ」

南原に聞かれ、尾崎は意識が現実に戻った。

「広島の大竹。海軍の施設があったとこ」

「ふうん。ところで本土に戻ったら、どないすんねん。復学?」

「なんもあてはない。復学する金なんてないのは間違いないな」

そうか、と南原は腕を頭の後ろで組み、またごろりと床に横になる。

「尾崎は京都帝大のかしこさんや。引く手あまたとちゃうか」

「どうだかな。南原は何するんや」

「検討中。一度死にかけた身だと開き直れば、なんとでもなるやろ」

甲板から歓声があがった。いよいよ本土が近くなったらしい。汽笛が鳴った。海鳥の声がする。尾崎たちは関わらなかったが、復員船内では上官への集団暴行がたびたび発生し、吊るし上げもあった。あの殺伐とした空気は消えている。

「おれたちも上にいこか」

そやな。尾崎は携帯嚢を肩から斜めにかけた。

甲板に出ると潮の香りがした。南方の海のニオイとは違う。復員兵がひしめき、海に落ちんばかりに身を乗り出す者もいる。復員兵の一部が手を振っていた。叫んでいる者もいる。久しぶりに浴びる、身を切るような冬の風が肌に心地よい。南方では一度も味わわなかった感覚だ。本土の山々を遠くに見ると、尾崎の胸はじんとした。この光景を小曽根軍医にも見せたかった。

「やっぱ日本の山はええな」南原はしみじみと言った。「尾崎の部隊は全滅やったな」

「確認したわけやないけど、多分」

「右に同じ」南原がぐるりと見回す。「おれらには一緒に同じ死線を潜り抜けた戦友がもうおらん。せやけど、ここにいる全員が戦友なんや。誰もが地獄を見た。風の音に怯え、動物の声に慄《おのの》き、上官の理不尽な命令を受け、すぐ隣にいた連中が撃ち抜かれ、仲間がぎょうさん餓えや病気で死んでいった。全員があれを経験してる」

「ああ。戦争を決めた奴や、作戦を決めた奴は経験してへん地獄や」

「開戦を決めた奴らは、おれたちが見たような地獄に落ちればええねん」

南原はきっと正面を睨んだ。

復員船が着岸すると、甲板からも岸からも歓声が上がった。日の丸の旗がちらほら振られている。

「出征の時も盛大だったよな。万歳がないだけや」と尾崎は言った。

「敗戦国で、万歳もくそもない。どんだけの賠償金を背負うんだか。でも死ぬよかましや」

着岸すると、桟橋から船内に白衣を着た医師らしき者と、白い防護服と大きなボンベと如雨《じょう》露《ろ》が組み合わさったような道具を担いだ作業員が次々に乗り込んできた。

ほどなく作業員たちが甲板で復員兵の持ち物を調べ、病歴などの聞き取り、健康状態の確認などをはじめた。尾崎と南原たちも列に並んだ。

無事に診察を終えると、頭から白い粉を大量に振りかけられた。

「こいつはなんです?」と尾崎は作業員に尋ねた。

「DDTです。殺虫剤ですね。シラミなどを駆除する措置です」

「虫けら扱いかい」

背後から南原が軽口をたたいた。言い得て妙だな、と尾崎は思った。多くの日本兵が戦場で虫けらのように死んだ。復員してきても、自分たちは虫けら同然なのだ。

大竹港に上陸すると、今度は裸にされて身体検査を受け、予防注射を打たれた。

「外地から疫病が入ってくるといけませんので」と医師がしかつめらしく言う。

「今度はばい菌扱いかい」と南原が冗談めかした。

「医薬品や消毒薬は本土に保管してあったのですか」と尾崎は医師に訊いた。

「いえ。占領軍からの支給です」

米軍は相手国に提供できるほどの圧倒的な物量だったのだ。対して日本の基本方針は現地調達だ。仮に戦争に勝った場合、敗戦国への対応はどうなったのだろう。彼我の国力の差を痛感させられる。

六人中四人が入院措置となって国立大竹病院に移送され、尾崎と南原は収容施設に入った。

「同じ生活をしとったのに、おれたち二人は生命力が強いんかな」

南原が肩をすくめた。

収容施設は旧海軍施設部宿舎に設けられ、引揚所内にはかなりの人間がいた。陸海問わず、軍関係者は制服で判別できる。背広姿は厚生省関係者だと言われた。あてがわれた部屋には、毛布や着替えが用意してあった。

食堂ですいとんを食べていると、久しぶりの日本の味に涙する者もいた。確かに舌だけでなく、全身の細胞の一つ一つが喜んでいる。食材は食糧営団や旧軍需部からの配給だという。

「まるで天国やな」南原が箸を置いた。「ここにいられんのも一週間くらいって話だ。ちょっと街をぶらつこか」

食堂を出ると、大竹の街に足を向けた。港のそばに田畑があり、家々がある。尾崎の母親世代の女性が頻繁に出入りする、やや大きな建物があった。

「あれは？」と尾崎は近くにいた職員に尋ねた。

「外地引揚連絡所です」

中に入ってみると、大部屋で復員兵がもんぺ姿の女性らと向き合い、互いに涙を流しながら遺骨や、遺骨代わりに現地の小石を渡す光景があちこちで見られた。

あの、と尾崎と南原も母親世代の女性に声をかけられた。女性は風呂敷包みを大事そうに抱えている。

「お二人は、能馬次郎《のうまじろう》をご存じでしょうか。南方に配属されたのですが……」

「いえ、私は」

尾崎は答え、南原を見た。

「私も存じません」

「そうですか」女性の声が落ちた。「息子が好きなおはぎを用意してきたのですが、よかったらいかがですか」

「お気遣い恐れ入ります」尾崎は一礼した。「ですが、ご自宅のご家族と召し上がってくださ い。本土も食糧事情は悪いでしょう。息子さんが一日も早く復員されるのを願っています」

その後も連絡所で何人もに声をかけられ、都度、知らないと答えた。引揚船が入る各港で、似た光景が繰り広げられているのだろう。小曽根軍医や西村中佐、伍長、その他死んでいった戦友たちも、日本のどこかで家族に帰りを待ちわびられている。

「尾崎、さっきの人やけど、息子さんに再会できるんやろか」

「聞くな」

「なんで庶民がつらい目に遭わなあかんねん」

南原が足元の小石を蹴り上げた。

翌日、入院中の四人を訪ねると、みな元気そうだった。病室にはやせ衰えたままの者も多い。看護の女性によると、蓄積疲労や栄養失調だけでなく、マラリアやチフスの患者もかなりの数にのぼるという。

「みなさん、せっかく復員されたんです。ここで命を落とさぬよう、最善を尽くさないと」女性は力強く言った。「戦中に比べれば、こんな看護は何でもありません」

「東京は空襲で壊滅し、広島と長崎は新型爆弾で街が消えたというのは本当ですか」

尾崎が質問すると、女性はこくりとうなずいた。尾崎は南原を見た。

「ひどい目に遭ったんは戦場にいた俺たちだけやないな」

ああ。南原が溜め息をついた。

施設では様々な噂が飛び交い、帰郷した復員兵が地元で石を投げられたり、罵られたりすることも多いと耳にした。本土にいた者も、敗戦のやるせなさをぶつける場がないのだろう。


復員して一週間後、尾崎と南原は収容施設内にある国鉄出張所で俸給や日用品、乗車券の交付を受け、残り四人に別れを告げ、大竹駅から特別列車に乗り込んだ。

車内は復員兵で溢れ、通路や連結部分に寝転ぶ者もいる。幸い、尾崎と南原は席に座れた。

特別列車は山陽本線で大阪方面に進んだ。山々の稜線や時々垣間見える海、田畑に心が安らぐ。窓の外を見ながら、南原が物憂げに口を開いた。

「神戸の家族は無事なんか」

「さてな。収容所で、もうすぐ帰ると記した手紙は送ったが。とにかく我が目で見てみんと」

「うちも安否不明でな。おれが戦場で戦えたんは家族と恋人のためで、天皇だの国体だの、どうでもよかった」

尾崎は反射的に周囲に目をやった。誰も何も言ってこない。戦争中なら不敬罪で特高や憲兵に引っ張られる発言なのに。

広島に近づくにつれ、空襲の跡が生々しくなった。崩れ落ちた民家、穴だらけの田畑、焼け落ちた電柱。修繕する金と労力もない、日本の現実だ。尾崎は暗澹《あんたん》たる気分になった。家族は生き延びられたのだろうか。

広島の市街地は文字通りの廃墟だった。空の鮮やかな青さに対し、地上の色彩は乏しく、もの悲しい。尾崎は窓の向こうを指さした。

「噂だと、新型爆弾が落とされた数日後に市電が走ったそうや」

「日本は下々の倫理観、責任感、機転で支えられてる。かたや偉いさんは下々から上がりをかすめ取って生きとるだけ。そのくせふんぞり返っとる。腹立つで」

収容施設であてがわれた雑穀の握り飯を食い、うつらうつらしながら列車に揺られた。眠る間も荷物は抱えたまま、決して離さなかった。

岡山にも姫路にも空襲の痕があり、灰色の世界が広がっていた。山の緑と川の透明感が世界にわずかばかりの彩りを添えている。人々は廃墟で蠢き、生きていた。明石《あかし》も至る所が瓦礫と化し、見覚えのある景色は消えていた。

舞子《まいこ》や須磨《すま》もひどい有様だった。海だけはかろうじて、尾崎が子どもの頃からの景色をとどめている。幼い頃、この辺りの砂浜に家族で何度も訪れた。

「実家は神戸のどこ？」

「葺合《ふきあい》。もうちょい先や。他の場所と一緒で、ひどい景色なんやろうな」

瓦礫が山積みとなった長田、兵庫と過ぎ、元町に至った。

「負けたんやな」尾崎は囁くように言った。「こっぴどく」

　山側はほぼ壊滅状態で、高架が生き残っているのが逆に不思議だった。まさか米軍は高架を避けて空襲したわけでもないだろうに。闇市なのか、ずたぼろの服を着た人々が集まる一角が見える。

「日本は立ち直れるんやろか」と南原がぼそりと呟いた。

「新型爆弾を落とされた数日後に市電を走らせる国民やぞ。なんとかなる。これから何をするか、何ができるのかをいよいよ真剣に考えんと」

　小曽根軍医らに繋げられた命なのだ。彼らのためにも、しっかり生き切ろう。

　電車は徐々に速度を緩めて進んでいく。日曜日には家族で歩いたトアロードも、初詣に赴いた生田《いくた》神社も、初めて女性と二人きりで向かい合ったカフェーパウリスタもすべて燃えたり、崩れたりしている。自分の知る神戸ではない。生まれ育った神戸はもうない。

　尾崎と南原は互いに実家の住所を書いた紙を交換した。実家が燃えていれば、連絡をとりようもなくなる。電話なんて代物はどちらの家にもない。

　三《さん》ノ宮《みや》駅に着き、南原と握手をした。

「縁があったら、また会おう。元気でな、南原」

「尾崎も達者でな」

　携帯嚢を斜めにかけ、ホームに降りた。南原は窓から身を乗り出して手を振ってきた。尾崎も手を大きく振り返す。南原を乗せた特別列車が走り去るのを見送り、駅舎から辺りを見回した。

六甲山《ろっこうさん》の麓から海にかけて、ほぼ焼けている。葺合の辺りも瓦礫だらけだ。最悪を覚悟しないといけない。尾崎は唇を引き結んだ。

駅を出て高架沿いに東へ進んでいく。左右に瓦礫の山があり、生田川にぶつかり、山側に北上する。やはり瓦礫ばかりで、燃え残った木材や建材を掘り起こす人や掘っ立て小屋を建てて暮らす人もいる。煮炊きの煙があちこちから上がっているものの、尾崎の記憶にある街並みはどこにもない。犬や猫もいない。

尾崎の実家は燃え落ちていた。コンクリートは砕け、木材は灰になり、割れた白い便器が剝き出しになっている。覚悟していても、いざ目の当たりにすると心の奥底に空洞が広がっていった。周囲の人々は誰も尾崎を気にも留めず、黙々と各自の作業をしている。今のところ、石を投げられたり罵られたりすることもない。ご苦労さんという一言もない。

「洋ちゃんやないの」

背後から懐かしい声がした。振り向くと、隣に住んでいたおばちゃんだった。京都帝国大に合格した際は、実の父母よりも喜んでいた。

——やっぱ只者やなかった。生まれた時からどっか違ってん。末は博士か大臣やな。

おばちゃんはぱっと笑顔になり、駆け寄ってきた。

「おかえり。よう生きとったね」

「おばちゃんも無事で何よりです」

「神戸もこんな有様や。ひどいもんやろ」

「空襲ですよね」

「せやねん」おばちゃんが眉をきゅっと寄せる。「B公に何度も焼かれた。ウチはおじいちゃんとおばあちゃん、旦那が亡くなってもうた。生き残ったんはわたしだけや」

鳥の声がした。山から下りてきた鳥も、止まり木のない街を見て戸惑っているだろう。

「うちの家族がどうなったか、ご存じですか」

おばちゃんは力なく首を振った。

「最初の空襲の後から会うてへん。どこかで元気にしてはればええけど。京都は無傷みたいやし、あっちに親戚はおる？」

「いえ。両親とも神戸で生まれ育ったんで。親類も市内ばかりです。うちが逃げる際、誰か猫のタマも連れていけたんでしょうか」

「残念やけど、そんな余裕はなかったんとちがうかな」

今年八歳になる雄の黒ぶち猫だ。生まれたての頃、尾崎が拾った。とても賢い猫だ。自力で逃げたことを祈るしかない。山は燃えていない。あそこで生き延びていてほしい。日本中、犬や猫や他の動物たちも犠牲になったのだろう。火に取り囲まれ、逃げ場もなく、焼け死んでいったのだ。出征前も、動物園の動物を殺処分するという噂があった。

「おばちゃんは今どこに住んではるんです？」

「魚崎《うおざき》の親戚のとこ。こうしてちょこちょこ片付けにきてんねん」

「連絡先を教えてもらえませんか。申し訳ないけど、仲介役になってほしくて。俺は東京に行きます。向こうで落ち着く先が決まったら、おばちゃんに手紙を送ります。うちの家族と会ったら俺の居場所を伝えてください」

「お安い御用や。東京には何しに行くん？」

「命の恩人の家族を見つけ、渡さなあかんもんがあるんです」

金がない。誰かに借りねばならない。まずは京都に行こう。それくらいの電車賃はある。


京都は全体として空襲の被害を免れていた。片っ端から知り合いを訪ね歩けば、東京までの交通費をなんとか借りられそうだ。夕陽に映える寺の門前が目に潤いを与えてくれる。車窓から見た大阪もひどい惨状だったというのに。帝大時代の恩師をまず訪ねよう。

東山《ひがしやま》の住宅地にある日本家屋も無傷だった。

「よく無事に戻ってきた」

恩師は力強く尾崎の肩を叩いた。御年六十歳。坊主頭で頬がこけ、和服の着こなしが粋だ。英文学が専門でも背広を着ず、講義も常に和服だった。講義を聴けたのは数えるほどだ。学生はすぐに召集され、出征となった。

——諸君へ心からのお願いだ。必ず生きて戻ってきたまえ。私は今、諸君の顔も名前も憶えていない。戻ってきたら私を訪ね、顔と名前を憶えさせてくれ。住所を板書する。書き留めておくように。生きて再びまみえ、英文学について語ろうじゃないか。

尾崎と恩師の間に大きな円卓があり、奥さんが淹れた代用コーヒーが湯気を上げている。

「訪ねてくれたのは君で三人目だ。若い希望と向き合えると、毎回嬉しくなる」

「京都に空襲はなかったんですね」

「米軍はあえてしなかったんだろう。神社仏閣、古い文化を守るために。相手にはそれだけの余裕があったんだ。ところで、これから神戸に戻るのかね」

「いえ、どこかの門前で夜を明かし、明日は東京に参ります」尾崎は頭を深々と下げた。「無礼を承知で申し上げます。東京までの交通費を貸していただけないでしょうか」

「頭を上げなさい」

尾崎が頭を上げると、恩師は険しい表情だった。

「虫のいい話だぞ。誰もが生活は苦しいんだ。私は金を貸す気はない」

「不躾なお願いでした。申し訳ございません」

恩師が不意に破顔した。

「君は一晩、英文学について私と語り合う。その賃金を払う。これでどうだ？」

尾崎は畳に手を突き、もう一度頭を下げた。

「お言葉に甘えさせていただきます」

芋粥と漬物の夕食を終えると、深夜までシェークスピア、ディケンズを大いに論じた。

「尾崎君はディケンズの『ディヴィッド・コパフィールド』は読んだかね」

「ええ。大変面白かったです。大長編の文章を目で追う間、精神は常に弾んでいました」

「結構。狡猾な憎まれ役のユライア・ヒープを憶えているだろ。私はもっと狡猾なんだ」

恩師は顔を歪め、目と口を閉じた。しばらくしてやおら目を開けた。

「そろそろ寝よう。疲れているだろうに、夜中まで付き合わせて悪かった」

寝床につくと、久しぶりに底冷えを味わった。冬らしい夜を感じている事実に、尾崎は心が震えた。

翌朝、恩師に封筒を渡され、中には二十円が入っていた。

「こんな大金、いただけません」

「捉え方を変えなさい。私は未来に懸けたんだ。日本をよき方向に進ませてくれ。私にとって、せめてもの贖罪《しょくざい》なんだよ」

尾崎は封筒を押しいただいた。これで東京まで行ける。

京都駅から電車に乗った。特別列車ではないが、復員兵の姿も多い。背中に背負う嚢から大根や長葱が飛び出す女性もかなりいる。尾崎は連結部の床に新聞紙をしき、腰を下ろした。名古屋で座席が空き、尾崎は腰掛けた。窓から見える景色は、やはり廃墟だ。車内の誰もが無表情で無言だった。

夜通し列車に揺られ、東京に着いた。背中と腰に鈍痛が走るも、戦場での生活に比べれば屁でもない。

東京もひどい有様だった。宮城《きゅうじょう》付近も焼け、駅から東西南北が見渡せ、どこもがれきの山だ。所々で煙があがっている。煮炊きしているのだろう。空気は埃っぽく、まだ火事場みたいなニオイが漂っている。地理に不案内なので駅員をつかまえ、訊ねた。

「本所《ほんじょ》なら、省電の両国駅か錦糸町駅まで出るか、市電で行ってください」

「空襲でやられてないんですか」

「どちらも走れる区画は走っています」

尾崎は省電と市電を乗り継ぎ、窓からの景色を眺めた。まさに焼け野原だ。砲弾が飛んでくる際の甲高い音や、集中放射を浴びて周囲の温度が一気に上がった時の感覚、火薬と血のニオイが五感に蘇ってくる。東京の住民も凄まじい熱と音に襲われたのだろう。

2

「何すんだ、返せッ」

十歳くらいの男の子が叫んだ。

「おとなしくしろ。違法品を没収する」

警官は心なしか声を弾ませ、男の子の首根を摑み、背嚢から米や大根を引っ張り出している。上野駅のホームでは日常となった光景だ。

さくらはその様子を横目に、身体に力が入るのをこらえた。今にも走り出してしまいそうになる。慌てず、注意を引いてはならない。さくらの背嚢にも野菜と芋、味噌、わずかばかりの米が入っていて、警官に見つかれば没収される。

敗戦後に迎える最初の年の瀬で、食料も日用品もいまだ配給制だ。肝心の配給はあってなきに等しく、誰もが闇市や郊外に出かけ、物資を仕入れないと生きていけない。汽車を乗り継ぎ、埼玉や千葉の農家から直接食料を買いつけて東京に戻っても、警官に見つかれば取り上げられる。警官は駅のホームや汽車に身を潜ませ、その日の獲物を狙っている。

さくらもあと一歩というところで何度も涙を吞んだ。最初、どうして警官がわたしたちを苦しめるのかと困惑した。彼らも生活のためにやっていると気づくと、絶対に負けてなるものかと歯を食い縛れた。生きるか死ぬかの戦いなのだと。つる姉とかっちゃんのおかげで空襲を生き延びたのだ。負けていられない。警官を出し抜き、ごはんを食べるのだ。

警官が没収物資をどこに持っていくのかは予想がつく。闇市に流し、幾何《いくばく》かの金と物資を懐に入れるのだろう。そうでないと、ここまで一生懸命に摘発するはずがない。配給品以外の品物を押収したいのなら、闇市自体を摘発すればいい。

「行くぞ」

おじいちゃんに囁きかけられ、さくらは小さく頷き返した。おじいちゃんの診察鞄にも野菜が入っている。玉子もある。一緒に埼玉に赴き、診療代として食料を仕入れた。久しぶりに幸に栄養のあるものを食べさせられる。三人で一週間はもつ量だ。

おじいちゃんが生き残ってくれて、本当に良かった。幸と二人だけでは生きていけなかった。雅もつる姉も失い、言問橋の前で途方に暮れていると「さくら」と名前を呼ばれた。

それがおじいちゃんとの再会だった。

＊

「人波に吞まれた後、あっちゅう間に橋を渡って、本所方面に押し流されてな。おまえさんらを捜そうにも、橋は人でいっぱいで渡れなかった。家が焼けたのも間違いない。上野方面に行くのを諦め、錦糸公園で夜を明かしたんだ。何度も死ぬ覚悟をしたよ」

「錦糸公園にはわたしたちも行った。お父さんとお母さんとの集合場所だったから」

さくらは両親と別れた状況、つる姉と雅の最期などを時折つかえつつも話した。

「大変だったな」

「お父さんとお母さんに会った？」

おじいちゃんは表情を曇らせた。

「いや。じいちゃんはさくらたちが上野方面に逃げたんなら、白鬚橋《しらひげばし》か言問橋を渡って本所に戻ると踏んだ。まず近い方から見てみようと、ここに来てみたんだ。ほら、水だ。二人とも飲みなさい。咽喉が渇いてるだろ」

水を飲むと、さくらは人心地がついた。言問橋を見やる。

「変だな。泣きたいのに涙が出てこない」

「あとでたっぷり泣けばいい。本能が『今は泣く時じゃない』って言ってるんだよ」

本所に戻る前に、もう一度錦糸公園に立ち寄った。かっちゃんに助けられた一家もまだいて、旦那さんが神妙な面持ちで口を開いた。

「焼夷弾をまともにくらったのに柔道着の刺繍部分だけが焼け残ってて、彼だとわかったんだ。遺体は警察署の前に運んだよ。警察なら遺体を無下に扱わんだろう」

さすがに疲れていて警察署に行けず、さくらたちは自宅があった場所に戻った。おじいちゃんが石や瓦礫で風よけと竈《かまど》を作り、さくらと幸は眠りに落ちた。さくらは疲労で三日間動けず、おじいちゃんが手に入れた雑穀のおかゆを食べ、三人でかっちゃんの遺体のある警察署に行けたのは十五日になってからだった。

「遺体？　どっかに運んだよ。十八日に陛下の御巡幸がある。お目汚しになってはならんからな。どこに運んだか？　いちいち記録してないよ。街中、焼死体だらけだったんだ」

お目汚し？　陛下のために、国のために生きていたかっちゃんが汚れ……。さくらは体の奥底が熱くなっていた。

＊

「そこの柔道着の女の子、待ちなさいッ」

背中から険しい声が飛んできた。さくらは知らんふりして足を止めずに進んでいく。胸に手をやり、服越しにペンダントトップを握り締める。

いきなり左腕を摑まれた。振り返ると、警官だった。

「背嚢の中を見せなさい」

前をいくおじいちゃんが立ち止まり、顔をこちらに向けた。

「その子は私の助手です。私は医師で、診療の帰りでしてな。荷物を持ってもらっている」

「中身を検《あらた》めます。診療器具なら、見られても問題ありませんよね」

警官は冷ややかな顔だ。

さくらは息を吞んだ。荒ぶる拍動が耳の奥で聞こえる。せっかくここまで来たのに、没収され、一週間飢えるのはごめんだ。手の平の汗をもんぺにこすりつけた。逃げる隙を窺う。警官の両脇には別の警官がいる。相手は三人。子どもの足で振り切れるだろうか。

おじいちゃんが眉根を寄せた。

「診療道具を没収されると、助かる命も助けられなくなる」

「診療道具なら没収しませんので」

おじいちゃんが目を合わせてきた。

「さくら、逃……」

パンッ。乾いた音がした。パンパンッ。さらに二度続いた。警官がすかさず音がした方を向いた。少し先で別の警官が足から血を流して倒れている。

人相の悪い若い男が拳銃を構えていた。

「てめえらの好きにさせるか。庶民から食い物を取り上げるんじゃねえッ」

若い男は別の警官も撃った。さくらを囲んでいた二人が、若い男に駆け寄っていく。

「みんな、逃げろッ」

若い男が叫ぶ。警官に足止めされていた者が一斉に別方向へ逃げ出した。さくらもおじいちゃんに手を引かれた。

待て、こら。背中に罵声を浴びた。走りに走った。空襲で逃げ惑った夜に比べれば、こんな全力疾走なんてお茶の子さいさいだ。

上野駅を飛び出ると、孤児たちが建物や瓦礫の陰などにたむろしていた。おじいちゃんがいなければ、わたしも幸もあの中にいた。人生なんて紙一重だ。紙一重で生き延び、紙一重で死に、紙一重で孤児になる。さくらは呼吸を整えつつ、速足で進む。この辺りで走ると、かえって目立ってしまう。

孤児たちは無表情に通行人を眺めている。あわよくば持ち物を奪おうと狙う者もいるだろうし、親や親類の顔を捜す者もいるだろう。膝を抱えてうずくまったまま、ぴくりとも動かない者もいる。みな伸びきった髪は脂っこく、垢黒《あかぐろ》い。

女こどもは上野界隈を一人でうろつくなと言われている。人攫《ひとさら》いがいるという噂だけじゃなく、戦争で死の感覚が麻痺した血に飢えた殺人鬼が夜な夜な出没するとの怪談じみた噂まである。実際、警官が撃たれたように治安は悪い。誰もが生きるのに必死だ。黒と灰色と茶色の世界。戦争前はもう少し色で溢れていた。日本に色が戻る日はくるのだろうか。

役所の大人が浮浪孤児を捕まえようとし、彼らは一斉に逃げ出した。何かが煮えるいい匂いがする。闇市では得体のしれぬ食べ物が売られ、くすんだ色の服の大勢が群がっている。

無事に市電に乗れると、おじいちゃんが微笑んだ。

「なかなかしびれたな」

「幸が待ってるから、早く帰ろう」

さくらたちの住まいは、元々の家があった一角にいち早く再建された。生き残った隣組の人たちが総出で、ありあわせの建材で作ってくれたのだ。薬がなくても医者の診療は要る、と。ありがたい話だった。戦争中の隣組は窮屈で仕方なかったけど、ご近所づきあいの間柄に戻れば、これほど頼れる人たちはいない。かっちゃん一家がいないにしても。

街は焼けても、下町の心意気は焼けなかったのだ。終戦前の七月だって浅草寺《せんそうじ》で草市が立ち、四万六千日の行事がおこなわれた。

転居は今のところ頭にない。外地からの復員も始まっている。幸い、太郎兄ちゃんの戦死の一報はこなかった。太郎兄ちゃんとは連絡のつけようがない。せっかく戻ってきたのに誰もいなかったら、がっかりするだろう。

家では幸が火の番をしっかりしていた。建て付けが悪くて隙間風が酷いので、かまどの火を絶やさないようにしている。燃やすものなら、どこでも拾える。

おかえり。幸が立ち上がった。さくらは背嚢を下ろし、里芋や白菜を見せた。

「今日は煮物だよ」

「やったあ」と幸が笑みを浮かべる。

おじいちゃんは診察室に行った。さくらは幸に手伝ってもらい、具材を切り、水を半分張った鍋に里芋としいたけを入れた。ぐつぐつと煮立った頃合いで白菜を入れ、さらに数分火を通す。疲れたから少し濃い味にしよう。仕上げに味噌を多めに溶き、菜箸の先で味見する。

「幸にもちょうだい」

妹にもなめさせると、おいしい、と顔をほころばせた。

ごめんください。玄関の方から男の人の声がして、さくらは心臓が大きく跳ねた。太郎兄ちゃん？　いや、身内だったら「ごめんください」とは言わない。でも、この辺りも家も太郎兄ちゃんの記憶とは大きく違う。他人行儀に声をかけてきても不思議ではない。

「幸、ちょっと鍋を見てて」

さくらはふきんで急いで手を拭き、はあい、と大声で返事をして玄関まで駆けた。

引き戸が開いた。太郎兄ちゃんではなかった。もう少し若い人だ。背嚢だけでなく、肩から斜めに鞄をかけている。

「小曽根太郎さんのご生家でしょうか。ご近所の方に、こちらだと伺ったのですが」

「はい、小曽根です。太郎はわたしの兄です」

若い男の人は顎を引き、背筋をぴんと伸ばした。

「南方戦線で小曽根軍医の部下だった尾崎洋平と申します。ご両親はいらっしゃいますか」

「いいえ。空襲後、戻ってきていません」

「では、保護者の方は？」

「おじいちゃんがいます。呼んできます」

診察室からおじいちゃんを連れて玄関に戻ると、尾崎は背筋を伸ばしたままでいた。尾崎は深々と腰を折った後、肩から下げた鞄を両手でおじいちゃんに差し出した。

「軍医殿の鞄です。南方戦線で戦死されました。私は軍医殿に生かされた者です。鞄には軍医殿の日記などの持ち物に加え、大切に保管されていた白旗も入っております」

太郎兄ちゃんが戦死していた——。

さくらは頭の中が真っ白になった。目の前がかすみ、膝の力が抜けそうになる。わざわざありがとうございます……遠くでおじいちゃんの声がする。

空襲でたくさんの人が死んだ姿を見た。つる姉と雅が火に包まれて上空に消えた場面だって見た。お父さんとお母さんがいた橋の上が炎に包まれたのも見た。人の死には慣れたと思っていた。大きな勘違いだった。胸の底がからっぽになっていく。真っ黒い穴が開いていく。

おねえちゃんッ。幸の声が耳にまっすぐ届いた。目の前に景色が戻り、音も鮮明になっていく。

「おねえちゃんッ」幸の声はお勝手の方からする。「鍋がふいてるッ」

さくらは尾崎に会釈し、お勝手に駆け戻った。幸がかまどの前で手足をばたつかせ、あたふたしている。鍋をかまどの火からおろし、鍋敷きの上に置いた。わらと木材で焚いた火はしばらく消えない。水を入れた大きな薬缶をかけた。戦前は井戸水をそのまま飲んだけど、いまはなるべく煮沸消毒をする。焼夷弾や爆弾の成分が井戸に溶けているかもしれない。焼夷弾の成分が煮沸で消えるのかは怪しいけど、やらないよりはやった方が気持ちも楽だ。

おじいちゃんがお勝手にやってきた。

「さくら、お茶を淹れてくれ」

「え？　あのお茶は……」

太郎兄ちゃんが復員した時に飲むはずだった、とっておきだ。お兄ちゃんは緑茶が好きだった。戦争中は配給もなく、一ヵ月前に川越《かわごえ》の農家に頼み込み、かなりの煙草と引き換えにようやく分けてもらったのだ。

「太郎はもう還ってこない。だけど、太郎のお仲間が知らせにいらしたんだ。太郎が還ってきたのと一緒さ。診察室に持ってきておくれ」

おじいちゃんは穏やかな声音だった。

うん。さくらは返事をし、お湯が沸くのを幸と待った。幸は口を開かず、じっと火を見ている。こらえきれず、幸の肩に手を回して抱き寄せた。妹の体は温かかった。

簡易的に作りつけた棚の奥からアルミの缶を取り出し、焼け落ちた家の灰から掘り起こした急須にお茶っ葉を入れた。お湯を注ぐと、緑茶のいい香りが久しぶりに漂った。

お盆に二杯のお茶と急須を載せ、幸と診察室に入った。おじいちゃんは診察用机の椅子に座り、尾崎は患者さん用の椅子に座っている。

「本物のお茶です。どうぞ」とおじいちゃんが勧めた。

「ありがたく頂戴します」と尾崎が頭を下げる。

机にお茶と急須を置き、出ていこうとすると、待ちなさい、とさくらは呼び止められた。

「尾崎さん、孫にも今の話をしてやってくれませんか。二度手間になってしまいますが」

「何度でもお話しします」

「さくら、幸。そこに座って尾崎さんの話を聞きなさい」

さくらと幸は、患者さんが横になるための診察台に並んで腰かけた。

「そうだ、お話を伺う前に、さくらに渡しておこう」

おじいちゃんが表紙の汚れた日記帳を開き、二枚の写真を出した。空襲で焼けた家族写真と、太郎兄ちゃんとつる姉が浅草でにこやかに笑う写真だった。

「なんでこれが？」

「太郎が出兵する際、焼き増しして持って行ったんだろう」

さくらは二枚の写真を食い入るように見つめた。この頃は楽しい暮らしがあった。写真に収まるみんなの中で生き残ったのは、わたしと幸、おじいちゃんの三人だけ。

「さあ、尾崎さんの話を聞こう」

おじいちゃんに言われ、さくらは顔を上げ、一言も聞き逃すまいと尾崎を見つめた。

尾崎はまっすぐさくらと幸を見て、太郎兄ちゃんのもとに配属になってからの話をしてくれた。太郎兄ちゃんは誰よりも傷病兵に寄り添い、薬がなくなっても現地の草花で何とか治療を続けようとし、最後まであきらめずに尾崎の命を助けたという。太郎兄ちゃんは最期、何を思ったのだろう。どんな願いを胸に死んでいったのだろう。

尾崎は話し終えると、お茶を一口含んだ。

「軍医殿の遺志に報いるためにも、私は生き延びようと必死でした。遺品をこうして無事にお渡しでき、安堵しております」

「尾崎さんもお疲れ様でした」とおじいちゃんが言う。

「軍医殿は大きい妹さんと小さい双子の妹さんの話や、幼馴染の方の話などをしてくれました。復員できたら、幼馴染の方とご結婚されるおつもりだったそうです」

「そうですか」おじいちゃんの表情がわずかに緩む。「妹の一人である雅と、幼馴染のつるは同じ日に空襲で亡くなりました。三人はあの世で再会し、一緒に暮らしているでしょう」

あれ？　さくらは我知らず肩が震えていた。嗚咽が込み上げてきて、涙が勝手に両目から零《こぼ》れ落ちていく。つる姉と雅が死んだ時も、言問橋の焼死体の山を見た時も、かっちゃんの死を知った時も泣かなかったのに、涙がどんどん流れ落ちていく。

「泣きたいだけ泣きなさい。さくらはようやく泣けるようになれたんだ」

おじいちゃんも目元を拭っていた。

尾崎も晩御飯の食卓をさくらたちと囲んだ。

——自分がごちそうになるわけにはいきません。

——太郎の弔いに食ってってください。たいしたもんは出せませんが、遠慮なさらずに。

尾崎は南方での食事について色々話してくれた。伍長が罠などで獲物を捕る名人で、肉は軍の偉い人よりも先に、太郎兄ちゃんのもとに運ばれたそうだ。

「ワニは鶏肉みたいでした。トカゲはカエルみたいな味と食感でしょうか」

「カエルを食べたことないよ」と幸がまぜっかえす。

「意外や意外、おいしいんだよ。こうして里芋や白菜を食べる方がおいしいけどね」

尾崎は実感のこもった口ぶりだった。

食後にも緑茶を出した時、尾崎がおじいちゃんに声をかけた。

「立ち入った質問で恐縮なのですが、さくらさんの指、手術のご予定は？」

「費用が工面できませんでね。触った感触だと、どうやら骨と骨とがくっついているようで、神経もどうなっているか」

さくらは右手の人さし指と中指がくっついてしまったのを、尾崎に指摘されるまで忘れていた。三月の大空襲の夜だ。おじいちゃんによると、いつのまにか熱で皮膚や肉が溶け、二本の指がくっついたらしい。最初は箸や鉛筆をうまくもてなかったし、服を着るのにも時間がかかったけど、もう慣れた。

「空襲を生き残っても、もっと悲惨な目に遭った人がいる。目や腕や足を失ったり、体中に大火傷を負ったり。さくらはましな方でしょう」

「銃後も地獄だったのですね。軍医殿たちと一度、地獄の話をしました。我々が戦場で見た景色が地獄でないのなら、どこが地獄なのかと」

おじいちゃんはおもむろに湯呑に手を伸ばし、ゆっくりとお茶を口に含んだ。

「あの空襲の晩、まさに地獄でした。戦争はどこもかしこも地獄に変えるのでしょう」

「日本はいつ道を誤ったのでしょうか。私は日米開戦で熱狂した一人でした。正気を失い、悔やんでも悔やみきれません」

「誰か一人が悪いんじゃない。東條《とうじょう》や軍幹部は責任を免れえませんが、彼らだけで実行できるほど戦争は甘くない。最前線にいた尾崎さんなら骨身に沁みているはずです」

「ねえ」とさくらは声を上げた。「地獄があるなら天国もないとおかしい。太郎兄ちゃんとつる姉、雅のためにも天国があるってわたしは信じたい」

おじいちゃんは目を見開き、そして長い瞬きをした。

「そうだな。信じよう。天国はある。地獄を作れるように、天国も作れる――と」

「我々の世代の仕事ですね」と尾崎が顔を引き締める。

「いや」おじいちゃんが柔らかな声音で否定した。「全世代の仕事です。中心となって動かすのは尾崎さんやさくらたちですが、生きている者すべてが真剣に検討すべきことでしょう」

「今のお言葉、肝に銘じて生きていきます」

「そんな大仰な」

「いいえ。自分は軍医殿のような人間になりたいと憧れていました。どうやったらなれるのか、その一端に触れた気がします。さくらさん、天国はどんなところだと思う？」

「空襲がなくて、みんなが笑ってて、困ってる人がいなくて、おいしいご飯がお腹いっぱい食べられて、大好きな人たちと一緒にいられるところです。入り口には虹がかかってて」

さくらは反射的に淀《よど》みなく答えた。自分では気づかぬうち、頭の中に理想的な天国の姿が存在していた。戦中の生活、空襲下で勝手に形作られたのだろう。

「なるほど、確かにそこは天国だ」と尾崎はしみじみとした口ぶりで言った。

「少々お待ちを」

おじいちゃんが立ち上がり、居間に簡易的に設けた仏壇から黒い万年筆を取りあげ、食卓に戻ってくると、それを尾崎の前に置いた。

「尾崎さんがお持ちください」

「いただけません。軍医殿の遺品です」

「私が太郎にやった万年筆なんです。こうして戻ってきたのだから、また別の人間――尾崎さんに託したい。大勢のために役立ててください。太郎が多くの人命を救おうとしたように。インクさえ補充すれば、万年筆はいつでも使えます。何度持ち主が変わっても」

「しかし……」

「この万年筆は留学先のアメリカで恩師から受け継いだものです。そう、我々と殺し合っていた国の人から。尾崎さんにアメリカを憎む気持ちがあっても不思議ではない。私の心にだってある。ただ、日本だろうとアメリカだろうとどんな国だろうと、尊敬できる人間はいます。尊敬の輪が広がれば、戦争なんて誰もしない」

おじいちゃんは優しく微笑み、続ける。

「恩師は言いました。『自分のために文字を書いた行為も、いずれは他人のためになされた行為になる。カルテや報告書、文筆物だけじゃなく、日記やメモなど自分のために書いた文字も己の死後に誰かが読む可能性もある。文字に記されたアイデアや事象をもとに、様々な技術や製品、考え方が生み出されるのだ』と。今度は尾崎さんがこの万年筆を使う番です」

幸がうつらうつらし、さくらの膝にもたれるように眠った。普段ならもう寝る時間だ。

尾崎は神妙な面持ちで万年筆を手に取った。

「心してお預かりします」

玄関で尾崎を見送り、居間に戻るとおじいちゃんは電球を見つめた。

「太郎は最後まで人を助けようとして、実際に助けたんだな」

さくらは誇らしさを覚え、また涙が溢れてきた。

3

尾崎は一九四六年四月、旧陸軍の復員を担当する第一復員省に入った。京都帝大時代の同郷の先輩が厚生省から同省に出向していた縁で誘われ、二つ返事で応じたのだ。まだ世界に散らばる兵士や民間人の復員に力を注ぎたかった。

同省は陸軍省のミニチュア同然だった。幹部には旧陸軍関係者が多く、軍での序列が幅を利かせていた。陸海を問わず、旧軍の将佐官級は公職追放後もGHQに「使える」と判断され、特に復員事業を扱う部局で公職留任措置がとられたという。省内を歩いていると、旧陸軍幹部は一目でわかった。姿勢が違う。都度、尾崎は全身の血が怒りで熱くなった。まさに眼前にいる男が、地獄を作り出した張本人かもしれないのだから。

第一復員省は六月、海軍の復員を担当する第二復員省と総合されて復員庁となり、業務は第一復員局、第二復員局がそれぞれ引き継いだ。さらに翌年十月、復員庁は廃止になり、第一復員局は厚生省所管に、一九四八年に省外局の引揚援護庁となった。第二復員局も総理庁直属となった後、引揚援護庁に業務が引き継がれた。最初から合同の省庁を作ればいいだけなのに、陸軍と海軍の対抗意識は根強い。

敗戦時、国外には約三百五十三万人の日本兵と約三百十万人の民間人がいた。復員事業は連合国側の意向で軍関係者が優先され、その後に民間人という順になった。尾崎が関わる前に南方や台湾、中国、朝鮮からの復員は大方終わっていたが、サハリンや満州からの引き揚げは難航していた。ソ連が無関心だったのだ。政府のGHQへの働きかけや、大陸に多くの日本人が残留する現状を懸念する米国の思惑などで事態はようやく動いたものの、約五十七万五千人ものシベリア抑留の問題は硬直状態だ。

「我々は海外にいる日本人すべてに故郷の土を踏ませられるのでしょうか」

尾崎が訊くと、同郷の先輩の顔は曇った。

「そうありたいが、実際には不可能だ。自主的に残った者も、残らざるをえなかった者もいる。親に死なれて大陸をさまよう子どものように、復員事業を知らない者も多いだろう」

やるせない限りだ。復員兵や引揚者の生活が厳しい現実もある。引揚では現金千円までと自力で運べる荷物しか携帯を許されず、ほぼすべての財産を彼らは外地に置いてきた。外地に出た者の大半は日本国内での生活基盤が弱かった。一旗揚げようと大陸に渡り、大地を開墾《かいこん》した者も多い。海外に残した財産の補償を政府に求める声も出始めている。

尾崎は終戦から時間が経つにつれ、自分はたまたま幸運だっただけだと痛感する機会が多くなった。小曽根軍医がいなければ、衛生兵ではなく兵士になっていれば……。役人になれたのも生き残った先輩がいたからだ。

運だろうと実力だろうと生まれながらの才能だろうと、何かができる立場や才覚があるのなら、それを使い切るのが戦争で死んだ者たちへのせめてもの供養だろう。

神戸の実家とは連絡がとれていない。NHKラジオの番組「尋ね人」にも投稿した。肉親の消息を尋ねたり、自分の居場所を伝えたり、情報提供を呼びかけたりする番組で、尾崎の投稿も読まれたが、なしのつぶてだ。自分のように落胆する人たちが大勢いるのだろう。

一九五〇年の正月、尾崎は上司の娘であるタエと小曽根家に新年の挨拶に赴いた。半年後の結婚報告も兼ねている。尾崎は小曽根家に折をみて通い、親戚づきあいするようになり、今では実家同然だ。

「やったね、洋平兄ちゃん。おめでとう」

さくらと幸は手を叩いて喜んでくれた。タエも二人を見て、目を細めた。三人はたちまち仲良くなり、お手玉やおはじきで一緒に遊んだ。さくらと幸はつるの面影をタエに重ねたのだろう。タエも兄を兵隊にとられて失い、東京大空襲を生き残っている。

「タエ姉ちゃん、こっちに来て」

幸がタエの腕を引っ張り、さくらも立ち上がっている。タエが尾崎と小曽根医師に、ちょっと失礼しますね、と微笑み、居間をいそいそと出ていった。小曽根医師が苦笑した。

「男性陣は酒でも飲もう。万年筆は役立ってるかね」

「大事な書類作業では必ず使っております」

小曽根医師がお勝手から酒を持ってきた。肴はタエが作り、持参した魚の煮つけだ。小曽根医師がとっくりを傾け、尾崎の杯に酒を注ぐ。

「そうかい。外地遺骨収容はいつ始まりそうかな」

「具体的にはなんとも。担当外の業務はほとんど漏れ聞こえてこないので。この有様なら、陸海軍時代に情報共有できなかったのも当然でしょう」

「縦割りを好むのは、日本の致命的欠陥なのかな。国民性なのか」

小曽根医師が思案顔で顎をさする。ここ数年で老けた。七十歳を越えれば無理もない。小曽根医師が生きている間に、なんとか軍医殿の遺骨を日本に持ち帰ってきたい。タエの兄の遺骨もなく、白木の箱に現地の石が入っているだけだった。石があるだけましなのだ。全滅部隊の遺族には、おざなりの石すらない。尾崎がいた部隊も例外ではない。識別票も、切り取った指も置いていかざるをえなかった。

「もっとも国内の遺骨収集すら覚束《おぼつか》ないんじゃ、無理もないな」

「国の一職員としてお恥ずかしい限りです」

国と東京都は二年前から都内各地に埋まる遺体を掘り起こし、改葬作業を進めている。来年まで続ける予定で、概算では約十万人を改葬する計画だ。けれど、東京大空襲後、遺体はあちこちで野焼きにされたほか、そのままの姿で各地の寺や公園、学校に仮埋葬されている。仮埋葬地は約百五十ヵ所あると推定され、特定できたのは約七十ヵ所に過ぎない。すべての遺体を改葬するのは困難で、専用の収容場所すらない。

「さくらは幼馴染の遺骨を何とか見つけたいと願っているが、難しいだろうな」

「さくらちゃんに柔道着をくれた男の子ですか」

柔道着はいまも押し入れに大事にしまってあるという。

「ああ。軍国主義に毒されていたが、性根は優しい子だった。教育の、大人の責任だよ。近頃、ようやく太郎の日記をぽつぽつ読めるようになってね。医師として傷病者を助けられない歯痒さを追体験してる。特に『伍長、穏やかな顔で逝く。我、瀕死の彼を薬殺す。嗚呼』という記述は印象深い。嗚呼の二文字が胸に痛くてね」

尾崎はきつく目を瞑り、ゆっくりと開けた。

「軍医殿はやれる範囲での治療を懸命にされました」

自分も手伝ったという一言が喉の奥からどうしても出ていかなかった。

「先日、太郎の同級生が線香をあげてくれたんだ。復員後、ようやく生活が落ち着いたから、久しぶりに会おうとしてくれたそうでね。戦後生まれの製薬会社に勤めているって。満州にいたらしいが、向こうでの生活を一切語りたがらなくてね。酷い体験をしたんだろう」

誰しも戦場で他言できない経験をしたのだ。伍長の最期を看取った時の記憶が疼《うず》く。尾崎も時折、戦地の体験が心身の奥底で爆発しそうになる。今しがた小曽根医師に吐露できなかったように、タエにも話せない。理解してもらえるか否かではなく、言葉が詰まり、口から一向に出ようとしないのだ。戦場の記憶で相手を汚してしまうと、無意識に忌避しているのかもしれない。

自分のように記憶を胸にしまい、封をする復員兵も多いのだろう。小曽根軍医の同級生は懐かしい話題で心の負担を軽くしようと、級友宅を訪れたのではないのか。

隣の部屋から、さくらたちの笑い声が漏れ聞こえてきた。

皇居前広場で共産党の大衆と占領軍が衝突した翌週、尾崎は目白に転居し、六月中旬には滞りなく結婚式も終えた。

執務机で書類作業をしていると、義父であり上司でもある室長の鏑木茂《かぶらぎしげる》に呼ばれ、小部屋に通された。鏑木は戦中、戦前と大学や国の研究機関を扱う部署にいたが、戦後は復員事業に携わっている。

「内密の話がある」小部屋には二人だけなのに、鏑木は声を潜めた。「来年、講和条約が締結される見込みだ。派生する業務が突如降ってきてね。君も胸の裡に止めてくれ」

「承知しました。講和となると占領が終わり、本格的に時代が動きますね」

アメリカ陣営との単独講和論と、ソ連や中国などの共産主義陣営も含む全面講和論が新聞や雑誌の紙面を連日賑わせている。

「少し前に始まった朝鮮動乱が発火点だよ。あれを機に総理が一気に動いているらしい。以前から外務省に叩き台を作らせていたって話だ」

「総理は筋金入りの英米派ですから、単独講和ですね」

「そうなるだろうな」と鏑木が重々しく言う。

「降ってきた業務とは?」

呼び出された以上、自分にも関係あるのだろう。鏑木が身を乗り出した。

「講和を機に総理府は軍人恩給を復活させる腹だ。君は戦場に出た。率直にどう思う?」

国家補償の軍人恩給については最近、国会や新聞で盛んに取り上げられている。軍人恩給はポツダム宣言受諾で廃止された。GHQの指示だ。軍人側に反発があったのは想像に難くない。尾崎も命を散らす兵の姿をさんざん目にした。国に償わせるべきなのは間違いない。軍人恩給は元来、年金制度の一種だが、趣旨に先般の戦争を加味すると、赤紙で国民を兵士にした責任を国が取る意味が生まれる。

一方、小曽根一家やタエと出会い、銃後も地獄を見た現実を自分は知っている。目の前にいる義父も東京大空襲を生き延びた一人だ。新聞各紙も、旧軍人を特別扱いせずに社会保障の枠組みに入れればいいとの論調だ。国家補償と社会保障は趣旨が異なる。前者は国家が与えた損害を金銭で償うことで、後者は国が制度として国民の生活を支える制度だ。現状、困窮者は生活保護法で一律に救済措置がとられている。

自分の意見は――。

「軍人と民間人の隔てなく、被害の程度や実情に即した補償をすべきです。戦中は空襲被害者への補償がありましたし、国家総力戦を標榜したんです。空襲や原爆を受けた以上、銃後も戦場でした。戦争被害者恩給のような大きな枠組みにすればいいでしょう。それに、軍人恩給が復活すれば在籍年数と階級が基準となり、高い地位にいた者ほど高い金額を手にできる。私はそんな仕組みは許せません。地獄を生み出した連中なんです」

言い終えた後、尾崎は喉の奥につかえを感じた。まだ言葉が足りないような、核心部分に触れられていないような気がする。官僚として民間人の役に立ちたいという思いも、国民平等という観点もある。だが、それらだけではなく、自分がここまで民間人に肩入れする動機を心の奥底では理解しきれていないのか？

「同感だ。十日後、実務者級で非公式な意見のすり合わせがある。君も参加しなさい。復員事業を担当している流れで、軍人恩給が復活するにせよ、我々の持論通りの補償制度を始めるにせよ、実務には厚生省本体か外局も絡む予定でね」

「第二復員局からは誰が？」

「誰もいない。第二も含め、引揚援護庁側は私が出る」

旧陸軍でも旧海軍でもない、文人官僚が代表して論を述べられるのか。

「実務でも鏑木さんが現場のトップに座るのですね」

「そうなれば、君も引っ張る。正確に言えば、引っ張り込む――だな。復員事業も概ね終わりに近づいているし、出征した人間の言葉は重たい。急ぎ、君と私で素案を練ろう」

「いいように使ってください」

法案や政策の議論、決定は国会の役目だが、各省庁の中堅職員が下準備する場合が多い。

「しかし解せませんね。軍人嫌いの首相が軍人恩給復活を認めているんですか」

「いずれ首相は代わる。次を狙う政治家が陰で総理府を動かしてるんだろう。旧軍人関係票は無視できない規模だ」

いまだ旧軍人が国を左右する力を握っているとも言えるのだ。

「本省は私たちと同じ見解で？」

「なんとも言えん。たとえ百年後に専門家が生涯をかけて研究をしても、結論は見出せんだろう。なんせ誰も公に言及しないんだ。傷病兵や遺族に同情する見方もあれば、軍人の特別扱いを疑問視する見方もある。最終的に政府方針に従うのだから、最初から頭を悩ます必要はないと割り切った者もいるはずさ」

「政府はどう考えているんでしょう」

「国会の動きを見る限り、旧軍人とその遺族の援護拡大が念頭にあるのは確かだ」

「生活保護法の改正で救護水準が引き上げられたばかりですよね」

鏑木がゆるゆると首を振る。

「まだ不十分だよ。担当課の後輩によると、食料面では魚は骨まで、野菜は根まで食わないと必要な熱量がとれない計算で、下着も年に一枚買えるかどうかの扶助基準なんだ。引揚援護庁には旧軍幹部がわんさかいるのに、本省はわざわざ私を事前すり合わせに充てた。今のところ、省上層部に我々寄りの人がいるのは間違いない」

「室長の持論について、省上層部は周知の事実なので？」

「軍人嫌いは知られている。旧内務省系の省庁は軍に異を唱える気風があるんだ。厚生省も例外じゃない。私も軍とやり合い、命の危険を覚えた時も多々あった。だが結局、官僚は為政者の道具だ。どんなに神がかり的な政策であっても、政府がやると言えば、我々は道具に徹して従わざるをえない。官僚の哀しい定めさ。二度とあんな状況に陥りたくないな」

鏑木の発言は、尾崎の胸に重たく響いた。

一時間後、尾崎は鏑木と引揚援護庁長官官房の幹部に呼び出され、個室で方針を問われた。彼は旧軍人ではなく厚生省からの出向組で、本件を鏑木に命じたのだという。

鏑木が方針を隠さず述べると、幹部は顔を顰めた。

「志は大いに結構。けどな、極めて慎重に扱うべき事案だぞ。自由党や民主党の意向も汲むべきだ」

「彼らの背後にいる旧軍人の思惑通りに動くはめになります。そもそもあと一週間という短さでは、議員との折衝時間はありません。国のあるべき姿を論じ、正しいと思った方向に議員を動かすのも我々の仕事です。議員方は国民の生活に無関心なのですから。敗戦直後の救済福祉計画の予算決定の成り行きをご存じでしょう」

幹部は苦々しい顔つきになった。鏑木は尾崎を一瞥した。

「五年近く前、厚生省は救済福祉に関する援護経費を約三十億円と算定したんだ。大蔵省が厳しい態度でくるのは目に見えていた。厚生省も吹っ掛けた面がある。八億円を落としどころに定めてたんだ。大蔵省は二億円と算定し、厚生省は閣議で押し返す以外ない瀬戸際に追いつめられた。閣議当日、厚生大臣は選挙戦で地元にいて、省の要求を大蔵大臣に取り次ぐ人がいなくてな。次官と局長が大蔵大臣に直談判したものの、結局二億円で閣議決定された」

いくら大臣不在でも、直接大蔵大臣と折衝するなんて異例の事態だ。

「だが、GHQが当初の三十億円にしろと指示した。この経緯の本質がわかるか」

束の間思案し、尾崎は口を開いた。

「大蔵省だけでなく、厚生省も公的扶助や社会保障の必要性をGHQより軽く見ていた――」

「私は頰を叩かれたようだったよ」

「もういいかね」幹部が煙草に火を点け、気怠そうに煙を吐いた。「君たちの背中を守れなくなる言動はくれぐれも慎めよ。アレの耳にもすぐ入るんだ」

アレ――。一部に通じる符牒《ふちょう》だ。厚生省や引揚援護庁に滑り込んだ旧陸海軍の将佐官級の者を表わす。

部屋を出ると、廊下で鏑木が苦笑した。

「せいぜい背中に気をつけよう。経験上、一笑に付せないのが哀しいな」

「頼りないでしょうが、私が鏑木さんの背中を守ります」

「制度設計は最初が肝心だぞ、官僚の本能を逆に利用する好機だ。君は官僚経験が浅い。今から自戒を込めて言うことをよく憶えておくんだ」鏑木の目つきが鋭くなった。「官僚は従来通りに物事を進めれば、どんな理不尽な施策でも個人の責任を問われない。一方、先例を改める場合、変更判断をした個人に責任が生じる。この覚悟のある官僚は稀だ。私も他人をとやかく言う資格はない。おかしな先例なんて山ほどあり、粛々と実行した」

「だからこそ、敗戦を新たな先例づくりの好機だと捉えていらっしゃるんですね」

「ああ。瓦解した国をより良い方向に作り直そう。アレには任せられん」

「同感です」

ＧＨＱがアレをどう見ていようと、自分は連中の判断力や思考力を信用しない。信用できるはずもない。

「ネバーギブアップ」

「鏑木さん？」

「私の好きな言葉でね。発音には目を瞑ってくれ」

「なかなかですよ。英語自体、耳に新鮮でした」

「こんなありふれた英語が新鮮に聞こえるほど、この国は道を誤ったんだよ」

鏑木は過去に思いを馳せるように天井を見上げた。

その晩、帰宅するために国鉄に乗ると、途中駅で杖をつき白い服を着た傷病兵が五人乗ってきた。五人とも片脚を失い、一人は首から募金箱を下げている。

「私たちは満州でソ連軍と戦い、大怪我を負いました。我々を戦地に追いやった国は、いまだ何もしてくれません。せめて皆様の慈悲の心を頂戴できないでしょうか」

つり革を握る手に力が入る。車内の多くが目を背けていた。体の一部を失った傷病兵の生活が苦しいのは、日本全国誰もが目にしている。彼らは電車内や街角で毎日募金を呼び掛けているのだ。自らの生活がままならないため、彼らを見て見ぬふりする光景もまた日常だ。

若い乗客の一人が五人を睨みつけた。

「あんたらが戦争なんかするから、日本は貧乏になったんだ。恥を知れ。苦労してんのはあんたらだけじゃねえ。てめえらだけに国が何かしてくれるなんて勘違いも甚だしいんだよ」

五人は無言で若い乗客から視線を外し、うつむいた。

傷病兵が戦争を始めたのではないのに、彼らを罵る声も多い。戦中は『兵隊さん』と持ち上げられても、戦後は白眼視されている。強固に思える価値観も呆気なく一変するのだ。

レールの連結部を走る音が車内に響いていた。傷病兵の正面に座っていた背広姿の中年男性が意を決したように立ち上がり、募金箱に金を入れた。すると次々と募金がされ、小銭と小銭がぶつかる音がした。尾崎も歩み寄り、二十円を募金した。赴いた戦場が違えば、自分も募金を集めに回っていたかもしれない。死んでいたかもしれない。

ありがとうございます、と五人が唱和した。尾崎は軽く頭を下げた。

五人が隣の車両に移っていく。彼らを支援する制度が必要なのは明らかだ。他方、空襲で体の一部を失った民間人も多い。若い乗客が言った通り、日本人すべてが戦争被害者だ。

――君は戦場に出た。率直にどう思う?

鏑木の問いかけに答えた後、喉の奥に感じたつかえは消えていない。心の底にあるのに、その正体が見えない。制度を作る過程で正体に手が届くのかはわからないが、地獄に自分たちを送り込んだ者、日本に地獄を作り出した者が優遇される制度を許してはならない。私的な感情だと罵られたとしても、この気持ちに嘘はつけない。

目白駅で降り、人通りのない夜道を歩いていると、首筋に視線を感じた。街灯を通り過ぎた辺りで振り返ってみる。

誰もいなかった。戦争の後遺症と呼べるのかもしれない。危険を察知しようと研ぎ澄ませていた感覚が、こうして誤作動する時がある。

尾崎は鏑木と連日深夜まで議論を重ねた。毎晩灰皿に吸い殻がうずたかく積み上がり、眠気と煙で目が充血した。総理府とのすり合わせ前夜、ようやく素案をまとめられた。

もっとも好ましい甲案は、民間人も旧軍関係者も隔てなく、償いとして国家補償で対応する――だ。次点の乙案は、甲案同様に民間人と旧軍関係者とを分けずに社会保障の枠組みで対応する――となった。

充血した目と目で見交わし、尾崎と鏑木は頷きあった。

帰宅しようと二人で階段を下りていると、午前二時過ぎだというのに二人の男が重たい足取りで上がってきた。一人は背広にはしわがより、ネクタイも緩めている。もう一人はかなり体格がよく、しわのない背広で、シャツも洗い立てのように白い。二人ともたまに廊下ですれ違うが、名前は知らない。

「高野《たかの》君も遅くまで仕事か。ご苦労さん。第二は人使いが荒いな」

鏑木が声をかけ、背広にしわが寄った方が一礼を返した。こちらが高野か。

「鏑木さんもこんな時間まで。お互いこき使われていますね」

「あまり無理するなよ」

「こちらの台詞です」高野が苦笑する。「近々本省に戻されます。内示が出ました。本省でも働きづめでしょうね。私の後、第二の復員はこの可児《かに》がしっかりやりますので」

高野が隣の男の背中を叩いた。可児という名を第二復員局の名簿で見たことがある。可児利秋《としあき》。珍しい名なので印象深い。互いに会釈した。

「では、お疲れ様でした」と高野が頭を軽く下げた。

尾崎も一礼し、すれ違った。

「今のお二人は第二復員局の方で？」

「ああ、高野君とは厚生省で机を並べた時期がある。君の五歳くらい上かな。彼の祖父もご尊父も海軍軍人だが、彼は軍人にならなかった」

「軍人家系でその道に進まなかったのは珍しいですね」

「ご尊父の意向だそうだ。省の配慮で高野君は徴兵も免除された」

各省庁、すべての官僚が徴兵免除されたわけではない。各省が必要と認めた者のみだ。東條英機《ひでき》に反抗的な態度をとったとして、局長クラスが懲罰的に徴兵された例もあるらしい。

「可児君は元海軍で、君と同じ歳だったかな」

どうりで立派な服装だったわけだ。海軍士官の大半は服装がしっかりしていた。習慣が抜けないのだろう。

「今日は景気づけに一杯やろう。うちに来てくれ」

鏑木は酒好きだ。戦前は一升飲んでもけろりとしていたという。

「お手柔らかに。あれ、上着の背中が破けていますよ」

「一張羅を着すぎたかな」

鏑木は朗らかに言ってその場で背広を脱ぎ、手で広げた。背側の右裾が縦にきれいに破けている。生地にほつれがない。すり切れたり、何かに引っかけたりしたのではないらしい。

「ハサミやナイフで切ったみたいですね。どうかしました？」

酒の話をした時とは一転、鏑木が真顔になっている。

「アレの脅しかもしれんぞ」

「我々は意見をまだ表明していません。まさか上役の指示で？」

「あの人にそんな度胸はないさ。アレにしてみれば、私の意向なんて容易に想像がつくさ。軍嫌いだと知られているんだ。君も気をつけろ」

数日前、目白駅からの家路で感じた誰かの視線を思い返した。警戒心の誤作動ではなかったのかもしれない。直接的な嫌がらせがないのは、鏑木の部下や娘婿《むすめむこ》という立場のものではなく、尾崎洋平個人の見解が摑めていないからなのか。

「いつ切られたんだろうな。朝、家を出る時はなかったし、日中は背広を脱いでいた。通勤時にされたのに今まで気づかなかったのか？　こんなもん、なんの脅しにもならん」

鏑木は上着を羽織った。

「ちょうどいい、少し涼しくなったぞ。さ、飲みに行こう」

4

「タエ姉ちゃん、面白かったね」

「役者さんたちが何言ってるか聞き取れたの？」

「全然」さくらが笑う。「でも、動きとか衣装が面白かった。幸はずっと寝てたよね」

「だって、ちんぷんかんぷんだもん」

幸がこれみよがしに頬を膨らませ、三人で笑う。

今日、タエが歌舞伎の観劇に連れていってくれた。さくらにとっては久しぶりの銀座だった。尾崎も同行する予定だったけれど、仕事で来られなくなり、おじいちゃんも急患対応で出られなかった。

「せっかくだから、資生堂で何か食べて帰ろうね」

タエが言い、賛成、とさくらと幸の弾んだ声がそろった。

都電で資生堂近くまで行った。柳の並木が夕方の風にそよぎ、男女の香水の匂いが漂っている。銀座の匂いだ。さくらが小さかった頃以上に街は賑わっている。

店内は混んでいたが、奥の席に座れた。タエはカレーライス、さくらと幸はチキンライスを頼んだ。さくらは戦前に一度だけ資生堂パーラーを訪れた。太郎兄ちゃんとつる姉が連れてきてくれたのだ。今からすれば、とんだお邪魔虫だ。二人は何度か来ていたみたいだった。

——さくらの好きなハンバーグもチキンライスもポークカツもあるぞ。

さくらはその時もチキンライスを頼んだ。お皿ではなく銀食器で出てきて、仰々しさに驚き、味も近所のお店とはまるで違った。

――おいしい。全然油っこくない。よそ行きの味って感じ。

――うまいこと言うねえ。

つる姉も嬉しそうだった。

「歌舞伎の演目って本当に起きた話なの？」と幸がタエに尋ねる。

「完全な作り話もあるし、本当にあった出来事もあるよ。忠臣蔵とか石川五右衛門とか、本当の出来事も、歴史をただなぞるじゃなくて、色々とお芝居になるように作り替えているの」

ふうん、と幸がソーダ水をストローで飲む。

「そうそう」さくらが会話を引き取る。「誰かが行動して、記録が残っているからお芝居にもなって、後の時代の人があぁだこうだ言えるんだよ。ちんぷんかんぷんだったとかさ」

つる姉の受け売りだ。

「寝ちゃったとかね」と幸も嬉しそうに続ける。

「正直な話、私もほとんど聞き取れなかったんだよねえ」

タエが眉を大きく上下させ、三人でうふふと笑った。そこにタエのカレーライスがきた。

「一口ちょうだい」

お願いすると、タエはさくらの前に皿を置いた。さくらはスプーンで付け合わせのらっきょうをすくい、口に入れた。ありがとう、と皿をタエの前に戻す。

「カレーはいいの？」

「お姉ちゃんは、らっきょうが好きなんだよね」

幸のからかうような口調に、さくらは微笑みで応じた。機会があれば、らっきょうを食べてきた。別段好物ではない。かっちゃんと一緒に食べている気にさせてくれるからだ。

ほどなく運ばれてきたチキンライスは、太郎兄ちゃんとつる姉と食べた時と同じ見た目と味だった。タエと幸にばれないよう、さくらは目元を指の背でそっとぬぐった。


すり合わせは午後六時、赤坂の小料理屋の一室で始まった。総理府側も厚生省側も出席者は三名ずつで、総責任者となる予定の幹部、実務レベル責任者、実務を行う尾崎のような末端という構成だ。尾崎側の責任者は引揚援護庁からではなく、厚生省の局長が参加した。戦中も官僚として働いた人だ。顔合わせも説明も済ませている。

内庭に灯籠《とうろう》や鹿威《ししおど》しのある小料理店で、尾崎はこんな立派な店に入るのは初めてだった。職場の会議室で対面しなかったのは、どちらかが心理面で優位に立たない配慮らしい。

短い挨拶があり、総理府側の二番手である芦部圭介《あしべけいすけ》が口火を切った。銀縁眼鏡をかけ、年齢は鏑木よりも若い。

「総理府としては、講和条約によってポツダム宣言の効力が失われることを機に、軍人恩給を復活する意向です。議員側にも根回しを始めています。制度設計は今後本格化しますが、階級、軍歴や戦場にいた期間などで支給金額を計算する方式を念頭に置く方向です」

「私には縁がないわけですね」と鏑木が言う。「空襲で身内を失いましたが、戦場には出ていません」

「先の戦争では誰もが多かれ少なかれ被害を受けております」

「おっしゃる通り」と鏑木が応じる。「その側面からして、旧軍人のみに恩給を与えるのではなく、被害に遭った者すべてに国の償いとして、必要な補償を実情に即してすべきです」

芦部が銀縁眼鏡の縁を上げる。

「国と旧軍人には雇用関係がありました。契約関係上、旧軍人に恩給を与えるのは自然な成り行きでしょう。民間人と国には雇用関係はございません」

尾崎はじっと聞いていた。総責任者同士も、相手の末端も黙っている。実務責任者級のやり合いを見守る恰好だ。誰も飲み物や食べ物に手をつけようとせず、煙草も吸わない。

鏑木がネクタイの結び目に手をやり、きつく締め直した。

「雇用関係を持ち出すのなら、勤労動員に加え、昭和二十年六月の義勇兵役法によって、ほとんどの国民が兵士と化す状態になっています」

本土決戦に備え、一億総玉砕を実現するための法律で、男性なら十五歳から六十歳までを、女性なら十七歳から四十歳までに義勇兵役を課した。義勇兵役とは名ばかりで、完全な徴兵制だ。一般の兵役同様に臣民の義務とされ、召集を不当に免れた者は懲役刑が科され、軍法が準用された。本土決戦になっていれば、少年少女を含めた国民が手榴弾を片手に戦車に体当たりする光景が全国で繰り広げられたのだろう。

義勇兵役法が成立、施行された当時尾崎は兵役についており、同法を知らなかったが、鏑木が説明してくれた。食糧も薬もなく衛生兵として駆け回った時間が蘇り、怒りがこみ上げてきた。政府と軍は国民を守る対象としてではなく、道具としてしか見ていなかったのだと。

「幸い、本土決戦はなされていません」と芦部が淡々と切り返す。「実害は出ていない」

「沖縄は？　義勇兵役法は六月二十三日に成立、同日施行された。大本営の沖縄戦終結は同じ日です」

沖縄では同法施行前にすでに十四歳の少年ですら召集され、犠牲になっている。

「現在、彼の地は米国です。仮にいま日本領だとしても、同法施行前における非戦闘員の戦争参加は志願による行為だとみなせます」

「血も涙もない見解ですね」

「冷静に判断しているだけです。すべての戦争被害者に補償などできるはずない。天文学的な金が必要になる。今の日本にそんな体力はありません。財源をどうされるんです」


甲案の泣き所だ。鏑木が目元を引き締める。

「軍人恩給に当てる財源をそのまま使えばいい。一人あたりの額は著しく減りますが、公平な分配になります。国が豊かになるにつれ、支給額を増やせばいい」

「それでは何も解決しません。優先順位をつけ、国家責任という観点から軍人恩給を第一に据え、民間人には国家補償ではなく援助名目で給付金を与える形で対処すべきでしょう」

尾崎は唇を引き結んだ。自分の立場を捨てれば、芦部の見解にも妥当性はある。

「それに」と芦部が声を鋭くする。「公平という名目は一歩間違えれば、非常に危険です。公平を求める動きが行き過ぎれば、アカに付け込まれる恐れが生じます。社会はひどい混乱に陥り、戦争で一度潰れた日本を再び潰しかねない。鏑木室長は混乱をお望みですか」

会合の場にいる誰もの神経をひりつかせる発言だった。マッカーサーの意を受け、内閣は共産党の委員と機関紙幹部を公職追放した。今後この流れは報道機関や民間企業にも及ぶと予想され、官公庁も例外ではない。

「まさか」鏑木は受け流すように答えた。「金銭の多寡を言うなら、旧軍関係者も民間人も社会保障で対応しましょう。怪我の度合いによって、別の給付金対応もしやすい」

早くも乙案の提示……。議論は押され気味か。

「一般的に申し上げて」と芦部が応じる。「現状の社会保障は極めて薄い、低額支給です。他方、国家補償は手厚い。旧軍側は納得しませんよ。戦前に国が約束した、補償を受ける権利を蔑《ないがし》ろにし、ひいては国の存在意義に結びついてしまう。敗戦で国家体制が変わっても、日本という国は続いています。旧軍関係者は世間から白い眼で見られる傾向があり、国家補償という形で肩身の狭い現状を回復すべきでもありましょう」

衣擦《きぬず》れの音がした。厚生省側の局長だった。

「当方も、国家補償という観点での旧軍への対処に異存はありません。ただし、それが軍人恩給かどうかはさらなる検討が必要です」

尾崎は鏑木と顔を見合わせた。局長には昼間、素案について説明してある。その時は、わかった、と一言返されただけだった。

局長が尾崎と鏑木を交互に見る。

「現実的に、旧軍関係者には国の誠意を補償という形で表わす必要がある。国のために働いたんだ。国民感情には配慮すべきだが、旧軍関係者にも生活がある」

「発言をよろしいでしょうか」

尾崎が手を挙げた。局長に目顔で諾《だく》され、尾崎は芦部を見た。

「会議の冒頭、総理府は『軍人恩給はポツダム宣言で廃止となった。当の宣言が効力を失ったのだから、復活してもいい』という論法を示された」

「破綻していますか？」

「いえ。同じ理屈は民間人にも当てはまります。戦時中は『戦時災害保護法』があり、民間人にも補償があった、空襲で家や財産を失っても相応の補填があった。財政面で戦時中は機能していなかったとしても、制度は存在したんです。戦時災害保護法もポツダム宣言受諾によって、法の効力を失った。であるなら、宣言の効力がなくなれば同法も復活できます」

「戦時災害保護法は、『戦時』という言葉がついている。つまり戦時下の時限立法だ。ポツダム宣言の効力が失われても、再び戦時に入らない以上、同法の復活も遡及もありえん」

「戦時『の』災害保護法と解釈すれば、戦後も適用は可能です」

「屁理屈だよ」

「官僚の仕事はいかに屁理屈を見つけるかとも言い換えられます。軍人恩給復活の論理も、いわば屁理屈でしょう」

「なんだと」

まあまあ、と総理府の幹部が取りなしてくる。

「なにも今晩結論を導き出す必要はないんだ。総理府には総理府の見解があり、引揚援護庁――厚生省には厚生省の見解がある。さらに我々で案を揉み合い、叩き台を作り、政府と国会に預けよう。落としどころは必ずある」

正論に尾崎は反論できなかった。

「尾崎」と鏑木が会話を引き取った。「議論を進め、立派な屁理屈を見出そうじゃないか」

その後も両陣営の意見は平行線をたどり、午後十一時に解散となった。

先に引揚援護庁側が料亭を出ると、局長と鏑木とも別れ、尾崎は暗がりの弁慶濠《べんけいぼり》沿いを国鉄四ツ谷駅方面に歩き、頭の中を整理していった。軍人恩給を復活させるなら、民間人にも同様の規模での補償をすべきだ。問題は金額。芦部の言を鑑みるまでもなく、いまの国力では広く分厚くは不可能で、救うべき人間を社会保障ですくいあげる方が現実的だろう。

しかし、まずは理想の制度を作るべく、最善手を摑み取るために動くべきだ。鏑木の言う通り、この国は一度決まった方針を変えられない。戦地でも『死守』という命令が部隊の行動を縛り、多くの命が失われた。理想を掲げられる立場の者が掲げないと、現実を追従する形で物事が決まってしまう。

「動くな」

低い声の後、背中に筒状のものを突きつけられ、尾崎は立ち止まった。首筋が強張る。とうとう自分にも実力行使に出てきたか。通りにはひと気がない。

「人違いでしょう。金ならないですよ」

「ああ、ありそうには見えんな」

「なら、やっぱり人違いです」

「おれの目は節穴やないで」硬い声が急に懐かしい声になった。「少し肥えたんとちゃうか」

こいつ……。尾崎はふっと体から緊張が抜けて振り返った。

南原がいた。へへ、と手ピストルを胸の前で振っている。

「驚かすな。襲撃かと思った」

「なんや、狙われる覚えでもあるんか」

「まだない」

「これからできるんかい」

南原が苦笑した。尾崎は肩をすくめる。

「いつからつけてたんだ？　まるで気づかなかった」

「ほう、おれの尾行技術もなかなかやんか。赤坂からつけてきたんやで」

「いいご趣味だな。いま何やってんだよ。赤坂が仕事場なのか」

「近辺が主戦場なんは確かやな」南原は胸ポケットから名刺入れを取り出し、一枚引き抜いた。「こういう者です」

報日新聞社政治部記者、とある。

「親類のってでな。身も蓋もない言い方をすれば縁故採用や。そっちは何してんねん」

「公務員」

「総理府の？」

「いや、引揚援護庁。まあ、厚生省さ」

「ふうん。どっちにしろ、官僚様やないか。さすが京都帝大」南原が顎を赤坂方面にしゃくった。「厚生省系の役人もあの料亭を使ってんのか」

「取材か？」

「あほ。戦友との世間話や」

微笑んでいるが、目の奥は笑っていない。取材と世間話の半々といったところか。

「正直に言って知らない。俺は初めて入った。立派だったな。あそこだけ焼け残ったのか、太い金蔓がいて再建できたのか」

「後者ちゃうか」南原は親指を立てて背後に振った。「さっきの料亭におった」

「政治家が金蔓？」

「正確に言えば、今んところ元大物政治家。大金持ちや。こんなご時世でもあるとこには金がある。金がある奴のとこには、さらに集まってくる。頭にくんで」

「それで張ってたのか」

「ああ。大物に飼われてる犬も入った。何か動きがあると睨んでな」

「犬ってのが総理府の人間なんだな」

「相当切れ者らしい」

尾崎は周囲を窺った。人の気配はない。

「犬の用向きに見当はついてんのか」

「厚生省もいたとなりゃ、軍人恩給やろ。大物の御意向を推察すれば、あほでもぴんとくる。かの御仁は公職追放で表向きは政界から離れとるがな」

一昨年の年末にA級戦犯の処刑が執行され、巣鴨《すがも》プリズンに収容されていた他の者は釈放された。そのうちの一人か。総理府は現職議員にも根回しを進めていると言った。こちらはかなり立ち遅れている……。

「件《くだん》の御仁はな」と南原が話を続ける。「隠然とした力を持っとる。釈放されてほどなく大会社の重役様になり、虎視眈々と政界復帰を目論んでるんや。再軍備にも熱心って話でな」

朝鮮動乱がはじまり、日本の基地から米軍が戦争に向かった。ＧＨＱの意向により、国内での暴動などに備える治安警察隊が組織される予定で、旧軍人も多く雇用されるに違いない。

「軍人恩給についてどう思う？」

「もらえるもんはもらいたい。金はいくらあっても困らん。せやけど、おれたちを地獄に叩き込んだ幹部までもらうんは胸糞悪い」

「民間人への補償については？」

「旧軍人と分け隔てなくやるべきや」

「なんで？」

南原が眉を寄せた。

「なんでって、なんでそんなことを聞くんや」

「俺も南原と同意見だ。だけど自分がここまで民間人に共感する理由がわからなくてな」

「そりゃ、民間人もおれらと同じような地獄を体験したからちゃうか」

「もちろん、それもある。だけど他にも理由がある気がしてな」

「そりゃ、なんや、だから……かしこさんは真面目やな、考えすぎやで」

南原が肩をすくめた。

「記者さん、張り番はもういいのか」

「まあな。後輩二人が残ってる」

「なら、飲むか。うちに来いよ。ただし、仕事の話は抜きだ」

「合点承知」

国鉄で移動し、夜通し、目白の自宅で痛飲した。南方で散った仲間たちの分も飲みに飲んだ。一島の集落で一緒に過ごした他の四人は南原も消息がわからないそうだ。南原の家族では、妹だけが空襲から生き残っていたという。

南原と話していても感情のつかえの正体には至らず、触れる瞬間すらなかった。

5

横浜の山手《やまて》地区にある住宅街は海からの靄がかかり、森閑《しんかん》としていた。尾崎は古い洋館の壁際に立っていた。壁には蔦《つた》が絡まり、濃い緑のニオイがする。港の方に目を転じると、ぽつぽつと家の灯りがともり、とてもきれいだ。時折汽笛が聞こえる。

夜は瓦礫や空き地を覆い隠す。先の戦争では横浜も空襲を受けた。この山手地区と山下公園を除き、ほとんど焼け野原となったという。

尾崎は昼の仕事が終わると、局長用の車を借り、自らの運転でこの場に日参していた。運転は学生時代、父親に叩き込まれた。学業で失敗しても、運転手なら食いっぱぐれはないからと言われて。

この古い洋館は政界実力者の邸宅だ。尾崎の車は少し先の空き地に停めてある。

南原と痛飲した翌日、尾崎は元大物政治家と総理府側の接触を鏑木に伝えた。

＊

「君の友人が言った通りの大物が総理府の裏にいるなら、相当厄介だぞ。政官財に強い影響力を持っている。正直、巣鴨から釈放されたのが不思議なくらいだ」

「指をくわえて見ているだけでは負けます。総理府が陰に陽に実力者と結託しているなら、こちらも誰かを抱き込まないと対抗できません。我々の見解を忘れて一歩後ろから聞くなら、総理府の主張も正論でした。正論対正論となると、力のある方が勝つはずです」

鏑木が眉根を揉み込み、指を眉間から放した。

「相当な実力者を引き込まないとならんな」

「鏑木さんがこれまで接してきた政治家に適任者はいませんか」

「族議員程度では対抗できん。影響力に差がありすぎる。実力も心ある人もいたが、もう亡くなってしまった。となると、なかなか。……いや、待て」

鏑木は逡巡し、目元を引き締めた。

「一人だけいる。生粋の軍嫌いだ。おまけに全省庁の官僚も敵視する人だよ」

＊

N。尾崎と鏑木は、庁舎内でそう符牒で呼んでいる。尾崎は洋館の表札を改めて眺めた。

直江喜三郎《なおえきさぶろう》。自由党の大物幹部だ。戦前戦中と軍に阿《おもね》らず、何度か軍国主義の者に命を狙われたらしい。戦犯にも引っかからなかった。

直江邸に通い始めて十日目になる。鏑木は室長という立場上、深夜まで他業務の進捗も管理しないとならず、来られない。直江と接触できたら、鏑木も交えた会合を設定するのが尾崎の役割だ。

初日、午後十時過ぎに帰宅した車が門扉前に止まった。助手席の男が門を開ける間、尾崎が車に駆け寄ると後部座席の直江は窓を開けてくれ、にこやかな顔をこちらに向けた。

――どちらさまですか。

――引揚援護庁の尾崎と申します。少々お時間をいただけないでしょうか。

直江はたちまち表情を消し、無言で窓を閉めた。尾崎が呼びかけても窓が再び開くことはなく、車は門扉の向こうに入っていった。二日目以降、窓すら開けてくれない。

日中は素案の推敲《すいこう》に加え、民間戦災者への社会保障対応案の作成を局長に指示されていた。第二回以降の総理府とのすり合わせに向け、腹案として持っておくためだという。負け戦の想定もしておくべきとは思うが、劣勢を押し返そうという覇気を局長からは感じない。

羽虫が飛んでいる。夜空の星がきれいだ。腕時計を見る。午後十時前。そろそろ帰宅の頃合いか。

エンジン音とタイヤが砂利をはむ音がした。ライトが近づいてくる。今夜も門扉の前で車が止まった。尾崎は歩み寄り、声をかける。

「直江議員。一度でいいので、私の話を聞いてください」

窓は開かない。今夜も助手席から尾崎より少し年上の男が降りてきた。男はのっぺりした顔立ちで、特徴がない。男は尾崎に会釈すると、門扉を開け、敷地に入った。

「五分で構いません。直江議員、お願いします」

尾崎は車に頭を下げた。車は邸宅の敷地にのろのろと進み、のっぺりした顔立ちの男が門扉を閉めた。ご苦労様です。門扉越しに言われ、尾崎は一礼を返すほかなかった。天を仰ぐと夜空はいつの間にか曇り、星はまったく見えなくなっていた。

翌朝、尾崎は鏑木に首を振った。

「昨晩も進展はありませんでした」

「そうか。局長からもう車を使うなとお達しがきてな。燃料代がバカにならんと言われたが、総理府の裏にいる大物が局長に手を回したのかもしれん」

車が使えなくなれば、横浜通いは難しい。行きはなんとかなるが、帰りの足がない。

「Nを味方にできれば大きな力になったが、諦めるしかなさそうだな」

風で窓が揺れてがたがたと鳴り、尾崎は身体が瞬時に強張った。耳の奥に戦場での絶え間ない銃声が蘇っている。硝煙や焼けた土、飛び散る血肉のニオイもたちまち呼び起こされる。日常のなにげない折々に戦場の記憶がこうして蘇ってくる。戦場にいた者だけでなく、銃後にいた人々にもこういう瞬間があるだろう。全国各地で街が丸ごと燃える空襲を受けたのだ。

手はないのか。他に東京横浜間の移動手段はないのか。移動手段……。尾崎はハッとした。

「手はあります。直江議員と接触できるまで横浜に住めばいいんです。タエには説明します。朝、電車遅延で少々遅れる日も出てくるかと思いますが」

「なるほど。少額だが、家賃を援助しよう。部屋はつてを辿って探してみる。神奈川県庁に友人がいるんだ。私からもタエに説明するよ」

幸い、家はその日のうちに見つかった。直江と同じ山手地区の片隅にある、木造の古い集合住宅の一室を格安で借りられた。

週末、尾崎はタエと鏑木の手を借り、布団や食器など必要最低限の家財を横浜に運んだ。

「雨漏りしそうね」とタエが天井を見つめる。「独り暮らし、大丈夫？」

「戦場に比べたらどこだって天国だよ」

東海道線で横浜から新橋《しんばし》に通い、夕方、退庁後は直江邸に通う日が続いた。直江は一度も車から降りず、尾崎の前を過ぎていくばかりだった。総理府との第二回すり合わせ会合の日程はまだ決まっていない。向こうは着々と地固めを進めているだろう。このままでは手遅れになってしまう。

焦るだけで進展がないまま、さらに一週間が過ぎた。この日、尾崎は引揚援護庁に引っ張ってくれた先輩に昼食を誘われ、新橋駅近くの蕎麦店の奥の席で向き合った。

「嫌な噂を耳にしたんだ。尾崎が命を狙われていると」

「身に覚えはありませんよ」まだ直接的な被害は受けていない。「狙われる原因は？」

「わからん。うちの上がどこかで聞いて『一応忠告してやれ』って。出所は教えてくれなかったが、上が耳にした以上、業務関連で噂が立っているのは間違いないぞ」

総理府とのやり合い以外、心当たりはない。横浜に居を移したことを知られ、直江に接触を試みていると推察され、動きを止める牽制として噂を流した？

「狙われているのは私だけですか」

「俺が聞いたのは尾崎の名前だけだ。本当に心当たりがないならいい。結婚もしたんだ。無理するなよ。色々と物騒な世の中なんだし」

そのまま当たり障りない会話をしつつ、そばを啜《すす》った。噂について、鏑木に伝えるまでもない。こんな脅し、逆効果だ。

午後、自席で書類仕事をしていると、会議室に呼ばれた。鏑木が来客対応をしていた。

「彼が尾崎です。私の右腕ですよ」鏑木が笑顔で言う。「こちらは京大の北川《きたがわ》さんと日下《くさか》さん。以前、別業務でお世話になってな。お二人ともお医者さんだ。今日は厚生省にお越しになり、わざわざ立ち寄ってくださった。君も京大出身で、軍では衛生兵だったし、挨拶くらいした方がいいと思ってね」

尾崎は二人と名刺交換した。鏑木と同年代の男性が北川で、尾崎より少し歳上の男性が日下だった。日下も復員組なのだろう。

「当方こそ鏑木さんには大変お世話になりましてね」北川が言った。「医者の不養生を地でいき、東京に来た際は一緒に何度も痛飲しましてな。最近お酒の調子はいかがです？」

「たしなむ程度で」と鏑木は微笑んだ。「弱くなったもんです」

「またまた。近いうちにまたご一緒しましょう。こちらの日下も酒に一家言ありましてね」

「滅相もない」日下が顔の前で手を振る。「先輩にご指導をいただく日々です。鏑木さんもどうぞよろしくお願いします」

来客対応を終え、尾崎たちは作業部屋に戻った。

「今後、私は大学方面の担当になるのですか？」

「ならないだろうな。その方面の専門家も多い。後任だけでなく、目をかける若手を関係先に紹介しておくのは古いしきたりなんだ」

「お心遣い恐れ入ります」


土曜、尾崎は半ドン勤務を終え、今日ばかりは横浜には行かず、夕方からタエと小曽根宅に赴いた。尾崎は東京に来て以来、毎年小曽根宅のお盆に参加している。東京では七月がお盆になるが、小曽根家では全国的な八月の時期に合わせていた。七月のお盆の時期は他の病院が休みになり、患者が増えるためだという。

この日は小曽根家に加え、もう一人、小曽根軍医と年齢の近しい人がいた。仏壇に線香を手向けた後、居間での会食で小曽根医師がその人を紹介してくれた。

「いつぞや話した、太郎の同級生だった荒井《あらい》さんだ。先日、御茶《おちゃ》ノ水《みず》の大学病院に所用で出向いた際、ロビーでばったり会ってね。今日の集まりを話し、誘ったんだよ」

「はじめまして。尾崎洋平と申します。役人をしております」

「荒井基宏《もとひろ》です。伊与出《いよで》製薬に勤めています」

とても昏《くら》い目をしており、表情も乏しい。

「珍しい社名ですね」

「創業者が愛媛出身でして」

「そうでしたか。私は衛生兵として、南方戦線で軍医殿の手伝いをしておりました。荒井さんは満州にいらっしゃったと伺っておりますが」

ええ、と荒井の口数は少なく、声はかなり重たい。自分でよければ話し相手になるつもりだったが、余計なお世話だったか。

「学生時代、軍医殿はどんな方だったのでしょう」

「いい奴でした」

会話が途切れた。

「伊与出製薬ではどんなお仕事を？」

「研究職です」

やはり会話が切れる。

「洋平兄ちゃん、こっちこっち」

幸に袖を引っ張られた。

「どうしたの？」

「いいからいいから」

失礼します、と尾崎は荒井に会釈して、その場を離れ、さくらと幸の席に移動した。さくらがにっと微笑んだ。

「二人とも困ってるみたいだったからさ。こういう時は子どもの出番でしょ」

やるね、と尾崎も微笑んだ。荒井を一瞥すると、相変わらず昏い目で、誰とも喋らず弁当を口に運んでいた。


八月下旬、この日も尾崎は直江邸前で議員の帰宅を待っていた。蒸し暑い夜で、虫が鳴いている。

直江邸に通い、もう一ヵ月以上が経ったのに初日以来、一言も交わせていない。初日も会話と呼べる内容ではなかったが。会話にならなかったと言えば、小曽根軍医と伊与山製薬の荒井は学生時代、どんな話をしたのだろう。荒井は口下手で、小曽根軍医が話す一方だったのだろうか。

雨が降ってきた。天気予報では晴れだったため、傘を持っていない。シャツも革靴も濡れていく。仕方がない。部屋に戻ったら、靴を干そう。南方の島でもよく雨が降った。雨が降るなんて表現では足りないほど激しい雨だった。あの時、日本で普通に暮らした場合の一生分の雨を見た気がする。ならばこの雨は、自分が二番目の人生を生きているという表れか。

大粒の雨で路上が抉《えぐ》れ、水たまりができ、木々の葉が雨粒を弾き、雨音が尾崎の周りを包み込んでいく。虫の声は消えた。どこかに隠れているのだろう。行軍中の密林で自分たちが大雨をやり過ごした時のように。

二時間後、車が近づいてくる音がした。雨は降り続いている。街路樹の下に移動し、時折手ぬぐいで腕や顔を拭くものの、髪やシャツはずぶ濡れだ。

門扉の前で車が止まり、今夜ものっぺりした顔の男が助手席から傘を差さずに降りてきた。

「こんばんは。お疲れ様でした」

尾崎は車に向け、それだけ言った。窓は開かない。門扉が開き、車が敷地に進み、男が門扉を閉める。

「連日ご苦労様です」

男は今夜も事務的な口調だった。

「いえ。成すべきことを成すためですので」

男はかすかに頷き、邸宅に小走りで向かった。

尾崎が坂道を下っていると、背後から誰かが走ってくる足音がして振り返った。のっぺり顔の男だった。足元の水たまりを気にせず、右手で傘を差し、左手には別の傘と白い布を持っている。

尾崎は立ち止まった。男はそばにくると、左手の傘と白地の手ぬぐいを軽く持ち上げた。

「直江議員からです。こちらをお持ちくださいと。手ぬぐいは差し上げます」

「恐れ入ります。ですが、ご覧の通り、すでに濡れ鼠ですので」

「受け取った方がいいのでは？　直江邸を訪問する大義名分ができますよ」

男は瞬きの少ない目で淡々と言った。尾崎は虚を突かれて一瞬言葉が出なかったものの、頭を下げ、傘を受け取った。一歩下がって差すと、雨粒を弾く音が耳に心地よかった。

「そんなずぶ濡れで、今晩議員があなたを自宅に通そうとしたら、どうなさるつもりで？」

「辞退しました。お会いしたいという気持ちを伝えんがため、帰宅をお待ちしていたのです」

なるほど。そう言うと男は胸ポケットから革製の名刺入れを取り出し、傘の心棒を肩と首で挟み、名刺を一枚取り出した。

「こんな夜に恐縮ですが、ご挨拶させてください。則松栄司《のりまつえいじ》です。直江議員の秘書を務めています。実はあなたの名前を聞くよう申しつけられています。教えていただけますか」

尾崎は慌てて手をタオルで拭き、名刺を受け取った。

「尾崎洋平です」鞄から名刺を取り出し、差し出した。「引揚援護庁に勤めています」

「余計なお世話ですが、直江邸を訪問される時は今まで通り一人の方がいいかと」

「ご助言痛み入ります」

「次の日曜日、議員は朝からご自宅で静養の予定です」

「重ね重ねありがとうございます」

では、と則松が直江邸に戻っていった。

6

日曜日は晴天だった。蟬《せみ》が鳴いている。昼過ぎ、尾崎は右手に菓子折を、左手に傘を持ち、直江邸を訪問した。女性が庭を掃いており、尾崎が用向きを伝えると、屋敷に通された。

玄関に半袖開襟シャツの則松がいた。尾崎は傘を差しだした。

「先日は助かりました。お返しします」

「困った時はお互い様ですよ。どうぞこちらに」

則松は玄関右手を示した。尾崎は先ほどの女性に菓子折を渡し、則松の後に続いた。

客間は絨毯《じゅうたん》敷きで、有田焼の立派な花瓶や西洋の絵が飾られていた。開けっぱなしの大きな窓からは広い庭が見える。庭木は剪定《せんてい》が行き届き、芝は見事に刈られ、陽射しを浴びて輝いている。楕円形の大きな木製テーブルの周囲に、舶来の年代物と思しい椅子が十二脚置かれていた。尾崎は勧められた椅子に腰を下ろした。座り心地がいい。

則松が尾崎の左斜め前に座った。室内には八月なのに火鉢が置かれている。

「議員はまもなく参りますので。一人でいらしていただけて何よりです」

相変わらず瞬きの少ない目だ。すべてを見通されているようにも感じる。尾崎は膝の上で拳をきつく握った。

ようやくここまでこぎ着けられた。

——こちらの見解を存分に示してきてくれ。秘書が理由も言わず、君に一人で来いと告げたんだ。私は同行しない方がいい。

——私に述べられるでしょうか。

——君にできなければ、他に誰ができる？

鏑木に任された大勝負だ。直江を引き入れられれば、総理府を押し返せる公算が生まれる。

客間のドアが開き、和服姿の直江が入ってきた。生地も兵児帯《へこおび》も地味な色合いだ。尾崎が即座に立ち上がると、則松も腰を上げた。直江は手をかざした。

「二人とも座ったままで。どうせ私もすぐに座る。尾崎さん、お見苦しい姿で申し訳ないが、勘弁してください。戦中に痩せてしまいましてね。体重はいまだに戻りません」

「本日はお時間を頂戴し、ありがとうございます」

「根負けしましたよ」直江が苦笑する。「これから台風の季節ですし、ずぶ濡れで肺炎にでもなられたら、寝覚めが悪い」

「その時も命懸けでご帰宅をお待ちしたでしょう」

「ほう。命懸けで、ですか」

直江は含みのある口調で、尾崎の正面に座った。認められたのか？　わからない。このまま突き進むほかない。尾崎は直江の目を見据えた。

「一度戦場で失いかけた命です。周りのおかげで生き延びられました。私を助けるために命を散らした恩人たちに、恥ずかしい生き方をしたくないんです」

「私が軍人嫌いなのはご存じですか」

「はい。ですが、私は好きで戦場に行ったのではありません。徴兵された民間人です」

尾崎は胸の底のつかえがかすかに疼《うず》くのを感じた。いま吐いた言葉につかえの正体があるのか？　思考をすぐ目の前に戻した。大勝負の真っ最中なのだ。

「なるほど。私が軍人同様、官僚を嫌うのもご存じで？」

「存じております」

「尾崎さんは当初車を使われていた。界隈のあれこれは大抵耳に入りますし、エンジン音も聞こえました」直江は右眉だけを器用に上げた。「だが、約一ヵ月まったく使っていない」

「おっしゃる通りです。使用を禁じられました」

「現在のお住まいはこの辺りで、車を使用されている時は都内だった。違いますか」

「ご推察の通りです。よくおわかりになりますね」

「種明かしは簡単です。帰宅時間が不規則な私を待つという前提があります。車を使えない以上、都内ではない。帰宅できなくなるので。最初から横浜界隈なら車を使う必要がない」

直江は椅子の背もたれに寄りかかった。和服の合わせが緩み、薄くなった鎖骨の辺りの肉が覗く。それでも戦場で痩せ衰えた兵士たちよりも肉はある。

「引揚援護庁、もしくは上司の方の指示で転居を？」

「いえ。私の意思です。直江議員と面会するために」

「素晴らしい。私が官僚を嫌いなのは、己の頭で考えられないからです。異論もあるでしょうが、私の目にはそう映る。上で決まった方針に、一つの部品として従わざるをえない面があるにしてもです。しかしあなたは違う。私に会おうとしたこと自体、そもそも引揚援護庁の総意として動いているわけでもない。そうならば車を継続的に使えますからね。だからこそ私は尾崎さんと会ってみようと思った。早速、ご用向きを伺いましょう」

「総理府と一部実力者を中心にした軍人恩給復活の動きを、議員もご存じかと思いますいざ――。」

尾崎は腹の底に力を入れ、かねてよりの存念を述べていった。直江はまじろぎもせず、尾崎をじっと見据えている。

尾崎が語り終えると、直江は二度、深く頷いた。

「官僚が国に理想を抱ける環境になったことは実に喜ばしい」

夏の風が蟬の声を乗せ、窓から入ってくる。

「私はね――」直江がゆるゆると首を振る。「軍には何度も煮え湯を飲まされた。幾度も身の危険を感じた。軍が心底大嫌いです。ですが、国力を鑑み、具体的には財政を鑑み、どこかで誰かが線引きしないとなりません。雇用関係の有無は一応もっともな道理ではある」

「戦後も国民が耐えないといけないのなら、それは単なる忍耐の押しつけで、一億総玉砕の論理となんら変わっておりません。直江議員が嫌う、軍と同じです」

「尾崎さん」則松が口を開いた。「少々言葉が過ぎるのでは」

「構わんよ」直江が穏やかな声で制した。「私も一億総玉砕なんて、まっぴらご免です。個人の心情として元高級将校に金を払うのは業腹ですよ。ただ政治は現実が相手でしてね。時に冷酷でないとなりません。己の心に対しても」

直江が両目を見開いた。ただそれだけの動作なのに、体が不意に大きくなったような印象を受ける。尾崎はその迫力に負けじと、身を乗り出した。

「国力が増せば、民間人も国家補償の対象になるのでしょうか。対象者を絞ったレールを走り出しても、そこから外れられるのでしょうか」

巨大な官僚機構は柔軟に動けない。最近とみに痛感する。復員事業ひとつとっても、些細な修正点があればあちこちに説明に回り、印鑑をもらわないといけない。一枚の書類の完成に三、四日かかるのもざらだ。

「何とも申し上げられません。時の為政者が判断すべきです。私は現在と向き合い、ひたすら国力増強に粉骨砕身する所存です。尾崎さん、あなたはいい目をしていらっしゃる。ひとつ賭けてみたくなる目だ。どうでしょう。今後定期的に情報交換をしませんか。場所は東京で。上司の方ともお目にかかりたいですし、あなたも東京にご家族がおありでしょう」

「情報交換というと、こちらは何を？」

「尾崎さん側、いわば良識派の皆さんの動きを教えていただきましょう。軍人恩給復活派を押し戻せるポイントが来た、と私が判断できた時は一気に動くことを約束します。心情としては尾崎さん側におりますので。恩給復活派の動きもお知らせしましょう」

両睨みの立ち位置ともとれる。いかにも政治家らしい動き方だ。

「私の一存ではお答えしかねます。返事は後日でも構わないでしょうか」

「もちろん。安請け合いしない良心もお持ちですな。則松君、尾崎さんを中華街にお連れしなさい。二人で食事でもしてくるんだ」直江は尾崎に笑みを見せた。「私は胃の調子が思わしくないので遠慮させてもらいますよ」

直江との面会を終え、尾崎は則松と徒歩で中華街に向かった。坂をくだり、中華街に至るとバラックの店舗だけでなく、木造平屋の店舗も並んでいた。比較的大きな店舗に入り、奥のテーブル席についた。

「尾崎さんは嫌いなものはありますか」

「何でも食べますよ。戦場では野ネズミやトカゲを食っていたくらいです」

「頼もしいですね」

則松は店員に焼飯、餃子、やきそば、肉野菜炒めを頼んだ。店員が離れると、則松は眉を上下させた。

「直江議員からの誘い、政治家の嫌らしさを感じたでしょうが、尾崎さんにとって悪い話ではないと思いますよ。直江機関という言葉をご存じですか」

「不勉強で、耳にしたこともありません」

「与野党を問わず、力のある政治家は私設秘書団を使い、国内外の様々な分野の調査をしています。大抵議員の苗字とくっつけて、山田機関とか佐藤機関などと呼ばれています。直江議員もご多分に洩れず、戦後、情報収集力を強化されているんです」

「則松さんは戦前から直江議員の秘書でしたか」

「いえ。復員後、同郷のよしみで拾ってもらったんです」

「則松さんも横浜で？」

「高崎です。直江議員も元々は高崎の人間なんです」

「そうでしたか。則松さんはどちらの戦線に？」

「すみません。申し上げたくないんです。いいことなんて一つもありませんでした」

則松の視線が翳《かげ》った。思い出したくもないに違いない。どの戦場も過酷だったのだ。尾崎はそれ以上聞かなかった。

則松がコップの水を飲み、眼差しに色を戻した。

「尾崎さんの上司が我々との情報交換を承諾した場合、私が取り次ぎ役になります。場所は新橋や赤坂辺りでいかがでしょうか」

「お任せします」

秘密裏の会合に適した場所なんて知らない。

肉野菜炒めと焼飯がほぼ同時に来て、餃子とやきそばが数分後に運ばれてきた。餃子は水餃子だった。どうぞ。則松がその皿を尾崎の前に置いた。

「焼き餃子は大好物なのですが、水餃子は苦手でして。まさか水餃子とは思いませんでした」

「では、遠慮なく」

尾崎は水餃子を口に入れた。豊かな肉汁と香辛料の風味が口中に広がった。

政界の動きなどを肴にした食事を終えると、則松と中華街を歩いた。大ぶりの肉まん、焼売を店の外で食べる姿もちらほら見受けられる。

「この辺りもどんどん変化していきます。東京ほどじゃないでしょうが」

「正直、東京の変化にはついていけません」と尾崎は苦笑いした。

突然左上腕部に鋭い痛みが走った。さらに左手に持った鞄を背後から引っ張られ、咄嗟に踏ん張った。視線を振る。暗い顔の男がナイフを持ち、鞄に手をかけていた。

どうする。尾崎は身を硬くした。

則松が無言で滑らかに身を翻《ひるがえ》した。二本の指で男の目を突く。一毫《いちごう》の躊躇《ためら》いもない動作だった。男は悶絶し、尾崎の鞄から手を放し、慌てて逃げていった。

尾崎は右手で左上腕部を押さえた。戦場で何度も味わった、ぬめりとした感触が手の平にある。あの頃は自分のものではなく、他の兵士の血だった。

「大丈夫ですか」

「これくらい、戦場ならかすり傷です。お手数をおかけしますが、鞄から手ぬぐいを取り出して、服の上から傷口をきつく縛っていただけませんか」

圧迫止血だ。小曽根軍医の指示のもと、戦場で何度も施した。自分がやられるのは初めてだ。まさか戦後に経験するとは。

則松の手際はよかった。白地の手ぬぐいはあっという間に真っ赤に染まり、傷口が脈打つが、じきに血は止まるだろう。

「戦場で応急処置のご経験が？」

「何度か。尾崎さんは？」

「私は衛生兵でしたので数え切れないほど。先日則松さんにいただいた手ぬぐいを入れていてよかったですよ。直江議員と接触できた縁起担ぎで入れていたんです」

「車を呼び、病院にお連れしましょう」

尾崎たちは近くの店に入り、電話を借りた。ひと目の多い通りで白昼堂々の強盗とは、日本の治安は回復していないのか。いや……。

先輩の忠告が脳裡をよぎる。

鞄に秘密書類があると踏まれた？　総理府側に直江との接触を把握されている？　尾行された？　絶対にないとは言い切れない。

「おかげで助かりました。則松さんがいなければ危うかったです」

「軍にいたせいで、あんなくそ度胸がついてしまいました」

則松はやるせなさそうに言った。

自分も銃弾や砲弾が飛びかう戦場に身を置いた。戦地にいた頃なら考える前に動けただろうが、復員後の日常に慣れ、体を硬直させてしまった。則松は違った。死線をくぐり抜けた回数が違うのかもしれない。


月曜、三角巾で腕を吊って出勤すると皆に驚かれた。転んだ拍子に腕を切った、と同僚には適当に誤魔化したが、鏑木だけには先輩の忠告も合わせて真相を伝えた。

「噂を耳にした段階でなぜ言わなかった？」

「言うまでもないかと」

鏑木は物思わしげに腕を組んだ。

「軍人側の手先だとすれば、私が狙われないのは解《げ》せんな。背広を切られて以来、何もない」

「直江議員と直接接触したのが私だからでしょう。議員との会合は――」

尾崎は直江からの提案を含め、接触時の会話を報告した。

「情報交換はやぶさかじゃない。次からは私も同席しよう。危険を分かち合うんだ」

一週間後、神奈川県警から連絡があり、尾崎を襲った男が逮捕され、金目当てだったと供述したという。真相は定かでないな、と尾崎は思った。


一ヵ月に一度、直江との情報交換を新橋の中華料理店や赤坂の小料理店で行った。九月、十月の総理府とのすり合わせは膠着《こうちゃく》状態だった。直江からもたらされた総理府側の動向をもとに対策をたて、会合に臨めたので議論に負けずにすんだ。

十二月、海の向こうから大きなニュースが飛び込んできた。

西ドイツが戦争犠牲者の援護に関する法律を施行したという。旧軍人と民間人の区別はおろか国籍の区分もなく、障害年金、遺族年金、医療保障などと整備したそうだ。彼の国ではベルリンやドレスデンへの空襲などで約百二十万人の民間人が犠牲になり、領土の縮小で財産を失った者も千二百万人にのぼるらしい。

「同じ敗戦国のドイツにできて、日本にできないわけがない」鏑木は厳とした口調だ。「ときに、その後身の回りに危険は？」

「特にありません。鏑木さんは？」

「私もだ。油断は禁物だぞ」

年が暮れていった。

7

正月が明け、鏑木と芦部がこれまで何度も繰り返した意見を今日もぶつけ合っていた。夕方から総理府側とのすり合わせが赤坂の小料理屋で行われている。尾崎たち下役と責任者は黙して、鏑木と芦部の対決を見守っていた。

「芦部さんの主張を伺っていると、新たな制度のためには感情や事情を排し、人間を肉体や心を持った個人としてではなく、ひとつの記号として見ているように感じます。弱者を泣き寝入りさせるなら、行政の存在価値はありません」

「まさに国民を記号として見るのが官僚の仕事でしょう。良い悪いではなく、我々はシステムの一部です。鏑木さんの主張は純粋過ぎます。政治行政に純粋を求めた結果、どうなったのかをお忘れですか。国民は政治家や行政ではなく、軍部に純粋さを見て、権力移行を後押しした。純粋な正義感は国を滅ぼします。純粋さと狂気は紙一重です」

耳で二人の議論を追いながら、尾崎は己の立ち位置を決めた根本にも思考を巡らせていた。まだ正体を摑めていない。直江と初めて話した時、根本に少しだけ触れた気がする。

「戦争は国の存亡にかかわる非常事態で、国民は等しく耐えねばならない――こんな戦争受忍論をいつまで続けるんですか。もう終わりにしないと」

「線引きは不可欠です」

この夜も妥協点を見出せないまま、すり合わせは終わった。尾崎も、己の奥底にある根本の正体が何か導き出せなかった。

　小料理店を出て、鏑木と四谷に向けて歩いた。

「起死回生の一手がほしいな。我々の敗北は民間人の敗北だ。どうだ、引き続き一杯やるか」

「お誘いはありがたいですが、今日はちょっと体調が悪くて。明日は直江議員との会合もありますし、引き上げてもいいでしょうか」

「実は私も疲れててな。もう若くない。人生なんてあっという間だ」

　都電に乗る鏑木と別れ、尾崎は国鉄四ツ谷駅に向けて紀伊国坂を上った。弁慶濠が右手に見え、水は夜の黒色に染まっている。

　かつてさくらが教えてくれた天国をつくりたい。少しでも近づくため、まずは民間戦災者への補償を実現させるのだ。現時点で国力があれば、民間人にも手厚い国家補償をなす方針に導けるだろうか。現役官僚として「導ける」と胸を張って言えないのが虚しい。各省庁、政治家を巻き込み、予算の——利権の奪い合いをしている。

「動くな」

　男の硬く、野太い声とともに背中に筒状のものを突きつけられ、尾崎は肩で息をついた。

「二度も同じ手を使うなよ」

　振り返ろうとした時、筒状のものをいっそう強く押しつけられた。

「動くな。大声も出すな」

　唾を飲み込んだ。南原ではない。吐息は白いのに、背中を汗が流れていく。

「これ以上邪魔をするな」

「何の話だ？」

「貴様も元皇軍で、せっかく戦争を生き延びたんだ。つまらんとこで死にたくないだろ」

アレの手先か、総理府側の手の者か……。

「そういうあんたも戦争に行ったのか」

「答える義理はない。忠告してやろう。大勢はとっくに決している」

「大勢とやらは、いつ、どこの誰が決めたんだ」

「知らんよ。さあどうする、ここで死ぬか」

昨年中華街で負った左腕の傷が疼く。則松のように相手を追い払えるだろうか。発砲されては終わりだ。切り抜けるには……。

「まだ死にたくないな。あんたの話は理解した」

しんとした。凍りつくような風が頬や首筋を切りつけるように吹いていく。

「いいだろう。ゆっくり百を数えてから歩き出せ。それまで動くな。動けば、消す」

「この件、口止めしなくていいのか」

「話したければ話せ」

鏑木以外に言えるはずがない。得体の知れぬ者に脅された話が省内に広がれば、軍人恩給反対派の多くも主張を引っ込めてしまう。

背中から筒状の感触が消え、ひと気も引き、八十三まで数えた時、肩を叩かれた。

「どうかされましたか」

少し年上の警官だった。

「立ち眩《くら》みです」尾崎は適当に言い繕《つくろ》った。「誰かとすれ違いませんでしたか」

「何かありました？」

「お巡りさんの前にも声をかけられた気がしたので。幻聴が聞こえたようです」

警官は戸惑ったような表情を浮かべ、お気をつけてお帰りくださいと言った。尾崎は警官に会釈を返し、弁慶濠を見やった。

なんとか切り抜けられた。深い谷底の闇が、いま自分の目の前にある得体のしれぬ社会の実相と重なる。

煙草を咥えた。手が震えていた。銃弾が飛びかう戦場では一度も震えなかったというのに。


翌朝、尾崎は鏑木に昨晩の一件を報告した。

「鏑木さんは何もありませんでしたか」

「ああ。私を脅しても無駄だと知っているんだろう」

「アレの一派にしろ総理府側にしろ、手駒はいまもまだ軍国主義を引きずっていますね」

「連中にとって軍は、いつまでも特別な存在なんだよ。手駒なんて探せば、いくらでもいる。奇妙な事件が頻発しただろ。下山《しもやま》事件、三鷹《みたか》事件、松川事件。知らんだけで他にも色々あったのかもしれない。食い扶持《ぶち》に困った元特務機関員とか元秘密部隊員なんてわんさかいる。国の中枢はそういう連中を使っているんだろう。官公庁にも潜り込んでいるはずだ」

尾崎は昨晩の震えを抑え込むように、太股の脇で両拳を握った。

「ここで脅しに屈すれば、我々の敗北が決定します。慎重に踏ん張りましょう」

「よし。脅しの件は二人だけに止《とど》めておこう。今晩のNとの勉強会、私だけで赴こうか」

「いえ、自分も参ります。一晩寝て、体調も回復しました」

「そうか。ときに、ひとつ試みたい一手があるんだ。起死回生となるかもしれん」

「昨晩、捻り出したんですね」

鏑木はゆっくりと首を振った。

「ずっと頭にあったのに踏ん切りがつかなくてな。事ここに至り、腹をくくった。うまみを打ち出すんだ」

「政界に？　かなり立ち遅れているのでは」

いまさら政界の根回しで総理府と争っても勝てない。直江すら取り込めていないのだ。

「攻め口を政界以外に広げるんだよ。私の経歴上、医学会につてがある。世話になった先輩が戦後に立ち上げた製薬会社もある。並井《なみい》製薬ってとこだ」

「新しい製薬会社ですか。復興の足音が聞こえますね」

「設立には厚生省も一枚嚙んでてな。復員した研究者や医師の受け皿でもある。悔しいことに先輩は大陸でかなりいい酒を毎晩飲んだって話さ。桂花陳酒《けいかちんしゅ》の逸品もあったらしい」

「桂花なんとかは、酒の名前ですか」

「かの楊貴妃も好んだ、白ワインと金木犀《きんもくせい》を使った酒だよ。中華料理と相性がいい。私は紹興酒より、俄然桂花陳酒派でね」鏑木が咳払いした。「すまんな。酒の話になると、つい興が乗ってしまう」

尾崎は首をすくめた。

「慣れっこです。製薬会社や病院、学界にどう切り出すのです？」

「補償が出れば、これまで医者に出向かなかった症状や怪我でも通院する人が増え、薬代で製薬会社も医師も儲かる。風が吹けば桶屋が儲かる式さ。あらゆる業界に使える論法だぞ」

「製薬会社はともかく、医師や学会が金銭的な利点でなびいてくれるでしょうか」

小曽根医師が金で動くとは思えない。軍医殿が生きていても、なびくはずがない。

「医学会こそ金がかかる。研究や開発費にな。厚生省は国公立大の研究費を握ってるから、そこをくすぐれる。病院だってボランティアじゃない。人件費をはじめ、様々な経費がかかる。少なくとも今はどこも金が欲しいはずさ。戦争で様々なものを失ったんだ。弱みを突くようで気が引けるが、背に腹は代えられん。立場のある私が当たることに意義がある」

なるほど。鏑木の強みを活かせるなら、活かすべきだろう。

「官僚生活に行き詰まったら、二人で押し売りを始めましょう」

「並井製薬は後発だからこそ、うまみには敏感さ。まずはあそこから攻める」

「同行時の手土産を用意しておきます。訪問はいつにしますか」

「私一人で行こう。手土産も自分で用意する。君は自分の仕事に集中してくれ」

鏑木はぴしゃりと言い切った。取りつく島もないほどだった。

夜、新橋の中華料理店の個室で直江と則松に、鏑木が医学会への働きかけについて伝えた。

「面白い一手です」直江が大きく頷く。「次はこちらから政界の動きについて。与野党を問わず、共通認識が生まれはじめています。当面、戦争犠牲者対策は国家補償によるべきだと」

「総理府の根回しによるものですか」と鏑木が訊いた。

「それだけでなく、アカの跋扈《ばっこ》に対抗すべく、旧軍票を集めたい面もあります。旧軍関係者の遺族、傷病兵には国が相応の扱いをするという方針は強烈なアピールになります。政治家の間では、戦争で誰もが苦しい目に遭ったのだから、国民は耐えないといけないという考えも根強い」

「そういう政治家は耐えているのでしょうか」と尾崎は思わず言った。

「鋭いご指摘かと。多くは申しますまい」直江が目を細める。「若さとは真っ直ぐさなのかもしれません。鏑木さんはいい部下をお持ちだ」

恐れ入ります、と鏑木が軽く頭を下げた。

会合後、尾崎は則松と地下鉄銀座線に乗った。直江は車で帰宅したが、則松は議員会館に戻り、仕事を続けるという。二人でドア前に立った。

「私がそばにいる際は、中華街の時のような事件は起こさせません」則松はいつもの瞬きの少ない目だった。「誰が乗り、降り、近くに何者が座り、立っているのか、チェックします」

「そんなことができるんですか」

「やろうと思えば」

「議員秘書として必要な能力なんですか？　精神がくたびれそうです」

「帰宅後、ジャズで心を休ませますよ。生演奏を聴いて嵌《は》まった口です。レコードを買い漁ってましてね」

「私もジャズファンです。どの辺りがお好きで？」

ジャズ談義を交わすうち、則松が降りるべき駅に到着した。則松は降りる気配を見せない。

「ここで降りた方がいいのでは？」

「目白まで送ります。中華街の一件がありますし」

ありがたい申し出だった。話していないが、四谷の一件もある。則松が近くにいれば心強い限りだ。電車が発車した。

「ご自宅までご一緒しますよ」

「お心遣いだけ受け取っておきます。これから仕事なのにありがとうございます」

目白駅に着くと、尾崎は反対側のホームに行き、則松を見送った。


翌週、鏑木が並井製薬に訪問から帰庁後、会議室で二人になった。

「理解を示してくれたぞ。業界の旗振り役になってくれるやもしれん」

「吉報を待ちましょう。次の訪問先もお考えで？」

「ああ。早く結果を出さんとな。今朝、省の幹部に横槍を入れられたんだ。『総理府の方針を呑み込んだ方が、予算を分捕る作戦に労力を割ける』だとさ」

「どの部署からです？」

「高野君の部署だよ。言い返したが、我々が省内で劣勢になりはじめているのは事実だ」

責任者となる局長も総理府の骨子をもとに、予算を分捕った方がいいと考え始めている。

夜、帰宅前に便所に行こうと廊下に出ると、元海軍の可児が向こうから歩いてきた。可児も厚生省に残り、現在は高野の部下となっている。相変わらず隙のない服装だ。

会釈すると、可児が尾崎の前で立ち止まった。

「尾崎さんは復員組でしたね」

やぶからぼうになんだ？

「ええ、南方戦線にいました。可児さんはどちらの部隊に？」

「本土でした。主に神奈川《かながわ》に」

横須賀《よこすか》か。広島の呉《くれ》とともに、海軍の根城《ねじろ》となった街だ。

「南方なら亡くなった戦友や、傷病兵も多かったでしょうね」

暗に軍人恩給復活に異を唱えるなと言いたいのか……。

「可児さんは私の仕事が目障りですか」

「各々、すべき業務は異なりますので。お体にご留意を。では、お先に失礼します」

可児は階段へ歩いていった。体に留意、か。四谷での脅しと大意が一緒だ。あの一件には可児と高野が絡んでいるのか？

翌日、鏑木に可児との会話を伝えた。

「我々は我々の仕事に邁進しよう」

春から夏になり、九月、サンフランシスコ講和条約が締結された。発効は来年四月二十八日になる。国会では戦争犠牲者対策の議論が本格化し、十月には戦争犠牲者の救済措置についての審議室の設置が閣議決定された。総理府を陰で操る実力者の派閥が閣議決定の動きを主導した。この間、鏑木は大学や研究所、製薬会社の訪問を続けた。各所理解を示してくれるものの、民間からの突き上げ運動にはいまだ至っていない。

「ネバーギブアップ。継続は力なり。芽が出るまで種を蒔《ま》き、水を撒《ま》こう」

鏑木はめげずに言った。

総理府とのすり合わせを続行する中、尾崎も何度か与野党と厚生省・引揚援護庁との非公式な意見交換に参加した。総理府の求める方向で議論が進み、小曽根医師から受け継いだ万年筆で説明文書を作成した。軍人や軍属のみを国家補償対象とする方向での書類作成——組織の歯車としての作業は、個人として信じる方向とまるで違うものの、おざなりにはしなかった。ただ、頭と感情が乖離《かいり》していく奇妙な感覚に陥った。望まない方向に進まざるをえない時、人は誰しもこういう感覚を味わうのかもしれない。

二週間前、直江との会合では難しい顔で指摘された。

——そろそろ形勢逆転は厳しいですぞ。次、お目にかかるまでに何か奥の手を用意できますか？　それがない場合、私は撤退せざるをえません。忍びがたいですが。

その次の会合が明日に迫る夜、鏑木の自宅に呼ばれた。鏑木はコップになみなみと注がれた日本酒を一気に飲み干した。

「くう、たまらんな」

尾崎も半分ほど飲み、鏑木のコップに日本酒を注いだ。

「会合に手ぶらで向かわざるをえませんね」

この二週間頭を絞ったが、直江を納得させられるような奥の手をひねり出せていない。

「いや」鏑木が声を落とした。「一つだけある。我々の意見を厚生省の意として、報道機関に耳打ちするんだ。国民の大半を味方につけ、力業で政府を引くに引けぬ立場に追いやるんだよ。ずっと頭の片隅にあったんだ。他にいい手が思いつけばと、言い出せなくてな」

報道機関を利用しての大衆煽動《せんどう》は旧軍の常套手段だった。官僚として軍のやり口に苦々しさを抱いたからこそ、頭にあったのだろう。鏑木は責任ある立場で、発言は重い。

鏑木がコップを置き、顎を引いた。

「『空襲被害者も国家補償の対象』という公式見解が一度表に出れば、引っ込めた政府は悪者になる。火消しに走れば走るほど悪役になる。支持率が低くなれば、選挙で逆風に堪えきれずに落選する議員も多いだろう。落とし所として、旧軍人も民間人も社会保障で救済する決着が現実を帯びる。ベストではないが、悪くない決着さ。タイミングは私が計ろう」

「戦友が報道機関の政治部にいます。リーク役は私が担います」

鏑木ばかりに重荷を背負わせたくない。医学界への働きかけといい、鏑木は打ちたくない一手を打たざるをえない状況に追い込まれ、心苦しいはずだ。

「では、頼む。直江議員がこちら側だと宣言し、勝負に出る好機になる。最終局面は近いぞ」

翌日、尾崎は仕事が手に着かなかった。謀略とも言える一手だ。正攻法で対抗してきただけに忸怩《じくじ》たる思いがあるが、致し方ない。

夕方、鏑木が上司に呼ばれ、三十分後に赤い顔で戻ってきた。

尾崎君、ちょっといいか。強張った声だった。会議室に移り、ドアを閉めるなり、鏑木は憤然と鼻から息を吐いた。

「明後日付で私と君は下準備から外れ、第一復員局に再配置される。この段での異例の人事だ。かなり上の意向だな。文句を放つのがせいぜいだった」

かなり上。局長を飛び越え、アレと通じる次官か大臣級の大物が……。四谷での脅しも加味すると、人事異動の名を借りた追放か。

「我々の後は高野君と可児君だそうだ」

尾崎は雨跡がついた窓から復旧が徐々に進む街並みを見た。戦争に突入する際も、軍ではこういう人事が繰り返されたのではないのか。組織を動かせる立場に、意に沿う人間を入れる——という。高野は血筋からして軍人恩給賛成派だろう。

「異動までに奥の手を使いますか。まだ我々は下準備役の立場にいます」

「かえって逆効果だ。異動の腹いせに与太《よた》を流したと捉えられかねない。私は医学界への働きかけを最後まで続ける。与太を流す人間となれば、何を言っても信じてもらえん」

「働きかけが成功しても、我々の後任が引揚援護庁の意として総理府の意向に乗ってしまえば、もうどうにもなりません」

鏑木は天井を仰ぎ、視線を戻した。

「今日と明日、じっくり考えさせてくれ。そろそろ行くか」

二人は庁舎を出て、赤坂に歩いて向かった。直江との会合を反故にできない。

敗北。二人の胸にある言葉。鏑木があがき続けても、リークしても、もはや動かしがたい現実がある。敗北を直江に伝えねばならない。

路地裏の小料理店に入った。

「鏑木さんも尾崎さんも顔色がよくありませんね」

直江は開口一番言った。鏑木が経緯を告げると、直江は瞑目し、おもむろに瞼を上げた。

「口惜しいですが、勝負は決しましたか」

鏑木は数秒沈黙し、ゆっくりと頭を下げた。

「お力を借りなければ、ここまで戦えませんでした」

「お二人は今後、どんな業務に？」

「まだなんとも。私は自分の立場を利用し、各方面への働きかけを継続し、できる限りの抵抗を続けていきます。ネバーギブアップの精神で」

静かな宴席となった。座持ちの話題として、鏑木が桂花陳酒の話をしている。日本にはほとんど入っておらず、大陸で先輩が……。尾崎はこれまで何度も訪れた部屋のしつらえが、急に目に入ってきた。水墨画、一輪挿し、動植物の細かな細工が施された欄間《らんま》。

十一時前に小料理店を出た。乏しい街灯の下、酔客がちらほら歩いている。

「尾崎君がいてよかった。旧軍経験者でもこちら側にいると、目に見えるんだ」

「もともと民間人ですからね。赤紙で徴兵されただけです」

尾崎は目を見開いた。そうだ。ここまで民間人に肩入れする、己の心の奥底を理解しきれなかったが、気づけば簡単な話だったのだ。

自分が民間人だからだ。官僚も、政治家も民間人だ。いつしかこの意識が消えてしまい、国民の側に立てなくなってしまうのだろう。

「私が官僚として過ごせる日々は残り少ない。かたや君はまだまだ長い。則松さんとの接触を保っておけ。直江議員の後継者が誰にしろ、今後の官僚生活で不可欠な力になる」

「心に留めておきます」

鏑木が夜空を見上げた。月がきれいな夜だった。

「夜が暗いから、鮮やかに輝けるんだよなあ」

8

省内では尾崎たちの異動について憶測が飛び交い、本人の耳にも入ってきた。

――自業自得って話だ。上の意向を無視して暴走していたらしい。

――あの二人、アカの疑いでもあるんじゃないか。

鏑木は午前中だけ出勤し、午後は休んだ。自宅で誰にも邪魔されずに思案したいのだろう。

尾崎は七時過ぎに帰宅し、十一時には床についた。

深夜一時。玄関の戸が強く叩かれ、尾崎が応対に出ると、電報だった。玄関で文面を読み、届いたばかりの電報を握り締め、気持ちを落ち着かせるべく深呼吸し、寝室に戻った。

タエが電灯をつけ、布団に正座していた。

「お義母さんからの急報だ。鏑木さんが心臓発作で亡くなった」

タエは絶句した。言葉を失うのも無理はない。尾崎だって冗談としか思えない。気落ちしていたとはいえ、昨日まで元気だった。

「朝一番で向こうに行ってくる。お義母さん一人じゃ大変だろう」

鏑木家は文京区小石川《こいしかわ》にある。空襲で全焼後、建て直した。尾崎の自宅から市電を乗り継げば、二十分もかからないが、歩くには遠すぎるし、夜の闇も深い。

職場には鏑木家から連絡しよう。鏑木家には電話機がある。尾崎の家にはない。官公庁や企業を除けば、ごく一部の家庭に設置されているにすぎない。

　タエが我に返ったように立ち上がった。

「わたしも行きます」

　尾崎夫妻は午前五時に家を出た。街はまだ眠っていて、静かだった。

　義母は身なりを整え、てきぱきと室内を掃除していた。

「葬儀屋さんには連絡してある。通夜と告別式の準備を手伝って。どうかした、洋平さん」

「いえ。てっきり動揺されているかと思ってましたので」

「空襲で身内を亡くしてるからね。突然の別れには慣れているの。良くも悪くもね」

　そういえば、タエも一瞬絶句しただけでしゃんとしている。

　慌ただしく時間が過ぎた。上司に電話すると、『異動のことは諸々終えてからでいい』と言われた。通夜を無事に終え、翌日には葬儀を執り行った。長い付き合いという死亡診断をした医師と、則松も参列してくれた。

　あっという間に深夜になり、尾崎は義母と近所の参列者を見送り、居間に戻った。

「色々ありがとうね。お疲れさま、一杯どう？」

　義母が顔の前でおちょこを傾ける仕草をした。

「頂戴します。お義母さんも一献、いかがです」

　義母は通夜では鏑木の枕元で線香をあげ続け、今日は朝から参列者の対応で一滴も飲んでいない。こんな日だ、飲みたいに違いない。

「そうね、ちょっと待ってて」

義母が居間を出ていき、尾崎は畳に腰を下ろすと、正面の空間に目をやった。ここに来ると、いつも鏑木がそこに座っていた。

義母が日本酒の一升瓶と小ぶりの湯飲みをもってきた。台所からはタエが洗い物をする音がする。尾崎は瓶を受け取り、ラベルに目をやった。秋田の酒だ。先日の酒とは違う。

「これは鏑木さんが最後に召し上がったお酒ですか」

鏑木は酒を飲んだ後、倒れたらしい。義母は台所にいて気づかなかったそうだ。通夜の折に経緯を聞いた。

「そう、頂き物。いい死に方だったのかもね。戦争中は『国民が酒も飲めない、こんな戦さは間違ってる』って憤ってたから。最後に二種類のお酒を飲めるなんて。最初は違うお酒を飲んでいて、それも頂き物だったけど、だいぶ悪くなってたみたいで。『もう飲めたもんじゃない、捨ててくれ』って残念そうに台所に戻しに来た。とっておきだったらしいの。『覚悟を決めたからこれを飲むんだ』って言ってた」

覚悟……リークの決意をしたのか。

「戦争中、どこかに保管してあった古いお酒だったんじゃないかな。蓋がちょっと開いていたとか。空襲の時、大事なお酒が燃えないように池に入れたら、魚の糞や苔の混ざった水が入ってたって笑い話も聞いたことあるし」

義母と鏑木に献杯した。重い口当たりだ。尾崎は鏑木に連れられ、日本酒を色々な店で飲んだ。故郷の水が体に合うのか、灘《なだ》の酒が一番好きだ。

「捨てた酒の銘柄はわかりますか。初七日の法要には間に合わないでしょうが、一周忌には秋田の酒と一緒に供えますよ」

「中身は捨てたけど、瓶なら。ラベルはなかったかな。一応、取ってくる」

義母が湯飲みを置き、台所に向かった。

酒を見つめた。南原に鏑木との第一案をリークしていたら、事態はどう動いただろう。狙い通りに進んだだろうか。尾崎では地位が軽すぎ、リークの効果は生まれない。

お待たせ、と義母が戻ってきた。確かに小瓶にラベルは貼られていない。

「ラベルは鏑木さんが剥がしたんですか」

「私が見た時はなかった。不思議だなって思ったのを憶えてる」

「銘柄や酒造会社について鏑木さんは何か言ってました？」

「何も」

瓶口を嗅ぐと、金木犀の濃い香りに杏のような匂いが混じっていた。ひょっとすると桂花陳酒だったのかもしれない。

ネバーギブアップ。鏑木の声が耳の奥で聞こえたようだった。


ごめんください——。初七日の法要を終えた頃、玄関に来客があった。義母とタエは精進落としの準備中で、尾崎が応対に出た。

くすんだ色の背広に、ぱっとしない色のネクタイを結び、汚れた靴の中年男がいた。

「富坂《とみさか》警察署の者です。故人の奥さまはご在宅でしょうか」

尾崎は警官が出してきた名刺を受け取った。

「初七日の法要があり、精進落としの準備をしていますので、ご用件は私が伺います」

「どうりで靴がたくさんあるわけだ。ご多忙の折、恐れ入ります。故人とのご関係は？」

「義理の息子です」

「そうですか。ご存じなら教えてください。故人はお酒に強かったのでしょうか」

「かなり。お酒が好きでしたね」

「なるほど。最近故人が何かに深く悩んだ様子はありましたか。どこか変わった様子は？」

「特にありません」

総理府との暗闘を明かす必要はない。

「亡くなる直前もお酒を召し上がったそうですが、どんなお酒を？」

「失礼、どなたに伺ったのでしょうか」

「亡くなった当日、別の人間が故人の奥さまに。病院以外で亡くなると変死事案になるもので。こうして型どおりの質問をしないといけなくて」

「二種類あり、一つは日本酒で、もう一つは瓶にラベルがなく、何もわかりません。瓶口から金木犀と杏のような香りがしたので、故人が好きだった桂花陳酒かもしれません。国内にはほとんどないお酒らしいですが」

「あなたもお召し上がりに？」

「日本酒の方は。もう一つのお酒は悪くなっていたらしく、捨てられていました」

「そうですか」警官は眠たそうに目を瞬かせた。「瓶はまだこちらに？」

「さあ。義母に話を聞いているんですよね？　何か聞き漏らした点が？」

「警察は杓子定規な組織でして。書類に必要な点を聞き漏らしていたんです。お恥ずかしい限りで。ときに息子さんは年齢からして復員された口ですよね」

「ええ。南方から。それが何か？」

「会話の接ぎ穂です。お忙しい日に失礼しました。瓶があるようでしたら保管しておいてほしいと、お義母さまにお伝えください。後日伺いますので。今日はこの辺でおいとまします」

警官が出ていった。

精進落としの席で警官の来訪はふさわしい話題ではない。尾崎は親類と当たり障りない会話に終始し、会食後、皆が帰宅してから義母に警官の来訪を伝えた。

「そう。警察もおっちょこちょいなのね」

「前回、警察にどんなことを聞かれたんですか」

「洋平さんに話したのと一緒。自宅での死亡は変死扱いになるからって、かかりつけ医の先生がご自身の前で亡くなったことにしてくれたんだけど」

「そういうおざなりなケースが多いから一応聞いてるんじゃない？」とタエが言う。

そんなところだろう。あまり熱心な様子ではなかった。

「鏑木さんが最後に飲んだ瓶を取りに来ると言ってました」

「じゃあ、とっておかないと」

夜、義母に断りを入れ、尾崎は鏑木の机の引き出し、鞄などから遺品となった名刺を漁った。小曽根軍医と懇意だったという荒井の名刺もあった。

一九五二年四月三十日、戦傷病者戦没者遺族等援護法が公布施行された。同法には「国家補償の精神に基き」との文言が入った。対象は旧軍関係者に限られるものの、いわば国家補償の位置づけで、年金や弔慰金を支給し援護を行う仕組みだ。

軍人恩給でない対応に、鏑木と尾崎の主張をぎりぎり採用したようにも思える。だが、尾崎はすっきりしなかった。その本音を則松に吐露した。月に一度、新橋の小料理店で会うのが定例行事になっている。

「お気持ち、理解できます。空襲被害者は対象外ですからね」

誰もが元軍人の遺族や家族ではないのだ。

十一月、尾崎は鏑木の一周忌法要で秋田の酒を供えた。残念ながら、近くの酒屋に桂花陳酒はなかった。店主には聞いたこともない酒だと言われた。

一九五三年八月、軍人恩給が復活した。復活が国会で決まった夜、則松といつもの小料理店で落ち合い、尾崎はビールを一息にあおった。

「総理府との折衝も、直江議員らとの勉強会も、最初から筋書きありきの茶番劇だったんでしょうか。私と鏑木さんはそうと知らず、単に踊らされたのでしょうか」

――大勢はとっくに決している。

四谷での脅しが耳の奥に蘇ってくる。軍人恩給に反対する者の意見をきちんと吸い上げた上で、結論に至ったという絵を作るため、何者かに利用されたのではないのか。いったんは戦傷病者戦没者遺族等援護法で軍人と民間人を区別なく扱い、厚生省の当初の意向に沿った――鏑木一派の顔を立てた。結局、軍人恩給の復活で総理府の顔も立った。実に官僚的な決着に薄気味悪さを覚える。

実務者級の非公式なすり合わせにあたる前、軍人恩給が復活するにせよ、民間を含めた補償制度を新たに始めるにせよ、実務に厚生省本体か外局も絡む予定だと聞かされていた。厚生省は遺族援護法対象者を扱い、総理府が軍人恩給対象者を担当する――という棲み分けがはなから想定されていたからこその耳打ちだったのではないのか。自分も鏑木もそこまで読み切れず、軍人恩給が復活する場合は民間人も同様の補償が受けられるものと勝手に解釈し、厚生省も絡むと早合点したのではないのか。

「既定路線だったと知っていたとしても、対抗策を講じられたかどうか」

「直江議員は最初から政府や官僚が描いたこの絵図を見抜いていたのでしょうか」

「復興のためには個人の事情に構っていられないのが実情だと認識されていたでしょうが、腹の内はわかりません。議員の腹を読めていたとしても私に何ができたでしょう」

しかも軍人恩給には加算年数制が盛り込まれなかった。加算年数制は、支給に必要な在職年月を確保すべく、戦場に出た日数を割増しし、末端の兵士にも受給資格が得られるための制度だ。現状、尾崎や南原に受給資格はない。最前線で命を張った赤紙召集組には恩給が支払われず、高級軍人だけが受給できる仕組みになった。サンフランシスコ講和条約で日本国籍を失った、台湾と朝鮮の旧植民地出身者にも受給資格がない。

この国の本質は戦争に突入した時と何も変わっていない。どんな大失敗をしようとも、上が最後まで得をし、下は使い捨てられるだけ――。

第二部

一章　決起　――一九七二――

1

「さーちゃん、石鹸ちょうだい」

さくらが頭を洗っていると、隣から雅恵《まさえ》の小さな愛くるしい手が伸びてきた。

――雅の分もしっかりと生き、恵まれた人生を歩んでほしいって願いを名前にこめたの。

母親になったばかりの頃、幸はにっこりと笑っていた。

雅恵。いい名前だ。笑い方は幸よりも雅を彷彿させる。血は争えない。世界に一人だけの姪っ子がなにより愛おしい。五歳の雅恵は銭湯が大好きで、家風呂とは段違いに大きな湯船に浸かり、足をぶんぶん振るのがお気に入りだ。幸は第二子を身ごもり、銭湯に雅恵を連れていくどころではない。旦那さんも仕事三昧で毎晩日付が変わる頃に帰宅するという。

――お姉ちゃんごめん、今日も頼まれてくれない？

一時間ほど前に電話があり、雅恵と近くの銭湯にやってきた。

さくらは今年四十歳になる。空襲で逃げ惑った頃は、自分が四十歳になるなんて想像もしていなかった。二十代までは周囲からいつ結婚するのかと頻繁に問われ、尾崎夫妻の勧めで何度かお見合いの真似事もしたが、いずれも気が進まなかった。タエが一度、身を乗り出して尋ねてきた。

——先方はさくらちゃんをすごく気に入ってる。どう？　とてもいい人だよ。

——わたしもいい人だと思うし、すごくありがたいけど、なんか申し訳なくて。わたしは空襲で大怪我を負ったから……。

——気にする必要なんてまったくないよ。さくらちゃんはさくらちゃんでしょ。

——後ろめたい気持ちになるのが嫌なの。

空襲で体に傷を負ったからといって、引け目も負い目も感じる必要はない。頭では理解しているけれど、心でブレーキがかかる。傷もの。好意を抱けそうな男性を前にすると、嫌な一言が頭に渦巻き、次の瞬間、この人には幸せになってほしい、傷痕のない女性と結婚してほしいと考えてしまうのだ。

あのやりとり以来、尾崎夫妻は縁談を勧めてこない。わたしの心境を慮《おもんぱか》ってくれたのだろう。第一、人生は結婚や家庭がすべてではない。

——さくらの自由に生きればいいさ。

おじいちゃんはそう言ってくれた。

さくらは小曽根診療所で十年ほど助手として働いた後、近所の鉄工所で経理の仕事に就いた。閉鎖した診療所の二階に今も住んでいる。おじいちゃんは診療所で倒れ、五年前に亡くなった。太郎兄ちゃんの遺品を引き継ぎ、最近ようやく日記に目を通せるようになった。亡くなった兄とはいえ、心の中を覗き込むようで躊躇いがあったのだ。何かの折、尾崎にそう伝えると、さくらちゃん、と急に改まった声で呼びかけられた。

――気持ちは理解できるけど、誰も軍医殿の言葉を読まなくなったら、文字が死んでしまい、軍医殿は二度目の死を迎える。文字は誰かに読まれるために書かれるんだよ。

日記には傷病兵数の推移や亡くなった人の名前のほか、瀕死の伍長を薬殺したことも書かれていた。戦争の最中なのに『誰も殺したくない』とも記されていた。伍長については尾崎からも聞いたことのない話だった。太郎兄ちゃんはどんな心持ちで文字を綴ったのか。想像するだけで胸が塞《ふさ》いだ。

雅恵は器用な手つきで石鹸を泡立て、身体を洗っている。子どもはたくましい。昨日はできなかったことができるようになり、新たな言葉を憶えていく。雅が生きていれば、どんな大人になっただろう。つる姉が生きていれば、もっと小説や映画、音楽について語り合えたし、太郎兄ちゃんも生きていれば二人は結婚した。

大人になってから一度、東京大空襲の夜に逃げたルートを歩いてみたことがある。大人の足でもへばる距離だった。よく子どもが歩けたものだと他人事のように感心した。疲れる余裕もなかったのだろう。

銭湯の客を見まわす。子どもだけでなく、戦後生まれと思しき女性も多い。どの顔にも険しさはない。楽な生活とまでは言えずとも、日本は絶対的な貧しさから脱した。さくらの自宅にも冷蔵庫やテレビ、レコードプレーヤーがある。毎晩屋根がある建物で眠れ、空襲警報に叩き起こされる恐怖もなく、朝昼晩とごはんを食べられ、美空ひばりやビートルズを聴け、映画や買い物にも行ける。

日本は本当に変わった。かまどの煙のニオイ、冬の洗濯板で衣類を洗った後の手のあかぎれ、火鉢で焼くおもちの味。諸々の感覚をわたしだけでなく、多くの人が忘れていくのだろう。東京オリンピックに向けて首都高速道路や新幹線が整備され、東京タワーや日本初の超高層ビルが西新宿に建った。一昨年には初めて新幹線に乗った。幸と雅恵と大阪万博に行くためだ。窓を流れる景色の速さに驚き、車両に充満する煙草の煙が目に染み、食堂車のジュースは特別な味がした。会場では月の石や各国パビリオン、太陽の塔以上に印象に残った光景がある。老若男女が外国の人と積極的に交流してピンバッジを交換し、ノートにサインをもらっていたのだ。アメリカの人とも。万博で交流しあう各国の人を見て、どの国にいようと人間は一緒なんだと改めて強く実感した。

そんな普通の人が殺し合う戦争とは何なのか。なんで日本は全国民を巻き込み、戦争をしたのか。どうしてお父さんお母さん、太郎兄ちゃん、雅、つる姉たちは死なないといけなかったのか。夜中に考え込む時がある。もっともらしい説明を雑誌などで読んでも、腑に落ちないことだらけだ。さくらだけでなく、偉い人も、街ですれ違う庶民も、誰一人として本当の根本部分を説明できないのだろう。

——太郎を返してくれたら、こんなちんけな金なんて蹴り返すのにな。

戦死者遺族への恩給や特別給付金を国からもらった際、おじいちゃんは目を剝き、悔しがっていた。すべての戦死者遺族が同じ心境だったに違いない。太郎兄ちゃんの命が、わずかな額と引き換えに消費されたも同然なのだ。特別給付金は供養を兼ね、太郎兄ちゃんや両親が好きだったお寿司屋さんで使った。尾崎夫妻も招いた。尾崎は被爆者や満州からの引揚者に特別給付金が出ると決まった時も、小曽根宅にやってきた。

――力及ばず、申し訳ない。

――尾崎さんが謝る必要はないですよ。わたしは国にこれっぽっちも期待してません。空襲被害者という括りでの給付金はない。国に期待するだけ無駄だろう。かつて、かっちゃんをお目汚しと言った国に。あの頃偉かった人が敗戦後もまた偉くなっていったというではないか。

――被害者がどう考えようと国の姿勢は誤ってるんだ。同じ民間人でも、引揚者や被爆者には特別な事情があると国は判断した。でも、認められる範囲はかなり狭いし、そもそも被爆者も、引揚者も、空襲被害者も命の価値は一緒だ。分ける合理性はない。現状、この国はさくちゃんが話してくれた天国にはほど遠いんだよ。

――天国？　そういえば、そんなことを言いましたね。とっくに忘れてました。

――忘れてしまうほどの時間が経ったのに、何も進んでないんだ。軍人恩給ですら欠陥だらけでね。……って、偉そうに何を言ってるんだか。役人として何もできず、恩給を貰ってる分際で。

――貰える恩給は貰った方がいいですよ。国が尾崎さんを徴兵したのは事実だし。洋太郎《ようたろう》ちゃんと美鈴《みすず》ちゃんの学費のためにも。

尾崎夫妻の長男・洋太郎は高校二年、長女・美鈴は中学一年生だ。二人ともあっという間に大きくなった。洋太郎に至っては、小学校五年生の時点でさくらより身長が高くなった。洋太郎の太郎は、太郎兄ちゃんからとってくれたという。

――豊かになって国民全体の生活レベルが上がったから、ある種の補償代わりになると政府は解釈してるんだよ。豊かさゆえ補償が行われないなんておかしいんだ。

——みんなが豊かになれば、それでいいんじゃ？

——それとこれとは別問題だよ。切り分けて考えないと。

「さーちゃん、お湯かけて」

目を瞑ったままの雅恵が見上げてきた。頭は泡まみれで、石鹸が目に入るのが嫌なのだ。雅恵もあっという間に大人になるのだろう。

さくらは桶にお湯を入れ、雅恵の頭からかけた。きゃっ。雅恵が嬉しそうな声を上げる。

左脇腹に違和感があった。誰かに触られている？

「穴があるっ」

子どもの楽しげな声がした。さくらの傍らに無邪気な顔をした女の子がいる。雅恵よりも小さい。

女の子は人さし指を立てた。

「おばさん、体に穴があるね」

きょうこちゃん、やめなさい。母親らしき女性が体に石鹸の泡をつけたまま、慌てた様子でやってきた。

「申し訳ありません。まだ子どもなので、ご容赦ください」

「構いませんよ」とさくらは柔らかな声で応じた。

二人が離れた洗い場に戻っていき、さくらは見るともなしに二人の背中を目で追っていた。

「お母さん、さっきのおばちゃんは体に穴が開いてたよね」

「きょうこちゃんも悪いことをすると、ああなるんだよ。お母さんの言うことを、ちゃんとよく聞いてね」

　はあい。女の子が屈託ない声で返事をした。

　悪いこと？　さくらは心臓をきつく締めつけられた。母親は何の気なく口に出したに違いない。彼女は二十歳前後だ。両親は戦争当時の状況や被害者について何も話していないのだろう。判断が間違っているとは言わない。人それぞれだ。

　でも、わたしは何も悪いことをしていない。お父さん、お母さん、雅、つる姉、かっちゃん……空襲で犠牲になったみんなは悪い人だったから殺されたんじゃない。国に徴用された時点で悪だというなら、あの時生きていた日本人のすべてが悪者になる。

　世の中も人間も、白と黒の二色で色分けできるほど単純なはずない。第一、一人の少女が国の意思に逆らえる時代ではなかった。誰が好き好んで竹槍を持ったり、消火訓練に参加したりするものか。時代のせいにするのが卑怯だというなら、そんな時代を作り上げた国の指導者たちをもっと批判してほしい。

　戦争から遠ざかるにつれ、当時を知る人が減っていく。戦後生まれの人にとって、戦中の話なんて戦国時代の話とたいして変わらないのだろう。わたしが関東大震災の話を聞くのと一緒だ。どれだけ大きな出来事でも時間が経つにつれて日常から遠ざかり、やがてはすべてが他人事となって色褪せていく。たとえば前回のオリンピックでも、開催前は日本勢がメダルを何個とれるか大騒ぎし、開催中は誰々がメダルを取ったと盛り上がった。いま日本勢が何個メダルを取ったのか憶えている人はいるだろうか。

さっきの小さな女の子は、戦時の日本について何も知らずに一生を終えるのかもしれない。いずれわたしのように戦争で体に傷を負った者は、「悪いことをしたから、ああなった」と決めつけられる世の中になるのかもしれない。

このままでいいのだろうか。また時代に流されるままでいいのだろうか。悲劇や災難は特別な人に起きるのではなく、ある日突然、普通の人々の身に襲いかかってくるのに。この十年でも四日市《よっかいち》や水俣《みなまた》、富山などで命に関わる公害が問題になっている。かといって、わたしには何もできまい……。

「さーちゃん、すっごく怖い顔だよ」

雅恵が顔を覗き込んできた。

「ごめんごめん」さくらはにっと笑った。「これでいい？」

「さっきの子が嫌なの？　ぶっとばしてこようか」

「絶対にだめ」

雅恵が頬をふくらませるので、さくらは姪の澄んだ目を見据えた。

「簡単な問題だろうと、難しい問題だろうと、誰かを傷つけてもなにも解決しないの」

うん。雅恵は顰めっ面で頷いた。

「ゆっくり湯船につかって、コーヒー牛乳を飲もうね」

やったね。雅恵に笑みが戻った。

約束通り風呂上がりにコーヒー牛乳を飲み、銭湯を出た。さくらは雅恵を連れて幸のアパートに向かった。四月に入ったばかりなのでまだ夜は肌寒いけれど、湯上がりには心地よい。さくらの部屋は幸の家からさほど離れていない。道中、雅恵が最近夢中の時代劇調の言葉遣いで会話を楽しんだ。

「お姉ちゃん、ありがとう」

お腹の大きな幸が言った。ゆったりとした割烹着には醬油やら何やらの染みがある。お母さんの割烹着にも似た染みがあった。幸の割烹着を見るたび、心がほんのり温かくなる。

「なんの、お安い御用じゃ」

「ん？　何時代の人？」

三人で声を合わせてけらけらと笑った。

「ごはん、一緒に食べるでしょ」

「お相伴に与《あずか》ります」一週間に三日はごちそうになっている。「一人だと作るのが面倒でね。今日も康利《やすとし》君を待たなくていいの？」

幸の夫である康利は、新興の電機メーカーで技術開発者をしている。

「残業で遅くなるって言ってた。午前様だね」

康利は平日の埋め合わせのように、日曜日は雅恵と朝から晩まで遊ぶという。

大根と魚のあらの煮つけ、みそ汁という献立だ。大根の煮つけを口に入れた瞬間、さくらは鼻の奥がつんと熱くなった。久しぶりの感覚だった。戦後、大根、蕪の煮つけを口にするたびによくこうなったが、いつしかならなくなった。

そうか。銭湯での出来事だ。戦争で亡くなった身内や親しかった人を思い出した。

「味付け、ちょっとしょっぱかった？」

幸に言われ、さくらは目頭を軽く押さえてから微笑んだ。

「いつも通り、おいしいよ」

雅恵は三杯もごはんをお代わりし、歯を磨いて八時半には寝た。洗い物を手伝い、腰を上げようとした時、お姉ちゃん、と幸が声をかけてきた。

「ひょっとして、さっきお母さんが作った最後の煮物を思い出した？　つる姉が持ってきてくれたかつお節を使ったやつ」

大根と蕪の煮つけで涙がこみ上げてくる話を、今まで幸にしていない。

「あの煮物、幸も憶えてた？」

「もちろん、おいしかったもん」

「久しぶりに思い出したんだよ。でも、よく見抜いたね」

「そりゃ、世界で一人だけのお姉ちゃんの頭の中ですから。何かあったの？　私はいつもあの味の記憶を手本に煮物を作るけど、具材も違うのに」

さくらは銭湯での出来事を手短に話した。

「ふうん」幸がちゃぶ台に頬杖をつく。「戦争なんて体験しない方がいいに決まってるけど、何も知らないのも困りもんだね。無知ゆえに、また日本が同じ道を進んじゃうかも。雅恵が私と同じ目に遭うなんて想像もしたくない」

そうだね。さくらが相槌を打つと、幸が頬杖をほどき、姿勢を戻した。

「私もたまに戦争のことを考えちゃう。夜、布団に入ってる時とか、雅恵がごはんを食べてる時とか。どうして自分は生き延びて、雅は死んじゃったんだろうって」

炎に巻き上げられる、つる姉と雅の姿が脳裏に蘇ってくる。平穏な生活を送っていると、現実に起きた出来事とは思えない。裏返せば、あの悲惨な出来事は簡単に起きてしまうのだ。一秒後、ソ連の指導者が核兵器のボタンを押せば、世界中でまた戦争が始まる。

「私はおねえちゃんの右手側、雅は左手側だった。逆だったら、私が死んでた。どっち側の手を繋ぐかに理由なんてなかった」

「それを言うなら、わたしたちの目の前で色んな人が焼夷弾の直撃を受けたり、炎に巻き込まれたりした。あと十秒……一秒、家から走り出すタイミングが早かったら、焼夷弾の直撃を受けたり、炎に呑み込まれたりした。たった一秒が生死を分けたんだよ」

「そうだね。やっぱり運としか言いようがないよ。戦争を知らない時代に生まれた人だって、単に運がいいだけなんだけど、本人は気づいてない」

「同感」とさくらは答えた。

「お姉ちゃん、打ち上げ花火、いまでも怖いでしょ」

「うん、あの音は聞きたくない」

爆弾を想起してしまう。高架下にも行きたくない。高架下で聞く電車が走る音は、B29が飛んでくる音にそっくりだ。

「私も嫌なの。私たちみたいな人って結構いるはずだよ。国はどう思ってるんだろう。花火を楽しめなくなった人を生み出した責任について」

「何も思ってないよ。尾崎さんが話してくれた遺骨の件があったでしょ」

政府は一九五三年に始まった海外戦没者の遺骨収容について、五八年に終わらせようとした。海外戦没者は二百四十万人いるとされ、収容できた遺骨は〇・四パーセントにすぎなかったというのに。太郎兄ちゃんの遺骨も回収されていない。尾崎からこの話を聞いた時、にわかには信じ難かった。さすがに厚生省内部でも政府内でも反発があり、継続が決定した。旧軍関係者の団体からも突き上げがあったらしい。

お父さんもお母さんも、かっちゃんの遺体もどこに埋められたのか、皆目見当がつかないままだ。

しかも東京大空襲時の遺骨は、関東大震災の被害者のために設けられた東京都慰霊堂に収容されている。専用の場所がないのだ。政府はいま生きている人間を優先していると言いたいのだろう。馬鹿げている。徳川家康だろうと一般市民だろうと、死者たちが築いた歴史の上に自分たちは生きているのだから過去を蔑《ないがし》ろにすべきじゃない。前に進むだけが能じゃない。

「こんな話をするの、初めてだね」幸が呟いた。「避けてたんじゃないのに、私たちも戦争から遠くなってる。当たり前だけど、生きてると過去がどんどん過去になっていく」

「でも、わたしたちはお父さんお母さん、太郎兄ちゃん、雅、つる姉を忘れてないよ。忘れられるはずもない」

「お姉ちゃん、今日の新聞読んだ？」

「テレビ欄だけ。ほかは最近まったく読んでない。日常に押し流されちゃってさ。朝は出勤準備でばたばたするわ、帰ってきても疲れてるし、ニュースはＮＨＫで見られるし」

「ひばりちゃんもビートルズも聴いてないの？」

「ぼちぼち」

ビートルズの解散はとても寂しかった。

「ふうん。私も家にいるようになって読むようになった。洗濯の合間とかにさ」

幸が部屋の片隅に積んだ新聞の山から一部を取り上げ、ちゃぶ台に置き、捲る。

「これ、読んでみて」

報日新聞の社会面に、名古屋の女性が国に空襲被害者にも補償を求める活動を始めている、という記事が載っていた。

小さな活字を目で追ううち、さくらは心の底が揺さぶられていた。この国は民間人を消耗品としてしか扱わないと身に染みている。国に期待する方が愚かだ。そう割り切っているわたしが記事を見て心が震えている。

さくらは顔を上げた。

「なんでこの記事をわたしに？」

「銭湯の話を聞いたから。銭湯で会った若い女の人は、こんなニュースには一秒たりとも興味を持たないんだろうなって」

我知らず背筋が伸びた。わたしも一緒だ。国の方針や社会の進み方に疑問を抱いていても、何もしなければ、何も知らないのと一緒だろう。

記事の女性は大きな価値観や激しい流れに抗い、国だけでなく、諦めや無気力とも戦おうとしている。日記の太郎兄ちゃんと同じだ。

――意志あるところに道は開けるんです。裏返せば、意志がないと道は開けません。

つる姉の声が耳の奥で聞こえた。

戦争が起きても、関東大震災級の地震や伊勢湾台風のような災害が起きても、その出来事が忘れられないよう楔《くさび》を打ち続けない限り、経験者が減るにつれて誰の頭からも抜けていく。過去の出来事はそうやって歴史になっていく。誰かが物語にでもしない限り、数値や記号に置き換わっていく。安政の大地震も、富士山の大噴火も、明暦の大火もわたしは名称だけで具体的には何も知らない。知ろうともしなかった。学者や歴史好きを除き、日本人の大半はわたしと同じだろう。前ばかりを見る国に呆れているなら、受け身のままではなく、人の首根っこを摑み、振り返らせる行動をとらないといけないのではないのか。わたしは物語を作れないし、人の忘却を止められないけど、できることがあるのではないのか。

「興味持ったんだね」

「さっきから読心術かなにかしてる？」

「尾崎さんに電話したら？　こういう補償は厚生省が担当でしょ、事情を知ってるかもよ」

幸が部屋の隅にある黒電話を指さす。さくらはすみやかに腰を上げ、ダイヤルを回した。タエが出て、尾崎に代わってもらい、報日新聞に載った女性について訊ねた。

「省内では前々から噂になってるよ。署名も結構集まっているらしい。個人的にはどんどんやれって応援してるけど、大っぴらには言えなくてね」

「連絡先はご存じですか」

「ごめん、知らない……待てよ。次の日曜、銀座の数寄屋橋《すきやばし》交差点のあたりでも署名運動が始まるって噂がある。顔を出せば誰かに聞けるかも」

さくらはその次の日曜、銀座に赴いた。排気ガスもなんのその、おめかしした買い物客ばかりで、空襲被害者にも補償を求める活動は見あたらなかった。銀座を闊歩《かっぽ》する人たちは誰も戦争のことなんて頭にない様子だ。当たり前だろう。休日を満喫しないといけない。

隣に人影が並んできた。

「ごめん。署名活動の人、いなかったね」尾崎だった。「無駄足を踏ませてしまった」

「いいえ。みんな楽しそうですね」

「そうだね。休日の賑わう街に来ると、子どもの頃を思い出すよ。神戸でもこんな風に大勢が楽しそうに歩いててさ。大人の男性は大抵帽子をかぶったスーツ姿で、着物姿の女性もちらほらいた。もう誰もそんな恰好をしてないよね」

さくらは子どもの頃、何度か銀座を歩いた。尾崎が言ったようなおしゃれを楽しむ人は少しいたし、歌舞伎座や帝劇も興行していた。一方、まがまがしい文字でスローガンがつづられたビラも地下鉄の入り口などにたくさん貼られていた。あの頃に目を吊り上げて「鬼畜米英」を叫んだ人は、晴海《はるみ》通りのマクドナルドを見たらどんな顔をするだろう。アメリカの象徴的な食べ物であるハンバーガーを頰張り、おいしいと言うだろうか。食いしん坊のつる姉だったら、ハンバーガーを食べてどんな感想を抱いただろうか。

咥え煙草で、大ぶりのサングラスをかけた若い二人組がさくらたちの脇を通り過ぎていく。

「子どもといえば、洋太郎君と美鈴ちゃんは元気ですか」

「まあね。二人とも小さい頃はかわいかったけど、今はほとんど口をきかないよ。訳知り顔でビートルズやボブ・ディランを聴いて、一人で大きくなった顔をしてやがる。洋太郎なんて口答えばかりでね。昔は体に見合わない大きな安物カメラを首から提げて、手当たり次第に写真を撮って、可愛いもんだった」

尾崎はぼやくが、洋太郎も美鈴もさくらには小さい頃と変わらぬ笑顔で接してくれる。

「二人とも思春期ですもん。子どもが親に反抗できるくらい、日本は平穏なんですよ」

自分には反抗期も思春期もなかった。疎《うと》ましさの対象となるべき二人の遺体すらなかった。

体が熱い。空襲で浴びた熱が体の奥底に渦巻いている気がする。さくらは自分がすべきことが見えた気がした。


「則松大臣、今回の法改正の根拠は――」

午前二時過ぎ、尾崎は大臣室で戦傷病者戦没者遺族等援護法の改正についてレクチャーしていた。大臣秘書も別部屋で待機し、広い部屋には尾崎の声だけが響いている。

国会会期中は野党からどんな質問が飛んでくるか定かでなく、各省庁の担当者は深夜まで待機する。今夜の尾崎もそうだった。野党から明日の質問通告が届いたのは深夜零時前で、資料をかき集めて答弁書を急いで作った。窓の外では各省庁の灯りが煌々とともっている。昨日もさくらと銀座と会った後で省に戻り、仕事をした。

尾崎は二十年近く省の援護局に所属し、遺族等援護法に基づく軍人恩給に該当しない軍人や軍属への障害年金、遺族への遺族年金を扱い、現在は担当課の企画官をしている。

――鏑木さんが生前、尾崎のために敷いたレールだ。しっかりやれよ。

復員直後に尾崎を第一復員省に誘った先輩に耳打ちされた。国の動きを逐一把握できる立場にいた方がいいと、鏑木は考えていたのだろう。いつまで援護局にいられるかはわからない。企画官の先は課長、審議官、局長、事務次官とポストが減るばかりで、席から漏れた人間は依願退職するのが暗黙のルールだ。

いまのうちになんとか空襲被害者などの民間戦災者補償への道筋をつけたい。番の近道は外部の実力者の力を借りること――。省内に理解者はなく、輪を広げることもできない。突然梯子を外された経験があるのだ。どこに敵がいるかわからない。

与党は法案提出について、一九六二年から事前審査制を慣例にした。各法案を党内の部会で揉み、政調審議会を経て、総務会で全会一致の原則で了承され、国会で成立するという流れだ。官僚は部会の段階で意見を求められたり、自ら法案を練って関係者との利害調整をしたり、議員に根回ししたりする場合もある。賛否が分かれる法案では落としどころを探り、双方の議員を納得させる役目も負う。局長、審議官、課長が手分けして議員説明に回るものの、人手が足りず、尾崎は企画官ながらその任に就いている。

法案説明などで各議員を回る際、これまでも尾崎が則松担当だった。則松も上に立つ者の心得として、大臣となってからはいつも尾崎と局長をペアで呼ぶ。今晩尾崎が一人なのは、昨日局長が倒れてしまい、入院したためだ。激務に身がもたなかったのだろう。

「ポンチ絵はこちらです」

法案を絵図などで簡単にまとめた書類のことだ。

「助かります」と則松がポンチ絵を手に取った。

則松は直江の娘婿となり、一九五五年の衆院選で義父の地盤を継いだ。直江は翌五六年に死去した。

　則松はすでに六回当選し、六十歳を過ぎた現在は厚生大臣を務めている。尾崎との関係もあり、いわゆる厚生族議員だ。中年太りとは無縁の細身で、普段の物腰も柔らかく、大衆の人気は高い。さらなる影響力を広めるべく、他の厚生省職員や記者を招いた宴席をたびたび開いている。則松は声帯模写が得意で、決まって三船敏郎《みふねとしろう》、春日八郎《かすがはちろう》、橋幸夫《はしゆきお》を披露する。

　――そんな特技があるなんて知りませんでしたよ。水臭いですね。若い頃、何度も一緒に飲んだというのに。一度くらい見せてくれても。

　――気安さを演出する宴会芸ですよ。こんな真似、尾崎さんに対しては不要でしょう。

　中華街で見せたように、則松は危機に対処できる冷静な度胸も持っている。世界と対する政治家に欠かせない資質だ。霞が関ではいずれ首相になると目されている。

　則松が時折質問を挟み、また尾崎が説明を続けた。国会前に一度詳細を解説した法案だけに、再確認といった感じだ。

　則松は説明用の紙を机に置き、老眼鏡を外し、普段使いの銀縁眼鏡をかけた。

「尾崎さんの説明はいつもわかりやすくて助かります。遺族等援護法だけでなく、今回の恩給法改正の方も改めて理解できました。内閣の一員として頭に入れておきませんとね」

　軍人恩給の管轄は総理府だ。遺族等援護法と関係が深いので、恩給法も頭に入れている。

「いつか言おうと思っていたのですが、尾崎さんに『則松大臣』とか『則松議員』と呼ばれるのは慣れません。周りに職員がいない時はこれまで通りに呼んでいただけませんか」

「かしこまりました」

則松が真っ白で柔らかそうな布を抽斗《ひきだし》から取り出し、普段使いの眼鏡を外した。レンズに息を吹きかけ、眼鏡を拭き始める。

「各方面の要望も強く、軍人恩給に加算項目が増える根拠や理由にも納得できます。個人としても国会議員としても。ただ、じきに加算制自体の是非も問われるでしょう。財源は血税なんです」

加算制は軍人恩給が復活した当初は盛り込まれなかったが、在郷軍人会などの働きかけで取り入れられた。激戦地に一年勤務すると、三年の在職期間になる――といった形で何度も改正している。本当に欠陥だらけの制度だ。戦犯でも大将経験者の遺族には、兵の六・五倍の補償がある一方、当初赤紙召集者には受給資格がなく、度重なる法改正で、ようやく受給資格を得た。それでもまだ旧植民地出身の将兵は、講和条約で日本人じゃなくなったからと恩給対象になっていない。

「則松さんもご存じの通り、戦場は地獄でした。あの地獄を味わったのは、主に下士官などの若い下級兵です。彼らが恩給対象から外れるのは明らかに制度上の欠陥です」

加算分の予算を民間の空襲被害者に回せばいい、と個人的には思うが、軍人恩給はもはや廃止できない。だったら、なるべく広範囲の下級兵を支える制度にしていくべきだ。若い頃の自分なら変節だと己を罵りかねない。大人の知恵と割り切れずに。

「間違いなく地獄でした。一秒たりとも、あの頃に戻りたくないですよ」

二人きりの酒席で何度も聞いているセリフだ。どこの戦線に配属されたのかを、いまだに語ろうとしない。相当きつい体験だったのだろう。

「戦争で地獄を味わったのは民間人もです。空襲被害者らへの補償について、いずれ質問がきます。対応するのは厚生省であり、則松さんです」

「ええ。時がくれば、充分審議しないと」

民間戦災者への補償について何度も意見を確認しあっている。政策を自由に左右できる力をつけるまでは、いたずらに動くべきではないというのが則松の持論だ。

尾崎は顎を引いた。大臣室で二人になる機会は初めてだ。今日は少し強く促そう。

「今が動く時ではないでしょうか。遺族等援護法改正審議という好機ですし、民間でも名古屋で一人の女性が立ち上がりました。大臣の一声で厚生省は動けます。もう力をつけたと言えるのではないでしょうか」

「なかなか難しい政治判断になります」

「世論に押される形ではなく、則松さん自ら――」

「尾崎さん」静かな声で制された。「申し訳ないが、今晩は疲れました。尾崎さんとは浅からぬ付き合いです。お気持ちは十二分に理解しています」

則松が普段使いの眼鏡をかけた。少なくとも今晩則松の心は動きそうもない。

2

「国が空襲被害者にも補償を行うよう、署名をお願いします」

さくらは土曜の昼三時過ぎ、銀座の数寄屋橋交差点に一人で立ち、通りの人たちに声をかけていた。手には準備したビラを抱え、首から画板を利用した署名台をぶら下げている。

胡散臭《うさんくさ》そうに一瞥をくれる人、面倒くさそうにビラを受け取る人、頑張ってくださいと声をかけてくる人、署名をしてくれる人――反応は様々だ。一時から活動を始め、約二時間で百枚近くのビラがはけた。ビラは五百枚用意している。

誰も空襲被害者の補償を求める活動を東京で行っていないのなら、自分が最初にやればいい。誰かを頼るのではなく、自分が頼られる存在に……頼られるというのはおこがましい。誰かがやっていると思われるだけでいい。わたしが東京で初めの一歩を踏み出すのだ。

「お、やってますね」

恰幅のいい、尾崎と同じ歳くらいの男性が声をかけてきた。男性はスーツの胸ポケットから名刺を取り出し、さくらはそれを受け取った。

「報日新聞社の政治部デスク？」

「南原と申します。尾崎から聞きましてね。普段、デスクは自分で取材をしませんが、今回ばかりは己でせなあかんと出向いた次第です。尾崎は戦友でしてね」

ビラの印刷はタエの知り合いの印刷所に頼んだ。尾崎も署名運動について知っている。

「あとで話を聞かせてください。写真も撮らせてもらいますよ。あ、おい、頼む」

南原が背後に声をかけた。本格的なカメラを持った若い男性がいて、報日新聞の腕章を巻いている。

「写真部です。私はカメラがからっきしで」と南原は頭を掻いた。「同じ社にいる甥っ子です。戦争で妹だけが生き残りましてね」

「今まで通りビラ配りに専念してください」写真部の男性が朗らかな声で言った。「こちらで適宜写真を撮っていきます」

さくらは取材を頭から追い払い、ビラ配りに専念した。遠く近くでシャッター音がする。

手持ちのビラがなくなった時、南原が再び声をかけてきた。

「どんな思いで署名活動を始めたんでしょうか」

さくらが経緯を簡潔に説明すると、南原が目頭を押さえた。

「応援しますよ。軍人恩給に反対した連中も、制度が始まってからは反対の声を一切あげなくなった。日本人は、徹底的に反対した事柄でも、いざ始まってしまえば追認する国民性です。よく言えば聞き分けがいい、悪く言えば重度のお人好しです」

写真部の男性が醒めた目で南原を見ている。

「小曽根さん、どうかされました？」と南原が聞いてきた。

「いえ、特に」

南原がさくらの視線をさっと追った。

「なんや秀隆《ひでたか》、言いたいことがあるんか」

「別に」

秀隆と呼ばれた写真部の男性は口ごもるような物言いだ。

「気色悪いな。何が言いたいんか知らんけど、はよ言わんかい」

「なら」と秀隆が挑戦的な目つきになった。「偉そうに『あげるべき声はあげるべき』と言ってたけど、なぜおじさんは記事で軍人恩給を批判しなかったんです。空襲被害者への補償だってこれまで一度も記事にしてない」

「担当が違ったんや」

「解説面にねじ込めばいいでしょう」

「何度も試みたわ。都度、上に撥《は》ね返されてな。軍人恩給を貰ってる手前もあって、強く出られへんかった」

一個人の心情と組織の判断――。名古屋の女性の活動に、尾崎も同じ葛藤を吐露していた。

「他人のせいにするのは、おじさんらしくない」

「事実を述べたまでや」

「いいでしょう。仮におじさんが軍人恩給に批判的な記事を書いていたとしても、『どの口が言ってるんだ』と腹が立ったでしょうから」

「軍人恩給を返上せえと？」

「そんな問題じゃありません。おじさんは戦争に絶対反対ですよね。確か徴兵される前から」

「せや」

じゃあ、と秀隆の語気が鋭くなる。

「徴兵回避すればよかったんです。醤油を飲んだり、ばれないよう自分を傷つけたり、精神異常を装ったりして。実際、ごく少数ながら成功した人もいた。消極的であっても、おじさんは戦争に協力した。小曽根さんの理解者づらするのは虫が良すぎます」

「理由もなく徴兵を拒否したら、銃殺か極刑やったんやで」

「勇気がなかっただけでしょう。全員が回避に走れば、戦争は起きなかった」

「そんなもん、机上の空論や」

「現実に押し流されただけでしょう。たとえ仕方なく徴兵されたとしても、戦場で武器を投げ捨て、戦闘を放棄して、戦争を拒めばいいんです」

風が吹き、さくらたちの足元を紙くずが転がっていく。さくらが配ったビラだった。

「秀隆もあの時代に生きてりゃ、どうにもならんかった。人間はそんな強い生き物とちゃう」

「自己を肯定するための言い訳でしょう」

「立ち止まって、振り返ってみ。したくもない仕事をした経験があるやろ」

「そりゃありますよ。社会人なら誰しも身に覚えがあるでしょう」

「社命に逆らえない程度の人間が国是に逆らえるんか」

「国運と自分の命がかかるとなれば、話は別です」

あほ、と南原が言下にいう。

「人間はそうきっちり線引きして動けるもんやない。重大な岐路になればなるほど、日常の延長線上にしか動けんのや。せやから日頃の言動が肝心になる。日頃の言動の指針になる、世論が大事なんや。報道とは国のためにあるんやない。社会で生きる人のためにある」

「おじさんは自分がその役目を充分に果たしてきた自負がありますか」

「連戦連敗のしがないおっさんや。今度こそ、小曽根さんの活動を利用して世間に流れを生み出したい」南原がさくらの方を向いた。「今のは偽らざる心境です」

さくらは南原に頷き、秀隆を見た。

「戦中を生き抜いた者として、わたしにも言わせてください。南原さんのおっしゃる通り、時代の流れに逆らうのはとても難しいんです。わたしは当時十代前半でした。国に異を唱えるなんて不可能でした。勤労動員も共同防空訓練も好きでやってたんじゃありません。ひょっとするとあなたの世代は、わたしや南原さんの世代よりも強く、賢いのかもしれません。だとするなら、どうかわたしと南原さんに力を貸してください」

秀隆はばつが悪そうに顔を歪めた。

「なにも自分がおじさんや小曽根さんより頭がいいだなんて、うぬぼれてません。客観的なつもりが、上からの目線になっていたみたいです」

「ほう」と南原が茶化すような声を上げる。「さすが我が甥っ子。誰かに似て賢い」

「揶揄《からか》わないでください」

秀隆が述べた見解は一個人のものというより、戦争未体験者の総意のような気がする。理屈では色々と批判できる。あの大きな流れに放り込まれた者でないと、怖さを実感できないだろう。実感できなくても、想像できるように怖さを伝えたい。署名活動がその一端を担えるのではないのか。

さくらの行動は翌朝の報日新聞社会面に載った。

月曜、さくらはそわそわして出社した。おはよう、小曽根さん。同僚はいつも通りの挨拶をしてきただけで、昨晩の巨人戦について文句を交わしている。投手交代がどうとか、不振の長嶋と王がどうとか。

就業開始時刻と同時に、社長が歩み寄ってきた。社長は満州からの復員兵だ。旧軍人と空襲被害者との扱いに差があるとの訴えに反感を抱く側でもおかしくない。身構えると、一枚の紙を渡された。

「伝票処理をお願い。昼まででいいよ」

この日、さくらの日常は何も変わらなかった。先週の月曜日と入れ替えても気づかないくらいだった。報日新聞を購読する社員もいるはずだ。新聞の影響力なんてこの程度か。他ならぬさくら自身も、名古屋の女性について幸に教えてもらわないと知らなかった。

さくらの決意はかえって強固になった。新聞をあてにして始めた活動ではない。ビラは余っている。今週の土日も銀座に行こう。たった一人の活動でも、集めた署名を名古屋の女性に送るのだ。彼女も名古屋で活動を続けている。


二度目のビラ配りには報日新聞社以外の報道機関も数社取材に来た。通行人はカメラマンが誰を撮影しているのか興味深げで、さくらを見ると首をひねっていた。

署名活動は順調とは言えなかった。

「あなたは体のどこかを空襲で失ったの？」

初老の女性がビラを受け取り、尋ねてきた。さくらはくっついた指と体に空いた銃弾の穴のことを伝えた。

「そう、お気の毒にね。戦争だから仕方なかったのよ」

「戦争を始めたのは国です。仕方ないで済ませちゃだめなんです」

日本が二度と戦争をしないのならそれでいい。けど、わたしは家族を失った。何百万人もの命が失われた。

「あと、ほら、何だっけ……ああ、一億総懺悔ってやつよ」

女性は国のスローガンにまんまと丸め込まれたのだ。女性は戦後社会の衣をまとっていても、戦前と変わらず、思考を他人に預けている……。

「もう戦争はこりごりよね。平和な世の中に感謝しましょう。じゃあね」

女性は署名をせずに去っていった。

さくらは夕方に付近を歩き回って、ごみとなって道に捨てられたビラを回収した。さくらが取材を受ける様子や、署名活動を眺めていた南原が回収を手伝ってくれた。

「各社に取材を受ける心境は？」

「一回で充分です。同じ内容を何度も言わないといけないし」

「有名人には向いてないですな」

南原は朗らかに笑い、くしゃくしゃに丸められたビラを拾い上げた。

「あの、力になってほしいことがあるんです」

「なんでしょう」

「名古屋の女性の連絡先を調べていただけませんか。署名が集まったら渡したいので。今後の活動方針も伺いたいですし」

「お安い御用です。ただし、先方が小曽根さんに連絡先を教えてもいいと言った場合に限り、お伝えします。あるいは先方から電話をかけてもらいますか」

「いや、長距離の電話代はかなり高いので」

「ああ、せやせや。会社勤めはついそういうことを忘れてまう。いずれ遠くにいる人とも無料で話せる日がくればいいですな」

いま、遠くの人と電話で話すのにお金がかかるのは当たり前だ。南原が言った状況になれば、現在の常識は非日常になる。こうやって日々常識が更新されていくのだろう。現在の常識や法律なんてあてにならないのだ。

「ところで、南原さんは二週連続でおみえですよね。取材熱心なのは脇に置いておくとして、ご家族とのお出かけとかはいいんですか？」

「独身でしてね。仕事以外、何をすればいいのか途方にくれるんですわ」

南原は苦笑した。


月曜日の夜、仕事から戻ると南原から電話がかかってきた。

「名古屋の女性——森川《もりかわ》さんと連絡がとれました。小曽根さんにとても興味を抱いていらっしゃいましたよ」

南原との通話を終えると、早速教えてもらった番号に黒電話のダイヤルを回した。ダイヤルが回る音が緊張感と昂揚感を高めていく。呼び出し音が向こうで鳴った。

はい、森川です——。

「突然のお電話すみません。東京に住む小曽根さくらと申します」

息せき切って、自分の境遇や森川の活動に心を動かされたことを伝えた。森川も自身の境遇を話してくれた。名古屋空襲に遭い、顔や体にひどい怪我を負い、左腕は肘から先を切断しなければならなかったという。

「名古屋の新聞にも小曽根さんの記事があり、読みましたよ。嬉しかった。たった一人で戦争被害者連盟を立ち上げたので心強い限りです」

森川の声音は柔らかだった。自分より十歳近く上とはいえ、さくらは己が子どもになり、大人の女性と話している気分になった。

「ほら」と森川が続ける。「我々には横の繋がりがないでしょ。旧軍人も引揚者も一塊となって政府を突き上げています。今後は我々も集団となって大蔵省や厚生省と掛け合っていきたいんです。そのための署名活動をして、我々の声を国に届けましょう」

この人はやっぱりすごい。国の役所と直談判するなんて、さくらの発想にはなかった。集めた署名を名古屋に送ればいいと思うだけで、使い途まで頭が回っていなかった。

「国は空襲被害者に手を差し伸べるのでしょうか」

「率直に申し上げて、確信はありません。けれど、おかしいものはおかしいと声をあげないと。戦争は兵士だけが戦わされたんじゃない。我々だって戦わされました。今度は国と戦わないといけないんです」

「連盟は他の地域にも広がっているんですか」

「いえ、まだ私と小曽根さんだけです。連盟とは名ばかり」

「そうですか。でも、きっと大丈夫です。わたしは森川さんのおかげで立ち上がれました。わたしたちの姿を見て、何かを感じる人がどこかに絶対にいます」

わたしたちの戦い――。銃を持って殺し合うことだけが戦いではないのだ。

3

森川と連絡を取り合った週の土曜日、さくらは半ドン勤務を終え、午後から一人で銀座に立ち、ビラを配った。今日で三週目となり、タエに追加のビラを刷ってもらった。

——夫の立場上、大っぴらには手伝えないけどしっかりね。

金曜日の夜、さくらの部屋にビラを届けにきた時、タエはそう片目を瞑った。

新聞各紙に載った効果なのか、心なしかビラを受け取る人も多くなった。捨てられる割合も相変わらず高いけど。

ねえ。背後から声をかけられ、さくらは振り返った。愛嬌のある顔立ちで、すらっと背の高い女性がいる。年齢は自分より少し年上か。

「新聞に載っていた、小曽根さんでしょ」

伝法《でんぽう》な調子で、ハスキーな声だ。

「はい。空襲被害者への補償を求める活動にご興味がおありですか」

女性は一度形のいい唇を閉じると、意を決したように開いた。

「手伝わせてくれない？　あたしも東京大空襲の被害者でさ」

強い眼差しだった。炎、煙、熱、焼夷弾。あの地獄をこの人も経験したのか。

「あ、名乗らないとね。あたしは高見沢恵美《たかみざわえみ》」

高見沢は手を右頬にかざした。化粧でうまく隠しているものの、火傷の痕がうっすら透けている。

「小曽根さんも経験があるでしょ。嫌な目にも散々遭ってさ。スーパーで野菜を選んでたら、化け物を見るような目で見られたり、罵られたり、親戚の家で邪魔者扱いされたり。空襲で両親も祖父母も姉弟も死んじゃってさ。親戚の家をたらい回しにされたんだよね」

さくらは胸の奥底に痛みを覚えた。

高見沢がにっと笑う。

「心ない皆さんのおかげで強くなれましたよ。親戚とは縁を切って、いまは大塚でスナックを経営してんの。度胸だけはついたから、地回りも追い返してやるんだ」

地回り――ヤクザを追い返すなんてすごい。

高見沢がさくらの両肩に手を置いた。

「小曽根さんの記事を見て、ぱっと心に陽が射した気がしたんだよね。いてもたってもいられなくなってさ。こんなの生まれて初めての感覚。会える日が待ち遠しくてね」

「こちらこそ光栄です」

「自分から言い出しといてなんだけど、水商売の女でも手伝っていいのかな？」

「当たり前です。職業に貴賤はありませんよ」

さくらは手持ちのビラの半分を高見沢に差し出した。

二人になると、作業効率は各段に上がった。一人の時は百枚配るのに二時間以上かかったのに、一時間足らずではけ、署名の確率も上がった。高見沢は商売柄会話が上手で、人との距離を即座に詰めてしまうのだ。

「ご苦労さんです」と南原が今週も顔を見せた。「あちらの方は？」

「今日から活動に加わった方です。ご紹介しましょうか」

ぜひ、と南原は言った。

ビラを配る間、さくらは横目でちらりと見た。南原が熱心に高見沢から話を聞いている。南原の背筋は伸び、さくらと話す時とは雰囲気がまるで違う。楽しそうなのに、哀しげな表情だ。高見沢の手が止まった分、さくらはビラ配りに精を出した。

三十分後、南原は次の取材があると言い残し、どこかに行った。

再び高見沢とビラを配っていると、五十代半ばの男性が大股でさくらに歩み寄ってきた。上質そうなスーツを着て、難しい顔をしている。

男性は荒い手つきでさくらからビラを受け取り、眉をひそめた。

「あんた、何様のつもりだ？　私は赤紙組でね。戦場では仲間たちが無残に死んでいった。戦って死ぬのはまだましだったんだ。餓死、病死、精神が錯乱しての自死。すべては本土や満州など当時日本の領土だった土地に住む、日本人を守るためだ。軍人恩給を受け取るのは当然じゃないか」

「空襲ではわたしの目の前で大勢が死にました。兵隊さんも苦しかったのでしょうが、戦争で惨い現場を見たのは本土のわたしたちも一緒です。兵隊さんが恩給を受け取れるのに、わたしたちが受け取れないのがおかしいと声を上げているだけです」

「冗談じゃない。私たちは命がけで戦った。無理矢理、戦場に送り込まれたんだ。ぬくぬくと生活していたあんたたちとは違う」

「ぬくぬく？　東京大空襲では、たった一晩で十万人が殺されたんです。そんな状況でぬくぬくと生きていられるわけないでしょう」

「戦場と銃後は違うッ」

「本土も銃後なんかありません。戦場でした」

「違うッ」

ちょっとあんたさ――。高見沢が駆け寄ってきた。

「さっきから聞いてりゃ、ふざけたことを抜かしてんじゃないよ。あたしたちを守るために戦った？　だったら、ちゃんと守ってよ。なんであたしの両親は空襲で死んだの？　大勢の人が死んだの？　あたしたちは大けがをしたの？」

男性がぐっと言葉を呑み込んだ。こめかみに血管が浮いている。

「うるさいッ、私はあんたたちを認めん」

男性はビラをくしゃくしゃに丸め、さくらに投げつけた。もうすぐ五月だというのに銀座に冷たい風が吹いた。硬く、鋭い冬の風のようだった。

さくらは足元のビラを拾い上げ、皺を伸ばすように広げ、無言でもう一度男性に差し出した。笑い声やクラクション、エンジン音が混ざった雑踏の音が聞こえる。

男性は手でビラを力任せに払いのけると、口元を震わせ、早歩きで去っていった。

「ったく、なにあいつ。偉そうに」高見沢が憤然と鼻から息を吐く。「小曽根さん、見かけによらず、なかなか度胸があんね。怖くなかったんだ」

「わたしは――」

まったく怖くなかった。気が強い方ではないのに。高見沢という仲間がいるから？　違う。

主張をぶつけ合う間、彼女の存在は頭になかった。周りの誰かが助けてくれると思ったから？違う。誰も目に入らなかった。頼ろうとも思わなかった。銀座は今日も賑わい、わたしと元兵士との言い争いを遠巻きに見た人もいた。なのに誰も割って入ってこなかった。面倒くさいというより、そもそも空襲被害者の支援に無関心、ひいては他人の考えや言動に無関心だからだろう。わたしの真の相手は国ではなく、とてつもなく巨大な、無関心な人の塊なのだ。

胸に手を置くと、つる姉の遺品となったペンダントの感触があった。

そうか。わたしが怖くなかったのは——。

「高見沢さん」さくらは彼女を見据えた。「わたしは姉と慕う人を空襲で失いました。つる姉と呼んでいました。つる姉は教師で、わたしの先生でもあったんです。教室でも家でも動員された工場でも、よく言ってました。『どんな時も希望を失ってはいけません。どんな時でも心ある人はいます。意志あるところに道は開けるんです。裏返せば、意志がないと道は開けませんせん』って」

心の中につる姉がいつも存在している。わたしを支えてくれている。

「いい教えだね、あたしもそのお姉さんに教えてほしかったな」高見沢が顎をしゃくる。「今後もああいう人がくるんだろうね」

「わたしはあんな人には負けません」

「いいね。とことん付き合うよ」

午後五時にビラ配りを終えた。

翌週、高見沢は時間通りにやってきた。彼女だけでなく、空襲被害者だという男女が十数人手伝いたいと申し出てくれた。遠巻きに先週の元兵士がこちらを見ている。近寄ってきたり、邪魔したりする素振りはない。

南原はまたやってきた。明らかにこれまでより上質なスーツを着て、靴もぴかぴかだ。

「どうしたんです？　どこかにお出かけですか」

「内面だけやなく、外見も紳士たれとね。奮発して買ったんですが、似合ってませんかね」

「よくお似合いですよ」

「どうも」南原が破顔する。「新聞社にいる立場上、おおっぴらには手伝えませんが、荷物運びくらいはしますよ。ビラも束になると、意外と重たいですから。いざ出陣」

南原はさくらの分だけでなく、さりげなく高見沢の分も抱えた。なるほどね。さくらは内心で南原の幸運を祈った。

ビラは一時間足らずでなくなり、タエに頼み、追加分を急いで運んできてもらった。

「いつもの印刷屋さんは半ドンだけど、無理矢理開けてもらっちゃった」

タエは悪戯っぽく笑った。

南原が追加のビラを取りに来たので、さくらはささやきかけた。

「脈はありそうですか」

「ん？　なんのことです」

「またまた。女の直感を舐めないでください。力になりますからね」

「そりゃや、こっちのセリフですよ」

南原はしれっと惚《とぼ》けた。

尾崎はグラスになみなみ注いだウイスキーを一気に飲み干した。疲労を紛らわせ、頭を使い続けるための景気づけだ。壁の時計を見る。午前零時過ぎ。失神するような眠気が訪れるまで、脳を巡らせ続けよう。

タエによると、さくらの活動はかなり軌道に乗っている。今日は追加のビラを刷ったという。今日尾崎は半ドンで、午前中は国会対応で出庁した。新橋の行きつけの定食屋に昼飯を食いに行くと、カウンターの向こうから同じ歳くらいの大将に揶揄《からか》われた。

——どうせ明日も出勤でしょ。あんたは日曜祝日もないもんねえ。いつもスーツを着てさ。戦時中のスローガンみたいだよ。月月火水木金金ってやつ。

——大将だって日曜も祝日も営業してるだろ。夜は居酒屋になるし。いつ休んでるんだ。

——休むと罰があたりそうでさ。お天道様に申し訳ないっつうか。

——いつでもうまい魚にありつけるから、こっちは有り難い限りだね。

この小さな店は大将と女将さん夫婦が営み、季節の白和えと焼き魚が絶品なのだ。行きつけにしている厚生省の役人も多い。

——実は俺、川魚の方が好きでさ。うまいアユやウグイをいつか食わせてやりてえよ。

電話が鳴った。尾崎は思考を中断し、廊下の電話を取った。

「こんな時間にすまんな」

南原だった。

「慣れっこだよ。真夜中だろうと朝方だろうと省からかかってくる。何かあったのか」

「明日、どこかで会えないか。言っておきたいことがあってな。電話じゃちょっと」

「ふうん、午後一時以降でどうだ。午前中は一応自宅待機でさ。それともうちに来るか」

「いや、新宿の喫茶店にしよか」

南原が指定したのは駅前の賑やかな店だった。尾崎も何度か入ったことがある。

「国会対応中に時間を作ってもらって悪いな」

「いい息抜きにさせてもらうさ」

受話器を置き、尾崎は頭の中を仕事仕様に切り替えた。

遺族等援護法改正の国会対応で話して以来、則松とさしで会う機会はなく、民間の空襲被害者らの補償について強く推せていない。しかしこちらの意思は確実に伝わっている。首相を目指すのなら、彼らを味方につけるのは悪い話ではない。ただ、従来の政府方針を変える判断になる。相応の理由と契機がいる。官僚として素案をうまく捻り出さねばならない。

尾崎は日々帰宅後に睡眠時間を削り、こうして体力と思考力の限界まで思考を巡らせている。素案を捻り出せたとしても、南原と則松以外にはうかつに漏らせない。足をすくわれれば、せっかくの今の立場を失ってしまう。

戦後補償問題を扱う省内の研究会に参加しても、民間人補償に言及する意見は皆無だ。国と雇用関係、それに類する関係にあった人を対象にするという省の方針に異を唱える気配はどこにもない。若い世代には、さくらや森川の活動を疎ましげに語る者もいる。『国が動けば余計な仕事が増える』などと。空襲被害に遭った職員も沈黙を守っている。公と私の感情を切り分けているのか、別の理由があるのかは定かでない。職員の大半が男性という一面も理解が進まない大きな原因だ。女性が一定数いれば、戦場に出ていないから、必然的に空襲被害者の割合も多くなり、省内の力関係に影響を与えられただろう。

寝た子を起こすな。省内ではそれが暗黙の了解といってもいい。

旧軍人と民間戦争被害者への対応が大きく異なるのは、二つの大きな要因からだ。

ひとつ目は人員面。元々復員事業をてこに厚生省内に旧陸海軍の幹部が入り、今も尾崎のような軍の末端にいた人間が省中枢部にいる。ふたつ目は外部団体の有無。旧軍関係者の諸団体が新聞などで世論を作り、政治家に圧力をかけ、経済界とも手を組んでいる。民主主義では数は力になる。全国には一万近くの戦友会がある。

どちらもすぐ解決策がある要因ではない。そんな状況下で前例踏襲、慣例、融通のきかなさを打ち破るには……。旧軍幹部に協力者を作れれば大きな力になるが、無理筋だ。雑誌で彼らが戦争を語る特集が何度かあった。民間戦争被害者への言及はなかった。テレビで元軍幹部が当時の作戦について、いまだに熱っぽく語る映像が流れたこともある。彼らに接触を図り、それが民間戦争被害者への補償反対派に密告されると、省内に影響力を行使されてしまいかねない。

煙草とウイスキーを相棒に思案を巡らすも、今晩も空転が続いた。

気分転換にレコードをかけるか。戦後、様々なジャズレコードが日本にも入った。マイルス・デイヴィス、ジョン・コルトレーン、ビル・エヴァンスといった錚々《そうそう》たる面々の。いずれも戦前とは雰囲気の違うジャズだ。小曽根軍医はこれらの名演奏を聴けなかった。

グレン・ミラー楽団の一枚を手に取り、針を落とした。小曽根軍医が好きだったビッグバンドのスウィングジャズが安物のスピーカーから流れる。椅子の背もたれに寄りかかって目を瞑り、音に身を任せていくと、不思議と戦場の光景が蘇ってくる。

レコードを聴いたり、本を読んだり、絵画や彫刻を鑑賞したりすることと死者に思いを馳せることは、実は似ているのかもしれない。こちらから能動的にならない限り、向こうの思いを想像できない。

自分の肩には幾多の人生が乗っかっている。現在を生きる人だけでなく、過去や未来の人生までもが。死者は声を発せられない。未来を生きる人間も、いま意見を述べることはできない。現在を生きる人間も日々のいとなみに追われ、声を発する余裕などない。

我々は過去に生きた人々とも、同時代を過ごしている人々とも、未来を生きる人々とも密接に結びついているのだろう。吸い込む大気、足元の大地、過去の演奏、人間を生かしも殺しもする数々の物質を共有しているのだから。

目を瞑ったまま考えを巡らす間も、脳裡には戦場の光景があった。密林の濃い緑色だけでなく、むせかえるような湿り気や、硝煙と血のニオイまでも感じる。小曽根軍医と交わした会話も胸に去来する。白旗を掲げて逃げる際、背中にかけられた最後の言葉も銃声や砲声の中で不思議と鮮明に聞こえた。

――お前は私の希望だ。

小曽根軍医は自らを盾にして活路を開いてくれた。最後、どんな顔をしていたのだろう。振り返る余裕はなかった。

尾崎は目を見開いた。いい手がある……。まだ時間が要る。打ち合わせもすべきだ。

翌日、新宿の喫茶店にはすでに南原がいた。奥まったテーブル席で、周囲の誰にも話を聞かれそうもない。他の客は会話に夢中になったり、新聞を読みながらコーヒーを楽しんだりしている。尾崎も店員にオリジナルブレンドを頼んだ。

「で、話って？」

「コーヒーが来てからにしよか」

南原は煙草をくわえ、火を点けた。

「好きな女でもできたのか？　デートの仕方がわからんとか？」

「あほか」南原が鼻から煙を吐く。「デートくらい目を瞑ってもできるわ」

尾崎のコーヒーがきて、店員が去っていく。南原が灰皿に煙草を置いた。

「何度かさくらさんの活動を取材してるのは知っての通りや」

「俺からも礼を言う。新聞各紙の報道で、空襲被害者への理解が広まるかもしれない」

「その関連で尾崎の耳に入れておきたいことがあってな」南原は真顔で、声も真剣味を帯びている。「昨日さくらさんたちの取材を終えてから、誰かにつけられてる気配があったんや」

「穏やかじゃないな。よく気づいたな」

約二十年前、四谷の坂で脅された記憶が疼いた。

「誰かに見られてる時は、妙な違和感を覚えるもんやで」

「相手の見当は？」

「さて。相手が何者か確かめたろと思ってな。思い過ごしもありうる。昨日の取材でつけられたとすれば、署名活動、ひいては空襲被害者への支援に反対する一派と考えるのが筋や。軍国主義者の残党かもしれへん。そいつらの仕業ならこの店を出た後、おれだけやなく、尾崎にも尾行がつく。お前が関連省庁の官僚だとわかれば、もっと厳しい尾行がつく」

「やりやがったな」

尾崎は苦笑した。不思議と悪い気はしない。

「おれに尾行がついたとすれば、尾崎も小曽根さんを放っておけんやろ」

「そうだな。乗ろう。ってか、もう乗らされたのか」

「知能犯と呼んでくれ。心配すんな。尾行されてると頭にあれば、なんも怖いことはない」

「こっちからも心構えを一つ。いずれ脅されるぞ」

尾崎は二十年前の四谷での一件を簡潔に話した。

「初耳やで。言ってくれりゃよかったのに」

「外部に漏らすわけにはいかなかった。日和見の連中だけじゃなく、陰で鏑木さんと俺を支持する少数も臆しかねないからな。今じゃ、言う必要もなくなったしな」

南原は小刻みに視線を振り、物憂げに煙草の灰を落とした。

「鏑木氏は『不審者が近くにいた』とか、『監視されている気がする』とか、『尾行された』とか、『危険な目に遭った』とか言うてなかったんか」

「一度だけ背広を切られた以外、何も。相手は鏑木さんへの脅しは無意味だと悟ったんだろう。俺に対しても無意味だったけどな」

「こういう言い方もなんやけど、鏑木氏やなく尾崎が死んでたら、さすがに事情を警察に説明して彼らを動かしたんやろな」

尾崎は瞬きを止めた。

「鏑木さんじゃなく俺がって発想はなかったよ」

「優秀な記者は想像力も豊かなんや。どこぞの官僚とはちゃうで」

「そうかよ。警察と言えば、初七日に鏑木さん宅に来たけど、全然熱心な様子じゃなかったな。事件じゃないと、あんな感じなんだろう」

「警察が来た？　鏑木氏は道端かどっかで亡くなったんか」

「いや、自宅で。警官は変死事案だからって言ってた。かかりつけ医は書類上、目の前で亡くなったことにしてくれたけど、鏑木さんの社会的地位を考慮して、一応来たんだろう」

南原が眉を寄せる。

「かかりつけ医が適切に処理したのに？　そいつは妙やで」

「あんまりない事例なのか」

「ないな。政治部は事件取材をせえへんけど、そういう知識も頭に入ってんねん」

「ならどういうことだ？　警察は事件性を疑っていたとでも？　かかりつけ医の目は誤魔化せないだろ。しかも警察はその後、俺にもお義母さんにも接触してない。誰かが逮捕されたって話もない。遺族に報告があったはずだ」

「逮捕されてればな。警察も万能ちゃうで」

南原が煙草を灰皿でもみ消し、目つきを険しくさせる。

「鏑木氏の死因はなんやった」

「心不全。酒を飲んでしばらくして亡くなったらしい。当時、激務が続いてたから、心身ともに疲労は相当だった。いつ限界がきてもおかしくなかった」

「そうかもしれんし、そうじゃないかもしれん」

「事情を聞いた方がいいかもな。近いうち、富坂署に行ってみるよ。初七日に来た警官の名刺はある。復員以来、もらった名刺は全部保管してたな。相手は退官してるだろうが、俺の身分を使えば連絡がつくかもしれない。官僚って肩書きは信用だけはある」

「なら、二人に当たる時は手分けするか。なるべく早く会った方がええ」

「二人？　手分け？　来たのは一人だったぞ」

「なんやて、ますます妙やないか。警官は二人一組で動くんが基本や」

二十年前の出来事なのに、尾崎は産毛が逆立つのを感じた。

「単独で動いていたとすれば、どんなことが想定されるんだ」

「私的に動いていた。つまり、公的な結論に納得できなかった――。本気で早くした方がええかも。小曽根さんたちもいる。尾崎が脅された話と、おれが感じた妙な気配を加味すると、鏑木氏を含めた三人には空襲被害者側に立ち、何とかしようとしたって共通点がある」

「さくらちゃんたちに気をつけろと伝えた方がいいな。新聞に名前も顔写真も町名までの住所も載ってしまったが。もう一人、高見沢さんという女性も」

「まだ言わん方がええんとちゃうか。何も定かでない段階や。いたずらに不安を煽らん方がええ。いったん署名活動を中止してもらうんがベターやけど」

「そうはいかないさ」

「せやな。いまさら当事者を襲うとも思えんしな。活動に参加してる全員を襲うなんて狂気の沙汰や。尾行してたんなら、新聞記者のおれが察したともわかったはずやし」

「なんでだよ。相手は超能力者でもあるまいし」

南原は大袈裟なほど首を振り、周囲に視線を配った。

「ここに来るまで、こうやって誰かがつけてないかを確認してやった。本気で尾行してくる奴を見つける時は、そんなことせえへんけど」

「食えないな」

「銀座でもう一度、やっとくわ。おれが社内で疑惑を喋ってるかもしれへん以上、下手な真似はできなくなる。小曽根さんたちはまだ銀座で署名活動中やんな。おれが見守っておく。明日以降は自分で身を守ってもらうしかないな」

「俺は今日中に富坂署に行くよ」

早々に喫茶店を出て、二手に分かれた。尾崎は書店や百貨店に立ち寄ったりした。尾行されている気配はまるでなかった。確かにまださくらたちには言わない方が良さそうだ。日常的にこんな面倒な真似をさせられない。

国鉄で自宅に戻り、押し入れから古い名刺を引っ張り出した。そのままお茶も飲まず、国鉄と地下鉄を乗り継ぎ、富坂署に着いたのは四時前だった。

尾崎の名刺と肩書きが功を奏し、近くの官舎に住む署長が対応に出てくれた。

「二宮征夫《にのみやゆきお》。二十年前の署員の連絡先ですか、随分と古い話ですね」

「亡くなった義父の追悼文集を作ろうということになり、二宮さんとは仲が良かったと義母に聞いたので、ぜひお願いしたいなと」

　仲が良かった云々は嘘だが、二宮が事件性を疑っていたのなら、こちらが接触したがっている意思を感じとってくれるだろう。未解決である以上、心に引っかかっているはずだ。当時の訪問を署長に明かさなかった点も意気に感じてくれるに違いない。二宮が独自に捜査をしていたことを知っていても、それを明かさなかったと。

　ドアがノックされ、署員が署長室に入ってきた。署長は紙を受け取り、目を落とした。

「退官しておりますね」

「現在の連絡先はわかりませんか」

「念のため、明日尾崎さんの勤務先に連絡します。尾崎さんが本物の厚生省の方だと確認できたら、鏑木さんのご自宅に連絡先を記した紙を届けておくという方向でいかがでしょう」

「承知しました」

　国会対応中で平日は身動きがとれない。南原に接触してもらうか。

　その夜、尾崎はさくらに電話を入れた。危険な目？　一度も遭っていないよと笑われた。

「何かあったら、すぐに言うんだよ」

　怖がらせて活動を妨げないためには、こう告げるのが精一杯だ。

「平気ですよ。仲間もいますし」

「署名の集まり具合はどう？」

「仲間が増え、格段に数が増えてきています」

「相応の数が集まったら教えてくれないかな。ご飯でも食べながらさ」

「いいですね。記念に銀座の高いお店で」

「参ったね。タエに怒られそうだ」

「任せてください。そこは黙っておきます」

さくらは茶目っ気たっぷりな口調だった。受話器を置き、尾崎は壁を見つめた。さくらたちの安全を守らないと。何か手はないだろうか。

4

——戦争で死んだ人たちに比べれば、生きているだけでもありがたいだろ。

——強欲な守銭奴め。金を国からせびるなんて乞食根性丸出しだ。

活動を初めて一ヵ月が経ち、新聞記事を手がかりに調べたのか、さくらの自宅に次々に嫌がらせのハガキや封書が届いていた。ハガキや便箋は決まって角ばった文字でびっしり文字が記され、呪符のようにも見える。

「あんたは国に貢献してんのか？　お荷物のくせに偉そうな口を叩いてるんじゃねえ」

さくらが何も答えないうちに電話は切れた。不通音をしばらく聞き、そっと受話器を置いた。平日の夜九時、若そうな声の男性からだった。

どんな時でも心ある人はいます。つる姉はそう言った。裏返せば、どんな時でも心ない人もいる。反応してくるだけ、まだましなのか。大多数は無関心なのだから。

昨晩尾崎から連絡があり、危険な目に遭っていないかと心配された。嫌がらせを受けていることを、察したのかもしれない。

さくらは受話器をあげ、森川に電話をかけた。

「新聞に私や小曽根さんの名前が出たからでしょう、小曽根さんは退いてもいいんですよ」

森川の家にも嫌がらせの手紙や電話がきているという。

「まさか。わたしも続けますよ」

止まれば心ない人たちの思う壺だ。日常の憂さ晴らしや面白半分の悪戯という線だってある。無関心な人たちに至っては、わたしが撤退したことすら知らずに生きていくだけだ。

森川との通話を終えると、高見沢たちにも電話をかけた。幸い、彼女や他の賛同者には嫌がらせの手紙などは届いていなかった。

翌火曜、さくらは出勤途中の満員電車で体が強張った。誰かに見張られている？　深呼吸した。気のせいだろう。

駅で降り、道で誰かとすれ違うだけでも体が反応した。誰も彼もが署名活動を非難しているんじゃないかと思えてしまう。負けたくない……。でも、体と心の反応はどうしようもない。

この日、さくらは職場で細かなミスを頻発した。電話を取り次ごうとして切ってしまったり、数字の記載ミスをしたり、計算を誤ったり、普段はありえない失敗ばかりだった。帰りの電車も誰かに見張られているようだった。自宅に戻ると、郵便受けには嫌がらせの封書や手紙が届いていて、視界が暗くなった。いつか誰かが家に乗り込んでくるのではないのか。急いで部屋に入り、誰もいないのを確認し、電話線を抜いた。森川や高見沢からかかってくるかもしれないけど、今日くらいはいいだろう。気持ちを落ち着かせたい。夜中に電話が鳴る恐れを抱きたくない。いくら反対や悪意に負けないと強く思っていても、人間の心はそこまで頑丈ではない。わたしはいたって普通の人間なのだ。

水曜もミスを頻発し、木曜日の朝、職場で社長に呼ばれた。

「今朝、こんな手紙が届いてさ」

社長は一枚の便箋を置いた。

おたくの社員の小曽根さくらは、楽して金を得ようと国に文句をつけている。そんな社員を雇う会社に未来はない。さっさと解雇しろ。さもなくば、潰れるように手を打つ。

社長は深い溜め息をついた。さくらは身を硬くした。もしかしてクビになるのだろうか。

「暇な奴もいるもんだ。くだらない手紙を書く暇があるなら、糞して寝てやがれってんだ」

社長は手紙に向けて吐き捨てると、さくらを見た。

「小曽根さんの活動は新聞で読んでる。至極もっともな主張だよ。嫌がらせに負けず、精一杯やり切りなさい。応援する。署名もする。明日、署名用の紙を持ってきてくれないか」

さくらは深々と頭を下げ、こみあげてきた涙を堪えた。反応がなくても、全員が無関心なわけではないのだ。嫌がらせに負けず、社長のような人を目に見える形で取り込めるよう勝負しよう。

その日、さくらは一度も仕事でミスをせず、帰りの電車でも周りの目が気にならなくなっていた。

「なるほど、わかりやすい説明をありがとうございます」

則松が書類から目を上げた。午前一時過ぎだというのに、服装はまったく乱れていない。尾崎は大臣室に則松と二人でいた。明日の国会での返答をレクチャーするためだ。質問通告が二時間前に届き、一気にペーパーを書き上げ、大臣室に一人でやってきた。局長は一週間前に退院したものの、大事を取って零時過ぎに帰宅している。

「則松さん、折り入ってご相談したいことがあり、少々お時間をいただけないでしょうか」

「例の補償の件なら、国会閉会後の落ち着いた時に話しましょう」

「あの件ではありません。則松機関の手を貸していただけないかと」

直江機関を引き継ぎ、則松はさらに情報収集力を強化している。情報収集能力は政界でも随一との評判だ。

「なかなか珍しいご依頼ですね。具体的には何を？」

「空襲被害者が国に補償を求める署名活動を行っているのは、ご承知の通りです。彼女たちを襲う輩がいる恐れがあり、則松機関に身の安全を確保していただけないかと」

「それは警察の仕事では？」

「警察は何か被害が出てからでないと動きません」

鏑木の死、初七日に訪れた警官、四谷で脅された一件、南原が感じた妙な気配――。矢継ぎ早に脳をよぎっていく。則松機関がそばにいれば、さくらたちの安全を守れるだけでなく、則松が彼女たちの活動を直接知る機会にもなる。一晩思案し、捻り出した案だ。

「私どもは、警官や自衛官のような格闘の訓練をしていません」

「もし彼女たちが襲われたら、その場で大声を上げるなりしていただけないかと。それだけで犯人はひるむでしょう。則松さんにはメリットのないお願いで恐縮なのですが」

「期間は？」

「二週間ほど。その間に何者も彼女たちを尾行したり、狙ったりしていないとわかれば解除という流れでいかがでしょう」

「署名活動に参加している全員を見守るのですか」

「いえ。新聞に名前などが載った二名を」

則松は黙した。階下ではまだ多くの厚生官僚が仕事をしていても、広い大臣室は森閑としている。衣擦れの音がし、則松が再び口を開いた。

「尾崎さんが彼女たちの側に立っているのは存じていますが、随分と肩入れされますね」

「命の恩人のためでもあります」

「そうですか」則松が受話器を手に取った。「事務所に連絡します。今からこちらに来させましょう。説明をお願いします。もう少し大臣室にいてもらえますか」

「もちろんです。感謝します」

十五分後、ノックがされた。どうぞ。則松が応じ、ドアを開けたのは、筆頭秘書の滝藤一郎《たきとういちろう》だった。則松にとっては、直江議員の秘書時代からの同志にあたる。滝藤は則松が議員になると同時に筆頭秘書となった。則松の一歳下で、実力的にも年次的にも筆頭秘書にふさわしい器だが、裏方に徹し、則松機関を仕切っている。

尾崎は滝藤に頭を下げた。滝藤も尾崎に一礼する。

「お二人とも遅くまでご苦労さまです。どうやら、これから一杯やりにいく悪巧みではなさそうですね」

三人で酒を酌み交わした夜もたびたびある。滝藤も復員組だが、則松同様、戦地での話を一切しない。戦地での話題に流れそうになると、巧みに会話を別方向にやる。やはり一秒たりとも思い出したくないのだろう。復員組には戦争体験を家族にも一切語らない者も多いと聞く。尾崎もタエや子どもに一度も話していない。

「尾崎さん、説明をお願いします」

促され、尾崎は滝藤に依頼を話した。

「なるほど。最低でも八人は必要ですね」と滝藤は顎をさすった。

「頼んでおいて何ですが、最低でもそんなに人手が必要なのですか」

「警察なら二十人態勢で取り組むでしょうね」

自分がかなり無理な願いをしたことに尾崎は気づいた。則松にとって、さくらたちは見ず知らずの他人だ。

「人手は割けそうかな？」と則松が尋ねた。

「何とかします。なにしろ尾崎さんの依頼ですから」

「快諾していただき、痛み入ります」

尾崎は頭を下げた。これで二週間、さくらたちの身の安全は確保できる。二週間で南原が本当に尾行されたのか、尾行されたのなら相手は何者なのか、鏑木の死や四谷で脅された件と関係があるのかを確かめたい。二宮という元警官と会えば、糸口程度は摑めるかもしれない。

フロアに戻ると、無人の廊下で隣課の若手が真っ青な顔で立ち尽くしていた。

「どうした、そんなとこで」

「尾崎さん……」若手が泣き笑いを浮かべる。「特に何も。誰もいない場所で、自分の至らなさを痛感していただけです」

「可児さんか。できる人だからな」

高野派の一員として欠かせない存在だ。尾崎と同じ企画官という地位にいる。仕事は迅速で正確。可児は部下にも自分同様の能力を求め、この若手のようにやり込められる姿をフロアで何度も見てきた。

「めげるなよ」

尾崎は若手の肩をぽんと叩いた。若手の顔がわずかに綻《ほころ》んだ。

二十分後、帰宅しようと階段を下りていると、踊り場で当の可児と鉢合わせした。同じフロアにいても、顔を合わせるのは昨年末の部での忘年会以来だ。いくら酒を飲んでも乱れず、服装もきちんとしたままで、汚れやしわが可児を避けているようだった。

「尾崎さん、うちの若手がお世話になりました」

「一声かけただけです。どこかでご覧になっていたのですか？　それとも本人から？」

「いえ。何も見ていませんし、本人に何の事情も聞いていません」

「ではなぜ？」

「尾崎さんならおわかりになるのでは？　失礼します」

可児が一礼して尾崎の横を抜け、階段を上がっていく。尾崎はその背中を見つめた。何も見ず、誰からも何も聞かずに、どうしてこちらの行動を察せられたのだろう。見られたとも思えない。あの廊下には誰もいなかった。おわかりに？　妙に思わせぶりな一言だ。誰かから報告が上がってくるわけでもあるまい。

首筋が強張った。

行動を監視していると言いたいのか？　可児は高野派だ。約二十年前、鏑木と尾崎が総理府との折衝役を外された後、後釜になった。高野は軍人家系だ。恩給肯定派だったとみていい。あの頃、可児には自重を促すよう釘も刺された。当時からこちらの動向を窺っていた？　四谷で脅された一件にも関わっている？　思えば、鏑木の背広が切られていると気づいたのは、高野と可児とすれ違った直後だ。

尾崎はネクタイを緩めた。質《ただ》しても惚けられるだけだろう。それにたとえ監視されていても、未来の行動までは見張れない。

水曜日は国会対応で厚生省に泊まり込み、木曜日はなんとか帰宅できた。時計の針が午前零時過ぎを示す頃、南原から電話があった。

「二宮さんと連絡がついた。この二日間仕事にかかりきりで、ようやく電話できたんや」

「ありがとう。悪かったな」

「おれが言うのもなんやけど、国会対応ってのも難儀やな」

「ああ。交代制で泊まり込みだ。明日は俺の番だよ。その後、尾行の気配はあるか」

「今のところない。そっちは」

「多分ない。正直、ほとんど外に出てないから、なんとも言えない。二宮さんは何だって？」

「日曜の一時、押上《おしあげ》の蕎麦屋を指定された。どっかで待ち合わせて一緒に行こう」

下町でも小曽根家とは別地域で、押上には馴染みがない。東京に住んで以来、一度も足を踏み入れていない。

「あと、くれぐれも身分証を忘れるなだと」

入念だ。それだけ重要な話をしたがっているのだろう。

「概要やとっかかりは聞き出したのか」

南原は全国紙の政治部デスクまで上り詰めた猛者《もさ》だ。あの性格だ、おべっかで出世したはずもなく、取材力は侮れない。おまけに自身が尾行された可能性があり、鏑木や尾崎と共通項がある以上、二十年前の出来事を他人事ではなく、我が事として捉えている。

「だめやった。尾崎と会ってから話すの一点張りや。相当なたまやで。日曜、国会対応で来られへんとかなしやで」

「心配ご無用。病み上がりの局長に頑張ってもらうよ。南原こそ大丈夫なんだろうな」

「案ずるな、三ヵ月ぶりの休みや」

新聞記者は激務で、朝も夜もない。殊に責任のある立場にいる。精神的な重圧は相当で、疲労も蓄積しているだろう。

「働きすぎは体に毒だぞ」

「尾崎に言われたないな」

受話器越しに互いに苦笑の声を交わしあった。

5

社長に活動を理解してもらえ、もう他人の目にびくびくしなくなり、気分よく過ごせた週末、さくらは銀座の街角に立った。おめかしして街を行き交う人々の間で、今日も遠くで例の元兵士がこちらを眺めている。あなたが嫌がらせの手紙を送ってきているのですか？　問い質したい気持ちもあるが、惚けられても追及できない。こっちは警察ではないのだ。

活動に集中しよう。さくらは背筋を伸ばし、街ゆく人たちにビラを配っていった。

「ちょっといい？」

人通りが途絶えた合間に、きれいなワンピースを着た高見沢が声をかけてきた。

「本当にどこでどう調べたのか、嫌がらせの手紙が店に届いてさ。どうせなら、直接店に来いってんだよね。こっちの売り上げにもできるじゃん」

「なんとたくましい」

「売り上げといえば、最近南原さんが日を空けずに来てくれてるんだ」

「お店が一気に賑やかになりそうですね」

「なんだかさ」高見沢の声が深みを帯びる。「小曽根さんとも南原さんとも知り合って間もないでしょ。でも、もう自分は独りじゃないって強く思えるんだよね。空襲で親を失ってから、あたしはずっと独りだったから」

風が吹き、さくらと高見沢の髪がふわりと揺れた。

「今日、飲まない？　うちの店においでよ。土日は定休日だから、あたしも飲めるし」

「いいですね。ぜひ」

「小曽根さん、いける口？」

「自宅でたしなむ程度です」

女同士でお酒を飲む機会なんて滅多にない。さくらの会社は男性が八割を占めている。女性もさくらより若い子ばかりだ。さくらと同世代はみんな結婚を機に退職した。

午後六時にビラ配りを終えると、地下鉄丸ノ内線で大塚方面に向かった。高見沢の店は国鉄大塚駅から歩いて五分ほどの小路にあった。ふぐ料理店、うなぎ店、小料理店、スナックなどが並ぶ、雰囲気のある通りだ。

店内は十坪ほどで、カウンター七席とテーブル席が一つだった。当然客はおらず、高見沢がカウンターに入り、瓶ビールを開けてくれた。乾杯、と声を揃える。

「ぷはあ、やっぱ一杯目のビールは最高だね。五臓六腑に染み渡るよ」

高見沢が嬉しそうに声をあげ、ですね、とさくらは飲み干した。ビールが喉とおなかに染み渡る。すかさず高見沢が二杯目を注いでくれた。

「お店を持てるなんてすごいですね」

「ん？　やぶれかぶれ」

高見沢はにっと微笑み、煙草に火を点けた。気持ちよさそうに煙を吐き出す。

「あたし、戦争で何もかも失ったんだよね。生きるため、あんまり人に言いたくない仕事もした。傷を見ると、眉を顰める客も多かった。胸くそ悪いでしょ。ここで死んだら、そんな胸くそ悪い連中に負けるも同然じゃん。なんとかお金を貯めて店を出したんだから、なにがなんでも生き抜いてやるんだ。時にはやけ酒のお世話にもなってね」

高見沢はけらけらと笑った。

「高見沢さんみたいな強くて明るい人が仲間になってくれて、心強い限りです」

「学はないけど、見た目も結構いけるでしょ。傷は化粧で消してるし」

「結構どころか、かなり」

「小曽根さんもなかなかよ。おなか空いたでしょ。ちょっと待ってて」高見沢は煙草を灰皿で揉み消し、冷蔵庫を開け、煮物やおひたし、唐揚げをカウンターに並べた。「昨日の残り物だけど、食べて。おいしいはず」

「早速いただきます」

さくらは箸を手に取った。どれもしっかりとした味付けでおいしくて、くたびれた体の節々に栄養が染みこんでいった。

高見沢がまた新たな煙草に火を点けた。

「こんな性格だから、学生運動に走った連中が羨ましかったんだ。本気で外人部隊に入って暴れようとした時期もあったんだよ。もっとも、店のお客さんに学生運動と縁のあった人がいてさ。街頭のデモは男の仕事で、女は構内でおにぎりとかお茶とかご飯の用意をさせられるだけだったたって聞いて、参加しないでよかったたって。あれ、既得権益とか既成の秩序を打ち破る運動でしょ。なのに結局、『女は飯作りとお茶汲み』って古い考え方かよって」

仮に学生運動が成功したとしても、わたしや高見沢の境遇は変わらなかったのだろう。

「結果的には安保とか学生運動に参加してもあたしは連中と喧嘩別れになったんだろうけど、

そもそもやる前に諦めてたら世話ないよね。小曽根さんはなんかそういうのある？　やる前に諦めちゃったこと」

なんだろう。あるような気がする。そうだ……。

「歌です。小さい頃、歌手になりたかったんです。いつの間にか忘れてました」

太郎兄ちゃんはわたしの歌が好きだった。恥ずかしがり屋のわたしは、お兄ちゃんの前でしか歌えなかった。

「いいね。一曲歌ってよ。ひばりちゃんなんかどう？　大好きなんだよね」

「え？　難しいですし、恥ずかしいですよ」

「なに言ってんの。他に誰もいないんだからさ。さあさあ」高見沢はマイクを持つ真似をした。「続いては十八番、小曽根さくらさん。張り切ってどうぞ」

のど自慢の紹介みたいな口調で言われ、さくらは立ち上がった。酔いの勢いもあった。こうなったら、太郎兄ちゃんの供養の意も込めて歌ってみよう。

「では、美空ひばりちゃんの『真赤な太陽』を」

よっ。高見沢がかけ声を発する。

さくらは手を前で組み、正面を見つめる。おなかに力を入れ、喉を開く。いざ――。

久しぶりに歌声を発していると、我知らず涙が溢れてきた。太郎兄ちゃんは、こんないい曲も、美空ひばりも知らずに死んでいったのだ。二十五歳という若さで。

夢中で歌い終えると、高見沢が拍手してくれた。

「うまいねえ。澄んだ、いい声だよ。天まで届くって感じ」

「戦死した兄がわたしの歌を好きだったんです。だから兄のためにも歌ったので」

「そっか。涙、拭きな」

高見沢が真っ白なハンカチをさくらに渡した。さくらはハンカチをそっと目元にあてた。太郎兄ちゃんとひばりちゃんを聴いてみたかった。

それからラジオを流しながら一時間ほど飲み、食べた。

「小曽根さんってさ」高見沢が不意に思案顔になった。「恋したことある？」

「何とも言えません」

本心だ。多分かっちゃんを好きだった。警戒警報が鳴るなり、わたしの代わりに貯水槽の氷を割ってくれたり、命を救ってくれた柔道着をくれたりした。両想いだったに違いない。かっちゃんが生きていれば、結婚し、銀座を歩き、一緒に笑っていたに違いない。

「あたし、多分いま恋してんの。こんな歳で初恋。どうしたらいいのか迷ってさ」

「恋に歳は関係ないでしょう。どんな人なんです？」

「小曽根さんも知ってるひと」

「あ……。年上の人？」

高見沢は言葉での返事ではなく、ウインクをした。さくらは笑みがこみ上げた。

「日を空けずにお店に通ってくる人なら、大いに脈ありですね」

わたしの口から南原の気持ちを伝えない方がいいだろう。本人から聞く方が嬉しいはずだ。

「あたしも自信がある。話も合うし。この活動に参加して、あたしの人生が動きだした。生きるためじゃなく、誰かのためにおしゃれしたくなったのも初めてだし。小曽根さん、はんと、ありがとね」

「そんな、行動したのは高見沢さんですよ」

さくらは体の芯がほんのり熱くなった。自分の行動で人生が変わった人がいる。何もしなければ、何も生まれなかった。この感情も、高見沢と南原との恋も。

「人間って変な生き物だよね。背筋に力を入れて一人で生きてきて、これからもそうやっていくんだとばかり思ってた。それが一緒にいてくれる人を見つけたら、自分が震えてたんだって気づいてさ。おまけに一緒にいてくれる人も、みんな震えてて。そうわかったら、心の底はどっしりと落ち着いたんだ」

高見沢はしみじみとした口ぶりだ。

「わたしも南原さんも、高見沢さんと一緒に死ぬまでぷるぷる震えますよ」

「ありがとう。不思議なんだよね。あの歳まで独身なのが」

「お忙しかったんでしょう。新聞記者って、年中時間に追われてるイメージですもん」

「いくら忙しくても、お見合いの話なんて何度もあったはずじゃん。一度くらい成立したっておかしくない。新聞記者ってお堅い職業だから、相手の両親への印象もいいでしょうに」

「うーん、縁がなかったとしか言いようがないんじゃ」

だね、と高見沢は髪をかき上げた。作り物のように黒々としなやかな髪が蛍光灯の下で、きらきらと輝いている。

「なんであたしなんだろうね」

「運命ってやつですよ」

「運命、か」高見沢が煙草を人さし指で二度叩き、灰がガラスの灰皿に落ちた。「どうして自分だけ生き残ったのかって、ずっと悩んできたんだ。一緒に親姉弟と死んでいれば、嫌な目に遭うこともなかった。楽だった。あたしより生き残るべき、頭がよくて、性格がよくて、社会に貢献できる人が絶対にいた」

「ご自分を卑下しすぎです。高見沢さんは素敵です。なにより、生き残って何が悪いんです？」

　さくらは自分にも言い聞かせる気分だった。

「やっぱ、小曽根さんと知り合えてよかったよ」

　高見沢はにっこりと笑った。

6

　正午過ぎ、上野公園は賑わっていた。天気もよく、西郷隆盛の銅像前では観光客がひっきりなしに写真を撮影している。南原が銅像近くの木陰で、手持ち無沙汰そうに立っていた。

「待たせたな」

「気にすんな、慣れてる。記者は待つのも仕事の一つでな。ほな、行こか」

　地下鉄銀座線で浅草に行き、都営浅草線に乗り換え、押上に向かった。

　押上駅から十分ほど歩き、路地の突き当たりに蕎麦屋があった。変哲もない店構えで、どの街にも必ずあるような蕎麦屋だ。暖簾《のれん》をくぐる。客は誰もいない。お好きな席へどうぞ。割烹着の年配女性に言われ、尾崎たちは奥のテーブル席に座った。

「待ち合わせなので、注文はそん時に」

南原が割烹着の女性に声をかけた。

五分後、女性が暖簾を片づけてしまった。南原が慌てて声をかけようとすると、厨房の方から、つば広のソフト帽をかぶった男性がやってきた。年の頃は六十歳から七十歳くらいか。

「尾崎さんと南原さんですね」男性はソフト帽を脱いだ。針金のように太い白髪が短く刈られている。「二宮です。弟の店でしてね。融通がきき、信用もできます。お二人が誰かに尾行されていないかも確かめました。ご安心を。大丈夫でした。尾崎さん、お久しぶりですね」

「本人確認しなくていいので？　身分証を持ってきましたよ」

「お手数をおかけしました。相応にお年を召しているが、顔立ちはまるでお変わりない。最近のことはすぐ忘れてしまうのに、昔のことは一目で思い出せるんですね。殊にあの事件で会った人たちは少ない。記憶がすぐに蘇ってきます」

「いま、事件とおっしゃいましたね」

「ええ」二宮は尾崎たちの正面に座り、煙草に火を点ける。「焦らず、じっくりいきましょう。お腹の具合はいかがです？　そばを頼みませんか。もりでいいですか。そばはもりが一番です」

尾崎と南原も煙草に火を点け、割烹着の女性にもりそばを頼んだ。

「二十年前、何に引っかかったんです？」

「警官は」と南原も会話に加わった。「二人一組での捜査が基本でしょう。尾崎によると、あなたは当時一人で鏑木氏宅を訪れた。正式な捜査ではなく、二宮さんが個人的に何かを調べようとしたと考えられます」

「本題に入る前に、お二人に知っておいてほしい諸々があります」

「なんでしょう」と尾崎と南原は声を揃えた。

「帝銀事件をご存じですか」

突然なんだ？　尾崎は南原と顔を見合わせ、口を開いた。

「新聞で読んだ程度なら。画家が逮捕されて、死刑判決を受けた事件ですよね」

豊島区南長崎の帝国銀行椎名町支店で、犯人の男が厚生省技官を名乗り、赤痢の予防薬と称した毒物を行員らに飲ませ、十二人を殺害し、現金や小切手を奪った事件だ。

「妙な事件でした。一介の画家の犯行にしては手口が鮮やかすぎる。毒物もはっきりとした鑑定結果が出なかった。青酸化合物というだけです」

「青酸カリやなかったんですか」と南原が問う。

「わからないとされています。おかしいですよね。青酸カリなら標本作成用などに文房具店でも簡単に手に入る時代で、鑑定がしやすかった。生存者によると、服用して数分後にばたばたと人が倒れたそうです。青酸カリも分量さえ調節すれば、即効性にも遅効性にもできます。毒物が確定できないままなのに、手に入りやすさは公判で画家の犯行だと断じる根拠の一つになっています。青酸カリが使用された前提で話が進んでいるんです」

「なるほど」南原は煙草を深く吸った。「確かにおかしい」

「そもそも画家が即効性や遅効性を使い分ける、微妙な調節をできるでしょうか」

「冤罪だと？」と南原の声が低くなる。

二宮がゆるゆると首を振る。

「何とも言えません。状況証拠もありますし、自供もしています。ですが、当初捜査本部がまったく別の線を追ったのは事実です」

「というと？」と南原が絶妙のタイミングで先を促す。

「旧軍関係者です。登戸《のぼりと》の九研と戸《と》山原《やまがはら》の六研、満州の部隊――石井《いしい》機関、いわゆる七三一部隊。毒物は青酸カリではなく、陸軍で開発されたものではないかと踏んでいました。彼らは毒ガスや細菌を研究し、七三一部隊は人体実験をし、毒物の扱いにも慣れています」

尾崎の記憶が呼び起こされた。鏑木の初七日の折、二宮にどこから復員してきたのかを尋ねられた。南方だと答えると、帰っていった。

「私も帳場の一員でした。石井四郎《しろう》中将は部下に犯人がいるような気がすると言い、研究員だった人物も真犯人は旧陸軍関係者だろうと証言しました」

「興味深いですが、二宮さんが帝銀事件に引っかかりを覚えても、それが鏑木氏の死にからみ、調べようとした理由にはなりませんよね」

南原が尋ねると、二宮は煙を吐き、間をとるようにお茶を口に含んだ。

「私は帝銀事件の捜査方針の転換に疑問を覚えたままでした。すると富坂署に異動になった。そこで鏑木さんの死を知った」

「鏑木さんから毒物は検出されていません。もし検出されていれば、当時正式に捜査が行われたはずです」

「かかりつけ医の計らいで、鏑木さんは医者の前で亡くなったことになり、解剖されませんでした。私が鏑木さんの死を知ったのは、茶毘《だび》に付された後でした。別の解剖で、鏑木さんのかかりつけ医と会う機会があったんです。その際、鏑木さんの亡くなり方を伺った。嫌でも神経が鷲掴みされるんですよ、酒やお茶を飲んで数分後に亡くなった事例には。それで尾崎さんや鏑木夫人に話を伺いに赴いた。関連なんて万に一つもないのは承知の上で」

「だから当時、鏑木さんが最後に飲んだ酒について私や義母に質問を？」

ええ、と二宮は重たい声で返事をした。

「二宮さんの見立てはいかがだったんです」

「明言できることは何も出てきませんでした。ただ、私は半年後にまた異動になった」

「嗅ぎ回るのを邪魔に思う人が上にいると？　余計なことをするなと？」

「どうなんでしょう」

二宮はなかば同意するような物言いだった。尾崎にも自分と鏑木が突然配置換えになった経験がある。

「帝銀事件では――」南原が会話を継ぐ。「真犯人が別にいて、ＧＨＱへの抗議が動機ではないかという説も出てますよね。だとすると鏑木氏の死も、二宮さんの異動も連中が日本を離れた後ですよ」

「すまん、繋がりがよくわからん」と尾崎は南原に尋ねた。

「私が嚙み砕きましょう」二宮が話を引き取った。「ＧＨＱは旧陸軍の人体実験の研究結果を欲し、引き換えに七三一部隊らの戦争犯罪を免除したと言われています。ソ連に研究結果が流れるのを防ぎたかったためでもあります。捜査方針の転換を加味すると、ＧＨＱが帝銀事件に蓋をしたがったという指摘には頷けます」

占領が終わっても朝鮮戦争や冷戦で、アメリカの意向は日本を動かしている。警察予備隊や安保条約などは最たる例だ。キューバ危機を持ち出すまでもなく、米ソ対立は続いている。

二宮が新しい煙草に火を点けた。

「GHQはそんなことしないという反対意見もあるでしょうが、警視庁にいた人間としちゃ、右手で協力しながら、左手で妨害する芸当を平気でこなす連中だったと申しておきます。GHQ内部で権力争いがあったのも、今では広く知られています」

ただしね、と二宮が続ける。

「帝銀事件の動機が自分たち――七三一部隊の所業をGHQが闇に葬ることへの憤り、というのはいただけません。だとすると、いわば良心の呵責《かしゃく》による犯行です。呵責を覚える者が見ず知らずの人間の命を、それも十数人もの命を無差別に奪うでしょうか。無軌道な人体実験と犯行を重ねたのだとしても、だったら七三一部隊の家族を狙えばいい。その方がより直接的な抗議になる」

南原が身を乗り出した。

「つまり帝銀事件の真犯人の意図が抗議にしろ、単なる金目当てにしろ、GHQは何らかの目的や利害関係で動いた。だからその後も連中が各々の目的や利害関係で動いてもおかしくないと？　鏑木氏の件もその一つだと？」

「現段階では私の想像の産物です」

店内の空気が急に冷えたようだった。煙草の煙がゆらゆらと漂っている。三人が相前後して煙草を灰皿で押し消した。おまちど。もりそばが三枚、テーブルに運ばれてきた。

「乾かないうちに食いましょうか」

二宮が箸を割った。尾崎と南原も割り箸を手に取った。三人とも無言ですすっていく。尾崎はそばもつゆも味を感じられなかった。

「現役時代、私はせめて毒物だけでも特定しようとあがきました。それが戦争に関わった者の義務だと思えたからです。赤紙組でしてね」

「どちらに？」と尾崎が尋ねた。

「満州から南方に転戦させられました」

「私の部隊にも満州からの転戦組がいました。満州には薄気味悪い憲兵がいたと言っていました。南方は地獄だけど、連中がいないだけマシだと嘯《うそぶ》いてたのが懐かしいです」

ヤクザの通信兵だ。尾崎が生き延びる道を命と引き換えに切り拓いてくれた。

「警視庁にも憲兵あがりがわんさかいますよ」と二宮が眉を上下させる。

「公安ですか」と南原が訊く。

「ええ、連中は確かに薄気味悪い。ただでさえ感情に乏しい輩なのに、凄腕ともなると、誰にも気づかれずに人の背後に立てる、秘密裏の捜査にはもってこいでしょう。殺人事件の捜査では別に気配を消す必要なんてないんで、反りが合いませんでね」

誰にも気づかれずに人の背後に？　南原は平然としている。すでに頭にあったのか。

「鏑木氏の件以外の変死案件にも首を突っ込んだんですか」と南原が問うた。

「何度か。どれも糸口にはなりませんでした。鏑木さんの件もつい事件だと言ってしまいましたが、こういう次第です。尾崎さん、どうかされましたか」

「実は――」四谷で脅された件、鏑木の背広が切られた件を経緯も含めて明かした。「二十年前は職務に影響があると考え、言えませんでした。国の行く末を左右する政策だったので」

「ついでに」と南原が空襲被害者の署名活動を取材後、尾行されたと思しい件も付け加えた。

二宮が箸を持ったまま腕を組んだ。箸の先からつゆが飛んでシャツについても、気にする素振りはない。

「軍国主義者か、対立省庁の脅しか」二宮の眼光は鋭い。「軍国主義者はまだしも、官僚が対抗軸を暴力で脅すというのは不可解か。手練手管で相手をポジションから外せばいい」

「鏑木さんも私も実際担当から外されました。しかし諦めなかった。だから命まで……」

「ちょい待ち」南原が割って入った。「鏑木氏が目障りで消したんなら、なんで尾崎は生きてんねん。第一、鏑木氏と尾崎は担当を外された。大勢は決してる。命を奪う必要はない。念を入れたんなら、尾崎が生きてんのは手落ちやで。そんな甘い相手ちゃうやろ」

二宮が腕組みをほどく。

「鏑木さんが口にした酒は二種類でしたよね。一つは秋田の酒と確認できましたが、もう一つはラベルもなく、手がかりはありませんでした。瓶もなかった」

「待って下さい。私は二宮さんが瓶を取りに来ると義母に伝えました」

「確かに。鏑木夫人は『警察の方がお見えになって、持っていった』とおっしゃり、警官の名刺を見せてもらいました。警視庁には存在しない者でした。鏑木邸を見張る者がいて、私の来訪を知り、先手を打たれたとみるべきでしょう」

「その瓶が七三一部隊と関係があったと？」

「物証がない以上、何とも言えません。ただし、持ち去った以上、見る人が見れば一目でそれとわかる瓶だったと思われます。例えば日本では発売していない酒とか。七三一部隊には酒保《しゅほ》もありました。満州の酒も売っていたでしょう」

二宮が箸を置いた。

「尾崎さんは瓶口の匂いからして桂花陳酒だと思ったんでしたよね」

「金木犀の強い香りがしましたので」

「別のニオイが混ざっていたともおっしゃっていた」

尾崎は記憶をまさぐった。

「そうですね……普段口にするのとは違う果物……そうだ、杏や梅みたいなニオイでした」

「おい、それって」南原が目を見開いた。「二宮さんはお気づきやったんですね」

「ええ。青酸特有のニオイを遺伝的に嗅ぎ取れない人も大勢いる」

「甘ちゃんちゃいましたね。向こうは殺せるだけの用意をしていた。あとは尾崎が飲むだけやった」

尾崎は煙草の吸い殻を見つめた。構図は帝銀事件と一緒だ。義母やタエも巻き込まれる恐れがあった。下手をすれば葬儀の参列者まで。相手は尾崎のような下っ端が財界や政治家と交渉しても、既定路線を変えられないと見越していた。生死はどうでもよかったのだ。

「鏑木さんは桂花陳酒がお好きで、大陸で先輩が上物を飲んだと知り、悔しがっていました」

「容疑者――仮に甲としましょう。甲はどこからかその話を聞き、大陸の酒だと偽り、毒入りの酒を鏑木さんに渡したのかもしれません」

二宮が眠たそうに瞬きをした。眠たいはずがない。頭を回転させる際の癖なのだろう。

「鏑木さんは義母に、かなり酒が悪くなっていると言っています。だから捨てるようにと」

「なんや、酒って悪くなるんか」

「保存状態によって強い酸味を帯びたり、香りが消えたりします」二宮が説明した。「ニオイを嗅ぎ取れなくても、舌は異変を感じた。けれど、飲んでしまった――」

「医者が見落としますかね」南原が問う。「青酸化合物で死んだら、特徴的な死斑が背中に出るんじゃ？」

「かかりつけ医に尋ねた際、明言されませんでした。青酸化合物での死が頭をよぎったがゆえ、黙殺したのではないでしょうか。鏑木さんは官僚、それもかなりの地位にいた。いわば地元の名士。まさか殺されたとは思わないでしょうから、自殺と判断し、心不全という形で穏便に済ますのがいいと判断したのでは。死者の尊厳を守るべく、私の質問にも沈黙を貫いた」

尾崎はある程度合点がいった。当時、青酸カリによる自殺が相次いでいた。

「遺族には伝えるんやないですか。青酸カリが家に置かれたままなら、ご家族が誤って口にする危険もあります」

「尾崎さん、鏑木さんは几帳面な方でしたか」

「几帳面というか、しっかりした方でした。責任感も強かったです」

「かかりつけ医は鏑木さんがご自身で使用する分以外、青酸カリが余ったとしても事前に処分したと判断したのでしょう。自殺だと言わないのも思いやりです。親しい人が自殺した際、周囲は悔やむもの。その後の人生、自分を責め続ける方もいます。こうした二次被害を避ける配慮でしょう。下手をすれば後追いもありえます。返す返す残念です。瓶さえあれば……」

南原が思案顔で顎をさする。

「青酸化合物は空気に触れた表面から無毒化されますよね。酒に混ぜても、保存してる間に比重の関係で上にいけば無毒化され、沈んだら鏑木氏が飲むまでに時間がかかり過ぎるんやないですか」

「空気にも触れさせず、酒にも沈ませなければいいんです。もちろん、混ざることもなく」

「そんな魔法みたいな方法があるんですか」と南原が尋ねた。

「軍では青酸化合物の溶液を保存する際、油で膜を作り、空気との接触を断ったそうです。同じような方法をとったのではないでしょうか。まず油を入れて、酒に膜を張る。そこに青酸化合物の溶液を垂らす。さらにその上に油で蓋をする。これで酒にも空気にも触れません。持ち運びの時に揺れても、酒と混ざる量は最小限で済む。『貴重な酒で、揺らすと味が変わる』とまことしやかに伝えれば、酒好きの鏑木さんなら大事に運ぶでしょう。あるいはまったく別の物質を使い、水と青酸化合物の溶液の層を作ったのかもしれません」

なるほど、と南原が煙草に火を点けた。

「尾崎さんから得た新たな情報をもとに、私がもう一度、洗い直してみましょう。元刑事としても個人的にも興味がある。鏑木さんの足取りを辿ります。二十年以上前の出来事なので、時効は成立していますし、相手も退職していたり亡くなっていたりするでしょうがね。尾崎さん、日記などは残っていますか」

「名刺も手帳も私が引き継いでいます。押し入れにあるので、ひっくり返してみます」

「恐れ入ります。私の方はまず当時の捜査資料を読み返しますよ」

「警察ＯＢでも内部資料を読むのは難しいのでは？」

「公的な捜査ではなかったので、提出する必要がなく、手元に残してあるんです」

南原が軽く身を乗り出した。

「七三一部隊の名簿もお手元にありますか？　彼らの戦後における働き口と、鏑木氏の足取りが重なればかなり線が濃くなりますよね」

「警視庁には独自に作成した資料がありますが、いまの私に見る権限はない。二十年前、南原さんがおっしゃった方法で足取りを追えていれば……。私も尾崎さんも様々な要因が折り重なり、当時は事件だと判断できなかった。心底残念でなりません」

二宮は遠くを眺めるような眼差しになった。


二宮と別れ、南原と押上駅に向かった。

「戦後やなんや言うても、いまだに戦争の余波をもろに受けてるんやな。物騒な話すぎて誰にも言えんわ。彼女たちの活動に水を差しかねない」

「さくらちゃんと高見沢という女性の安全は確保した。ちょっと奥の手を使ってな」

「奥の手？　まあ、ええ。官僚も底が知れんからな。尾崎が言うんなら大丈夫やろ」

「二宮さんの睨む通りだったとしても、今さら南原を尾行したのは何でだろう」

豆腐屋がチャルメラを景気よく鳴らしている。目白ではとんと目にしなくなった。

「毎週取材にくる記者が疎ましく、弱みを探したいんとちゃうか。おれが異動させられたら、首謀者は二十年前と一緒だと踏んでええ」

「そうなると、さくらちゃんたちの活動にかなり脅威を感じてるってことだな」

尾崎は翌日、押し入れから鏑木の遺品を取り出した。記憶通り、名刺も手帳もしまってあった。職場にコピー機はあるが、持っていくのは憚《はばか》られる。このまま二宮に渡してしまうのが楽だが……。よし。尾崎は机に向かった。日付と誰に会ったのか、名刺情報を手持ちのノートに書き写そう。原本ではなく、ノートを二宮に渡せばいい。

製薬会社、大学病院、医療機器メーカー。小曽根軍医も使った万年筆を動かし、文字を連ねていく。鏑木の残した文字を見ていると、懐かしさがこみ上げてきた。

7

「ありがとうございます。今日もわかりやすかったです」

則松が書類を決裁済みの箱に入れた。

午後七時過ぎ、尾崎は社会保障政策の進捗具合について報告するべく、部下と大臣室にやってきていた。空襲被害者とは関係のない政策だ。仕事は無数にある。今日中にすべき業務はまだ多い。日付が変わってもまだ庁内に残っているのだろう。

二宮と会って二週間が過ぎた。定期的に連絡はあるが、進展はない。二十年以上前の足取りを追い、糸口を探しているのだから無理もない。尾行されている気配もない。南原も以後は尾行を感じることはないという。鏑木が飲んだのは七三一部隊関連の毒物が入った酒だったのだろうか。誰が鏑木に渡したのか。気になるものの、官僚として膨大な業務に連日深夜まで追われ、自ら解明に乗り出す余裕はなく、二宮に任せるしかない。

「君は先に戻ってくれ。別件があるから私は残る」

部下に言うと、則松に一礼して出ていった。則松が眉を上下させる。

「例の件ですね。滝藤君が担当の」

「はい。状況はいかがでしょうか。一週間前は何も異変はないと伺っておりますが」

一週間前も大臣室に用があり、その折、人払いして尋ねた。則松が腕時計を一瞥した。

「あと五分ほどで本人がここに来ます。直接報告を聞いたらどうでしょう。滝藤君によると、週末の署名活動は順調のようです。かなりの数が集まったでしょうね」

さくらたちの行動を直接知ってもらえたのは大きい。少し押してみよう。以前は押し切れなかった。

「機運が醸成されつつあると言えるのではないでしょうか。この機を逃さず、則松さんが大臣のうちになんとか目鼻をつけるべきかと」

「かつて鏑木さんと尾崎さんが敗れた原因について、私たちは身に染みているはずです。絶対的な力と地位がなかったからです。私は大臣で、尾崎さんも相応の立場にいます。残すは力です。動く時は何人にも有無を言わさないような力。あと一歩足りないのが実情です。尾崎さんが企画官という立場で、自身の見解を新聞などで発表したとしましょう。世論は味方するかもしれません。ですが、事態は尾崎さんの望む方向に動くと思いますか」

返答に詰まった。関連団体に飛ばされ、自分の後任には民間の戦争被害者への補償に否定的な人間が就き、機運が潰されるだけだろう。既成事実を作らねばならない。胸に秘めた方法がある。

「逸《はや》ってはなりません。派閥間の争いは尾崎さんもご存じの通りです」

則松の対抗派閥は旧軍人に肩入れした政策ばかり主張している。

「向こうにはかなりの組織がありましてね。連中の情報収集能力は侮れません。動く時は大きな力で一気に攻めないと、先手を取られ、逆に私を大臣の座から追い落とすでしょう。連中は二十四時間、政敵の情報を集めています。公開情報、接触相手の把握、会話内容などを。永田町に飛びかう私に関する怪文書だの、噂だのの震源地ですよ」

「相手が動いているとご存じなら、さほど怖くないのでは？」

蛇の道は蛇。則松機関も同様の動き方をしているはずだ。

「油断は禁物です」

「どうやって相手の動きを把握するのですか」

「最も簡単で効果的なのは、相手方に内通者を作ることでしょうね」

「軍隊の諜報戦さながらですね」

則松は肩をすくめた。

「旧軍は情報を活用できない組織でした。我々は旧軍を反面教師にしているとも言えます。政敵もしかり。ここまで力を蓄えられたんです。もう少し力をつけましょう」

「相手が呑み込まざるをえない状況を作り出すのはいかがでしょう。相手が呑むというより、呑み込んでしまうような決定打です」

「何か策がありそうですね」

「私の独力ではできませんが」

「尾崎さんが決定打を作り出せれば、一気に勝負に乗り出すのもやぶさかではありません」

「策というのは――」

大臣室に二人だけなのに尾崎は自然と声を落としていた。則松が手を挙げ、尾崎を制した。

「皆までおっしゃる必要はありません。いくつかの要素を勘案すれば、察しはつきます」

「では、胸に秘めておきます」

「尾崎さんだから打ち明けますが、滝藤君が来たのは他派閥の情勢報告のためでしてね」

「次の総裁選を睨んでですね」

「そうです。政治家になった以上は国のトップを狙います。地位が上がれば上がるほど、周囲の人間は我々の言葉に耳を傾けます」

「総理大臣になり、どんな国に導こうと?」

「一人一人が自分の頭と心で物事を判断できる国を作ります。私は二度と戦争に巻き込まれたくない。だから国民も巻き込ませない。大勢に抗える頭と心があれば、我々は戦争に至らなかったでしょう」

「具体策はおありで?」

則松が顎を引いた。

「私は大義や正義を掲げず、実利で判断します。政治家は大義だの正義だのを錦の御旗に掲げがちです。大義や正義という響きには神々しさや不可侵性がありますが、騙されてはいけません。殺人犯には殺人犯の、盗人には盗人の大義や正義があるものです。往々にして大義や正義の前で人間は生身の体を失います。日本が道を誤ったのは、政府が人間を生身で見られなかったがゆえでしょう。尾崎さんは官僚として、どんな国をお望みですか」

「私は天国を作りたいですね」

「神様になりたいと？」

「現人神には懲り懲りですよ。かつてある少女が教えてくれたのです。天国とは空襲がなく、みんなが笑い、困ってる人がおらず、おいしいご飯が腹いっぱい食べられ、大好きな人たちと一緒にいられるところだと。入り口には虹がかかっているそうです」

「シンプルだが、真理を突いていますね。シンプルだからこそ真理を突けるのか」

ノックがされ、滝藤です、と声がした。どうぞ。則松が声をかけ、滝藤が入ってきた。

「尾崎さんがお見えでしたか。ちょうどよかった、例の件、最終報告をさせてください」

「お願いします。そのため、大臣室で待たせてもらっていました」

「ならば早速。一週間前も報告した通り、異常はありません。お二人を尾行する者も監視する者もいません。お二人の見守りは今日をもって終了ということでよろ――」

「もう少し続けよう。いかがです、尾崎さん」

「続けてもらえるのなら、お願いします」

「滝藤君、もうしばらく続けてくれ。そうだな、せめて三ヵ月くらいは」

承知しました、と滝藤が応じた。尾崎は手元の資料をまとめ、則松と滝藤に一礼した。

「お心遣い、ありがとうございます。則松さん、そろそろ失礼します」

「また食事に行きましょう。日中国交正常化を願って中華でもどうです」

「事務レベルでの交渉は順調ですか」

大臣間ではある程度の情報共有がなされているはずだ。

「総理も外務大臣も戦争中は中国にいたので、思いも一入《ひとしお》でしょう」則松はおどけるように首を振った。「私はいまだ水餃子は苦手ですがね」

尾崎は再び二人に一礼し、大臣室を出た。

こちらが何を目論んでいるのか、則松は察していた。見守り延長の指示がそう示している。あとは実行できるか否か――。

フロアに戻るなり、席に部下が近づいてきた。省内で数少ない女性官僚の益子弘枝《ますこひろえ》だ。

「めでたく岩井《いわい》さんに第一子誕生です。部で祝い金を贈るので、一人千円のカンパをお願いしてます。部長は『イワイにイワイキンだってよ』と駄洒落をかましてました」

「愛想笑い、お疲れさん」

尾崎は内心でほっと息を吐いた。同じ駄洒落が頭に浮かんでいた。口に出さないで良かった。財布を取り出し、千円札を益子に渡した。

「まいどあり。今月五件目の祝い金ですが、近々六件目がありそうです。どうかしました？眩しそうな目つきになってますけど」

「自分の時はカンパなんてなかったなって。助け合いたくても、お互い金がなかった」

「ペーペーの私はいまだ安月給なので、手痛い出費です」

「豊田《とよだ》の時も益子が集金するのか」

益子はまだ若いので雑用ばかりさせられている。

「でしょうね。下っ端なんで」

「愚痴なら聞いてやるぞ。上司の役目だ。安心しろ。誰にも言わない」

「大丈夫です。雑用すらできない人間に、大事な仕事が任されるわけないですもん。何年かしたら嫌ってほど重たい仕事をさせられるでしょうし。今のうちに下っ端生活を楽しみます」

「そうか。おじいさんのお体の調子はどうだ」

先月、益子の顔色が優れないので声をかけると、「祖父が倒れたので」と言っていた。

「昨晩、危篤状態になったと連絡がありました」

「故郷に帰ったらどうだ」

「そうしたいのはやまやまですけど、仕事が山ほどあって……。仕事を放り出して帰郷したら、祖父も怒りそうですし。カンパ、ありがとうございました」

益子が席に戻っていった。

尾崎は椅子の背もたれに体を預けた。洋太郎や美鈴が生まれた頃、なんとか生活できても、弁当は蒸かし芋という日も多かった。よくて日の丸弁当だった。周りもみな一緒だ。いまや日の丸弁当すら目にしない。卵焼き、ウインナー、揚げ物といったおかずが弁当を彩り、戦争を知らない世代も厚生省に入庁した。

時は着実に流れている。


さくらが署名活動を始めて、三ヵ月が経った。東京や名古屋だけでなく大阪や神戸、福岡、浜松など全国で空襲被害者が続々と立ち上がり、活動は広がっている。森川がたった一人で立ち上げ、さくらが二番目に加わった空襲被害者連盟は五百人を超える会員数となった。

そしてとうとう東京では署名が目標の二万人に達した。夜、さくらが森川にその報告をすると、彼女も声を弾ませた。

「名古屋も二万人を超えました。大阪などを合わせると十万人を超えます」

「じゃあ」さくらは受話器を握り締めた。「いよいよですね」

「ええ。来週東京に行きます。会社を休めますか？　小曽根さんはそばにいてほしいので」

「大丈夫です。理解のある社長なんです」

受話器を置き、さくらは再び黒電話のダイヤルを回した。

8

尾崎が課長・企画官級会議を終えて援護局のフロアに戻ると、空気が騒々しかった。

「何かあったのか」

通りかかった若手に聞いた。若手が眉を寄せる。

「下に例の空襲被害者連盟が来ているそうです。しかもアポなしで。こちらにあらかじめ対策を講じられないようにするためでしょう。ちゃっかり記者を引き連れてます」

「誰か応対に出たのか」

「いや、まだです。守衛さんもどこに繋いだらいいのか困っているみたいで」

そうか、と応じて自席に戻ると、尾崎は机の引き出しから名刺を取り出した。

「ちょっと行ってくる」と部下に声をかけた。「下の件、うちが出ていくのが筋だ」唇をきつく引き締めた。視界の隅では、フロアを飛び出る若手男性職員や書類仕事に精を出す姿がある。あと数年でこの光景を見られなくなる。則松が党総裁になったとしても、官僚の人事権はなく、自分が局長や次官に進めるはずはない。

――アポなしの方がいい。アポをとろうとしても、官僚はあれこれ理由をつけて先延ばしにするだけだ。対応策を練る時間を稼ぐためにね。

さくらたちは尾崎の助言通りに動いている。腕時計を一瞥した。午後二時半過ぎ。空襲被害者連盟の来庁は、会議の終了時刻と呼応させた。少し早いが、おおむね尾崎の絵図通りに進んでいる。

尾崎が個人的に署名を外で受け取っても私的行為に過ぎず、無意味だ。厚生省のしかるべき立場の人間として、省内で受け取ることに意義がある。

既成事実を作ってしまうのだ。

規定路線を変更するには、新たな路線を敷かねばならない。自分が新路線の土台になればいい。小曽根軍医が捨て石になってくれたように。それが企画官――課長の補佐役という立場で署名を受け取る行為だ。霞が関では幹部が受け取ったと見なされる。

ジャズのレコードを聴いて死者や未来に思いを馳せ、小曽根軍医との会話を反芻した際、思いついた。さくらたちが一定程度の署名を集めた後、勝負に出ようと。さくらにも署名が集まったら教えてくれと頼み、思惑を話してある。

尾崎は正面を見据え、歩き出した。何十年も歩いている足が、いつもの感覚とまるで違った。重たくもあり、軽くもある。柄にもなく、緊張しているらしい。

署名を受け取った後、さくらたちを連れて大臣室に持ち込もう。則松は在庁している。今回の策を無言のうちに理解してくれた。立場ある官僚と時の大臣が署名を受け取った既成事実を作れば、大きく報道され、世論に訴えられる。さくらたちの活動を知らなかった、膨大な数の民間空襲被害者も味方になってくれるはずだ。則松以外の政治家も、うねり始めた世論を無視できまい。政治において数は力だ。

この策を思いつけたのは、さくらたちのおかげだ。

空襲被害者も組織としてまとまった。森川という一人の女性が立ち上がり、さくらが加わり、新聞などで活動を知った人たちが加わった。民主主義の原点を見る思いだ。尾崎は官僚という立場と己の本心を職場に知られないため、彼女たちの活動には参加できない。外部団体を作るべきだと悟っていても具体案はなく、提案すらできなかった。

傍から見れば、森川は立ち上がっただけで、官僚や政治家らが重視するような根回しとは無縁。それがこうして大規模な輪に広がった。まず動くことがいかに大切かを痛感する。

出入り口に向かっていると、審議官の高野が息せき切ってフロアに戻ってきた。

「尾崎」腕を荒っぽく摑まれた。「局長がお呼びだ。直ちに私と局長室に来い」

「十分後、いや、五分後でお願いします。急ぎの用がありますので」

「下の連中の対応に出るつもりか」

「ええ」隠しても仕方がない。「ウチの部が応対に出るべきです」

「部下にやらせろ。なるべく下っ端にだ」

高野が尾崎に顔を寄せ、いいか、と押し殺した声を発した。

「大蔵省は『担当部局がない』と門前払いしたそうだ」

「大蔵省は金勘定屋です。実務を担ううちとは違います。うちは無視できません」

「ならん」腕に高野の指が食い込んでくる。「我が国、我が省が民間補償に消極的なのは知っての通りだ。この流れに楔《くさび》を打ち込む行動をとれば、そう判断した責任を問われる。流れが変わらなかったとしても、行動には責任が伴う。担当部局の責任になる」

事なかれ主義……。典型的な官僚思考だ。

「物事が誤った方向で進んでいるのなら、誰かが正すべきでしょう」

「君や我々である必要はない。利口になれ」

「保身に興味はありません」

「君も長年官僚を務めてきた。世の中は道理や公正さ、慈悲や優しさで動いてるんじゃない。とっくに理解しているだろ」

「民間人への補償が不公平だとお認めになるんですね」

「君の見解を否定する気はない」高野が視線をフロアにやった。「見ろ。若い連中も多い。君の行動によって、この部局に所属したというだけの彼らの将来にも影響が及ぶ。君は彼ら全員の将来を潰すのか。今後の厚生省を担う、前途有望な者たちの未来だぞ」

尾崎はフロアを見回した。子どもが生まれたばかりの者、もうすぐ子どもが生まれる者、額に汗をにじませる者、一週間以上帰宅せずに省内で寝泊まりして書類作業を続ける者、他省庁との折衝に神経をすり減らす者、雑用ばかりを押しつけられる者。民間人補償に消極であろうとなかろうと、皆が煙草の煙が充満するフロアで、目の前の仕事に一生懸命立ち向かっている。瞬きを止め、後輩たちの姿を目に刻み込んだ。若手の将来と戦争の民間人補償。天秤にかけられる対象ではない。どちらかをとれと問われれば——。

尾崎は腕に食い込む高野の指の上に、自分の手を置いた。

「私の責任で対応します。独断で対応に赴いたことにしてください」

「ならん」

高野の指がいっそうきつく腕に食い込んでくる。

「我が身が可愛いんなら、引っ込んでてくださいッ」

「馬鹿野郎、我が身が可愛くない奴がいるか。そんな奴が国を動かす方が危険だ。先の戦争でも、滅私奉公だの一億総玉砕だのと叫んだ連中が日本を破滅に追いやった。一人で聖戦をしているつもりか」

尾崎はカッと頭に血が上った。

「聖戦？　私が戦争推進者と一緒？　人殺しの軍人家系が何言ってんだッ」

「私は戦争に行ってない。戦場で人を殺したお前とは違うッ」

「好きで戦場に行くわけないッ」

尾崎は高野を突き飛ばした。駆け出そうとした時、後ろから羽交い締めにされた。尾崎は高野を引きずるように前に進んでいった。フロアの職員がこちらを見ている。

「放せッ」

「行かせん」

「放せッ」

尾崎は腕を回し、高野を振りほどこうとする。

「誰か手を貸せッ」

高野が吠える。フロアの男性職員が一斉に立ち上がり、尾崎に群がってきた。左右から腕を引っ張られ、前から胸を押しとどめられ、後ろからは肩を摑まれた。さらに体格のいい司児が正面に立ち塞がった。

「尾崎さん、審議官命令ですよ」

「どけッ」

尾崎は全身でもがく。一歩も前に進めない。尾崎は目を剝いた。

「てめえら、放せッ、どけッ」


さくらは背筋を伸ばし、森川の隣で踏ん張るように立っていた。

「受け取れません」若い男性職員はにべもない返答で、署名の束を突き返してくる。「担当部局がございませんので」

「遺族等援護法対象者を担当する部局は存在しますよね」と森川が切り返す。

「一般的な民間の方々への補償を検討する部局ではありません」

無表情の男性職員は歯牙にもかけない。彼の背後では、二十代後半の女性職員が唇を引き結んでやりとりを見ている。さくらは守衛や男性職員の肩越しに視線を据えた。尾崎がくれば、この目と耳を疑うような状況は一変する。

――署名を必ず受け取るよ。

力強い声で約束してくれたのだ。

森川とさくらの背後には高見沢をはじめ、活動をともにする仲間が三十人ほど控えている。片脚を失い、杖をついている人。目を失い、眼帯を巻いている人。腕を失い、義手をつけている人。全身に大やけどを負った人。彼らは手弁当で駆けつけてくれた。ここに来ていない仲間たちの思いもある。

「空襲がなければ、私たちには違う人生があったんです」と森川が毅然とした態度で詰め寄る。「国に助けてほしい、声を届けたいんです。しかるべき立場の方と話させてください」

「いま申し上げたように、そもそも対応部局がないので責任者はおりません」

「遺族等援護法対象者を担当する課の責任者と会わせてください」

「会議中です」

終わったはずだ――とさくらは割り込みたかった。尾崎は定例会議でいつも時間通りに始まり、終わる会議だと言っていた。それに合わせてやってきた。そのタイミングなら尾崎が確実に省内にいて、時間の融通も利くからと。口には出せない。尾崎にも立場がある。

「では会議後に」

「お約束もなく会えるほど、幹部は暇ではありません」

尾崎はいつ現れるのだろう。さくらはエントランスから上階に繋がる通路をじっと見ていた。祈る気持ちだった。

「報日新聞です」と南原が声をあげた。「厚生省は民間の空襲被害者に冷酷な応対をして恥ずかしくないんですか。弱者を切り捨てるなら、国はなんのために存在するのでしょうか」

「政府の方針に従い、省は多くの施策を実行しております。政府の決定に即し、様々な施策を手がけて参りました。なんら恥じる真似はしておりません」

「一分でいいので、どうか幹部の方とお話をさせてください」と森川が懇願する。

「できかねます」

男性職員はなおも事務的な声だ。さくらは背中に、怒りよりも落胆の空気を感じる。

腕時計を見る。もう五分が経った。尾崎はまだ現れない。森川がこちらを覗う気配があり、顔を向けると目があった。

森川がかすかに首を振った。


押し問答を五、六分続けているうち、若手の男性職員がフロアに戻ってきた。尾崎がさくらたちの到着を聞いた時、フロアを飛び出した者だ。背後には益子もいる。

「審議官、終わりました」

若い男性職員はしたり顔だった。

「そうか」高野が力を緩め、尾崎の羽交い締めをほどいた。「みんな、もういいぞ」

尾崎に群がった男性職員が一人、また一人と離れ、可児も脇にどいた。腕や肩が軽くなり、職員たちに握られた辺りがじんとする。

高野が若い男性職員に頷きかけた。

「ご苦労さん。なにかトラブルは？」

「ご指示通りの対応をし、無事追い払えました。記者の一人が『厚生省はこんな対応をして恥ずかしくないのか』と吠えた程度です」

尾崎は若い男性職員を射貫くように見た。

「ちょっと待て。おまえが空襲被害者の対応に出たのか」

「審議官のご指示でしたので」

やられた。尾崎の耳に入った時点ではもう動き始めていたのか。さくらたちは尾崎がフロアに戻るより少し早く省に到着した。その報告を受けた高野は、尾崎が応対に出る危惧を抱き、先手を打った上、足止めもしたのだ。たった数分さくらたちが早く着き、自分がたった五分もたついただけで、さくらたちの苦悩、葛藤、苦労、頑張りを無にしてしまった……。

「署名を受け取ったんだろうな」

「受け取るわけないでしょう。だいたい、訴えるにしても遅すぎるんです」

若い男性職員は今にも舌打ちしそうな口ぶりで、全身の血液が沸騰するようだった。尾崎は若い男性職員の胸ぐらを摑んだ。

「なんで受け取らなかった」

「は？　ちょっとどうしたんです？　なに熱くなってるんですか。らしくないですよ」

「答えろ。お前に戦争経験者の何がわかる」

「わかるはずないでしょう」

「たとえわからなくても、想像しようとしたことはあるか」

「ありませんよ」

「今日、想像しようとしたか。空襲被害者の姿を見て、何も思わなかったのか」

若い男性職員が眉を寄せる。

「なんなんです、やめてくださいよ、偉そうに。戦争経験者がなんだって言うんです。戦争を回避できなかったのは俺のせいじゃない。当時尾崎さんたちも反対しなかったんでしょう」

「だから身に染みてる。物事が誤った方向に進んでいるなら、一秒でも早く改めるべきだと」

「だったら政界に出て、偉くなって、有無を言わさず変更できる立場になればいいでしょう」

「官僚は政治家の犬じゃない。官僚一人一人が国家の一部だ。国の方向性を正すのも仕事だ」

「いいかげんにしろッ」高野に後ろから肩を摑まれた。「こいつに言ったって何もならんのは、おまえも承知してるんだろ」

尾崎は目をきつく瞑り、時間をかけて瞼を上げた。若い男性職員の胸ぐらを放し、鼻から荒い息を吐く。

「すまん。頭に血が昇った」

いえ、と若い男性職員がネクタイの結び目に手をやり、乱れを整えた。

「さあさあ」高野が若い男性職員の背中を軽く数回たたく。「みんなも仕事に戻れ」

めいめいが自席に戻っていき、若い男性職員も尾崎に黙礼し、去っていった。可児も高野に会釈し、自席に戻っていく。

尾崎は天井を見上げ、拳を握り締め、顔を正面に戻した。

「先ほどは失礼しました。言葉が過ぎました。教えてください。高野さんは官僚として成し遂げたい何かがありますか」

「私はすべき務めを果たしている」

高野が自室に向かっていき、尾崎は膝から頽れそうなほど、全身から力が抜けていった。

「あの……尾崎さん」

背後から声がし、振り返ると、益子だった。今にも泣き出しそうな顔をしている。

「どうした」

「私は今までの、空襲被害者の境遇について一秒たりとも心を砕いてこなかった自分が恥ずかしくなりました。頭では皆さんの存在を知っていても、本当は何も知らなかったんだと」

益子はまっすぐな眼差しで、胸の前で祈るように両手を組んだ。

「空襲被害者の皆さんを見て、とても怖くなりました。体に様々な傷を負った姿を前にして、生まれる時代が違えば自分も同じ怪我を負ったのかもしれないと痛感したんです。死んでしまった可能性だって高い。私は署名を受け取りたかったです。悔しくて、情けなくて、私は自分の無力が歯痒くて仕方ありません」

尾崎は両頰を張られた気分だった。

なにが孤独な戦いだ……。ただの独りよがりじゃないか。高野に指摘されたように、一人で聖戦に挑む気分に酔っていたのではないのか。勝手に使命感を持ち、勝手に一人で戦うと決め、勝手に敗れただけだ。この二十年余り、自分は何をやってきたのだろう。国が誤った選択をしていると憤っておきながら、己も誤った選択をしていた。

政府方針と反する信条の同調を求めると上層部の耳に入り、関連部局から外される恐れがあったとはいえ、省内に仲間を一人も作らなかった。益子のように空襲被害者や尾崎の信条に理解を示す同僚がいた。他にもいるはずだ。自分はこの現実をちゃんと見ようともせず、探ろうともしなかった。仲間がいれば、今日署名を受け取れただろう。なにが五分の差だ。仲間がいれば五分など関係なかった。高野の行動を予測できなくても、即対応できた。

己のミスで、空襲被害者が集めた街頭署名を受けとらないという前例を作ってしまった。己の敗北にさくらたちを巻き込んでしまった。

「すまん。益子にそんな思いをさせてしまって」

「尾崎さんが謝ることではないです。私たちは被害者が存命のうちに国の方針を変更できるのでしょうか。これからどうするべきなんでしょうか」

もう自身の立ち位置は部局に知れ渡った。いまさら人事異動を恐れても無意味だ。やるべきことは一つ。一人でできることなんて、たかが知れている。もう遅いだろうか。

いや――。

「嵐の後は青空に虹がかかり、空気は澄んで、肌に優しい風が吹く」

「え？」

「命の恩人の言葉さ。やるべきことは、ついさっき、益子が教えてくれた」

空襲被害者連盟のメンバーは誰もが無言で、霞が関の官庁街を歩いていた。

「あそこで引き下がらず、もう少し待てば尾崎さんが出てきてくれたのでは？」

さくらは小声で森川に尋ねた。

「尾崎さんが味方なのを疑う気はありません。邪魔されたんでしょう。おおかた上司に」

「このまま引き下がるんですか」

「最低限の目的は果たせました。私たちに対する大蔵省と厚生省の反応を報道してもらえます」

先ほど南原をはじめとする報道陣への取材対応を終えた。『残念です、がっかりしました、まだ諦めていません』。森川とさくらは各社に答えた。

日比谷公園でさくらたちは輪になり、皆さん、と森川が全員に語りかけていく。

「私がたった一人で始めた活動が、大蔵省や厚生省に陳情に来られるまでになりました。今回は残念ながら我々の願いを受け止めてもらえませんでした。私は明日からも続けます。私たちの願いが国を動かすまで続けていきます。諦めずに前に進んでいきましょう」

ぱらぱらと拍手があがり、官庁街に乾いた音が響き、さくらは歯嚙みした。

解散後、さくらは高見沢と二人で駅に向かった。

「前も話したけど、あたしは学生運動には呆れてる。でも、一つ共感できることがある。こんな気分だったんだろうね。敗北感……違うな、こんな大きな無力感に襲われるなんてさ。あたしは森川さんたちと違って学がないから、単純にしか考えられないんだけど、この運動って、突き詰めれば国との喧嘩でしょ。あたしら国に勝てるのかな。偉い連中の大半は戦争中に平気で国民を見捨てた奴らの後継者なのに」

「次がありますよ。勝ちましょう。わたしたちは一歩一歩進む以外、道はありません」

さくらはそれしか言えなかった。高見沢と目が合った。悲しそうな顔だ。

「今日はやけ酒だね。付き合ってもらうよ」

「とことん。いつか祝杯をあげる日のために」

「祝杯か。その日、小曽根さんに歌ってもらう曲を決めてんだよね」

「ひばりちゃん？　どの曲ですか？　練習しておきますよ」

「その日までのお楽しみにしといて」

高見沢は力なく微笑んだ。


午前零時過ぎ、尾崎が強烈な敗北感を道連れに帰宅すると、縦型の茶封筒が郵便受けに入っていた。封はされているものの宛名も差出人もなく、切手も貼られていない。怪文書の類か？　厚生省にもたびたび届き、都度、部下が開封している。カミソリや針、切った人間の爪、『呪ってやる』と書かれた便箋など封入物も様々だ。これまで自宅に届いたケースは耳にしていないが……。

一応、尾崎は玄関先で封を開けた。便箋が一枚、入っていた。


関与しないのは賢明な判断だった。息子さんと娘さんが成長していて、なにより

定規を使って書いたような角張った字だ。目玉だけで辺りに視線をやる。誰もいない。電気が灯った家々、街路樹、街灯。いつも通りの光景だ。便箋を封筒に戻し、鞄に入れた。

玄関を開けると、タエが出迎えてくれた。

「今日、変わったことはなかったか」

「いえ、特に。何かあったの？」

「なければ別にいいんだ」

「変な人」

タエが苦笑した。

子どもへの言及は、こちらの自宅を把握し、いつでも家族を狙えるという脅しか。省内の者の仕業だろうか。名簿で尾崎の住所を調べられる。

高見沢とやけ酒を飲み、さくらが帰宅したのは午前零時過ぎだった。こんな時間に電話を入れるべきではないのは承知の上で、受話器を持ち上げた。わたしが確認しておかねばならない。洋太郎が出て、帰宅したばかりという尾崎本人に代わってもらった。

「何があったんです？　署名の受け取りに出てこなかったじゃないですか」

「どんな理由があったにせよ、言い訳になる。すまなかった」尾崎が受話器を持ち直す気配があった。「身の回りに異変はない？」

「嫌がらせなんてしょっちゅうですよ。びびってられません。次はどうします」

一瞬、尾崎が言い淀む気配があった。

「私が署名を受け取るのはかなり難しくなった。今後私の動きは徹底的にマークされる」

「じゃあ他の人ではいかがです」

「空襲被害者に同情的な官僚もごく少数いる。だが、彼らは自分で動ける立場にない。少数派が大勢を覆す施策を打ち出すのも非現実的だ」

尾崎の淡々とした口調に、さくらは首の裏がにわかに熱くなった。厚生省や大蔵省で応対に出てきた役人と同じ口調なのだ。

「他人事みたいに言わないでください」

「すまない。そんなつもりじゃなかった。現状をありのままに伝えたかったんだ」

「ありのままに伝えられても、部外者のわたしたちには手も足も出ません。尾崎さんにとっては所詮、他人事なんです。だから受け取りにも出られなかったんですよ」

「違うッ」

「違いませんッ」

さくらはきつく言い返した。首裏の熱が頭の奥深くまで広がっていく。

「やっぱり尾崎さんもお役人なんです。わたしたちとは根本的な部分が相容れないんです。尾崎さんは失敗しても、何の痛みもありません。期待させるだけさせておいて、なんなんですか。だったらはなから期待させないでください。関わらないでください」

尾崎が押し黙った。それがさくらの心をますます熱した。

「わたしの両親は橋の上で逃げ場を失い、なすすべもなく炎に焼かれました。妹と姉と慕った人は炎に巻き上げられ、目の前で空に消えていきました。幼馴染も空襲で亡くなり、どこに埋められたのかすら突き止められません。わたしたちがあんな目に遭わないといけなかったのは、国の歩みが間違っていたからじゃないんですか。わたしたちの哀しみや怒りを理解できますか。できませんよね。所詮、尾崎さんには他人事なんですから」

さくらは呼吸が浅くなった。言い足りないのに、言葉が出てこない。それ以上に――。

「尾崎さんと喋っていると、頭が変になりそうです、もう切りますッ」

さくらは受話器を力任せに置いた。深く息を吐いた。不思議と、胸の奥にあった靄が少しだけ薄れていた。

二章　顔のない群れ　――一九七三〜一九七七――

1

「だめでしたね……」

　さくらはテレビの国会中継に向け、思わず呟いた。

「予想していたとはいえ、がっくりくるね。全身から力が抜けてっちゃうよ」

　高見沢は弱々しい声を発して煙草を灰皿に押しつけ、揉み消した。大塚の高見沢の店で一緒にテレビを見ていた。高見沢や森川たちとの活動を始め、約一年になる。

　元気を出しましょう、と言えないのがつらい。さくらもがっくりきている。高見沢がいなければ床に突っ伏し、動けないでいるだろう。

　今年、一九七三年の滑り出しは上々だった。二月、国会で野党議員が民間の戦争被害者への補償について政府を質《ただ》した。その少し前、議員側から森川に接触があったのだ。森川は空襲被害者が置かれた状況をゼロから説明したという。しかし、昨年末に就任した新たな厚生大臣は、雇用関係の有無を盾に補償の意思がないと答弁した。到底納得できない答弁だけど、連盟の活動が国会に届くところまではこぎつけたとも言える。

　六月には別の野党議員が、議員立法で『戦時災害援護法案』を国会に提出した。民間人の戦争被害者も国家補償で対応する趣旨の法案だ。それがたったいま、国会閉会による審議未了で廃案となった。

与党の賛成がない以上、法案成立の見込みはなかった。南原も『委員会で審議もされていないので、議題にのぼる可能性すらない』と分析したが、それでも連盟メンバーは一縷の望みをかけていた。さくらも通常国会最終日の今日は仕事を休み、NHKの中継を始まりから見た。高見沢に『一緒に見ない？』と誘われたのだ。土日の活動後、高見沢の店に行き、二人でお酒を飲むのが恒例になって久しい。

電話が鳴った。高見沢がのそのそと立ち上がり、受話器をとる。どうも……。誰からの電話なのかは予想がつく。高見沢がこちらを向き、受話器の口を手で押さえた。

「森川さんから、小曽根さんにも替わってって」

高見沢の店にいると伝えてあった。さくらは受話器を耳にあてた。

「非常に残念です」森川はいつもと変わらない声だ。「くじけず、今週末も名古屋では署名活動をします。諦めずに一歩一歩進んでいきましょう」

同じ結果を目の当たりにして、こうも精神状態が違うのか。

「一歩一歩、ですか……。わたしたちは次の一歩を進められるのでしょうか」

「弱気になっちゃだめ。政府の思う壺だよ。大蔵省や厚生省で門前払いされた時に比べれば、へっちゃらでしょ。廃案になっても、国会で私たちの存在が議論されたんだからさ」

「森川さんはくじけたり、がっかりしたりしないんですか」

「もちろん私だってくじけるし、がっかりしてるよ。立ち止まったらそこで終わりって身に染みてるだけ。空襲に遭った時、とにかく走って走って、走って逃げたんだ。立ち止まっている人の間をかき分けてね。止まってた人は炎に呑み込まれたり、焼夷弾の直撃を受けたりして死んじゃった。弟と祖母もそうやって死んでいった。だから絶対に立ち止まらないって決めてるの」

言問橋の上で立ち往生し、死んだお父さんお母さん、多くの人たち……。あの時、大人は逃げたくても身動きがとれなかった。わたしは小柄だったから、幸と雅と橋から脱出できた。

「それに、世の中は捨てたものじゃないって信じたいでしょ」

さくらは森川に見えるはずもないのに頷いていた。通話を終えて受話器を置き、森川とのやりとりを高見沢に伝えた。

「森川さんって強いよね。あたしとは大違いだ」

「わたしとも違いますよ。そもそも森川さんは一人で立ち上がれる人ですもん」

「お茶、淹れなおすよ。お酒にする？」

高見沢が弱々しい声で冗談めかし、さくらは微笑んだ。

「まずはお茶にしておきましょう」

「かしこまり」

高見沢はカウンターに入り、新しい湯を沸かし、急須の茶葉を入れ替えた。冗談のように二人の湯飲みに茶柱が立った。

「縁起だけはいいね」

二人同時にお茶をすする。いつもよりほろ苦い。二人とも無言になった。

「姪御ちゃんたちは元気？」

高見沢が場を繋ぐように、今の心境とはそぐわないほど明るい声を発した。

「それはもう元気元気。特に下の姪っ子なんてはいはいを覚えてから、部屋中を動き回ってますよ。ほっぺがぷにぷにで、いつも触っちゃいます」

二番目の姪っ子、鶴恵《つるえ》は昨年生まれた。名前はつる姉から取ったという。幸の中でも、空襲で亡くなったつる姉と雅の存在が大きいのだ。

厚生省で門前払いを食らった翌日、まだお腹の大きかった幸たちと夕食をともにした。酔いもあり、つい激しい口調で責めた尾崎との会話を喋った。妹は目を丸くした。

――珍しいね、お姉ちゃんが感情を誰かにぶつけるなんて。初めてでしょ。それ、お姉ちゃんにとってはついぞできなかった兄妹喧嘩だったんじゃない？　わたしのために、いい子でいなきゃいけなかったし。苛立ちをぶつけて、ちょっとすっきりしたんでしょ。感情をぶつけられるのって、親しみの裏返しでもある。言い換えれば、お姉ちゃんは尾崎さんに甘えたんだよ。尾崎さんはお姉ちゃんを受け止めてくれた。

言われて初めて気づいた。尾崎が太郎兄ちゃんであっても、わたしは感情のままに言葉をぶつけただろう。すぐさま幸の家から尾崎に謝罪の電話を入れた。

――さくらちゃんが謝ることはない。私が力になれなかったのは事実だ。しかるべきけじめがつくまで、さくらちゃんに合わす顔がない。

あれ以降、会っていない。尾崎宅に出向いてもタエが出てくるだけで、尾崎本人は自室にこもり、本当にわたしと会おうとしない。尾崎の決意は固い。その意志を尊重したい。今後、また顔を合わせられる日が早くきてほしい。心からそう願う。

「絶対に姪っ子をわたしたちと同じ目に遭わせたくないです」

「だね。前も話したように小曽根さんの記事を読んだ時、どきどきしたんだ。自分を取り巻くすべてが変わるんだって。期待に胸を膨らますってああいう時の心境を言うんだよ」

さくらも初めて会った時の高見沢を憶えている。活き活きとしていた。

高見沢の愛嬌のある顔がゆがむ。

「だけどさ、声を上げてないだけで、国に助けてほしいと言えば、助けてくれるもんだと勘違いしてたんだよ。『国は困っている国民を見捨てない』って。お人好しだよね。戦争で散々な目に遭ったし、戦後だって見捨てられてたのに。国って誰のために、何のために存在してんだろ。あたしにはわからない。国って誰にとっても身近なはずなのに、一番遠い世界なんだよ。どうしてあたしが生き残ったんだろ。世の中にあたしなんて必要ないんだよ。いなくていいんだよ。もう動けないよ」

いつも明るく、強気な高見沢が今にも泣きだしそうだ。瞬きを繰り返し、顔を上に向けて涙が溢れるのを懸命にこらえ、肩も小刻みに震えている。

高見沢さん、とさくらは穏やかに声をかけた。

「死んだおじいちゃんに言われたんです。泣きたい時は泣けばいいって。戦争中、わたしは泣かなかった。戦後、お兄ちゃんが戦死したって知った時、ようやく泣けたんです。空襲で両親と妹、つる姉、幼馴染を亡くした時は泣けなかったんです」

高見沢は上を向いたまま目を瞑った。瞼の隙間から大粒の涙がこぼれていく。彼女はハンカチで拭おうともせず、涙が流れるに任せている。

「国が誰のために、何のために存在しているのかは、わたしにもさっぱりです。戦争ではお兄ちゃんを殺し、お父さんお母さんを殺し、わたしたちを苦しめているかと思えば、戦後は国民の所得を増やしたり、医療体制を整えたり、国民のためになることもしてる。空襲被害者には冷たいですけどね」

言った瞬間、さくらはハッとした。気づかないうちに頭の奥底で存在していた考えが、明確な輪郭を持って意識にのぼってきたのだろう。

「一つ確かなのはわたしたちが生きている事実です。国があろうとなかろうと、どんな形であろうと、わたしたちはいまここに存在しています」

高見沢がゆっくりと顔を動かし、さくらを見た。真っ赤に充血した目を、さくらはしっかりと見つめた。

「世の中は強い人ばかりじゃない。森川さんだって国の偉い人たちに比べれば圧倒的に弱い存在です。弱いからこそ手を取り合うんですよ。あからさまに無視されてるんだから、みんなの力で無理矢理にでも振り向かせてやりましょうよ。『いつまでも無視してんじゃねえよ』って文句を言ってやりましょうよ。弱い人の意地を見せてやりましょうよ」

さくらは高見沢を励ますというより、自分を鼓舞する気分だった。

高見沢の頬がかすかに緩んだ。すかさず、さくらはたたみかける。

「もう少しだけ一緒に頑張りましょ。高見沢さんがいなかったら、わたしは淋しい。高見沢さんがいてくれてよかったと、心の底から思ってるんです。一緒にいてくれて本当にありがとうございます。いまだって、高見沢さんがいるから絶望しないでいられるんです」

ほのかに微笑んだまま、高見沢の両目からまた涙が溢れた。

「そうだね……。負けっぱなしは癪《しゃく》だもんね」

高見沢の声は小さいのに、部屋の空気を大きく震わすくらいの力が蘇っていた。さくらは彼女に笑いかけた。

「高見沢さんがいてくれてよかったといえば、南原さんとは最近どうですか？」

二人は昨年から付き合いはじめた。南原が猛アプローチした結果だ。両想いなので話は早かった。新聞記者、しかも責任ある立場で南原はかなり忙しい。当初は一週間か二週間に一度、高見沢の部屋に来ていた。面倒になったと、先月から同棲をスタートしている。

初めて二人がデートに行ったレストラン、初めて二人が手をつないだ場所、初めてキスした日もさくらは知っている。高見沢とは踏み込んだ私的な話ができる仲になった。少し歳の離れた友人になれた。

「昨日も一昨日も、また鍋焼きうどん」

「こんなに蒸し暑いのに？」

さくらが目を丸くすると、高見沢が肩をすくめた。

「ほんと。作る身にもなってほしいよね」

南原は鍋焼きうどんが大好物だという。高見沢が作るものは、『そこら辺の店が束になっても敵わんで』とのろけている。

「南原さんは相変わらず料理下手？」

「さあ。二度と作ってほしくないから、させてない。もうこりごり。あんなチャーハンを食べるのは一度で充分。今度よかったら食べてみる？　そりゃあもうひどいよ」

「謹んでご遠慮いたします」

二人で声をあげて笑った。

「よっしゃ、いざ、やけ酒に突入じゃ。小曽根さん、付き合ってね」

「喜んで。昼間っからお酒を飲むなんて心が弾みますね。わたしたちを袖《そで》にした政府の人たちは、まだ仕事中だと思うと余計に」

「おっ、いいこと言うねえ。鍋焼きうどんの話をしたら、おなかもすいたね。カップラーメンでも食べない？　最近あれにはまってんだよね。簡単だし」

「わたしも好きですよ」

去年、あさま山荘事件がテレビで流れ、機動隊が雪山で立ちながらカップラーメンを食べる姿が何度も映った。食べてみると、おいしかった。つる姉や太郎兄ちゃん、雅にも食べさせたかった。食品ひとつとっても時代は進んでいき、空襲は遠い過去になっていく。

「じゃ、やけ酒前に腹ごしらえしよ。今日も何か歌ってよね」

カップラーメンを食べ、二時間近くお酒を飲む間、南原やさくらの姪の話をし、戦時災害援護法案については一切触れなかった。

さくらはほろ酔いで、美空ひばりの『真赤な太陽』と『柔《やわら》』を熱唱した。


「入るぞ」

尾崎はノックの後、洋太郎の部屋のドアノブを握った。戦時災害援護法案が廃案になった国会が閉会し、久しぶりに日をまたがぬうちに帰れた。鏑木の死を巡り、約二十年前の仔細を洗い直している二宮からはしばらく連絡がない。最後に報告があったのは二ヵ月ほど前で、進展はなかった。

さくらたちの署名を受け取れなかった日、妙な怪文書が自宅に届いたが、あれから異変はない。省内で注意を払っても、誰の仕業かは見当がつかないままだ。

五分ほど前、久しぶりにビールを飲もうとすると、タエに難しい顔で促された。

――ちょっと話を聞いてやって。私には何も言わないから。

洋太郎は大学受験の年なのに、成績がかなり落ちたらしい。家のすべてをタエに任せていたため、尾崎は洋太郎が学年トップクラスの成績だったことすら初耳だった。

洋太郎は机に向かい、参考書を開いていた。顔をこちらに向けようともしない。尾崎はゆっくりと後ろ手でドアを閉めた。開けっぱなしの窓から生ぬるい風が入っている。

「成績が落ちたそうだな」

「いまさら俺の成績に興味があんの？」

「はっきり言って、何の興味もない。洋太郎の人生は洋太郎が切り開けばいい。大学に行くんなら金は出す。大学で何を学びたいんだ」

洋太郎が顔だけ動かし、尾崎を見て、苦笑した。

「大学に行って、なんか得があんの？　馬鹿みたいな全共闘は下火になったけどさ」

「なぜ全共闘を馬鹿だと？」

「結局、みんな就職してんじゃん。真剣にシステムを変えようとした人なんて、ほんの一握りだよ。あとはお祭り騒ぎに参加した『右へならえ』の奴ばっか。大学なんてそんな低俗な連中の集まりだろ。時間の無駄遣いだね」

「お父さんも大学に行く意義なんて知らんよ。自分で見つけてくれ」

「正直、見つからなくて困ってる。親父はあったのかよ」

「文学をやりたかったが、そんな時代じゃなかった。学徒動員。聞いたことはあるだろ」

洋太郎が鉛筆を机に置き、体ごとこちらを向いた。

「自分のやりたいことができない人生ってつまらなそうだな」

「どうだろうな。面白いかどうかって尺度で生きてこなかった。なんとも言えん」

「親父は国家公務員だし、さくらさんたちの活動も支援してる。要するに他人のために時間を使ってきた。もっと自分のために時間を使いたくないのか」

「他人のために生きるのも悪くない。力になれてるかどうかは怪しいけどな」

洋太郎は冷ややかに肩をすくめた。

「かわいそうに。他人のために生きてきたのに、役に立ったかどうか定かじゃないなんて」

「ああ。自分が生かされた意味がわからなくなってくるよ」

尾崎はつい本音をこぼした。小曽根軍医たちは身を擲《なげう》ち、戦場で捨て石になってくれた。彼らのおかげで生き残ったからこそ、一人の官僚として、一人の国民として、一人の人間として相応の務めを果たしたいと願った。現実はどうだ、連戦連敗だ。おまけに自分は間違った方法で戦っていた。さくらたちの期待を大きく裏切った。あの夜、さくらから謝罪の電話があり、幸からも連絡があった。

――お姉ちゃんは無意識に、尾崎さんに太郎兄ちゃんを重ねたんです。許してあげてください。お姉ちゃんが失礼なことを言い、ごめんなさい。わたしからも謝ります。

尾崎もさくらに罵られた時、懐かしさを覚えた。かつて神戸で妹に食ってかかられた時を想起したのだ。幸の一言に胸が温かくなると同時に、己を殴り倒したくなった。

「俺じゃない人が生き残った方がよかったんだよな」

尾崎がぼそりと言うと、洋太郎は鼻で嗤った。

「やけに感傷的だな。俺は親父とは違う。面白おかしく生きていきたい。あくせく勉強して東大や京大に入って、低俗な連中に混ざって官僚になるなんてまっぴらなんだ」

「誰もそんな道を進めと言ってないさ。何をして面白おかしく生きていきたいんだよ」

不意に洋太郎の眼差しから揶揄いや反抗の色が消えた。

「カメラマン」

「そういや小さい頃、安物のカメラで遊んでたな。庭に迷い込んだ猫、枝の伸びきった植木、茶碗に盛った白米、畳に転がしたおもちゃなんかを楽しそうに写してた」

「憶えてたのか?」

「自分の息子のことだからな。親らしいことは何一つしてないけどさ」

洋太郎も美鈴も気づいたら大きくなっていた。恥ずかしながら、それが父親としての偽らざる心境だ。戦争を生き延びてから本当にあっという間だった。

「カメラマンになるなら、相応の道具が要るな」

「ああ、さっさと働いて稼ぎたいんだ。大学にいく時間がもったいない」

それで受験勉強に身が入らないわけか。

「南原に声をかけてみよう。ってでプロ仕様のカメラを安く譲ってくれるかもしれん」

「いいのかよ」

洋太郎の声の調子が一段上がった。

「せっかく好きな道に進める時代に生まれたんだ。うまく時代を利用すればいい。南原から返事があったら教える。ただし、ちゃんと卒業できるくらいの勉強はやれ。留年したらカメラの勉強も一年遅れるんだ。高校中退はなしだぞ。お母さんに心配をかけるな」

「オーケー、ありがとう」

洋太郎はふっきれた顔つきに変わっている。

尾崎が部屋を出ていこうとすると、なあ、と背中に声をかけられ、振り返った。

「自分のために生きられなかったことを恨んでないのか？　国や時代のせいで生き方が決まったんだろ」

「恨んで何が変わる？」

「何が哀しくて国家公務員になったんだよ」

「やるべき仕事があると思えたからだ。……こんな話をするのは初めてだな」

「誰かが毎晩遅いからだよ。日曜も勉強会とやらで出かけて、いないしな。こんな話どころか、こんなに長く会話するのが初めてなんじゃないか」

その通りだ。日曜祝日は自分が立ち上げた省内有志による、空襲被害者をはじめとする民間戦争被害者に関する勉強会がある。益子が若手に声をかけてくれた。メンバーは尾崎を含め、まだ六人だけだが、根気強く種を蒔いていこうと決めている。

「面白おかしく生きるのも大変だろうな。後悔のないように頑張れよ」

「ああ」洋太郎が照れくさそうに頬をかいた。「あとさ、自分じゃない人が生き残った方がよかったなんて言わないでくれ。俺と美鈴がいなくなっちまうだろ」

「そうだな」

尾崎は部屋を出た。知らぬうちに洋太郎も体だけじゃなく、心も成長している。これからは彼らの時代だ。官僚として、自分の持ち時間はたかが知れている。その間で彼らに何かを残したい。

居間に戻り、あいつは大丈夫だ、とタエに伝えた。

「ふうん、ならいい。さっき二宮さんの奥さまから電話があったの。二宮さん、お体の調子が悪いんですって」

二宮夫人からの連絡は初めてだ。よほど具合が悪いのか。

「かけ直してみるよ」

早速折り返しの電話を入れると、二宮夫人が出た。

「実は主人、一ヵ月前から入院しておりまして。尾崎さんに連絡できなかったことを心より詫びております」

「気になさらないでください。二宮さんのお体の調子はいかがですか」

「それが、あまり芳しくありません。主人は尾崎さんとお目にかかりたいと申しており、電話した次第です。お忙しいかと存じますが、一度病院にいらしてもらえないでしょうか」

「もちろん。ただ平日は難しいので、今週土曜の午後に伺います。病院はどちらで？」

入院先を聞き、通話を終えた。

翌日、南原に連絡をとり、午後九時から銀座の居酒屋で合流した。一人千五百円もあれば気持ちよく酔え、近隣のサラリーマンが大挙する店だ。銀座も高級店ばかりではない。この晩も盛況で熱気と湿気が店内に渦巻き、二人はカウンターの隅の席に座った。

「へえ、洋太郎君はカメラマンになりたいんか。ええ目標やん。秀隆に言うとく」

「こっちの用件は済んだ。そろそろそっちの話を聞こう」

「呼び出したんは尾崎やで。別に用件なんてない」

「浮かない顔の理由を言え。気疲れだろ。鏡でよく見る顔と一緒なんだよ。毎朝これが自分の顔かと驚いててさ」

「おれが気疲れ、か。類は友を呼ぶやな」

「原因は今朝の記事じゃないのか。戦時災害援護法案の廃案についての」

報日新聞は肯定的だった。南原は記者の原稿をチェックするデスクという立場だ。社の方針に従い、紙面を作らねばならない。記者として署名記事を出稿するなら、賛成の立場の主張も紛れ込ませられるだろうが、デスクには難しい。

南原がネクタイを緩めてシャツのボタンを外し、コップ酒にちょっと口をつけた。

「上と下、組織と個人の見解が異なるのは世の常や。なんも会社だけやない。軍隊もそうやった。そう頭で理解してても心は疲れる。自分自身を騙してるんやからな」

――狡猾な憎まれ役のユライア・ヒープを憶えているだろ？　私はもっと狡猾なんだ。

不意に京都帝大時代の恩師の言葉が脳裡に蘇った。復員後、ディケンズを語り合った際の一言だ。当時は聞き流したが、恩師の真意をようやく理解できた。

大学教授、画家、作家など文化に携わる者の多くも戦争協力をした。恩師も自身の立場を守るべく、戦争反対を口にしなかった後ろめたさで、己を狡猾呼ばわりしたのだ。いつの時代も大きな流れや渦に大勢が巻き込まれる。それに立ち向かい、逆らうのは容易ではない。

「会社員としての先も見えてるし、なんも成し遂げられんまま死んでいくんかと思うてな。ってか、なにを成し遂げたいんかもわからへん」

「俺も昨日、似たようなことを考えたよ。子ども世代に何を残せるのかって」

省内で種蒔きはしている。他にもできることはないのか。背後のテーブル席で盛大な笑い声があがった。

ネバーギブアップ。鏑木の声が耳の奥で聞こえた。

鏑木が生きていれば、何をするだろう。尾崎は冷えて硬くなった焼き鳥をほおばった。今度は奥の離れた席から爆発的な笑い声があがる。鏑木なら……。咀嚼《そしゃく》もそこそこに硬い焼鳥を飲み込んだ。

「先が見えてるって、今後どうなるんだ？」

「地方支局の支局長か、せいぜい論説委員で終わりやな」

「どっちも偉そうな感じじゃないか」

「行き場のないおっさんの吹きだまりやで。ほんとに偉くなる人は編集局長の道に進む。別に偉なりたいわけやないけど」

「現状、記事を書けないのか」

「解説記事なら書けんで」

尾崎は串を皿に置いた。

「厚生省の企画官が民間の空襲被害者に心を寄せているって記事を書いてくれないか。俺の告白という形なら、内容が社論と反してようと問題ないだろ。企画官レベルじゃインパクトは薄いかもしれないが」

鏑木と果たせなかった奥の手。南原もこれ以上の出世が望めないのなら、チャレンジすべき頃合いではないのか。鏑木なら絶対に挑戦する。

「インパクトはそりゃ、事務次官とか局長の方がある。そんなことよりおまえ、組織人として終わってまうぞ」

「もうとっくに終わってる。さくらちゃんたちは戦っているんだ。俺も戦い続けたい」

南原がコップ酒を勢いよく呷り、口元をシャツの袖でぬぐった。

「乗った。ここまで言われてやらな、漢《おとこ》がすたる。鉄は熱いうちに打て。今からやろか」

「飲んでるのにできるのか」

「新聞記者をなめたらあかん。そんなん日常や。明日以降、ちゃんと推敲もする」

尾崎と南原は互いに頷きあった。

目白の尾崎宅に移動し、居間のテーブルで隣り合って座った。南原は鞄から原稿用紙と鉛筆を取り出し、目をらんらんと輝かせ、かねてよりの尾崎の持論を原稿にまとめていく。尾崎は時折口を挟み、南原が原稿を修正していく。

尾崎は壁の時計を見た。いつの間にか午前零時を過ぎている。

「大丈夫か。少し休むか。どうせかなり連勤中なんだろ」

「絶賛三十三連勤中。きつくたって、仕事なんやからしゃあないと割り切ってまう。尾崎は何連勤やねん」

南原は原稿に目を落としたまま言った。

「今日で三十連勤目かな。一昨日までは朝方に帰るのもざらだった」

「お前こそ少し横になれ」

「そんな気になれんさ。南原が作業中ってだけじゃなく、休むと罪悪感があってな」

「気持ち、ようわかんで。おれたち戦中世代は死ぬまで止まれないんや。死んでいった連中への後ろめたさ、あいつらの分も生きなあかんって気持ちにどうしたってなる」

人間は世代で生きていないが、南原の言う戦中世代の共通意識は少なくとも自分にはある。体力的にきつい日も、小曽根軍医たちの分もしっかり生きようと己を奮い立たせる。言い換えれば、いまだ軍の呪縛から逃れられてない。おそらく一生無理だろう。……そうか。

「人間を消耗品として捉える旧軍的システムで日本中が動くのは必然なんだろうな。役所でも企業でも、多かれ少なかれ旧軍と接点があった人間がいまや偉いさんになったり、中心で働いてたりするんだから」

南原が顔を上げ、鉛筆を置いた。

「そやな。おれたちの細胞一つ一つに旧軍の体質が染みこんでる。まさにいまこの状況が物語ってるやないか。難儀やで」

「周りにも振り撒いてるんだ。去年、部下のご祖父が危篤状態になった際、彼女は仕事のために帰郷しなかった。俺も促さなかった。仕事を優先するのが当たり前だと心にあるからだろう。『お国のために』が『仕事のために』に置き換わっただけだったんだよ」

「うちも、ご両親が亡くなっても仕事で葬式に出席できない記者がわんさかおった。しかも美談として語られがちでな。病気で休むなんてもってのほかやし」

南原がコップの水を一息に飲んだ。

「今日の居酒屋、みんな楽しそうやったな。なんか、南方で受け入れてくれた集落を思い出すわ。みんな、ぐうたらしとったやん。店にいた客も仕事が終わって、ぐうたらしてた。人間、ぐうたらできるからこそ正気を保てるんかもしれん。おれは集落にいた時、自分がだんだん人間に戻っていく気がした」

居酒屋の客たちも己が所属する組織の旧軍的呪縛から離れられ、束の間、人間に戻ることを無意識に喜んでいたのかもしれない。

「よっしゃ。一気呵成に仕上げんで」

午前一時過ぎ、原稿の体裁が一応整った。南原が鉛筆をテーブルに投げ置く。

「紙面化のタイミングは任せてくれ。全社的にネタがない時、相性のいい編集局長の当番日、この二つを軸に検討する。編集局長言うても五人おってな。毎日順繰りに編集責任者になるんや」

「任せるよ。飲み直すか」

「いいね。ビールあるか？　あの喉越しが恋しくなったわ」

冷蔵庫から大瓶とグラス二つをとってきて、改めて乾杯した。

「二宮さんの方はどや。なんかわかったんか」

「いまだ進展なし。ひと月前から入院中だそうだ。土曜に見舞いに行ってくるよ」

「一緒に行きたいけど、土曜はちょっと難しいな。よろしく言っといてくれ」

「お安いご用だ。ところで、高見沢さんとはどうなんだ」

「上々や」

「どこに惹かれたんだよ」

「ほう。他人の色恋に興味があったんか。朴念仁《ぼくねんじん》のくせに」

「楽しい話を一つくらいしないと、気分が沈んだまま明日を迎えるだけだ」

「ふうん、どこに惹かれたって全部やで。運命ってやつやな」

南原はにっと笑った。

「具体的に言えよ。茶々の入れようがない」

「復員後、列車で話したことを憶えてるか。家族や恋人の安否についての話」

「ああ。結局、俺も家族とは連絡がつかなかった」

「こっちは生き残ったんは妹だけや。恋人も消息不明で、何年後かに死んだと知った。恵美
――高見沢さんを初めて見かけた時、心底驚いたで。歳を重ねたら、こんな風やったんやろな
って。最初は親類かなんかと思うて、そう尋ねた。違うたけどな。あ、勘違いすんな。死んだ
恋人に似てるから、好きになったんとちゃうで。性格の相性がばっちりでな」

南原がのろけだし、尾崎は胸の内の靄が少しだけ晴れた気がした。

2

土曜の午後二時、尾崎が厚生省から中野の警察病院に赴くと、二宮は眺めのいい個室に入院していた。痩せたというより、かなりやつれている。夫人が病室を出ていき、尾崎は二宮の枕元の椅子に腰を下ろした。

二宮が上体を起こし、力なく微笑んだ。

「ご覧の通りの有様で、不甲斐ない限りです。どうやら先は長くありません。医者も家族もはっきりとは言いませんけど、自分の体は自分が一番よくわかります」

「気弱なことをおっしゃらず、一緒に謎を解きましょう」

「残念ながら」二宮は首を振った。「そのためお忙しい中、こんなむさ苦しい病室にお越しいただいた次第で。ここまでの成果を直接報告したいのです」

「ひとまず伺います」

二宮の説明は手際がよかった。鏑木が残した名刺六十七枚のうち、二十五人に当たっていた。残りはすでに死亡した者が十七名、消息不明が十四名、面会の予定がつかなかった者が十一名だった。

「七三一部隊や陸軍の研究所出身だと認めた人はいたのですか」

「何人かは。認めた人も認めなかった人も、鏑木さんが面会した方は主に満州からの復員組です。偶然にしてはできすぎでしょう」

「満州とひとくくりにするのは乱暴では？　広い土地に何十万人もの兵隊がいたんです」

「おっしゃる通りですが、認めなかった人にどの部隊にいたかを尋ねると、皆さん一様に口をつぐんだんです。どの部隊にいたのかくらい、別に話しても構わんでしょうに」

後ろ暗さがあると指摘したいのだろう。しかし則松や滝藤の例もある。単純に戦争体験を思い出したくないのかもしれない。

「鏑木さんが飲んだ酒について何か証言はありましたか」

「何も」

病室の外から子どものはしゃぐ声がする。二宮が窓の方に目をやり、視線を尾崎に戻した。

「お返しします」二宮がベッド脇の台から、尾崎が鏑木の手帳を書き写したノートを手に取った。「お力になれず、申し訳ない」

「とんでもない。こちらこそご迷惑をおかけしました。確かに受け取りました」

「ご参考までに一つ。例の下準備から外された前後、鏑木さんに変化があったそうです」

尾崎は当時の記憶をまさぐった。

「私の知る限り、特段変化はなかったと……」

「尾崎さんは当時、鏑木さんと企業や官公庁に出向いていないのでは？」

「ええ、同行しておりません」

「やはり。ご存じだったなら、話してくださったはずですものね。異動前に鏑木さんと会った方々は、紳士的だったと口を揃えた。異動後は少々強引な面があったようです。支援を取り付けるべく、焦りがあったのでしょう。二度と会いたくないとおっしゃる方もいた」

尾崎は信じがたかった。

「解せません。焦りがあったとしても、強引に押しつけようとすれば余計にうまくいかなくなると、鏑木さんなら百も承知のはず。強引とは、どんな風に話を進めようとしたんです？」

「そこです。肝心な点に関し、誰もが口を閉じましてね。皆さん、意思が異様に強い。一人だけ、『戦中の話をされた』と内容を明かさずに言い、戦後の闇市に薬を流した件についてほのめかされたと話を変えた現役医師がいました。後者について、生活のために薬を売るのは褒められた行為じゃないですが、命を繋ぐ上でやむを得なかったとみるべきでしょう。生きていないと患者を助けられません。白か黒かで割り切れる時代ではなかった」

同感だ。尾崎も戦場で伍長に消毒液を注射し、命を奪う手伝いをした。善悪、正邪、白黒、すべてが混ざり合った時代だった。あるいはいつの時代も混じりあっていながら、人間が無理矢理分けようとしているだけなのかもしれない。

「今のお話、鏑木さんは闇市に薬を流した件ではなく、七三一部隊の件を口に出さない代わりに支援を求めた、しかも強引に同意させようとした、という解釈でいいんですね」

「おそらく。件《くだん》の医者は明言しませんでした。死者の悪口は言いたくないと」

「どこで鏑木さんは諸々の情報を仕入れたのでしょう」

「逆に尾崎さんにお尋ねしたいんですよ。官僚をしていると、誰かの後ろ暗い情報が耳に入ってくるものでしょうか。七三一のような秘密部隊のことであっても」

「鏑木さんの地位だったら、色々な方の表に出したくない仔細が耳に入ったかもしれません。ですが、戦中は秘密部隊について耳にする機会なんてないでしょう。戦後も生活で手一杯のはずです。他人の話より、今日の食べ物だったのではないでしょうか」

　二宮が大きく頷いた。

「そうですよね。私からの報告は以上です。この国は漆黒の暗闇を中心に抱えたまま動いている――今回、私はそんな実感を覚えました。寝た子を起こそうとすれば、身に危険が及ぶかもしれません。お気をつけて」

「ご忠告、胸に留めておきます。お元気になったら、またご協力ください」

「お優しい方だ」二宮が目元だけ緩めた。「そんな尾崎さんに一つお願いが。煙草を一本もらえませんかね。痰《たん》が絡むからって、医者も妻も吸わせてくれないんです」

「お安いご用です」

　小曽根軍医は伍長に末期の水を飲ませた際、こういう気持ちになったのかもしれない。顔色を見る限り、二宮の先はもう長くない。

　どうぞ、とマッチと煙草を箱ごと渡した。

「ありがとうございます。尾崎さんがなすべき務めを果せるよう、ご武運を祈っております」

　尾崎は返却された資料を鞄に入れ、一礼し、病室を出た。

　なすべき務め――。明日の勉強会に参加する顔を思い返す。少なくともあの六人はさくらたちの活動に心を寄せ、何とかしたいと考えている。当事者に任せきりではいけない。自宅で明日の準備をする前に、このまま銀座に行こう。己をさらに奮起させるべく。


　梅雨らしい曇り空でいまにも一雨きそうだ。さくらはビラを持って銀座のいつもの場所に立った。先週よりも連盟の集まりは少ない。無理もない。続けていれば、また戻ってきてくれると信じるだけだ。

心なしかビラを受け取る人も減った。曇り空とは裏腹、みな、晴れ晴れとした顔で銀座の中心部に楽しそうに向かっていく。

正面に数メートル離れた場所の高見沢に目をやると、いつもと変わらない様子だ。さくらの前で涙を見せた気配はまるでない。元々気性も強いし、うまく切り替えられたのだろう。南原の存在も大きいはずだ。

高見沢が差し出すビラだけは今日も高確率で受け取ってもらえる。

人間は見た目ではない。でも正直なところ、高見沢の愛嬌のある顔つきや性格に助けられている。男性がかなりの確率でビラを受け取り、話を聞いてくれる。女性も警戒心なく、立ち止まってくれる。

今日も視界の隅には、活動を始めた初日にけちをつけてきた元兵士の姿がある。あれから声をかけてこないけど、たいてい監視するような目つきでいる。よほど暇なのだろう。

空模様はあいにくなのに人出は多い。今日の銀座には何千、何万の人がいるのか。一人でもいいから、わたしたちの活動に理解を示し、こちら側に立ってほしい。その一人を二人、三人と積み上げていけば、いずれ膨大な数になる。今度こそ政府が無視できないほどの署名を持っていき、圧力をかけたい。尾崎だって省内で少しは動きやすくなるはずだ。

雅恵だけでなく鶴恵の世話も手伝ってほしいはずなのに、幸は応援してくれている。

——お姉ちゃんの人生なんだよ。悔いなく生きないと。

幸い雨は降らず、空に茜色が混ざり始めた頃、高見沢の前に若い三人組が立った。いずれも長髪なのでまだ学生か。あんな若い人がわたしたちの活動に関心を寄せるなんて稀だ。さくらは自分のビラを配りながらも、四人のやりとりに注意を向けた。

「おばさんも空襲被害者？　国からお金がほしいの？」

真ん中のパンタロンが煙草片手に気安く高見沢に尋ねた。

「国にあたしたちの被害を認めてほしいんです。署名のご協力をお願いします」

「恥ずかしくないの？　戦争で傷ついた軍人が国の補償を受けるのは当たり前でしょ。できる仕事も限られてくるし。それに引き換え、おばさんはどこも怪我してないじゃん」

「おなかとか背中に火傷を負ってますよ」

「どうせ嘘でしょ。見えないんだから何とでも言えるもん」

パンタロンは半笑いだ。

「化粧で誤魔化してるけど、ここにも。ほら」と高見沢が顔を指さす。

「てんぷら油が撥ねただけじゃないの？」

「戦時中にてんぷらをする余裕なんてありませんよ。空襲では大勢が亡くなり、大勢が傷つきました。東京大空襲では約十万人が犠牲になった。この傷もあの空襲で負ったんでしょ」

高見沢は普段の伝法な言葉遣いではなく、丁寧に対応している。

「おばさんの言う通りだったとしても、戦争だもん、仕方ないじゃん。朝鮮でもベトナムでも、たくさん死んでる。そりゃ、気の毒だよ。でも結局は運がなかっただけだよ」

「戦争はすべての人を不幸にします。十万人をただの数字だと捉えないで。家族、友人、顔見知りも含まれた数だと認識して」

「無理、無理」パンタロンが大げさなほど顔の前で手を振った。「知らない人のことだし、自分の身に起きたことでもないし」

他の二人もガムをくちゃくちゃ噛みながらにやついている。いちゃもんをつけられるのはこの活動に付きものだけど、一度は離れようとした高見沢に対応を任せるのは酷だ。高見沢を引き留めたのは自分でもある。さくらが高見沢に歩み寄ろうとした時、署名しますね、と中年女性五人が話しかけてきた。

「え…あ……はい。ありがとうございます。皆さん、名前とご住所をこちらに」

応対をしつつ、さくらは高見沢たちのやりとりに耳を傾けた。他のメンバーは高見沢と三人のやりとりに気づいていない。こういう時に限って皆が離れた場所にいて、各自、署名の対応をしている。

パンタロンが大袈裟に首を傾げた。

「お国のために命をかけた兵隊さんと、なんにもしなかった一般人とを同列に扱うのはナンセンスでしょ」

「当時は一般人も命がけでお国のために生きるしかなかった。軍需品生産に動員されたり、空襲の消火をさせられたり。軍需品の工場にはいつ何時空襲がくるか見当もつきません」

パンタロンがたっぷりと煙を吐き、煙草の先を高見沢に向けた。

「百歩譲って、一般人も戦争で辛い目に遭ったとしよう。なら、怪我の有無は結果論で、辛さって点ではみんな一緒だったんでしょ。だったら、黙って耐えるべきじゃん」

「何でもかんでも文句を垂れ、規律を乱すのはあたしも違うと思います。でも、丸となることと、ひとかたまりにされて自由意志を奪われることは異なるんです。あたしたちは得体の知れない大和魂を押しつけられ、従った。従うしかなかった。結果、大勢が亡くなった。国も国民も二度と道を誤らないためにも、空襲被害者の存在を忘れないでほしいんです」

ふうん、とパンタロンが煙草を足元に投げ捨てた。

「さぞお辛い体験だったでしょうね。俺たちからすれば、上の世代は勝手に戦争して負けた。そのくせ、『戦争はだめです』って訳知り顔で忠告してくる。おばさんが戦争を始めたんじゃないのは理解してるよ。でも、社会を変えようとしなかったんでしょ。誰だって金がほしいのに、生きてるだけで金をもらおうなんて虫がよすぎるよ」

「空襲被害者が国に補償を求めるのが、そんなにおかしい？」

「不愉快だね。はっきり言ってアンタたちは社会のダニ、寄生虫」

高見沢が唇を噛み締めた。

「だいたいさ」パンタロンが賢《さか》しらに続ける。「逃げられなかった人にも非があるじゃん。助かった人もいるんだから、逃げられるルートを選ばなかったのは自業自得っしょ。自己責任ってやつだよ」

炎の壁が四方八方に立ち塞がり、隅田川のような広い川面を炎が瞬時に渡った。どこにも逃げ場はなく、確実に助かる道なんてなかった。あの若者たちは一度たりとも想像したことがない光景だろう。知識がなければ、想像しようもない。

高見沢の肩が小刻みに揺れている。空襲の地獄絵図が頭に流れているに違いない。さくらの脳裏にも当時の光景が蘇っている。

炎に包まれるつる姉と雅、焼夷弾の直撃を受けて燃え上がる人たち、黒焦げになった無数の遺体……。今となれば、あれが現実だったとは信じがたい。

女性たちの署名はまだ終わらない。さくらは意識を四人の方に向け続ける。

「おばさんは火傷したっていうけど、たかが火傷じゃん。腕がもげたとか足がちぎれたとかだったらまだしもさ」

肩だけでなく、高見沢の全身が震え出している。署名台を持つ高見沢の指先に力が入り、真っ白になっていた。口が動いても、言葉は出てこない。

「頑張ってくださいね」

目の前の女性に言われ、はい、とさくらはぎこちなく微笑んだ。女性たちが去っていき、さくらは正面に駆け出した。

「おばさん、なんとか言ったら？　そうか。図星だから何も言えないんだ。お仲間もほんとは空襲被害者じゃないんでしょ。怪我してる人も、戦後に工場とかでの事故で負った傷を利用してるだけなんだ。国を騙そうとしてるんでしょ」

高見沢がきっと若者三人を睨みつける。

「あたしを馬鹿にしても構わない。でも、みんなを悪く言うのは絶対に許さない」

「語るに落ちたね。自分は馬鹿にされてもいいってことは、嘘を認めたんだ」

高見沢さん、とさくらは隣に立ち、彼女の肩に手を置いた。大丈夫だよ。高見沢はさくらを一瞥して若者たちに向き直った。

「あなたたち三人にはやりたい仕事がある？」

「おばさんに何の関係があんの？」

パンタロンは白けた口調だ。

「あたしは自分にできる仕事をしてる。たまに馬鹿にされるけど、とても好きだし、大事な仕事だとも自負してる。でも、本当は違う職業に就きたかった」

「おばさんの人生になんの興味もないんですけど」

さくらは割り込めなかった。高見沢の横顔がそうさせなかった。

「あたしは怖くて学校に行けなかった。あなたたちと違って、あたしには学がない。学校で勉強して、獣医さんになりたかったのにね。怖くてできなかった。周りの自分を見る目が怖かった。かわいそう、気の毒に、気色悪い、目障り。街を歩いていると、いろいろな感情をひそひそ声でぶつけられ、耐えられなかった」

「そんなのおばさんの勝手でしょ。俺たちに言われても困るんですけど」

パンタロンが眉を寄せ、高見沢がぐっと顎を引いた。

「あなたがさっき言ったように、あたしには運がなかった。生まれた時代が悪かった。あなたたちは恵まれてる。明確に時代が違う。だから理解してほしいとは言わない。でも、想像はして。あたしたち空襲被害者の心情を。国に人生を奪われた無念を」

「無理っしょ。だって――」

パンタロンが言いかけた時、高見沢は自分の頭頂部を優しい手つきで摑んだ。高見沢の腕がさらに動く。さくらは息を呑んだ。

高見沢が髪の毛をむしりとった。

頭頂部から後頭部、側頭部にかけて火傷でケロイド状になり、髪の毛は数本しか生えていない。

三人の若者が一歩退き、高見沢は彼らに迫るように一歩前に出た。

「どう、これで想像できる？　空襲被害者は体に傷を負っただけでなく、傷を揶揄われたり、必要以上に哀れまれたり、恐がられたり、眉をひそめられたりして心にも傷を負った。あたしは傷を隠して生きてきた。かつらをかぶってても、いつか誰かに見破られてしまうと怖くてたまらなかった。あたしの気持ちがわかる？　恵まれた境遇にいる皆さんにはわからないでしょうね。でも、想像してちょうだい。同じ人間なんだから」

若者たちがさらに一歩引き、高見沢がまた一歩前に出る。

「戦争を知らない世代にとって、空襲被害者が遠い存在なのは当然。けどね、あたしたちは現実に存在するし、顔のない人間の群れじゃないの」

高見沢は頭の傷をさくらにも明かさなかった。心を許す間柄の人間にですら。それを銀座という日本一の繁華街で公衆の前に、見ず知らずの若者に曝《さら》け出した。誰にも見られたくないと長年隠した傷を、不特定多数に見られるのに……。

三人の若者はしばし体を硬直させていたが、パンタロンがおもむろに長髪をかきあげた。

「馬鹿じゃねえの。あんたの人生なんか、なんの関係もないっつうの。そんな気持ち悪い傷を見せて、同情を買おうって魂胆？　傷を利用するなんてあさましいんだよ」

若者が何を言ったのか束の間理解できず、さくらは体が動かなかった。

荒々しい足音がした。高見沢と若者たちの間に男性が割り込んできた。かつてさくらの活動に絡んできた元兵士だった。

「てめえら、女性に……いや、被害者にこんなことをさせて恥ずかしくねえのか」元兵士はパンタロンの胸ぐらを摑んだ。「てめえらの良心は痛まねえのかよ」

「うるせえな、おっさんには関係ねえだろ」

パンタロンが元兵士を突き飛ばそうとする。元兵士は踏ん張り、相手の胸ぐらを摑む手を放さない。元兵士とパンタロンの怒声が乱れ飛ぶ。

喧嘩じゃない？　ヤクザ？　警察を呼んだ方がよくない？　周囲がさくらたちに目を向け始め、にわかに騒々しくなっていく。

「俺は赤紙が来て、戦場に行った。大勢の戦友を失った。頭を撃ち抜かれたり、餓死したり、小便や糞を垂れ流して死んでいった。内地の連中が空襲で家族や友人を失い、自分も傷ついたからって四の五の言ってんじゃねえ、戦場に比べりゃましだと言ってた。けどな、ぬくぬくと育ったてめえらが利口ぶって語ってんじゃねえッ」

「偉そうに。おっさんたちが弱かったから、日本は負けたんだろ」

「人の心を持たないろくでなしを生み出すために戦ったんじゃねえッ。戦友たちはこんな日本を作るために死んだんじゃねえッ。ぶん殴られねえうちに、とっとと消え失せろッ」

「なんだと、てめえッ」

パンタロンが拳を振り上げた。待て。他の若者二人がパンタロンに飛びかかった。元兵士が手を離し、パンタロンはあがくも、他の二人に引きずられて雑踏に消えていく。笑みに溢れた銀座の人波が、すべてを覆い隠し、ざわめきが満ちていった。

元兵士は肩で大きく息をつき、さくらたちの方に振り返った。目が充血している。

「本当に申し訳ありませんでした。大下《おおした》と申します。私が間違っていました。戦争被害者に軍人も民間人もない。おのおのがひどい目に遭った。なのに皆さんは国に軽く扱われてる。皆さんが国にしっかり扱ってもらえるよう、今日から協力させてください」

大下はさくらと高見沢に深々と頭を下げた。

「頭を上げてください」高見沢はかつらを手に持ったまま、優しい声をかけた。「間に入っていただき、ありがとうございました」

大下は頭を上げない。

「さっきのガキの発言は許せません。けど、私たち兵隊が皆さんを守れなかったのは紛れもない事実です。皆さんをつらい目に遭わせてしまった。心も体も傷つけてしまった」

声が震えている。ずっとこう言いたくて、わたしたちの活動を遠目で見守っていたのかもしれない。軍人恩給は年々手厚くなるのに、民間人の補償がまるで進まない現実に心を痛めていたのではないのか。さくらは推測を口に出せなかった。いまここで尋ねるべきではない。

「許してくれとは言いません。どうか手伝わせてください」

アスファルトに水滴が落ちた。うつむいたままの大下の顔から落ちている。

高見沢とさくらは目を合わせた。高見沢は目顔で頷くと、膝をつき、大下の顔をのぞき込んだ。

「許すもなにも、あたしたちを傷つけたのは大下さんじゃない。顔を上げてください。これから一緒に活動をしていく大下さんの顔をよく見せてください」

大下はゆっくりと顔を上げ、膝から崩れ落ちた。

若者三人の悪意を浴びたり、大下に謝罪されたりした長い一日の活動を終え、さくらと高見沢は二人で地下鉄のホームに向かっていた。触れていいのか迷う。

口に出そう。何も起きなかった、何も見なかったことにはできない。

「誰にも話す気はなかったんですよね、頭の火傷のこと」

「隠しててごめん」

「やめてください。わたしが高見沢さんだったら、勇気がなくて絶対にあんな風にはできませんでした」

「人目が多い場所でかつらを外すなんて？」高見沢はどこか吹っ切った口ぶりだ。「言葉が勝手に出てきて、手も勝手に動いただけよ」

「人間としての芯が強いからでしょう」

夕陽が和光《わこう》のビルを染めている。空の上の方は濃い紫色だ。

「ああいう若い人がどんどん増えていくんだろうね」

「でしょうね」とさくらは答えるしかなかった。

戦争から遠ざかっていく以上、空襲被害者に無理解な人も増えていく。だからこそ、自分たちの存在を知ってもらう地道な活動が不可欠になる。頭ではそう理解していても、無理解を現実に突きつけられると心が重たくなる。

高見沢は正面から夕陽を浴び、目をしばたかせた。

「連中と対峙してた時、急に怖くなって、体が震えて、言葉が出なくなったんだよね。これからあの三人組みたいな空襲被害者に無理解な人たちですら、まだましに思えてくるのかもって。今だって無関心な人は多い。あたしたち以外の全員が無関心になったら……」

「大下さんみたいに、時間が経って理解してくれる人もいます」

「あの人は戦争を知ってるから」

「負けっぱなしは癪って言ってたのは、高見沢さんですよ」

「そうだったね」

高見沢の顔色は翳《かげ》り、声も硬い。

顔のない人間の群れ。高見沢が若者に放った一言が頭から離れない。わたしたち一人一人の顔を、国が、日本人全体が見てくれる日は来るのだろうか。

「とりあえず飲もうか」

高見沢の店に行ったものの、一杯だけで解散になった。

3

「どういう風の吹き回しだ?」

尾崎は息子の部屋で、洋太郎に尋ねていた。親としては喜ぶべき場面だろうが、なんとも腑に落ちない。参考書を開き、受験勉強に余念がない様子だ。

四日前の日曜、新宿の喫茶店で南原の甥である秀隆と洋太郎を引き合わせ、古い一眼レフカメラを安く譲ってもらった。二人が専門的な話を始めたので、尾崎は先に帰宅した。洋太郎は南原の甥と夕食をとり、夜九時前に帰ってきた。

――あれから机にかじりついて、人が変わったように勉強しだして、気味が悪いの。

タエが眉を寄せた。お兄ちゃんがおかしくなった。美鈴も訝《いぶか》っていた。今晩はたまたま早く帰宅できたので、息子の部屋を訪れたのだ。

洋太郎がシャーペンを置き、顔を尾崎に向けた。

「秀隆さんにアドバイスされてさ。『大学に行けるチャンスがあるなら活かした方がいい。自由に時間を使える最初で最後の期間だから』って。専門知識は後でいくらでも仕入れられるけど、学生には学生にしかできない経験と身につけられない知識があるって」

大学進学率は高くなったとはいえ、高校卒業後に就職する若者が大半だ。恵まれた境遇を存分に活かせ、と南原の甥は言いたかったのだろう。

「つまり大学に遊びに行くわけだな」

「平たく言えばね。少しは学ぶよ」

自分がいま息子と同じ立場なら、大学の四年間を徹底的に遊んでやろうと、やっぱり目論むだろう。社会人になれば、約四十年間昼も夜もなく働く日々が待っている。洋太郎も父親の姿を見て、否応なく日本の現実を悟っているはずだ。

「好きにしろ。洋太郎の人生だ」

「理解のある親を持てて嬉しいよ」

「大いに感謝しろ」

二人でにやりと笑い合った。

一階に戻ると、居間でタエが待っていた。

「あいつは大丈夫だよ」

「またそのセリフ?」

タエが苦笑した。

自室に戻って机に向かい、二宮に返却されたノートを開いた。鏑木が飲んだ、ラベルのなかった酒。瓶が警察の手に渡ることを何者かは嫌った。二宮の推測通り、七三一関連の瓶なのか。二宮が当たっていない人間に七三一部隊や陸軍研究所の関係者がいて、鏑木に酒を渡したのだろうか。すでに当たった人間の中にいて惚けられただけなのか。

鏑木を殺された結果、民間戦災者の補償実現に向けた大事な戦力を削がれたと言える。相手に至らない限り、さくらの活動を援助しようとするたびに家族が狙われかねない。さくらたちだって狙われかねない。捜査機関に何もかも預けられれば楽だが、無理な話だ。

思考を巡らせる一助として煙草に手を伸ばすも、箱が空だった。背広のポケットに新しいのを入れていたはず。尾崎は膝に手をつき、立ち上がった。二宮は無事に煙草を吸えたのだろうか。

なすべき務め、か。言うは易いが、実践は難しい。

先週土曜、銀座に行き、さくらたちの活動を遠目で眺めた。高見沢と若者がしばらく語り合い、彼女が髪を外したのには衝撃を受けた。遠目でも頭に火傷を負っているのがわかり、戦争で壮絶な体験をしたのは兵士だけではなかったのだと改めて実感した。南原は傷のことを当然知っているだろう。一緒に作り上げた原稿を出すという連絡はまだない。

背広のポケットに手を突っ込み、煙草を摑むと、手の甲に折りたたまれた紙の感触があった。

こいつは……。煙草の箱と一緒にその紙も取り出した。

半分に畳まれた縦長の茶封筒だった。またか。表にも裏にも何も書かれていない。封すらされていない。息を止め、中身を出す。便箋と二つ折りにされた二枚の写真だった。

関わるな

たった一言だけが角張った字で便箋に記され、写真には登校中の洋太郎と美鈴がうつっていた。

先に怪文書が届いて以来、周囲に注意を払ってきた。今日だってそうだ。隙があったとすれば、省内の自席に上着を置いたままにした程度だ。

謀略も辞さずに民間戦災者への補償を阻止したい系統が、省内に脈々と生き続いているのか？　高野と可児が絡んでいる？　昨年は署名の受け取りも二人に邪魔された。今回の脅しは二宮を見舞ったことに対するものか、さくらたちの活動を見に行ったことに対するものか、どちらも含んだものなのか。脳裡に次々と答えのない疑問が浮かぶ。

尾崎は首を左右に振って鳴らし、ノートに向き直った。わからないことを考える前に、二宮が当たっていない先を整理してみよう。

訪問先には社名や学校名の脇にレ点がある。それらを拾い出し、別のノートに名刺情報を書き写していく。並井製薬、伊与出製薬、日本ブラッドバンク、東大、京大、金沢大――。

この中にいる七三一部隊出身者が、鏑木の死に関係しているのだろうか。鏑木は彼らを脅せるほどの戦時中の情報をどこで仕入れたのだろう。秘密部隊の情報を握っているのは仲間内だけだろうに……。

眉間の奥が強張った。

そうだ。大事な点を見過ごしていた。鏑木が身内ゆえ、自分は無意識に見ようとしてこなかったのかもしれない。二宮は体調不良で気づけなかったのだろう。抗がん剤は思考力や体力をかなり奪うという。

鏑木には医学会につてがあった。戦中、戦前と大学や国の研究機関を扱う部署にいたからだ。一度、京大の医師を紹介してくれたこともある。復員組の受け皿となる製薬会社を立ち上げた、厚生省で世話になった先輩もいると言っていた。

できすぎだ。

大学病院の医師らを派遣した以上、厚生省にも七三一部隊の存在を知る者がいたはずだ。それが鏑木だったのではないのか。鏑木も七三一グループの一員だったのではないのか。

――ずっと頭にあったのに踏ん切りがつかなくてな。事ここに至り、腹をくくった。

総理府に遅れをとり、起死回生の一手として医学会にあたると決めた時、鏑木はそう言った。七三一部隊の所業を把握していたからリスクがあると承知し、踏ん切りがつかなかったのではないのか。知っていたからこそ償いの意味も込めて民間被害者への補償を実現させるべく、腹をくくったのではないのか。

――悔しいことに先輩は大陸でかなりいい酒を毎晩飲んだって話さ。桂花陳酒の逸品もあったらしい。

グループの一員だったからこそ、酒という細かな生活の一部まで部隊の大陸における話を耳にできたのではないのか。桂花陳酒はほとんど日本に入っていない酒なのだ。

だとすると、連中から差し出された酒をおいそれと口にするだろうか。否。知っていたからこそ受け取り、飲んでしまったのだろう。酒好きとして、どうしても逸品の桂花陳酒を飲みたかったのだ。鏑木は脇が甘かったと言える。

尾崎は一つの社名をじっと見つめた。か細いながらも糸口はある。

このまま丸腰で進めば、鏑木の二の舞になりかねない。自分の身に何かが起きた時のため、事情を知る人がいた方がいい。南原ではない。最悪、もろとも消される恐れがある。家族を巻き込むのは危険すぎる。益子や他の勉強会メンバーも前途有望な岩手で、巻き込みたくない。警察もあてにならない。頼りになるなら、とっくに二宮が利用している。そもそも鏑木が亡くなった当時、掘り下げた捜査を行っている。

尾崎の頭に一人だけ頼るべき相手が浮かんだ。

4

「折り入ってのお話とは？」

則松が瓶ビールを尾崎のグラスに注ぎながら言った。二人で会う時にたびたび赴く、銀座の路地裏にある小料理店の個室にいた。

「例の件なら時期尚早という思いは変わりませんよ。次の総裁選は三年後ですが、あっという間です。そちらに専念させてください。厚生大臣も外され、いまは無役となりましたし」

「例の件ではありません。もしもの時に備えて、則松さんだけには話しておこうかと」

「もしも？　何か危険な真似をなさるつもりですか」

「明日、ある方に会います。鏑木さんの死に関係する人物かもしれません」

尾崎は経緯を話していく。則松は表情こそ変えないものの、部屋の空気は次第に重たくなっていった。

尾崎が話し終えると、則松が眼鏡を一旦外して眉根を揉み、再びかけた。

「明日の相手が七三一部隊や陸軍研究所の人間だったとしても、黙る可能性は高いですよ。元警官の取り調べ技術を跳ね返すほど、彼らは強い意思を持っている」

「利用できるものは利用し、やれるだけやってみます」

「うちの滝藤をつけましょうか？　いざという時、頼りになります」

「暴漢に襲われた時の則松さん並に？」

尾崎が冗談めかすと、則松は口元だけ緩めた。

「もっとですよ」

「お心遣い恐れ入ります。一人でやります。則松さんにとって滝藤さんは大事な屋台骨です。万一のことがあれば、今後の議員生活に支障をきたしかねません」

「そうですか。打ち明ける相手に選んでもらい、光栄です」

「厄介事に巻き込む形になり、恐縮です」

「なにをおっしゃる。他ならぬ尾崎さんのことです」則松がグラスのビールを一息に飲み干し、溜め息をついた。「それにしても、また命懸けですか。まったく尾崎さんらしい。直江議員に直当たりされた時もそうおっしゃっていた」

「懐かしい限りです」

尾崎は則松のグラスにビールを注いだ。則松が目元を引き締める。

「相手が認めるにしろ、否定するにしろ、私の名前を出して構いません。面映ゆいですが、則松という名前は使い勝手がいい。与党第二派閥の実力者が絡むとなれば、相手も無謀な真似は仕掛けてこないでしょう。今後余計な邪魔がなくなるかもしれません」

遠い位置からでも援護射撃をしてくれるという気遣いか。

「では状況に応じて」

「相手の言動で身に危険を感じたら、即、私の名を使ってください。せっかく地獄の戦場から生還し、ここまできたのに死ぬなんて馬鹿らしい」

「私だって進んで死ぬ気はないですよ。まだやり残したことがありますから」

「いつでも構いませんので、近いうちに結果がどうだったのか、報告していただけますか」

「承知しました、必ず」

「約束の杯を交わしましょう。改めて乾杯を」

尾崎は慌ててグラスに残ったビールを飲み干した。さあ、と則松にビールをグラスに注がれ、二度目の乾杯をした。

5

窓の外からは髙島屋の重厚な建物が見える。東京駅から八重洲口を出て、しばらく進んだ一角に建つ、五階建てのビルに尾崎はいた。受付に告げると四階の応接室に通された。一人がけの黒革張りのソファーには座らず、立ったまま待っている。

午後二時五十五分。まもなく約束の三時だ。小雨がぱらつき、街ゆく人々は色とりどりの傘を差している。

ノックの後、ドアがゆっくりと開いた。

「大変ご無沙汰しております」尾崎は頭を下げた。「二十年以上前、小曽根軍医のご自宅でお会いして以来ですね、荒井さん」

「こちらこそご無沙汰しております。お待たせしました」

荒井は厚めの生地で仕立てたスーツ姿で、白髪をポマードでなでつけていた。目つきは相変わらず昏い。名刺交換し、ソファーセットに向き合って座った。

「お忙しい中、時間をとっていただき恐れ入ります」

「厚生省の方からの要望とあらば、会わない選択肢はありませんよ。尾崎さんは普段私どもと付き合いのある方とは、部署が違いますね」

ええ、と軽く受け流した。面会の約束を取る際、厚生省の企画官という肩書きを使った。製薬会社や医療機関にとって厚生省は監督官庁になる。中には立場や地位を利用し、接待を繰り返し受ける官僚もいるらしい。

「伊与出製薬はこのビルで新薬などの研究も？」

「新薬の開発や研究は信州の専用施設で行っています。私も十年前までそっちにいたのですが、管理職にさせられましてね。気が進まないながらも東京にいる次第です」

「小曽根軍医のご自宅でお目にかかった時は信州からわざわざ？」

「わざわざとは思いませんでしたよ。色々な話をできる数少ない相手だったので」

以前会った際はぽつりぽつりと話すだけだったが、歳月が荒井の人柄を磨き、採んだのだろう。会話が続くようになった。

ノックがあり、若手社員が二人の前にお茶を置き、出ていった。

「して、ご用件は？　電話では『会った際に直接』とおっしゃられましたが。弊社の業務に何か不備でも？」

「約二十年前、私の上司だった鏑木とお会いした際のことを教えていただきたいのです。荒井さんは当時の上司の方と、鏑木に会っています。鏑木の日記に書かれていました」

「では、お目にかかったのでしょう。正直そんな昔の話、何も憶えておりませんが」

「鏑木は製薬会社や医療関係機関を訪問しました。訪問相手には共通点が窺えます」尾崎は瞬きを止めた。「荒井さんは七三一部隊でしたよね」

荒井の顔に動揺はなく、身じろぎ一つしない。かえってそれが真相を物語っている。

「だとしても、尾崎さんには関係ないのでは？　あいにく、過去を他人に話す性格でもありませんので」

はいそうですか、と引き下がるわけにはいかない。

「戦後、小曽根軍医を訪ねた際、お二人でどんな話をしたかったのですか」

「尾崎さんに明かす必要も義理もないでしょう」

「私には、軍医殿が生きていれば荒井さんとどんな話をしたかったのかならわかります」

荒井の眉がわずかに動いた。

尾崎の脳裡に戦場での光景が蘇ってきた。三十年近く前なのに記憶は鮮明だ。重苦しくて血腥く、むせかえるほど濃厚な空気が蘇り、たちまち全身にまとわりついてくる。あの戦火の空気を体中の血管に取り込むように、深く呼吸した。

「戦争で人を殺した仔細を荒井さんと語りたかったはずです。そう推察できるのは、私も軍医殿とともに傷病兵に薬剤を投与し、殺害したからです」

戦後、家族にもさくらにも南原にも明かせなかったことを口に出せていた。腹をくくるわけでも、意を決したわけでも、追い詰められたわけでもない。不思議だ。頃合い、相手、必要性――それらすべてが揃ったからに違いない。明かせたからといって、胸の内の重さは変わらない。過去は変わらないのだ。だが、その意味なら変えられるのかもしれない。

「この過去を話したのは初めてです」

「二度しか会っていない私に？」

「荒井さんも似た経験をしたと確信できるのも理由の一つでしょう。きっと私以上に壮絶なご経験のはず。荒井さんはどなたかと戦争中の出来事について語り合いましたか」

「先ほど申した通り、過去について話すような人間ではないので」

「私同様、家族にも周囲にも話せなかったからではないですか。話してはいけない暗黙の了解、もしくは指示があるのではないですか」

荒井が黙した。雄弁な沈黙だった。尾崎は身を乗り出す。

「しかし荒井さんは暗黙の了解、指示に釈然としなかった。せめて心を許せる間柄の人間には話したいと考えた。だから軍医殿を訪ねたのではないですか」

荒井は目を閉じ、なおも黙している。尾崎はその顔を見据える。

「戦争中の諸々について、私はとやかく言える立場ではありません。ただし、戦後のこととなれば話は別です。鏑木はあなた方に殺された可能性がある」

窓の外からクラクションの甲高い音が聞こえる。尾崎は待った。席を立つつもりなら、とっくにそうしているだろう。荒井の内面で葛藤が生じているに違いない。

荒井がゆっくりと目を開けた。

「仮に私どもが鏑木さんを殺したとしましょう。明らかにして、警察に伝えたいのですか」

「時効は成立しています。私の生涯をかけての取り組みを邪魔されたくないだけです。いまだに何者かが横槍を入れてきます。相手の正体に至り、横槍を止めさせたいのです。軍医殿は最後まで他人を助けることを諦めなかった。だから私は生き延びた。恩に報いるためにも、私は他者のために生きたい。せめてもの罪滅ぼしです。荒井さんは新薬の開発や研究が罪滅ぼしだとお考えなのでは？」

荒井の目つきが変わった。昏さがにわかに薄れ、かすかな光が内側から滲み出ている。本来は力強い目をしていたのに、戦争体験で失ってしまったのだろう。

部屋は静かだった。

荒井がおもむろに口を開いた。唇が動くものの言葉は出てこない。葛藤か、旧軍上官からの命令が今もなお足かせになっているのか。尾崎は見守った。

荒井は長い息を吐き、天井に目をやった。一分、二分と過ぎ、荒井の視線が尾崎に戻った。喉仏が上下に動く。唾だけでなく、逡巡も一緒に飲み下したように見えた。

「ご指摘の通り、私は七三一部隊の一員で末端の研究者でした。しかし、ご質問に答えられるかどうか」

よし――。

尾崎は膝に置いた指に力が入った。膝がしらに指先が食い込んできた。

「七三一部隊では桂花陳酒を飲んでいましたか」

「酒保に並んでいたと思います。本土からの酒も大陸のものも様々な酒を購入できました。私はあまり酒に強くないので、さほど購入しませんでした。宴会などもなく、そういう面では過ごしやすかったですよ。三千五百人近くいても、互いの研究には関知しない組織でした。食堂で飯を食べる際も雑談などせず、即自分の研究室に戻るような生活です」

ちゃんとした食事が出る生活だったのか。トカゲを食った経験なんてないのだろう。

「帰国時、桂花陳酒を持って逃げた部隊員をご存じでしょうか」

「あいにく、ばたばたで他人に構っている暇はありませんでしたので」

「鏑木が御社を訪れた際、七三一部隊の酒保で売っていた桂花陳酒の瓶を渡しましたか」

「渡していないと断言できます。酒を渡していれば、いくら酒に詳しくない私でもさすがに記憶に残ります」

「御社のどなたかが厚生省の官僚に渡したかどうかはわかりますか」

「いえ。大陸の酒が鏑木さんの死に関係あるのですか」

尾崎はかすかに首を振った。

「何とも言えません。鏑木が誰かにもらった酒を飲んだ後、亡くなったのは事実です」

「先ほどからお茶に手を着けられない理由でしょうか。私が毒を盛っていると？」

「単純に喉が渇いていないだけです」

「失礼。そうだったとしても無理ありませんね。……待てよ」

不意に荒井の顔が強張った。

「何か心当たりが？」

「少々。『憲兵の某《なにがし》が酒を利用できると言っていた』と耳にした記憶があります。不満分子を一掃できるとかなんとか。桂花陳酒や紹興酒に毒物を混ぜ、飲ませる手法です。二つとも香りが強い酒なので。酒や空気で無毒化されない方法を編み出せば、実現できます」

「実際にその方法は用いられたのでしょうか」

「存じません。耳にしたのは敗戦間際で、書類の焼却や証拠物の隠滅など私にはしなければならない任務が山ほどありました。たとえ特殊な方法が編み出されたとしても、あの混乱の最中では使用されなかったでしょう」

荒井はまた目を瞑った。当時のあれこれが瞼の裏にありありと蘇っているのだろう。荒井の瞼があがった。

「紙の燃える音、煙、人間が燃えるニオイ。いまだ夢に出てくる時があります」

「戦中の大陸での動向に疎いので教えていただきたいのですが、憲兵は毒物を使ってまで検挙するものなのですか」

「普通はしないでしょう。ですが……」

荒井は言い淀み、ひとつ息を吐いて続けた。

「なんでもする憲兵はいました。例えば、特移扱。憲兵隊が逮捕したものの、有罪と断定できず、釈放できない中国人を七三一部隊に送る規定です。特移扱は重要事件として隊の功績となり、進級するために特移扱を競ったとか」

「有罪の決め手がなくてもいいなら、どうとでもなりますね」

「実際、無辜《むこ》の市民も七三一部隊に送られてきたのでしょう。彼らがどうなったのかは説明するまでもありません」

「件の憲兵はそんな一人だったと？」

「あるいは特務機関と繋がる憲兵だったのかもしれません」

「憲兵の名前は？」

荒井が斜め上に目をやり、記憶をまさぐっている。

「すみません、思い出せません。勇ましい名前だったような」

無理もない。尾崎も注射を打って息を引き取らせた伍長の名前すら思い出せない。

そんな男なら戦後も違法行為をやりかねないか。いや、人を殺すにしても、もっと簡単で足のつきにくい方法はある。

「鏑木の訪問を憶えていないとおっしゃったが、本当はご記憶にあるのでは？」

「……あります」

「鏑木は七三一部隊や旧陸軍研究所の所業を公にするなどと荒井さんたちを揺さぶり、支持を取り付けようとしたのではないですか」

「おっしゃる通りです。鏑木さんはいささか乱暴に話を進めようとされた」

当時は七三一部隊の実態は知られていなかった。米国も研究成果と引き換えに蓋をしようとした節がある。鏑木はなりふり構わず彼らを揺さぶり、協力を得ようとしたのだ。

鏑木の行動が目に余り、元憲兵らが手を下した線が濃厚か。鏑木の行動を止めるだけでなく、あえて七三一部隊的な手法を用い、見せしめの意味もあったのだろう。七三一部隊を執拗に追及すると、鏑木のようになるぞと。連中を脅したり、洗ったりする者はいずれ鏑木の末路に行き着き、死に方が不可解だと気づく。これ以上探るなというメッセージになる。

「元七三一部隊の誰かが鏑木さんに酒を渡したかどうかご存じで？」

「何も。誰かの葬儀、学会などで顔を合わせる機会はありますが、当時の話はもちろん、鏑木さんの話になったこともありません」

「酒や空気で無毒化されない方法ではなく、そもそも空気に触れても無毒化されないような毒物はありましたか」

「わかりません。先ほど申し上げた通り、互いの研究には関知しない組織でしたので」

荒井は小さく肩をすぼめた。

「すべての毒物や細菌が焼却されたのでしょうか」

「いえ。全部隊員に自決用の青酸カリが配られました。他にも研究結果とともにかなりの毒物も持ち出されているでしょう。毒物の入手経路という点においては、海軍も毒ガス研究をしていたので、そこからの経路もありえますよ」

「海軍も満州で研究していたのですか」

「彼らは本土で。平塚《ひらつか》や寒川《さむかわ》に施設があったはずです。相模《さがみ》海軍工廠本廠《こうしょうほんしょう》」

神奈川……。一人の人物が思考の狭間に浮かび上がってくる。

可児だ。海軍時代、神奈川にいたと言った。てっきり横須賀だと思い込んでいた。平塚や寒川勤務だったら、毒物を持ち出せる環境にいたことになる。陸海軍の溝で七三一部隊と憲兵が考案した手法を知っていた線は薄いが、毒物を実行部隊に提供するのは可能だ。

「尾崎さんは今回、どうして私のところに？」

「医学会関係の方と知り合う機会もほぼなく、荒井さんが唯一の突破口だと思ったので」

鏑木に京大の二人を紹介してもらったが、その後の付き合いはない。小曽根軍医のお盆という私的な場で会った、荒井にぶつかるのが最善手だった。

「七三一時代の同僚を私に紹介させるなどして？」

「それも含めてです」

「深入りしない方がいい。やり残した業務も、ご家族もおありでしょう。我々の足元は盤石じゃない。あちこちに亀裂があり、あっという間に地下に呑み込まれてしまいます。戦争で、この国には触れてはいけない禁忌が生まれた。関係者が墓場まで抱えていく諸々です」

荒井の言葉には慈《いつく》しみが宿っていた。本音の助言なのだろう。

「蓋を開けようとした者は、鏑木の二の舞になると？」

「関係者がまだかなり生きているのは事実です」

亀裂、地下の闇。官僚の世界も例外ではないのかもしれない。尾崎は部屋の温度が数度下がった気がした。

「先ほど尾崎さんは罪滅ぼしだとおっしゃったが、私は自分が医療研究でどんなに人類に貢献しようと、贖罪にならないと思っています」

街を歩けば、周りには人を殺した経験を持つ人間で溢れかえっている。皆、普通の顔をしている。ある者はよき家庭人であり、よき隠居人であり、よき会社員であり、よき公務員であり、よき宗教人であり、よき教育者である。皆、人を殺した過去などおくびにも出さずに生きている。人を殺した経験を忘れたわけではなく、胸に秘めているのだ。

「私のところに来てくれて良かったです。他の人間のところでは何が起きたことか」

荒井は戦争中の同僚の連絡先などを教えてくれそうもない。自身にも家族にも影響が及びかねないのだ。無理強いはできない。

「話せる範囲で色々示唆してもらい、ありがとうございました」

「弔《とむら》いです。小曽根だけではなく、私が見た、戦争の犠牲者たちすべての」

荒井はやや上を向き、瞑目した。


伊与出製薬を出て少し歩くと、滝藤が歩道に立っていた。

「珍しい場所でお会いしましたね。滝藤さんはここで何を？」

八重洲は永田町から離れている。政治家の町というよりも商売人の町だ。

「則松議員が私をここにやったんです。長年の盟友に何かあればと気が気でなかったようでした」

いつも冷静な則松が……。にわかに胸が熱くなる。

「ご心配をおかけしました」

「こうした訪問を続けられるので？」

一人では危険だ。則松の厚意に甘え、今後は滝藤に同行してもらうか。相手も則松機関には手を出せまい。しかし万一もある。自分はいま何と戦い、正面から向き合うべきなのか。まだ死ねない。則松の力も削ぎたくない。

いったん引こう。最終的に勝つために、なすべき務めを果たすべく。立ち上げた勉強会もこれからが勝負だ。協力者網を作り上げねばならない。現状、自分だけが省内で則松と連携して動け、高野と可児に注意を払える。南原の記事も出ていない段階だ。

「ひとまず職務に邁進《まいしん》します。則松議員の助けを得て、悲願成就できるように」

「その方がよいかと。駅までご一緒しましょう」

尾崎は滝藤と並んで日本橋を歩き始めた。

6

「親父、起きてくれ」

寝室のドア越しに洋太郎の声がした。枕元の目覚まし時計を見ると、午前三時過ぎだ。日中に荒井と会った精神的な疲労もあり、零時前に寝ていた。タエを起こさぬように寝室を出ると、洋太郎が親指を廊下の奥に振った。

「秀隆さんから電話」

「おまえ、まだ起きてたのか」

「京大に行きたいからな。そんなことより電話だってば」

「ん、ああ、そうだったな」

階段を降り、一階の廊下で黒電話の受話器を耳に当てた。

「夜分遅くに申し訳ありません」

秀隆の声は洋太郎を交えて会った時とは別人のように暗い。

「南原がどうかしましたか」

「伯父ではなく……」秀隆が数秒言い淀んだ。「同棲中の高見沢さんが亡くなりました。伯父から結婚の際は尾崎さん夫妻に仲人を頼むと聞いていたので、お知らせした次第です」

何度か会い、二人と食事をともにしているのに仲人の件は初耳だった。尾崎は受話器を握り直した。

「事故かなにかで？」

「いいえ。飛び降り自殺です。伯父も僕も会社にいた午前二時頃、警察から会社に電話が入ったんです。いま、伯父は目黒署で警察から事情を聞かれています」

「私にできることはありますか」

「実は、それを期待して電話した面もあります。僕は今晩泊まり勤務で身動きがとれないんです、朝、伯父の様子を見に行ってもらえないでしょうか。尾崎さんがお忙しいのは重々承知しておりますが、身内が都内にいないもので。伯父は高見沢さんに心底惚れていましたし」

後追いを懸念しているのか。

「朝と言わず、今から目黒署に向かいましょう。ご遺体は？」

「いったん署に運ばれているそうです。一緒には戻れないでしょう」

受話器を置くと、タエを起こして事情を話した。タエは絶句し、真っ青な顔になった。手早く着替えてタクシーを呼んだ。

都内は寝静まり、大通り沿いの赤提灯も消えている。

目黒署もひっそりしていた。入れ違いで南原は帰宅したという。タクシーに戻り、南原のマンションに向かった。

南原なら早まった真似はしまい。そう思うものの、万一もある。戦地でも自暴自棄になって自殺する者はいた。手の平が汗ばんできた。

目黒駅近くの低層マンション前に警察車両はなかった。階段を駆け上がり、呼び鈴を何度か押す。足音がした。よかった。ドアが開く。

「なんや、尾崎か。また警察かと思ったで。あいつらはしつこいからな」

「入るぞ」

南原は無表情で上がり框《がまち》で立ち尽くし、尾崎は三和土《たたき》で靴を履いたままでいた。南原は襟元が汚れた半袖シャツとスラックス姿で、髪も脂ぎっている。目の下にはくまができ、頬は若干そげ、無精ひげが生えている。人間は疲労と心労によって一晩で容姿が変化する。戦地で嫌というほど目の当たりにした。

「本当に自殺だったのか」

念のための質問だ。日常的にさくらたちは脅されている。

「夜中やったけど、彼女が一人で飛び降りる姿を通りから見た、目撃者がおる。近所の住民はもみ合う音や声も耳にしてない。彼女の字で書かれた遺書もあった」

南原はスラックスのポケットに入った、白い封筒を取り出し、中から二枚の折りたたまれた便箋を取りだした。

「警察に返してもらった。読んでみ」

尾崎は受け取り、便箋を開いた。小さくて、丁寧な字が連なっている。


将来に絶望しました。残酷で、残虐で、理解のない社会でこれから生きていく自信がありません。世の中にはいい人がたくさんいます。私の心を支えてくれます。でも、みんな私より先に死んでしまうかもしれません。戦争で一度、そんな目に遭いました。また同じ目に遭うなんて、私には耐えられません。どうか先に死なせてください。戦争被害者はどんどん減っています。空襲被害者の私にとって、そんな社会が住みやすくなるとは思えません。どうぞお許しください。皆さん、どうかお幸せになってください。


尾崎が顔を上げると、南原は無表情に、なあ、と弱々しい声を発した。

「戦争を生き残った人間が、なんでいまさら死なならあかんねん。おれは彼女を支えられんかった。おれは彼女を幸せにできんかった……おれは…おれは……」

南原が膝から崩れ落ちた。その肩が大きく震え、口というよりも全身から嗚咽が漏れ出てきた。かける言葉がなく、尾崎は同じように膝をつき、南原の肩に右手を添えることしかできなかった。手の平に南原の震えが伝わってくる。

やがて南原は涙が流れるままの目で、尾崎を見た。

「彼女は戦争に殺された。なにが戦後や。なにが経済大国や。なにが平和や。教えてくれ。彼女がなにをした？　どんな悪いことをした？　なんで自殺せなならんかった？」

尾崎は左手で拳を握りしめた。爪が手のひらに食い込んでくる。

「なんとか言うてくれ、尾崎。おれたちは……家族や好きな人間が安心して生きられる社会を作りたかったんと違うか？　そいつが戦場を生き延びた俺たちの務めやないんか」

「ああ」

「なら、なんで国は民間人を見捨てたままなんや。国はなんで彼女を助けなかった」

「すまん」

南原が力ない手つきで尾崎の胸ぐらを摑んだ。

「すまんやない。お前は厚生省の役人や。空襲被害者を救える役人やないか」

「すまん」

「おれは戦場でお前を助けた。なんのために助けたんや。おれは惚れた女を助けたかった」

「すまん」

南原の慟哭が室内に響き渡る。尾崎は再び泣き崩れる南原を見つめた。南原の一言一言は己自身に向けた刃でもあるのだ。ともにまとめた記事を発表できていれば、高見沢は絶望しなかったかもしれない。

「すまん」

自分の声がはるか遠くから聞こえた。

出棺を見送ると、さくらは合わせていた手をといた。数珠が乾いた音を立て、風が吹き抜けていく。

霊柩車《れいきゅうしゃ》はもう見えない。葬儀会場には連盟の活動をともにする空襲被害者たちも多く参列した。遺族席には南原が一人でいた。高見沢は両親や祖母、姉弟を空襲で失い、たらい回しにされた親族とも縁を切っている。

さくらはポケットから白い封筒を取り出した。葬儀の前、南原に渡されたのだ。

――これが遺書です。一周忌まで持っといてくれませんか。

――こんな大事なものを？

――大事なものやからこそです。手元に戻ってくるまで死ねません。一年経てば、気持ちもだいぶ落ち着いてると思いましてね。

南原は微笑んでも泣いているようだった。

さくらは高見沢の遺書に目を落とし、空を見上げた。梅雨なのに、冗談のように澄んだ青空だ。高見沢を豪快な人だと頭から信じ込んでいた。本当はとても繊細な人だった。繊細さを見せないため、明るく気丈に振る舞っていたのだろう。

高見沢さん、ごめんなさい。わたしが引き留めなければ、こんなことにはならなかったのに。南原さんと結婚して静かに暮らしたかったんですよね。でも……。

とことんまで一緒に活動するんじゃなかったんですか。負けっぱなしのままでいいんですか。わたしはこれから誰の前で歌えばいいんですか。誰とお酒を飲めばいいんですか。祝杯の日に何を歌えばいいんですか。

小曽根さん、と森川に声をかけられた。昨日、名古屋から上京してきたという。

「悲しい出来事ね」

「わたしのせいなんです」

さくらは高見沢を引き留めたことや若者とのやり取りを、捲《ま》くし立てるように説明した。

森川がゆっくりと首を左右に振る。

「小曽根さんのせいじゃない。自分も高見沢さんも責めないで。高見沢さんの心の内は、もう誰にもわからない。小曽根さんにも婚約者の方にも。小曽根さんの言う通りだとすると、私が立ち上がらなければ、高見沢さんは今も生きていた」

そうか……。わたしのせいだというなら、ひいては活動を始めた森川のせいにもなる。

森川が右手をさくらの左肩に添え、指に力を込めた。

「一つ、絶対に確かなことがある。戦争さえなければ、高見沢さんの悲劇は起きなかった。国がどんな理屈をつけても、こんな悲惨な目に遭うのは私たちで最後にしないといけない。もちろん、小曽根さんに無理強いする気はない。高見沢さんの出来事で活動が嫌になったのなら、いつでも抜けていいよ。私は一人になっても戦い続ける」

力強い言葉なのに声音は優しく、眼差しも柔らかい。

——どんな時も希望を失ってはいけません。どんな時でも心ある人はいます。意志あるところに道は開けるんです。裏返せば、意志がないと道は開けません。

つる姉の声が頭の奥で聞こえた。でも、と胸中でつる姉に語りかける。こんな哀しい目に遭うなら、抜けてしまいたいよ。

——私たちがいま経験している出来事も、いずれ誰かが物語にする。歴史や体験は物語になって再び命を得るの。絶対に生き抜いて、物語になった私たちの経験をああだこうだ批判してやろう。

別のつる姉の言葉と声が胸に蘇った。途端にさくらは体が震えた。さむけ？　違う。武者震いだ。さくらは澄んだ青空に目をやり、正面の森川を見据えた。

「わたしも活動を止めません。立ち止まったら、高見沢さんの負けっぱなしが確定してしまいます。わたしたちは顔のない人間の群れじゃない。訴えるべきことを言い続けていきます」

天国から力を貸してください、高見沢さん。祝杯の日、何を歌ってほしかったのかはもう知る由もないけれど、お墓の前で片っ端からひばりちゃんの曲を歌いますから。

さくらは両頬を叩いた。つる姉、あなたは最高の先生だよ。最高のお姉さんだよ。つる姉のおかげで、絶望的な状況でも前を向けたんだから。

絶対にやってやろう。体が重たくなるくらい、みんなの気持ちを背負って立ち向かっていこう。

「その節は大変お世話になりました」

南原の甥っ子はやや硬い口調だった。

「いえ。何も力になれず、申し訳ありませんでした。南原の調子はどうですか」

高見沢の死から三ヵ月が経つが、あの夜から南原と一度も話していない。合わす顔がない、友人としても官僚としてもかける言葉がない。午前零時過ぎ、尾崎は帰宅したばかりだった。ネクタイも解かず、スーツを着たまま受話器を耳にあてている。南原の甥は今夜何度か尾崎の自宅に電話をかけてきて、最後は何時でもいいから折り返しがほしいとタエに伝えていた。

「その伯父に私から尾崎さんに話すよう言われたことがあったもので、お疲れのところ折り返しの電話をもらって恐れ入ります」

「南原がどうかしましたか」

「先日、福岡に転勤しました。福岡支社広告部の部長です。形は栄転ですけど、事実上は左遷です。編集部を外されたので。ここだけの話、上層部とかなりやりあった原稿があり、それが左遷の引き金だったそうです」

二人でまとめあげた原稿——。没交渉となった後も、南原は社内で戦っていたのだ。高見沢のためにも。その結果が左遷か。

「南原の連絡先は？」

「申し訳ありません。教えるなと言われています」

福岡支社の番号なら調べられるが、かけてくるなという意思表示にほかならない。

「そうですか」尾崎は瞼をきつく閉じた。「お手数をかけますが、『すまなかった』と伝えてもらえませんか」

「承知しました。洋太郎君によろしくお伝えください」

通話を終えた。南原の甥っ子は没交渉となった理由を聞いてこなかった。高見沢の件だと察しているのだろう。南原が上と戦った原稿の内容もどこかで耳にしているはずだ。

尾崎はネクタイの結び目を緩め、廊下の天井を眺めた。

7

一九七六年七月、尾崎は省内の自席近くでテレビを見つめていた。国会中継などを見るため、テレビはフロア各所に配備されている。NHKの夜九時のニュースが第十四回民自党総裁選告示を報じていた。現職を含めた三人が立候補し、則松もその一人で、アナウンサーと政治部の記者がかなりの接戦が予想されると語っている。

書類仕事をしていると、ノックがあり、益子が入ってきた。

「課長、決裁をお願いします」

尾崎は昨年、課長に昇格した。省内での立場を考えると、いよいよあがりのポジションに就いたと言える。審議官、局長に昇進する可能性は限りなくゼロに近い。

「難しい顔をされてますね」

「誰が総裁になるかで、うちの仕事にも影響が出るだろ」

「組閣次第という面もありますもんね」

「そうだな」とだけ尾崎は答えた。

益子をはじめとする勉強会メンバーの誰にも、則松との関係を明かしていない。メンバーは優秀で、志もあるが、則松と対峙できる立場にいない。政治家に格があるように、官僚にも格がある。政治家と官僚において、立場が違いすぎる者の接触には誰かの意図が隠されている。正体の見えない連中からの脅しはなくなったが、空襲被害者への支援に関する嫌がらせだった証明とも言える。益子らが則松と接触すれば、危険を背負わせかねない。

「立候補者はどんな気分なんでしょうね。わたしには想像もできません」

そうだな。尾崎はまた短く応じ、書類にさっと目を通して決裁印を押し、彼女に戻した。

「別件の報告も一つ。勉強会で田原《たはら》君の伯父様がお話を聞かせてくれるそうです」

田原は勉強会メンバーで、伯父は海軍の中佐だったと聞いている。

「勉強会の趣旨を説明し、依頼したら二つ返事だったそうで。早速、今週土曜はどうかと。仕事終わり、みんなで移動しましょう。ちょうど国会対応がない時期ですし」

「ありがたい話だな。みんながオーケーなら俺は大丈夫だよ」

「じゃ、セッティングしますね。あとこれ、岩井さんの福岡出張土産です。ひよ子饅頭」

益子は尾崎の机にひよ子饅頭を置き、自席に戻っていった。南原は元気だろうか。

午後十時にいつもより早く仕事を終え、新鮮な空気を吸うために歩いて、東京ヒルトンホテルに向かった。

適度な厚みの絨毯敷きの廊下を移動し、スイートルームのチャイムを鳴らすと、滝藤が内側から開けてくれた。この部屋を、則松は事務所として通年借りている。

「初日からなんですが、陣中見舞いです」

尾崎は手の紙袋を軽く持ち上げた。日中に買っておいた、缶コーヒーが入っている。

「恐れ入ります」と滝藤が紙袋を受け取った。

尾崎は事務所を見回した。中央の大きなテーブルに大量のサンドイッチといなりずしが置かれ、十人以上の秘書が臨時に設置された電話をかけ続けている。別働隊は室内を走りまわり、支援議員から贈られた必勝祈願の署名を貼っていた。

「活気がありますね」

「大勝負ですから。議員は奥にいらっしゃいます。先ほど会食から戻ったところです」

「お邪魔でしょうから引き揚げますね」

「そうおっしゃらず、どうぞ奥に。尾崎さんが来てくれて喜ぶでしょう。このところ生臭い話ばかりしているので、議員も口の中を消毒したいはずです」

奥の部屋に通されると、則松は胃薬を飲んでいた。則松の背後には金庫があり、白い紙袋が並んでいる。中身は聞かなくてもわかる。

尾崎が会釈すると、則松はコップを置き、口元をぬぐって苦笑した。

「食べたくもないのに連日ステーキハウスに行く羽目になって。支援を取りつけるためと割り切っていますよ。油っこい食事ばかりで、麦茶が欠かせません」

則松はガラスの水差しを指さした。総裁選告示前から勝負は始まっていただろう。

「もうしばらく食べたいものを食べたい時に食べられない時間が続きますね」

「なんてことありません。私はやりますよ。早くもポストのやりくりに頭をフル回転させてましてね」則松は背後をちらりと見た。「現職やもう一人の候補と違い、ウチが出せる菓子折には限度がありますからね」

紙袋の中身はやはり実弾——現金だ。総裁戦後、どんなポストを支持者に配分するかで勝負か。家臣に戦の褒美を与える戦国大名さながらだ。

「理想を実現するには権力を得ないと。権力を得るには、無節操に勢力拡大に専念し、時には意に反することもしなきゃいけません。目の前の支持を摑みにいきます。勝負は現職支持の議員をどれだけ取り込めるかです。彼らの票田は主に岩盤保守層です」

岩盤保守層には旧軍人も多い。則松が手をゆっくりと挙げた。

「総裁選で民間戦災者への言及はできません。旧軍人の支持を無視できないのです」

「勝ちましょう」

則松が総裁になれば、事態は動く。官僚として、自分の仕事量も格段に増えるだろう。しかし、頼ってばかりはいられない。

来るべき日のため、空襲被害者への補償に対する気運だけでも高められないものか。

土曜の午後三時、勉強会メンバーは浅草の蕎麦屋の二階に赴いた。十人ほどが入れる間仕切りのある座敷席で、益子が貸し切り予約してくれた。外は蒸し暑いが、建物内は空気がひんやりと冷え、風も通る。

メンバーの伯父である田原徳男《のりお》は上座にいる。六十代半ばとあって髪が年齢相応に薄くなり、頬の皮膚も薄くなって赤らんでいるものの、元職業軍人らしい凜とした佇まいだ。

尾崎は勉強会の最年長者として、改めて頭を下げた。

「本日はどうもありがとうございます」

「なあに、若者に戦争の愚かさを伝えるのは生き残った者の責務ですよ。お招きいただき、感謝します」田原徳男はにこやかに微笑み、表情を一気に引き締めた。「では、早速始めさせてもらいましょう。私は軍令部におりました。下っ端でしたが、開戦前、非常にまずいと思いましたよ」

軍令部とは海軍全体の作戦を立てる機関だ。勉強会メンバーには説明するまでもない。

「何度机上で模擬実戦をしても勝てんのです。しかし、内々で『まずい』と言っていても、海軍は開戦に反対しなかった。表向きの発言は威勢がいいんです。一度転がり出せば、もう誰にも止められんのです。官僚の皆さんも似た経験をされているのかもしれませんね」

「伯父さんは戦争に反対だった。それなのに作戦を立てなきゃいけなくなった時の心境を教えてください」と甥の田原が尋ねた。

「心境？　感情なんて殺していたよ。ひたすら脳を振り絞り、作戦立案に全力を尽くした。机上では兵隊がモノになる。人間をモノとして動かす脳になってしまうんだ」

南方戦線での日々が去来した。傷病兵を廃棄物のように切り捨てた転進、食糧の現地調達、補給の断絶。兵士をモノとして扱ったのは陸軍も海軍も一緒だったのか。

「でもね」と田原徳男が声を落とす。「彼らがモノから生身の人間に戻る時がある。自分が数ヵ月ぶりに菓子を食べた時、本物のコーヒーを飲んだ時、体調が悪くなった時といった、なにげない拍子にね。とてつもない恐怖に襲われるんだ。自分の立てた作戦で、どれだけの兵士を殺したのかって」

座敷はしんとし、階下から「まいどあり」と威勢のいい声がした。田原徳男は深い溜め息をついた。

「感情を捨て、戦争にどっぷり浸かった私が何を言っているのかと思われるでしょうね」

「いえ、わたしたちにとっても他人事じゃありません」益子が言った。「官僚も時として、国民をただの数値や税金の額に換算するだけになってしまいます」

この人も自分と同じだ。田原徳男は街を歩けばすれ違うような、どこにでもいる平凡な人間だ。彼が抱える過去は時代さえ異なれば、誰にでも起こりえたことなのだ。役人だけでなく、会社員だって客を人間としてではなく、売上げやノルマなどの数値として捉える時があるだろう。それと同じことなのだから。

それに、と益子が続ける。

「とても人間らしいお話です。考えてみれば、人間なんて最初から矛盾した存在なんです。死ぬために生まれるんですもん。そんな人間が集まる組織や社会が常にいい方向に進むわけありません。話を伺わなければ自分も矛盾の塊だと、一生気づけなかったでしょう」

「矛盾……。東京大空襲の夜を思い出します。あの夜、私は軍令部に泊まり込んでいた。外に出た瞬間、東の空は真っ赤に染まり、炎の竜巻も見えました。あの時の絶望感は今も筆舌に尽くし難いです。軍は日本を、民衆を守るためにあるべきです。それなのに自分たちは悲劇をもたらしているではないかと」

「伯父さんは空襲を受けている下町に行ったんですか」と甥の田原が訊く。

「夜は本郷の高台から東を眺めるのが精一杯で、朝、ようやく下町を巡れたんだ。酷い惨状を前に、軍令部の若手全員で腹を掻っ捌いて死に、開戦中止を求めれば良かったと思ったよ」

この人なら――。話の続きを聞きながら、尾崎の脳はめまぐるしく動き続けた。できれば一対一で話したい。手元の紙に走り書きし、隣の益子に渡した。

二時間後、勉強会はお開きになった。いつもならそのまま居酒屋に流れるが、益子の体調不良で解散となり、メンバーは三々五々帰宅し、尾崎は田原徳男だけを居酒屋に誘った。

居酒屋奥のテーブル席で今日の礼を述べ、当たり障りない会話をした後、頃合いを見て、尾崎は切り出した。

「空襲被害者への補償をどうお考えですか。いまだなされておりません」

「包み隠さず申し上げるなら、国が誠意を持ってきちんと対応すべきでしょう」

「田原さんのように考える元海軍の方は多いのでしょうか」

「ええ。集まった際、こういう話になりますよ。国は何をしているんだ、と。尾崎さんも国の方なので、気分を害したのならお許しください」

「いいえ。忌憚《きたん》のない意見をありがとうございます。今日を機に、力を貸してもらえないでしょうか」

これまで旧軍幹部との接触を控えてきた。影響力を行使され、組織から追放されるのを恐れたためだ。命の危険もあった。だが、どうせ官僚生活はあと数年。せっかくこのタイミングで田原徳男という、心ある人物と出会えた。たとえ田原徳男が旧軍側にこの働きかけを密告しても、こうして一対一で持ちかけた話なら勉強会メンバーに余波が及ぶリスクも低い。

「私でよければ何でもしますよ。具体的にはなにを？」

「具体案はまだありませんが、田原さんにしかできないことを」

一つ頭にあるが、また誰かの人生を台無しにしかねない。南原が左遷されたように……。

ビールを飲み干すと、田原がメニューから新潟の地酒を注文した。

「海軍はウイスキー党やブランデー党が多かったが、私はもっぱら日本酒党でしてね」

二つのおちょこと日本酒が一合テーブルに運ばれてきた。尾崎はとっくりを田原のおちょこに傾けた。さしで向き合いたかったのにはもう一つ理由がある。そろそろ聞いてみよう。

「平塚に相模海軍工廠本廠があったそうですね」

「よくご存じですね。毒ガス兵器を研究していた施設です」

「可児利秋という人物がそこにいたかをご存じですか」

「憶えていますよ。彼は軍令部にとっても印象深い任務に就いていた。毒ガス兵器開発に携わっていたんです。向こうと軍令部との連絡役でね。戦局が悪くになるにつれ、一発逆転の兵器が必要でした。毒ガス使用は国際条約で禁止されていましたがね」

「可児利秋は満州に、七三一部隊に出入りしましたか」

田原の目つきが鋭くなった。海軍将校の厳粛さが蘇っている。

「どうしてそんなことを聞きたいのです？」

「大きく言えば、いまを生きる国民のためです」

田原はおちょこに口をつけないまま、テーブルに置いた。

「何度か大陸に出張しています。七三一部隊が持つ毒ガスの実験データを見るためです。陸海軍の壁があり、結局見せてもらえませんでした。決して表には出せない任務ですよ」

まさに裏面史か。

「連絡役でなくても記憶に残った名前でしょう。武士や侍のような名なので。可児といえば可児才蔵《さいぞう》。戦国時代敵の首級を十六個とった猛将で、利秋といえば薩摩《さつま》の桐野《きりの》利秋です」

可児は件の憲兵や彼の周辺と接触したのだろうか。酒を使う手法を教えてもらった？

伊与出製薬の荒井が憲兵の名を『勇ましかった』と振り返っていた。武士や侍のような名前はまさに勇ましいのではないか。荒井の脳内で、憲兵と可児の記憶が入れ替わった可能性もある。なにせ時は敗戦間際の混乱期だ。直接可児にぶつけるか。物証も証言もない段階では惚けられてしまう？　いや……。唾を飲み込んだ。タイミングを計ろう。

「尾崎さんは可児君をご存じなんですか」

「厚生省の同僚です。平塚にいたと言っていたのを思い出したので」

「そうでしたか。表情は乏しいが、骨のある男でした。懐かしいですな」

尾崎は高野の一派という認識しかなく、曖昧に微笑んだ。

九時まで酒を酌み交わし、帰宅すると、益子から『何時でもいいので折り返しがほしい』という電話があったとタエに言われた。尾崎は受話器を上げ、ダイヤルを回した。

「命じられたまま体調不良になりましたけど、どんな狙いがあったんですか」

「田原さんと一対一になって協力を頼んだんだ。益子たちの官僚人生はまだまだ長い。省内の大勢は我々とは真逆だろ。万が一に備えた方がいい」

「あ、なるほど」

通話を終え、居間でグレン・ミラー楽団のレコードをかけた。音楽の流れに身を任せていると、洋太郎が帰宅し、居間に入ってきた。顔は赤く、酒臭い。相当飲んだようだ。

「宣言通り、大学で遊べてよかったな」

「おかげさまで満喫生活三年目。あと一年ちょっとかと思うと、残念だよ」

中央大学に通う洋太郎は、いま二十歳。自分は南方の戦場にいた頃だ。戦後未解決の問題は山積みでも、洋太郎世代が青春を謳歌できる時代ではあるのだ。羨ましくないといえば嘘になるが、いま自分が大学生なら何を考えているのかは想像できない。結局、自分の人生を歩むしかないのだ。

洋太郎が台所に行き、冷蔵庫から瓶ビールとグラスを二つ持って戻ってきた。

「ちょっと飲もう」

「一緒に飲むのは初めてだな。正月も友だちとどっかに行ってただろ」

「仕事で毎日遅い誰かに言われたくないね」

洋太郎が栓抜きでビールを開け、器用な手つきでビールを注いだ。泡とビールとの割合も絶妙だ。居間のテーブルで向き合って座り、乾杯、とグラスを掲げ合った。いつもと同じビールのはずなのに味が違った。これが我が子と酒を飲む時の味なのかもしれない。

洋太郎がグラスを置いた。

「さっきまで秀隆さんと飲んでたんだ。新聞社のことを聞こうと思って」

「解禁日は来年十月だろ」

その年に卒業する大学四年生と企業が接触できる、就職活動の解禁日は十月一日だ。

「解禁日なんて建前だよ。公の会社説明会が始まるくらいの意味しかない。青田買いとかいって、大企業は解禁日前にいい大学の学生と面接して、内定を出してる」

「報道カメラマンになりたいのか」

「それも選択肢の一つ。カメラを作る方にも興味があるから」

洋太郎がビールを一息にあおった。尾崎はグラスに注いでやった。洋太郎はグラスを傾け、生意気にも泡の割合を調整している。

「社会の厳しさを教えてもらったよ。秀隆さんのおじさんが会社の方針に盾突いて、弾き飛ばされた話をしてくれたんだ。南原さんってよくうちに来た人だろ」

「そうだよ。その件には俺も関わっていた」

「秀隆さん、すげえ悔しがってた。絶対におじさんの敵を取りたいって」

尾崎は目を見開いた。敵討ち、か。

「ありがとう」

「ん？　なんだか知らないけど、誰かの役に立つのも悪くないな。南原さんも秀隆さんもお父さんも羨ましいよ。全力で取り組める何かがあってさ」

「今はなくても、これから見つければいいだけだ」

「たまにはいいこと言うじゃん。って、初めてか」

「悪かったな」

もう一度グラスを掲げ、乾杯、と唱和した。

翌日曜、南原の甥に電話をかけた。

「昨夜は洋太郎がお世話になりました」

「いやいや、こちらこそ楽しく飲ませてもらいましたよ」

「南原はどうしてます？」

「粛々と仕事をしてるみたいです。相変わらず連絡を取り合ってないんですね」

「ええ。ときに、南原の敵討ちをしませんか。ぜひ取材してほしい人がいるんです。元海軍将校の──」

洋太郎のおかげで、田原徳男に頼むべき具体案が現実味を帯びた。頭にあったものの、秀隆まで左遷されるのを恐れ、話を持ちかけるのを躊躇していたのだ。元海軍将校が民間戦災者への補償を求める告白は、現状に一石を投じられる。多くの日本人は補償がなされていない現実を知らない。

「なるほど。不謹慎な言い方ですが、面白い話です。確かに意趣返しにもなる。ただ新聞での掲載は難しいでしょう。おじさんの一件があります。うちの『報日タイムス』という雑誌ではどうですか。あそこは治外法権というか、本紙編集委員の干渉を受けずにすみます。掲載できる文章量はかなり増えますし、同期が編集長なので口利きもできます。ぼくが写真を撮りに行きますよ。記者も社会部、政治部経験者ですから取材力も折り紙付です。発行部数は新聞より少ないですが、それでも百万部近くある。いかがでしょう」

尾崎は受話器を握り締めた。

「いい案です。乗ります。その線でいきましょう」

翌日、田原徳男に電話をすると、快諾してくれた。

則松が総裁となり、田原徳男の告白が雑誌掲載されれば、世の中の空気は一気に好転する。

その時を想像するだけで尾崎は昂《たか》ぶってきた。

告示から約二週間後の木曜、民自党総裁選が投開票され、則松はトップと十三票という僅差《きんさ》で敗れた。

8

9

総裁選翌日、尾崎は銀座の小料理店で則松と向き合っていた。さすがに疲労の翳が顔に滲み出ている。瓶ビールをグラスに注ぎ合い、無言で乾杯した。ビールは洋太郎と飲んだ時と異なる意味で、いつもと味が違う。人間の味覚も正義や大義と同じくらい、曖昧らしい。

「のんびり尾崎さんと一献傾けるのもおつですが、総裁になっていれば今頃、組閣で大わらわだったでしょう。あと一歩でした、尾崎さん。本当にあと一歩です……」

則松は抑えた声で、唇を嚙み締めた。昨晩眠れなかったのか、血走った目だ。

「まだ次があります」

月並みな一言しかかけられなかった。十三票差。総裁に指先がかかったことを示す数字は、尾崎の口惜しさも何倍にも膨れ上がらせている。則松の心境はいかばかりか。また次……。その時、自分はもう官僚ではないだろう。

慰労会は一時間足らずで終わり、早々に解散となった。

「私も尾崎さんを信頼してます。でも小曽根さんに連絡がないのは、署名を受け取れないという無言のメッセージでしょう。座して待つだけでは何も変わりませんよ」

森川の指摘をさくらは否定できなかった。『まだ』受け取れないのか、『もう』受け取れないなのかはわからない。『まだ』の方であってほしい。

「今度は何をしようと？」

「国を直接動かせるのがベストだけど、壁は分厚い。だったら、国民の代表の手を通じて動かす方を選択すべきでしょう。野党が受け取ってくれるって。国会に行って渡そうと思う。以前、国会に法案を提出した方が協力してくれるって」

森川と定期的にやり取りしているのか。

「心を寄せてくれるのはありがたいですが、野党に法案を実現させる力があるのでしょうか」

「望みは薄いけど、今日終わった総裁選で私たちのことは一言も触れられてないでしょ」

新聞テレビで報じられる限り、候補者は民間戦災者に一度も言及しなかった。

「野党から超党派の輪が広がるかもしれない。やらないよりはやった方がいい。取材もされるから世間へのアピールにもなる。注意を引きつけないと、世間にとって私たちはいないのと同じ。哀しいけど、それが現実。高見沢さんの分も前に進みましょう」

さくらは胸に手を置いた。いまここに立っているのはわたし一人だけど、今まで出会った人の人生も背負っているのだ。つる姉、雅、お父さんお母さん、高見沢、太郎兄ちゃんのも。

翌日、国会議事堂内の野党控え室に森川と赴き、全国各地で集め続けている署名を渡した。その模様は新聞やテレビで報道された。夜、さくらは久しぶりに尾崎家の番号にダイヤルを回した。タエが出た。尾崎が帰宅したところだというので、替わってもらった。

「久しぶり、元気かな」尾崎の声には疲労が滲んでいる。「どうしたんだい」

「署名をどう扱うかの方針が変わったんです」

さくらは事情を説明した。

「ニュースでも見たよ。さくらちゃんたちの判断を尊重する。力になれなくて申し訳ない。議員の働きかけで事態が動くことを願おう」

尾崎の声が変わっていた。ついさっきとまるで違い、力がある。

受話器を置き、尾崎は壁を見据えた。泣き喚《わめ》き、落胆や絶望するのも人間なら、諦めないのも人間だ。できることをしていくという精神ほど強いものはない。さくらたちの行動を聞き、そう思えた。

この尾崎洋平は、小曽根軍医に諦めない精神を叩き込まれている。今日が終われば、明日がくる。則松が敗れようとも種火作りはできる。疲れている暇はない。

10

総裁選から一ヵ月が経ち、尾崎は新橋のホテルの一室にいた。いい天気だが、窓のカーテンは閉められている。今日ここで報日タイムスによる田原徳男のインタビューが行われる。尾崎は邪魔にならぬよう壁際に立っていた。

田原徳男はすでに用意された椅子に座っている。記者がその斜向《はすむ》かいに座り、南原の甥がカメラで試し撮りしていた。三人は気さくに雑談を交わしている。企画を通すためにも、記者には田原徳男の考えをあらかじめ簡単に伝えてある。

ほどなくインタビューが始まった。

「私は軍令部におりました――」

田原徳男はそれだけを言うと、不意に口を閉じた。先ほどまでのリラックスした雰囲気が一変している。緊張が急にこみ上げてきたらしい。

「開戦前の雰囲気を教えてください」と記者が柔らかな口調でペンを構えた。

田原徳男の口は閉じたままだ。

「軍令部内に開戦に反対した方はいらっしゃったのでしょうか」と記者が促す。

なおも田原徳男の口は動かない。

「開戦直前、どのようなご心境でしたか」と記者が訊く。

田原徳男は目を瞑った。記者が尾崎を見た。尾崎は首を振った。何がなんだかわからない。取材を快諾し、何でも協力すると言っていた。数分前まで和やかに話してもいた。

記者が田原徳男に向き直る。作戦を立案している時の心境は？　敗北が重なった頃のお気持ちは？　東京など各都市が空襲されたことをどうお考えになっていましたか？　記者が質問を重ねるも田原徳男は瞑目したままで、口も開かない。

記者が再度質問しようとした時、田原徳男の目尻から涙が染みだした。次第にその肩が震え、固く閉じた口からも嗚咽が漏れる。

「田原さん――」

思わず尾崎が声をかけると、田原徳男は閉じた時と同じようにゆっくりと目を開けた。両目が真っ赤だった。

「申し訳ない。私には話せません。言葉が喉から出ていきません」

「話してはいけないという決まりがあるのですか」と記者が尋ねた。

「ありません。でも、話せんのです。私にはできんのです」

「民間空襲被害者に対するお気持ちだけでも教えてください」

田原徳男は体の底から声を絞り出すように全身を震わせた。

「私はかつて軍人でした。国の方針にあれこれ申し上げられる立場ではありません」

目をそらしたくなった。酷な役回りをさせた。自分だって戦中の行動を公の場で話せと言われてもできない。戦場での行状をありのまま不特定多数に話せるほど、戦争は生やさしいものではない。自分にできないことを他人に求めてしまった。浅はかで、甘かった……。

尾崎は深く頭を下げた。

「こちらこそ申し訳ありませんでした」

人間はなんて不安定なのか。容易に本心を明かせない。剝き出しの心は弱く、脆《もろ》い。だからこそ一度まとった組織という鎧《よろい》や、制度や常識といった盾を捨てきれないのだろう。

「まずいな、誌面に穴が開いちゃうぞ」

記者がぼそりと呟いた。こちらにも迷惑をかけてしまった。尾崎は背筋を伸ばした。

「私でよければ、民間空襲被害者への国の対応がなってないという話をします」

記事が掲載されれば、厚生省から排除されるだろう。組織に留まることが肝要だと考えていたが、もう構わない。益子たちがいる。どうせ近いうちに弾き飛ばされる身だ。そもそも南原の原稿が出ていれば、とっくに追放されている。あの時、腹をくくっていたのだ。

記者と南原の甥が顔を見合わせた。いくら現役官僚といっても課長だ。元海軍中佐の告白に比べれば、インパクトはかなり弱い。

「ぜひお願いします」と記者がペンを構えなおした。

尾崎は語った。南原と練り上げ、ついに日の目を見られなかった原稿を頭に浮かべながら。田原は奥歯を噛み締め、尾崎を眺めていた。

尾崎の記事は翌週の報日タイムスに掲載された。世間の反響は皆無だった。省内でも部長に呼び出されて小言を言われた程度で、他に表立っての反応はなかった。

一九七七年二月、新たな幹部人事の内々示が出た。高野は局長に、可児は審議官に出世する。尾崎の席はなかった。来るべき日が来たのだ。

官僚として全力を尽くしてきたが、振り返ると後悔ばかりだ。強く摑もうとしても、指の間から理想も勝利もこぼれ落ちていった。官僚としてこの手で何も摑めなかった。

せめて――。尾崎の眉間に自ずと力がこもっていた。

夜、タエに報告した。

「長い間、お疲れさまでした。ついでにわたしもお疲れさま。ようやく国会中継を見なくてよくなる。ちらっと映る際、ネクタイが曲がってないかとか、頭はぼさぼさでないかとか、背広の上着やシャツに皺《しわ》が寄ってないかと気にしなくて済む」

タエは冗談めかした。

「長い間気を遣ってもらい、ありがとう」

「どういたしまして。ところで退官後はどうするの？　さくらちゃんたちを手伝い？」

「まだ何も考えてないよ。今日、人事に居場所がないと告げられたばかりなんだ」

「退職金で美鈴の学費は何とかなるし、しばらく無職かもね。退屈を飼い慣らせるなら」

動いていないと死んだ戦友に申し訳が立たないという感情が湧くことを、タエに話していない。薄々察しているのだろう。この数時間、眉間に入っていた力が抜けていくのを感じた。美鈴の学費がなんとかなるなら躊躇う必要はない。すべきことをしよう。

さくらにも電話を入れた。

「お疲れさまでした。戦争からずっと働き通しなんです。少しゆっくりしてください」

活動への参加を促されなかった。連盟内で自分の信用はないのだろう。

翌日、年度末日付での依願退職届を出した。

連日人事部から関連団体や保険会社への転職を斡旋された。尾崎は固辞した。後任への引継ぎ書類作成や会議をしつつ、機会を窺った。

一週間が経ち、尾崎は可児の部屋の扉をノックした。返事があり、扉を開けた。

可児の部屋は整理整頓が行き届いていた。長らく同じ組織で働き、隣の課なのにこの部屋に来るのは初めてだった。

「退官のご挨拶に参りました。長らくお世話になりました」

「こちらこそお世話になりました」可児が左手の書類を机に下ろした。「寂しくなります」

「こうして直接お話しする機会も最後でしょうし、一つ教えていただけないでしょうか」

「私がお答えできることなら」

「海軍時代、七三一部隊と接触する任務を負っていたそうですね」

可児は眉一つ動かさなかった。

「藪から棒ですね。それがなにか」

認めた……。

「七三一部隊と接触していた憲兵と面識はありますか」

「いえ」

「可児さんも毒物を扱っていましたか」

「いえ」

「鏑木さんにお酒を渡したことはありますか」

「いえ。引き継ぎは順調ですか？　手伝えることがあれば、おっしゃってくださいね」

可児は毛ほども表情を変えない。こちらの質問について問い返そうともしない。

「お忙しい中、失礼しました。可児さんが長く厚生省で働けるよう祈っております。足を引っ張ろうとする輩も多い組織ですから」

「良くも悪くも、軍の頃から慣れっこですよ」

可児はさらりと言った。

尾崎は一礼し、部屋を出た。この後、自分が一度でも狙われれば、可児が鏑木の死に関わっていると睨める。官僚において失点は致命的だ。最後、あえて鏑木の死に関与したと気づいていると臭わせた。いつでも刺せるぞ、と。

いつ襲われるのかと気を張る日々が続き、あっという間に三月三十一日になった。可児からの反応はなかった。最後の出勤日の朝、霞が関の空はとても青く、空気は春の湿り気を帯び始めていた。

挨拶回りで一日が慌ただしく過ぎ、午後五時半、尾崎は花束をもらい、部下たちの拍手に送られ、フロアを後にした。厚生省を出ると、外はまだ明るかった。こんな時間に帰宅するのは入庁以来初めてだ。

尾崎さん、と益子がエントランスを飛び出てきた。

勉強会メンバーに則松を紹介するのは控えた。則松が総裁選に勝利した際にすればいい。勝利までは軍人票を確保するべく、民間戦災者への言及をできないのだから。

「後は頼むぞ」

「任せてください。尾崎さんの分も戦います。私人となった尾崎さんが今後どんな戦いをするのかも注目しています。尾崎さんは私の……勉強会メンバーの道しるべですから」

「審議官になるよりも荷が重いな」

悪い気はしない。小曽根軍医が生きる道を切り開いてくれたように、自分も後進のためにちゃんとした背中を見せたい。

明日から何をしよう。負けっぱなしではいられない。

第三部

一章　最後の後　——一九八二——

1

尾崎は相手の目を見据えた。製薬会社の元幹部は顔を紅潮させ、眉を吊り上げている。

「突然家に押しかけてきて失礼でしょう。四半世紀前のことなんて、記憶にありませんよ」

「話しているうちに思い出すかもしれませんので」

尾崎は食い下がった。元幹部の自宅玄関前で向き合っていた。立派な戸建てだ。東京郊外の国立《くにたち》市は都心より気温が低い上、強い北風が吹いている。

「そもそもどうやってウチの住所を知ったんですか」

「そういうことがお得意な方をご存じなのでは？」

尾崎はかまをかけた。

「何を言ってるんです？　警察を呼びますよ」

「あなたは七三一部隊に所属されていましたよね」

「本当に警察を呼びますよ」

「せめて十分、五分で構いませんので。話を聞かせてください」

「一分後にあなたの姿がドアの覗き穴から見えたら、通報します」

元幹部はにべもなく言い捨て、背を向け、後ろ手でドアを閉めた。ここまでか。

尾崎は門扉を出て、マフラーを巻き直した。分厚いセーターに厚手のギャバジンコートを羽織ってきたが、寒さがこたえる。三月も中旬だというのにまだ真冬のようだ。

厚生省を退官して五年が経ち、五十七歳になった。民間戦災者の補償問題は益子たち現役官僚に任せている。さくらの活動も寄付という形で応援しているが、顔を合わせていない。

洋太郎も美鈴も各々の道を進み、親の義務も終わった。自分にできる戦いは弔い。そう考えてこの五年、二つの軸で動いてきた。

一つは海外戦没者の遺骨収集活動だ。せめて遺骨を遺族に届けられれば旧軍人のためにも民間人のためにもなると思い、民間団体に加わった。現地との交渉や資金調達など、現実的な壁と戦う場面は多い。まだ小曽根軍医たちが死んだ戦地には行けていない。具体的な場所が特定できていない上、他に出向くべき戦地も多い。激戦地の洞穴では木々で組み立てられたバリケードの奥に、一体だけぽつんと横たわる白骨もよくある。自軍が全滅し、たった一人で抵抗を試み、力尽きたのだろう。彼の地の兵士の心境を慮ると、胸が塞がる。白骨の彼が自分でもおかしくなかったのだ。白骨の彼が生きていれば孫を連れて夏は潮干狩りに、春はお花見にいったのかもしれない。

もう一つの戦いは鏑木の死の真相解明だ。鏑木が生前に訪問した元大学教授、医師、製薬会社社員に当たってきた。多くは定年で退官、退職し、すでに亡くなった人もいる。

鏑木が残した名刺と手帳にある名前と電話帳を照らし会わせ、同姓同名の人物に片っ端から電話を入れ、住所を割ってきた。ここでも元厚生省の官僚という経歴が役立った。電話に出るのは大抵夫人で、本人だと確認した後、面会を求めた。承諾する者もいれば、断る者もいた。断った者のもとには、今日のように突然訪問している。

鏑木が残した名刺六十七枚のうち、二宮は二十五人に当たっていた。死亡した者が十七名、消息不明が十四名、面会の予定がつかなかった者が十一名だった。尾崎は神保町や新宿の名簿屋に赴いたり、戦友会を頼ったりして消息不明者の行方を追ったが、一年に一人突き止められるかどうかだ。遺骨収集活動もあり、接触も一週間に一人か二人程度に止《とど》まっている。なかなか作業が進まないのが現状で、手がかりもない。時間の壁は分厚い。

得体の知れぬ連中の邪魔はない。これだけ嗅ぎ回っていれば、こちらの動きは連中の耳に入っているだろう。真相に至れるはずはないと確信しているのか？　可児は無関係と考えていいのだろうか。退官間際に餌を撒いたが、何もないまま今に至っている。可児は二年前、退官した。

尾崎は一応、周囲に目を配った。子どもがキャッチボールをする姿以外、並木道には誰もいない。退官後、身も心も少し軽くなった。組織内で立場を失うことを恐れる必要はなくなり、自分の行動が益子ら勉強会メンバーの昇進や異動に悪影響を及ぼす心配もない。

家族が巻き込まれる不安は若干残るが、尾崎個人を狙う方が楽だろう。二十代の若者を狙うより、五十代後半の初老を標的にする方が体力的に楽だ。無関係の人間を巻き込むのは、相手方のリスクも大きい。警察力は年々整備されている。

そもそも、鏑木が殺害されたと断言はできないのだが。

自動販売機の陰に入って北風を遮り、鞄から手帳を取り出した。腕時計を見る。午前十一時半。次の一軒を訪問できる。阿佐谷に地方の薬科大元教授がいるのだ。一週間前、神保町の名簿で入手した十年前の電話帳に掲載されていた。どうせ帰り道だ。立ち寄ってみよう。

国立駅から中央線に乗った。無駄足になるのは承知の上だ。これまでの訪問先でも取りつく島もない返答や門前払いを食らった。

――元厚生省の方だから会ったのに、時間をドブに捨てたような気分だよ。

――記憶にあるとしても、あなたに話す義務も義理もない。

阿佐ケ谷駅で降り、南口の並木道を進んでいき、新興住宅街に入った。目当ての家を訪問すると、初老の男が出てきた。

「何も憶えていません」

一言だけ冷ややかに放たれ、鼻先でドアを閉められた。

どこかで昼食を食べる気も湧いてこない。空は灰色になり、空気が一段と冷えてきた。ポケットに手を突っ込み、マフラーに顔を埋めるように首をすくめた。足音は風で消えていく。

帰宅すると、玄関に女性ものの靴が置いてあった。社会人となり、独り暮らしを始めた美鈴が立ち寄っているのだろうか。尾崎が靴を脱いでいると、タエが声をかけてきた。

「益子さんがお見えですよ」

「いまさら私が国の懇談会に？」

尾崎は戸惑った。

「適任者なので。局長も同意しています」

益子は真顔だ。遺骨収集活動を行う九段下《くだんした》の事務局ではなく自宅に来た以上、他人の耳に入れられない話になると予想できる。

部屋の隅では石油ストーブが焚《た》かれていた。冷え込みは増し、窓の外では雪が降りそうだ。益子は分厚いタートルネックセーターを着込んでいる。

「与党の部会が昨年、恩給欠格者、シベリア抑留者、在外財産の各補償措置について総理府総務長官を突き上げたんです」

いずれも大きな問題だ。規定日数に一日でも満たなければ恩給は支給されない。シベリアでは労賃さえ支払われず、敗戦では大勢が外地の財産を失っている。とはいえ――。

「部会が突き上げたのはその三点だけか？」

「残念ながら。総理府は総務長官の私的諮問機関の『戦後処理問題懇談会』を三ヵ月後の六月末に設置します。委員の人選は着々と進んでいるそうです」

政府の諮問機関には財界人や学者、有識者が参加する。諮問機関が益子の述べた三点以外の戦争被害者に言及し、好意的な結論を導く――と想像するほど尾崎は脳天気ではない。諮問機関には政府に同調する委員が最初から多く、どんなに政策に強く反対する委員も権力側に取り込まれていく。翻意したと本人が気づかぬうちに、担当官僚が事前に議論のレールを整え、そこに委員を乗せてしまうのだ。

すでに政府内には一定の思惑があり、その通りに議論が進み、権力側が望む結論に至るとみるべきだろう。

「諮問機関設置の前段階として、総理府、外務省などの関係省庁で事前の連絡会議が開かれます。事前連絡会議には厚生省からも参加します。私が担当です。改めて申し上げますが、尾崎さんも陪席として加わってください。総理府ではすでに青写真があるはずです。それを破壊できるとすれば、このタイミング以外にありません」

「覆せる見込みは限りなくゼロに近いぞ。私は実体験者だ」

鏑木と格闘した時間が胸の奥底で疼いた。結果的には茶番に巻き込まれたと思える恰好だった。

「何もしないままではいられません。望みを捨てたくないんです。このままでは被爆者補償と同じ道を歩んでしまいます。四年前の朝鮮人被爆者の最高裁判決はご存じですか」

「もちろん。原告は日本人として広島で被爆したのに、サンフランシスコ講和条約で日本国籍を失った韓国人男性だったな」

退官後も新聞などで厚生省関連の報道には注意を払ってきた。益子が言及したのは、被爆者には旧軍人・軍属同様、国家補償措置をすべきという司法判断があった一件だ。原告は原爆医療法による、被爆者健康手帳を求め、一審も二審も最高裁も勝利した。高裁では、被爆者は肉体・精神・社会生活面で一般の戦災者よりも悲惨かつ不安定な状況に置かれる特異性があるとし、最高裁は被爆者の健康上の障害が戦争という国の行為によってもたらされたので、原爆医療法には国家補償的配慮があると結論づけている。

尾崎は湯飲みを口に運び、緑茶をすすり、体の内部を温めた。

「衝撃を受けたよ。一般的な戦災者から、司法が国家補償の対象となる者を選べると示す判決なんだ。国は私とは別の意味で大きな衝撃を受けただろうな。これまでは特別な関係があった者のみ――雇用関係があった者、遺族らを補償対象にしてきたんだ」

「まさに。国は危機感を覚え、判決の翌年、厚生大臣の私的諮問機関として審議会を設置しました。メンバーは大学教授や元最高裁判事です。審議は長野と東京で計十四回、非公開で行われました。結局、意見書では被爆者対策を広い意味での国家補償としながらも、放射線の健康障害についてのみ、他の戦争被害者と不均衡にならない範囲で補償を行うべきとしたんです。被爆死した方への弔慰金や遺族年金は認められませんでした」

「下に基準を合わせるなんて悪平等だな」

「議事録は存在しない建前になっていますが――」益子は眉をひそめた。「末代まで公開できないでしょうね。こっそり読みましたが、酷い発言もかなりあって」

官僚は非公式な会合の議事録も残す生き物だ。

「『被爆者は三十七万人もおられ、ぴんぴんしている人も多いんでしょう』。『一種のたかりの構造のような感じがする』。『極端な言葉でいえば、さもしい根性だ』などなど。その場にいなくて良かったです。耐えられず、委員に突っかかっていたでしょうから」

「益子がまともな証拠だ」

「『近年国家賠償の範囲が拡大され、歯止めをかけないと国家財政が破綻する』と述べる委員もいました」

「空襲被害者への補償拡大についても何度も法案が提出されているしな」

一九七三年から今年まで戦時災害援護法案は社会党などから何度も提案され、都度、廃案になっている。実現する望みは薄い。世間の関心も薄い。連日、テレビや週刊誌を様々な話題が賑わせているが、戦時災害援護法案の戦の字も報じられない。新聞でも同様だ。

「益子が何とかしたい気持ちはわかるが、私はもう部外者だぞ」

「元厚生官僚で、現在は戦没者遺骨収集団体に参加されているじゃないですか。シベリアにも無数の遺骨があります。厚生省のオブザーバーで参加しても、おかしくない立場です」

尾崎は苦笑した。

「なるほど、いまだ目処もたたないソ連での遺骨収集も議題に滑り込ませる——という名目か。なかなかの策士じゃないか」

「尾崎さんなら会議の名目から外れる発言をしても大丈夫です。厚生省の人間、私の口からは出せない主張も述べられる立場なので」

「万一もある。私の発言について益子は責任を問われないんだよな」

「平気です。ご存じの通り、この類の会議は非公開で、非公式の議事録をどこかに出すわけじゃありません。仮に責任を問われたって構いません。女性は上に行けない組織なんで。私の官僚人生はあと十年弱です。私は尾崎さんの系譜を守ってきた自負があります。直系の先輩にトドメを刺されるのなら本望です」

益子は拳で心臓のあたりを叩いた。肝が据わっている。

「局長は本当に私の参加に同意しているのか。誰だ？」

益子の口から出た名前は二年下の後輩だった。優秀な男だが、民間の空襲被害者には冷淡な態度をとっていた。

「よく彼が私の参加を同意したな。どんな手を使った？」

「正直、私の提案はあっさり撥ねつけられました。別ルートで実現したんです。局長に『前次官からの要望だ。尾崎さんに頼んでこい』と苦々しそうに言われたので」

「前次官？　高野さんだよな。高野さんの狙いは？」

「さあ。私も意外でした。高野さんと尾崎さんは犬猿の仲だとばかり。高野さんに思惑があるとしても、どうだっていいんです。自分にやれることに全力で取り組むだけです」

益子の熱を帯びた口調が、尾崎の頭の芯と胸の奥底を炙っていく。やりかけた仕事に再び携われる好機に昂ぶらないわけがない。鏑木の死の真相解明と遺骨収集活動もあり、忙しくなるが、無数の銃弾を浴びる中、戦場を駆け抜けた時を思えば何だってできる。

また公式の場で戦えるのだ。南原とこの自宅で交わした会話が胸に蘇ってくる。

旧軍の呪縛から逃れられない自分たち――。

逃れられないのなら、あいつだけは逃しておけばよかったと呪縛側に後悔させてやりたい。

南原はどうしているだろう。高見沢が自殺して以来、交流は途絶えている。南原の甥から連絡がないので、元気で暮らしてはいるのだろう。

「いつか尾崎さんが言ってくれましたよね。『ネバーギブアップ』って」

尾崎は長い瞬きをした。

「そうだな。全力で協力する。作戦会議といくか」

「ありがとうございます。心強い援軍を得られ、大変うれしいです」

「腹、減ってないか？　実は昼を食ってなくてな。話しているうちに腹が減ってきた」

「奇遇ですね。私もお腹がぺこぺこです。お茶菓子をばくばく食べちゃいました」

「決まりだ。出前は中華でいいよな」

「何でもござれです」と益子は声を弾ませた。「お酒は遠慮しておきます」

益子は酒にもめっぽう強い。出前を待つ間、話題がかつての同僚や部下の現状などとりとめない内容に流れていった。

「可児さんの件はご存じですか」

「二年前に退官されたことか」

「いえ。一月前、新橋の大将の店で倒れて入院中だとか。退官後もたまにお店に行ってたみたいで」

「そうか。俺も含め、いつ倒れてもおかしくない年齢だからな。意識は？」

「それは大丈夫みたいですよ」

連絡会が終わった後、見舞いと称し、可児に鏑木の件を検めるべきか。病人に鞭打つ形だが、心が弱っているうちに攻めるのも一手だ。

「大将は元気なのか」

「ええ。尾崎さんもたまには行ってください。大将、絶対に喜びます」

「そうだな。連絡会が落ち着いたら行ってみよう」

ほどなく出前が届いた。尾崎はチャーハンと春巻き、益子は天津飯と焼き餃子だ。

益子は満面の笑みで餃子を頬張った。

「うまそうに食うな」

「餃子が世界で一番好きな食べ物なので。本場では水餃子が基本なんですよ。現地にも焼き餃子はあるみたいですが、日本で広まったのは満州からの復員兵の影響だそうです」

「春巻きとか焼売とかのうんちくは？　焼きそばでもいい」

「あいにく持ち合わせてません。私は餃子一筋なんです」

益子はまた餃子をおいしそうに頬張った。

2

益子の依頼から三日が過ぎた。どう議論を進めるかを自室で検討していると、タエが来客を告げた。玄関に出るなり、尾崎は目を丸くした。

高野がいた。分厚いコートを着て、紙袋を手に提げ、目元を緩めている。

「久しぶりだな。快諾してくれたんだろ。直接礼を言いたくてな」

「高野さんがウチにいらっしゃるなんて意外です」

「追い返されなくてほっとしたよ。これ」高野が紙袋を軽く持ち上げた。「日本酒だ」

高野の表情にも声にも、厚生省で向き合った時の険しさは微塵もない。酒。鏑木が何者かに渡された一件が頭をよぎる。考えすぎだ。タエという目撃者もいる。

「せっかくです、一緒にいかがですか」

「喜んで。手間味噌ながら地元福島の銘酒でな。冷やでも熱燗でも最高だぞ。まずは鏑木さんに線香をあげさせてくれ。位牌、尾崎の家にあるんだろ？」

「どうぞ。鏑木さんも喜ぶでしょう」

高野が線香を捧げた後、客間に移り、常温で一献交わした。本当にうまい酒だ。

「明るいうちに飲むと格別だな」

高野がにやりと笑った。こんな顔をする人だったのか。職場では一度も見なかった表情だ。

「いい酒ですね」

「酒は同じ作り方でも気候風土、水、米、酵母で味が変わる。まさに生き物だよ。何十年も同じ職場にいたのに、二人で飲むのは初めてだな」

「忘年会や新年会では一緒になりました」

「あんなのは一緒に飲んだうちに入らんさ。周りは犬猿の仲だと認識してただろうよ」

「他ならぬ私もそうです。特に空襲被害者の署名の一件があってからは」

「あの時、私がなんと言って止めたのかを憶えているか」

「世の中は道理や公正さ、慈悲や優しさで動いてるんじゃない——と」

尾崎は答え、酒を高野のグラスに注いだ。

「今もそう思ってるよ。おっと」高野が溢れかけたグラスに慌てて口をつける。「政財官の世界じゃ慈悲や優しさなんて、まるで役に立たん。踏み潰されるだけだ」

「かといって、失われていいはずがありません」

「その通りだ。ん？　なんだ、そんな驚いた顔をして」

「予想外の台詞でしたので」

高野はちょっと笑った。

「だからこそ、私は上に立とうと決意したんだ。名付けるなら、尾崎や鏑木さんのような考え方は慈悲派だ。慈悲派は権力構造の中枢では生息できない。官僚は上にいけばいくほど、永田町の風当たりをもろに受ける。官僚は自分の人生を賭して何かを実現するために動くんじゃなく、立場や地位を長らえるために動く習性がある。この二点に反した者は駆除される。けれど私が力を持てば、組織内に取り込んでおける」

「何のためにです？」

「権力の冷淡さに対抗する、慈悲派の火種を絶やさないためだ」

「慈悲派に心を寄せていらっしゃるなら、空襲被害者が署名を持参した時に受け取らせてくれればよかったんです。あの時、補償の道が開けたかもしれません。少なくとも、省庁が対応したという前例はできました」

高野はグラスを持ったまま唇を引き結び、数秒後に開いた。

「正直に言えば、勝負をかける勇気がなかったんだ。上層部は従来の方針を支持していた。尾崎が署名を受け取れば、余計な対応をしたかどで慈悲派は根絶やしにされるリスクがあった」

「根絶やしにされても構いませんでした。いまだ民間戦争被害者は国から黙殺されています。あれから何百人、いえ、数千人が無念を抱えたまま亡くなっています」

高野がグラスをそっと置いた。

「私の心にも引っかかっている。しかし、あの時に署名を受け取っていても道は開けなかった。君の後継者はいなかった。慈悲派の手駒が失われるだけだったんだ。益子のように尾崎の後を継ぐ者も出たのは、君の行動を間近に見たことに加え、君が組織に残っていたからだ。今では益子の後継者も育っているだろう」

過去に戻ってやり直せない以上、判断の是非は比較できない。永久にできない。

高野の眼差しがかつてのように鋭くなった。

「自分の信じる何かのために花と散るのは簡単だ。命ある限り、あるべき道の実現を目指し、やり抜く方がはるかに難しい。君はあの時、官僚として死のうとしていた。あれは私なりの延命措置だった。それが今回にも繋がったんだ。人事査定で大きなバッテンがついていたら、今回の役目からは確実に弾かれた」

人間は己の信念だけでなく、他人の思惑や狙いの中でも生きていると痛感する。戦争に巻き込まれるのは最たる例だろう。

「私としてはもっと早く勝負がしたかったです」

「言い訳に過ぎんが、自分以外にも慈悲派に与する幹部がいたらと、何度願ったかしれんよ」

「可児さんは高野さんと同調していたのですか」

「本意を話したことはない。慈悲派と徹底して敵対して見せることが必要だった。可児君は優秀だ。私の本意を感じ取り、あえて何も言わなかったのだろう」

「鏑木さんが総理府と対決した頃、高野さんは相手方と通じていたのですか」

「いや。我関せずを貫いた。幸か不幸か、すべき業務は山積みだった。可児君も省内では私同様だった。私生活までは知らんがね」

高野が鏑木の謀殺に絡んでいないのは確かだろう。そうでなければ、連絡会に尾崎を送り込もうとは思わない。

「可児さんは、私を監視しているという示唆を何度もされました」

「監視か。そう言うなら、私は尾崎を監視していた。君の暴発を避けるためにね。可児君の力を借りた時も多々ある。そういう意味だったのかもしれない」

「私の子どもの写真を撮影したことはありますか」

「命じたことはない。可児君個人としてもないだろう。少なくとも報告はない」

尾崎は酒をあおり、高野が注いでくれた。

「承知の通り、私は軍人家系だ。祖父は日露戦争で戦い、父は第一次世界大戦を見学に行った。どちらも無口なのに、戦争の惨《むご》さだけはたっぷり語ってくれたよ。なにがなんでも戦さだけは回避しないとならない、二人ともそう口を揃えた。私は戦場に出てないが、空襲を何度も経験した。焼け焦げた遺体をあちこちで見た。戦争なんて金輪際ごめんだ」

高野は天井を仰ぎ見て、視線を尾崎に向けた。

「祖父は個人個人が慈悲の心で互いを思いやれれば、戦争に至らないと語った。父はそれだけでは足りず、現実的に力を持つ重要性を説いた。いわば私は二人の合作さ。官僚も数がものを言う。特に前例を覆《くつがえ》す時にはな。民間戦争被害者の力になるため、慈悲派が増える日を待ち望んだ。君の指摘通り、火種存続にこだわりすぎた面はあるんだろう」

「在庁した頃に本心を話してくれれば、私たちで議論を重ね、別の道も探れたでしょう」

「私も君も組織を追い出されたさ。腹の裡を語れる相手がいなくてな。死ぬ前に誰かに明かしたかったんだ。人間は同時に別の人生を歩めん。どんな人生でも後悔はついてまわる」

高野は寂しそうに酒を一息に飲んだ。尾崎もグラスを空にし、酒を注ぎ合った。

「今日は寒いな」

高野がぼそりと呟いた。

高野が帰宅した後も、一人で酒を飲んだ。まだ外は明るい。鳥が鳴き、雲がゆっくり上空を流れていく。

小曽根軍医と酒を酌み交わせたら、どんな味がしたのだろう。一度でいいから、一緒に飲んでみたかった。さくらの活動を手伝い、鏑木の死の謎にも一緒に挑んでくれただろう。

ジャズのレコードをかけた。グレン・ミラー。ビッグバンドのアップテンポなスウィングジャズに身も頭も任せていくうち、レコードの音色が遠くに聞こえはじめていった。

元七三一部隊員に接触し続け、鏑木の死の真相に辿り着けるだろうか。そんな幸運が訪れる保証はない。たとえ良心があったとしても、告白できない気持ちは理解できる。六年前の田原を例に挙げるまでもない。

戦争がなく、学徒出陣もなく、大学で英文学を勉強し続けていれば、自分は今頃まったく別の人生を歩んでいたのだろう。官僚にもならず、鏑木とも会わず、タエとも結婚していなかった。人生とは不思議なものだ。選択できる時もあれば、有無を言わさず嵐に放り込まれる時もある。そのすべてが現在に繋がっている。

曲が終わり、再びアップテンポの曲が流れ出した。管楽器が唸りを上げるような演奏だ。

せっかくだ。高野と飲んだ酒を鏑木にも供えよう。高野から受け取った後、すぐタエに一升瓶を渡したので仏壇に供えていない。

レコードをかけたまま一升瓶を持ち、腰を上げた。台所から新しいコップを手に取り、仏壇の前に座った。酒を注ぎ、供える。

鏑木の位牌に視線を据えた。

益子のおかげでもう一暴れできそうです。しかし、鏑木さんの死の真相にはまるで手が届きません。尾崎は線香に火を点けた。

現段階で色々話してくれたのは小曽根軍医の友、荒井だけだ。元七三一部隊の一員として忠告もされた。もう十年近く前の話になる。

どんなに施設が立派で、頭脳明晰で、隊員が多かろうと、互いの研究を隠す部隊。互いの内面なんて知る由もなかっただろう。

自分だって似たようなものだ。高野がどんな考えを抱いているかなんて、想像もしなかった。今日まで触れる機会もなかった。

ゆらゆらと天井に向けて立ち上る煙を、見るともなしに見ていた。そろそろ戻るか。

鏑木さん、どうかお力添えを。そう語りかけ、膝に手を突いて立ち上がった瞬間だった。脳に強烈な光が走った。

思えば、腑に落ちない話ではないか……。

急いで大股で居間に戻った。いつのまにかレコードはぶつぶつという音だけを発している。壁掛け時計を見た。午後五時。まだ充分連絡がとれる時間帯だ。

「小曽根さん、例の書類あるかな」

社長に声をかけられ、さくらは脇の棚から書類を引き出そうとした。不意に左脇腹に鈍い痛みが走り、顔を歪めた。最近ふとした動きの時、空襲で撃たれた痕が痛くなる。血は出ないし、銃弾は体内にないし、もうあれから何十年も経っているというのに。これまでこんな痛みはなかった。歳を重ねたからなのだろう。もう五十歳だ。

社長に書類を渡し、さくらは自席に戻った。周りを見回す。自分より年下の社員もかなり多くなった。もうすぐ新入社員も入ってくる。今年は五名を新たに雇うそうだ。折々、オイルショックやインフレといった荒波の影響を受けてきたが、会社は年々大きくなっている。

連盟にはさくらよりも重たい傷を負ったメンバーは山ほどいる。冷える季節は、傷が悲鳴をあげているに違いない。年齢を重ねれば膝や腰、肩、目など体のあちこちに不調が生じるけれど、それらとは痛みや不具合の質が異なる。さくらは右手を眺めた。くっついた人さし指と中指。あと数年、数ヵ月もすればこの指も痛み出すのかもしれない。

午後五時半、勤務を終え、銀座に出た。勤め帰りと思しき老若男女が賑やかな街を行き交っている。笑顔もあれば、真顔も顰めっ面もある。和光前の鳩居堂《きゅうきょどう》に入ると、便箋などの紙製品、ボールペンなどの筆記具、絵の具など様々な文房具が並んでいた。どれを雅恵の誕生日プレゼントにしよう。鶴恵の分も何か買わないと。すねてしまう。

年齢を重ねるのも悪い面ばかりではない。二人の姪の将来は楽しみだ。雅恵は十五歳になり、最近は松任谷由実《まっとうやゆみ》に夢中だ。ついこの間までピンク・レディーと騒いでいたのも懐かしい。鶴恵は小学生にして松田聖子《まつだせいこ》に首ったけだ。

雅が生きていれば、どんな叔母になったのだろう。お父さんとお母さんが生きていれば、どんな祖父母になったのだろう。終始甘やかすのか、おじいちゃんのように時に痛烈な社会批判を孫に聞かせたのか。太郎兄ちゃん、つる姉が生きていれば――。

左の脇腹がまた疼いた。

雅恵に中学校の教科書を見せてもらったことがある。先の戦争は一ページしか記されていなかった。縄文時代よりも少ない記述だった。四十年後の教科書では、たった数行しか触れられなくなるのかもしれない。

ほんの数行に……たった一言にとてつもない数の人間の暮らしがあった現実を知っている。些細な出会いに喜び、些細ないざこざで泣き、些細な冗談で笑い、些細な言い争いで怒り、些細なすれ違いで哀しみ、些細な年中行事を楽しんだ日常があった現実を。暮らす時代は異なっても、いま目の前を行き交う人たちのいとなみと何ら変わらない。

こうして文房具を選べる幸せを噛み締めよう。

さくらは書き心地のよかったノートと万年筆を雅恵に、鶴恵には筆箱を買い、店を出た。そのまま大通りを新橋方面に進んでいく。わずかに潮の香りが混ざったそよ風が吹いている。子どもの頃はもっと濃い匂いだった気がした。いずれ銀座から潮の香りも消えるのだろう。

資生堂パーラーに入った。窓際の席に通され、メニューを開かずに注文した。

「チキンライスを一つください。あと生ビールもお願いします」

昼間、太郎兄ちゃんとつる姉のことを考えたからか、無性に食べたくなったのだ。高見沢の店で飲んだビールは格別だった。

あのビールはもう二度と飲めない。

3

午前九時過ぎ、尾崎は荻窪《おぎくぼ》駅北口の商店街を抜け、緑豊かな住宅街に入った。開発は進んでいるが、まだ武蔵野《むさしの》の面影を残す大きな公園もある。

夕方には益子が自宅にやってくる。連絡会でどう議論を進めるかの思案に時間を費やすべきなのは理解しているが、昨日から頭がそちらに向かわなかった。ならば、鏑木の件を進めるだけ進めるべきだ。

通勤通学の波は落ち着き、頭上の電線の上で小鳥が鳴いているくらいで、街は静かだ。陽は出ていても空気は冷えて引き締まり、ギャバジンコートのポケットに手を突っ込む。

電柱の住所表示を頼りに歩いていくと、目当ての家があった。二階建ての家屋で、庭には大きな欅《けやき》や栗など落葉樹が生え、門扉越しに庭を竹箒《たけぼうき》で掃く初老の男が見える。ジャンパーを着て、動作はゆっくりだ。庭の隅に小さな石碑のようなものがあり、両側には花を活けた古いガラス瓶が置いてある。花の赤色は鮮やかで、新鮮なうちに替えているのだろう。枯れた花、萎れた花が折り重なって積んである。尾崎は目の前の光景に違和感を覚えた。

「ごめんください、荒井さん」

声をかけると、荒井は竹箒をかける手を止めた。髪はすっかり白くなり、眼鏡のレンズも分厚くなっている。荒井は竹箒を外壁に立てかけ、ゆったりとした足取りで尾崎のもとにやってきた。

荒井は伊与出製薬を定年退職している。昨日、尾崎はまず伊与出製薬に連絡を入れ、元厚生官僚という肩書きで荒井の自宅電話番号を聞き、かけた。用件は対面した時に話すことになり、荻窪の自宅を面会場所に指定された。

「大変ご無沙汰しております」と尾崎は頭を下げた。

「こちらこそ。門扉は開いております。家内が病気で伏しておりまして、外出できませんで申し訳ない。肌寒いですが、庭でお話する形で構いませんか」

「もちろんです。恐れ入ります」

「座り心地は保証できませんが、あちらにどうぞ」

荒井が手で指し示した先には、陽あたりのいい場所に切り株が二つ並んでいた。切り株に腰掛けると、懐かしい座り心地だった。南方の戦場で岩や草の上に座った時の感触にどこか似ている。

「電話をいただいた際、ちょうど小曽根のことを思い出していたので、驚きましたよ」

「小曽根軍医があらかじめ伝えてくれたのでしょう。本日は荒井さんに確認したい件があって参りました」

「なんでしょうか」

「鏑木さんがどんな酒を飲んだのかご存じなのですね」

単刀直入に切り込んだ。

ウグイスが鳴いている。美しい声だ。尾崎の住む目白界隈ではとんと聞かなくなった。

「昨日ようやく、およそ十年前の荒井さんの発言が不可解だと思い至った次第です。ご自身を末端の研究者だったとおっしゃり、研究者間は没交渉だったと説明された。それなのに、憲兵が酒を不満分子一掃に利用できると語ったという話をされた。この齟齬は一体なんなのか。荒井さんが件の憲兵について語れるのは渦中にいたか、近しい人物が計画チームにいて耳打ちされたからとみるべきなんです」

高野が自宅を訪れてくれなかったら、互いの心中を明かさないような組織と自分の過去を重ねる機会がなかったら、まだ気づけないままでいただろう。

風が吹けば桶屋が儲かると言うが、思いも寄らぬ要素が連鎖反応する時がある。英語ではバタフライエフェクトと呼ぶのだったか。かつて鏑木の死にまつわる疑義を追うことを、民間戦災者への補償実現に邁進するために中断した。退官後、再び鏑木の死を調べて五年、手がかりはなかった。それがどうだ。再び民間戦災者のために国の連絡会に出られるとなった途端、鏑木の死について今まで見えなかったものが見えだした。これもまたバタフライエフェクトなのかもしれない。動かなければ失敗もないが、成功もないのだ。

荒井が肩で大きく息をついた。

「後者です。また鏑木さんの件を追い始めたのですか」

「課された責務の一つなので。誰かを巻き込む恐れもなくなりましたし。どうして以前は教えてくださらなかったのですか」

「あの時点で話していれば、尾崎さんはそのまま突き進み、返り討ちに遭ったでしょう。存命者がかなり多かった。穏健派ばかりではありません」

荒井は目を伏せ、数秒後、ゆっくりと顔を上げた。

「いまの発言は公平ではありませんね。尾崎さんの身という以上に、私自身が怖かったのです。誰が尾崎さんに明かしたのかを辿られた場合、職を失い、他の何かも奪われる恐怖がありました。あの時、あれが喋れる限界でした。話の矛盾にいつ尾崎さんが気づくかと、何年も冷や冷やしておりました」

「こうして話してくださったのなら、恐怖は払拭されたのですね」

「完全にはまだ。ですが、私も老境に差しかかっています。いま誰かに話しておかないと、もう機会がない。私と尾崎さんには小曽根という介在者もいる」

「荒井さんに諸々の話をした方がご存命なら紹介してください」

「残念ながら亡くなっています。まったく別の研究をしてましたが、大学の同級生でしてね。奴と話す時が唯一、気が休まった。戦後、京大に行った日下吾郎《ごろう》です」

聞き覚えのある名前だ。鏑木の手帳にあった？　そうだ……。

「私も一度、鏑木と一緒にお目にかかっています。あれは日下さんがもうひとかたと厚生省にいらした時でした。別件でいらしたのに、わざわざ鏑木に会いにいらしたと」

「違います。それはただ立ち寄っただけではありません。ある目的を果たすためでした。鏑木さんが酒好きのままなのか、体を壊して飲めなくなっていないかの確認です」

「どうしてご存じなんです？」

「生前の日下に言われたんです。『また嫌な役目をさせられた』と。鏑木さんが急死したと知り、日下はこの家に来ました。我々と関係の深かった人物から依頼があったのだと」

「例の元憲兵ですね」

鏑木が殺されたのなら、方法からして元七三一部隊か件の憲兵に限られる。元七三一部隊員なら、『関係の深かった人間』ではなく、『元同僚』などと言うはずだ。

「ええ」と荒井は小さく頷いた。

「日下さんがこちらにいらしたのは、仲が良かっただけでなく、荒井さんもこの一件に少々絡んでいるからでしょう。研究ではなく、別の絡みで。今日お邪魔してそれがわかりました。関わっていたからこそ、以前私に忠告してくれたのですね」

またウグイスが鳴いた。尾崎は庭の隅を指さした。

「あの小さな石碑脇に花を生けた瓶。あれは憲兵が用いた瓶と同じ物ではありませんか。つまり七三一部隊にゆかりのある酒瓶です」

「そう思われた理由は？」

「新鮮な花が活けられています。頻繁に取り替えるほど細やかな気遣いをされる方なら普通、花瓶を使う。お宅を拝見する限り、お金に困った様子もない。使わないのは相応の理由があるからでしょう。強い思い入れか、過去を忘れないためのけじめか。石碑は供養碑ですか」

荒井はささくれだった自身の手を広げ、しげしげと眺めた後、膝の上に置いた。

「七三一の酒保であの瓶の桂花陳酒が売られていたんです。ラベルもなく、裸の瓶のままでね。銘柄は忘れましたが、それを好きだった大陸の人間がいました。彼の死に様が忘れられません。被検体として見られなかったんです。今でも夢に出てきます。物は記憶を鮮明に保存します。死ぬまであの瓶の近くにいようと思っていますよ。石碑は供養塔の真似事です。元々庭にあった石を立てただけですので」

供養塔を含め、己の所業に対して何かをせずにはいられなかったのだろう。

「元憲兵に瓶を渡したのは私なんです。満州から瓶を何本か持ち帰ったことを誰にも言ってないのに、元憲兵は知っていた。戦後私の前に現れ、瓶を出せと言われた時、常に監視されていたように感じましたよ」

「鏑木さんもその桂花陳酒の存在を知っていたのですね」

「おそらく。彼は厚生省と我々を繋ぐパイプ役でした。元々大学や国の研究機関を扱う部局にいた方ですので」

鏑木が医学会を攻めると口に出した際、訪問に同行しようと言うと、ぴしゃりと拒否された。七三一部隊に関わる危険性を考慮し、巻き込まないための気遣いだったのだろう。

「元憲兵は戦争末期に考案した方法を鏑木に用いたのでしょうか。瓶は存在しない警官に回収されています。それも元憲兵の仕業でしょうか」

「わかりません」

「元憲兵の名前は？　本当はご存じなのでは？」

荒井は空を仰ぎ、視線を正面に戻した。

「戦国武将の直江兼続の直江に、伊達政宗の政宗で直江政宗と名乗っていました。明らかに偽名です。大陸では偽名で活動する軍人が山ほどいた。多くは特務機関の人間でした。便宜上、これまで直江を元憲兵と話してきました。ですが、憲兵なのか特務機関員なのか正体が摑めません」

約十年前、あるいは特務機関と繋がる憲兵だったのかもしれないと、荒井は語っていた。

直江。何の因果だろう。鏑木とこちら側に組み込もうとした、民自党の大物と同じ名ではないか。

「直江政宗はなぜ荒井さんに瓶を要求したのでしょう」

「理由は知らない方がいいと言われ、深入りしませんでした。個人の思惑で動いたのではないはずです。話しぶりや雰囲気からして、戦時中に思いついた方法を是が非でも試したくなった狂信者ではなかった」

「直江政宗は戦後何をしているのですか」

「存じません。尋ねても、直江は現在の身分を明かしませんでした」

官僚ではないだろう。直江が厚生省や総理府にいたのなら、日下が鏑木の現状を確かめる必要もない。鏑木が酒好きで、体調を崩していないことをたやすく探れる。

「会社員の雰囲気でもありませんでしたね」

「敗戦後、直江政宗は荒井さんたちの就職先などを把握していたんですね」

「でしょうね。大半が大学教授か製薬会社の社員か医療関係者になったので探すのは簡単だったはずですが、大きな意思を感じます。石井機関をいずれ利用すべく、国は受け皿を用意していたのではないのかと。軍医でも中佐以下は公職追放の例外扱いで国公立病院にも勤務できましたから」

あながち的外れな指摘ではないのだろう。その後の冷戦構造を考えるまでもなく世界は不安定で、使える組織は温存したいはずだ。人間、職種や生き方を一変させるのは難しい。学徒出陣した自分だって、敗戦後は何者にもなれたはずなのに結局、戦争の後始末に奔走する職に就いた。直江政宗も生き方を変えられなかったのかもしれない。

「鏑木さんと直江政宗は面識があったのでしょうか」

「私には何とも。ですが、面識があっても不思議ではないです。直江政宗が特務機関の人間なら何度か本土に戻っているはず。その際、鏑木さんがクーリエとして荷物や書類を託したかもしれません。暗号文は解読されてしまいますから、手渡しが結局確実なんです」

面識があったのなら鏑木の桂花陳酒好きを知っていても納得できる。むろん面識がなくても、七三一のつてを使えば調べられるだろう。

「直江政宗は存命ですか」

「わかりません。最後に顔を見たのは、鏑木さんの一件の時です。あれ以来、会っていません。直江は役目柄、部隊に出入りする際は変装していたはずです。戦後、私と会った時も。すれ違っても認識できないのでしょう。私は彼の本名も連絡先も住所も存じません」

冷たい風が吹き、木々の枝葉が揺れている。

「庭の桜、つぼみが膨らんできました」荒井はぼそりと言った。「あと一週間、十日もすれば開花でしょう。三月の満州はまだ寒い。満開の桜を見たくなったものです。あの辺にはソメイヨシノはありません。ですが、敗戦後、ソメイヨシノが嫌いになりました」

「荒井さんにとって、戦争を想起させるものだからですか」

「戦争というより、もっと大きなもの……恐怖を覚えるのです。ソメイヨシノは挿し木で全国に広まった。いわば一本の木の複製があちこちにある。均一レベルの人間を大量生産する日本の軍人教育、学校教育を彷彿させるじゃないですか。均一であるがゆえ、日本人は無意識に自分たちを重ね、ソメイヨシノの開花を待ちわび、愛でるのかもしれません。かといって庭の桜を抜く気にはなれません。ソメイヨシノには何の罪もありませんから」

今年、満開のソメイヨシノを眺める時、自分は何を思うのだろう。

荒井は庭の小さな石碑に目をやった。目に映るのは石碑ではなく、満州の景色なのかもしれない。

4

荻窪駅近くの立ち食い蕎麦店で昼食を食べて自宅に戻り、尾崎は椅子の背もたれに体を預けた。

どうやったら直江政宗に行き着くのか。誰が直江政宗に命じたのか。相手は長年、尾崎の動向を監視していたのは確かだ。脅迫文が何度か届いている。

ちょっといい？　タエの声で思考が目の前に戻った。

「今晩、益子さんがお見えになるんだよね」

「ああ、六時くらいには来るんじゃないかな」

「買い物に行ってくるから、お留守番をお願い」

「俺が行ってくるよ。帰りがけに何か買ってくればよかったな。気が回らなかった」

「私にも外を歩かせてよ。酒屋さんが来たら、受け取っておいて」

タエがいそいそと出かけていった。

十五分後、尾崎が台所でお茶を一杯飲もうと湯を沸かしていると、勝手口の戸が開いた。酒屋の配達だった。届いたのは灘の酒の一升瓶だ。高野の酒に加え、もう一本用意しておこうと思ったのだ。益子はかなり嗜《たしな》む方だが、二本あれば足りるだろう。心に余裕を持って酒を楽しめる。
あ……。身を硬くした。まいどあり。酒屋の声が遠く聞こえ、お勝手口のドアが閉まる動き
がスローモーションに見える。
余裕、か。尾崎は届いたばかりの一升瓶を見つめた。二本の酒――。
直江は桂花陳酒の小瓶とともに、秋田の一升瓶も鏑木に渡したのではないのか。生活者の心
の動きを利用するために。小瓶の酒を近いうちに飲ませる誘導として。
鏑木はラベルのない大陸の桂花陳酒が絶品だと知っていた。小瓶だけではもったいなさが先
行し、なかなか口にしない可能性がある。『重要な仕事が成就した時に飲もう』というよう
に。同時に一升瓶を渡せばどうだろう。心に余裕が生まれるはずだ。一升瓶を主に飲むことに
し、まず一口だけ小瓶を味見しようと思うのが酒好きの人情ではないのか。
謀略や工作には派手なイメージがあるが、心理面をつく地味な面こそが本質だろう。
鏑木がいかに酒好きとはいえ、直江との面識の有無にかかわらず、七三一部隊に関係する酒
には危険を感じたはずだ。彼らの過去の所業を突いていた時なのだから。しかし、ここで二本
の効果が生まれる。直江は秋田の酒を渡す際に何か理由をつけて自分も飲んでみせ、桂花陳酒
も安全だと誤認させたのではないのか。他ならぬ尾崎自身、高野が酒を持って訪ねてきた際、
一緒に飲もうと誘っている。直江は『桂花陳酒はお一人でお楽しみください』とでも言ったの
だろう。鏑木としても貴重な酒を独り占めしたいはずだ。
約十年前、鏑木の酒好きとしての脇の甘さが命取りとなったと考えた。だが、相手の罠に搦《から》

めとられるべくして、搦めとられたのだ。桂花陳酒を口にした際、悪くなったと捨てさせている。鏑木は毒が混入されているとは思いもしなかったのだ。

黒幕が鏑木退場のタイミングを計ったのは間違いない。鏑木の死は報道機関を使う奥の手を発動する間際だった。情報が漏れたのか、他に打ってくる手はないと読まれたのか。

つい鏑木の件に頭が向いてしまう。さすがにそろそろ思考を切り替えなければならない。連絡会で議論をどう進めるべきか、どんな反論が予想されるのか。概ね方向性は定まっているものの、細部を詰めていない。

手ぶらで益子を迎える恥ずかしい真似はできない。

尾崎は頬を叩き、自室に戻った。鏑木の一件が脳に浮かびそうになるたび、連絡会の方に思考を戻した。連絡会開催前にできることは何かないのか。

つらつら思案していると、一つ手が浮かんだ。

六時過ぎ、益子が食後のケーキを手土産にやってきた。

「土産か、悪いな」

「なんの。尾崎さんは大事な協力者です。奥さまの手料理のお礼でもあります。って、奥さまの手料理を今日も食べられますよね」

「たんと食ってくれ」

「栄養をつけさせてもらいます。官僚の生活なんてめちゃくちゃですからね。毎日でたらめな勤務時間に、空腹を満たすだけのおざなりな食事ですもん」

「そうだな。栄養を摂れた気がしたのは、新橋の大将の店に行けた時くらいだったよ」

客間のテーブルに酒、里芋の煮物、アジフライ、紅ショウガの天ぷらなどが所狭しと並べられた。

「やった、紅ショウガの天ぷらがある。この前生まれて初めていただいて、あまりのおいしさに衝撃を受けましたよ」

「関西では割と一般的だぞ。戦前、実家でよく食べたんだ。仕事の話は腹ごしらえの後にしよう。酒もたっぷり用意した」

「喜んでお相伴に与ります」

益子が酒を飲みつつ紅ショウガの天ぷらや煮物をうれしそうに食べていく。尾崎はもっぱら酒を口に運んだ。

「仕事の調子はどうだ」

「まずまずです。今日は直帰できるので気分もいいですし」

「連絡会の担当になって以来、変わったことはないか？　誰かにつけられている気がするとか、嫌がらせの文書が来たとか」

「気づいてないだけかもしれないですが、ありません。尾崎さんの頃はあったんですか」

「それなりにな」

ひとしきり腹が満たされたのか、益子が箸を止めた。

「そろそろ本題を。政治家を取り込めないかと画策しているんですが、尾崎さんも付き合いのある方にアプローチしていただけませんか。打てる手はすべて打っておきたいんです」

「奇遇だな。俺も今日、それを提案しようと思っていた。益子は誰と接触したんだ？　かぶったら意味がない」

益子が挙げたのは与党青年部でホープと呼ばれる代議士だった。

「手応えがまるでなくて。のらりくらりといった状況です。風見鶏ですね、あれは。尾崎さんはどなたと親交があったんですか」

「則松議員だよ」

退官以来、会っていない。則松はいまだ首相の座に手が届いていないが、与党重鎮として幅広い影響力を持った。現在は党政調会長という要職を担い、第二派閥のトップの座にいる。現首相に対抗できる唯一の存在と目され、次の総裁選で名乗りをあげるかどうかに注目が集まっている。

「さすが、大物です」

「たまたま縁があっただけさ」

直江喜三郎邸に乗り込み、無理矢理摑んだ縁とも言える。無鉄砲な行動だった。若かった。酒が少しだけ甘く感じた。若さとは甘い味がするのかもしれない。

5

午後二時、尾崎は東京ヒルトンホテルの廊下を歩いていた。スイートルームのチャイムを鳴らすと、滝藤が内側から開けてくれ、会釈を交わし合った。

「ご無沙汰しております。議員は奥の部屋でお待ちですよ。お変わりありませんね」

「まさか。ここ数年で老眼が進み、膝も肩も痛む毎日ですよ」

厚生省退官以来、滝藤と顔を合わせることもなくなった。

奥の部屋に進むと、大きな窓から皇居の景色が見えた。則松は応接セットにゆったりと腰掛け、コーヒーを飲んでいる。則松がカップをソーサーに置いた。

「お久しぶりですね。お元気そうでなにより。どうぞお掛けください」

「昨晩は突然連絡して申し訳ありませんでした。今日はお時間を頂戴し、恐れ入ります」

昨晩益子が帰宅した後、則松の事務所に電話をかけた。遅い時間でも誰かが必ず事務所にいるのを知っている。

「尾崎さんの急用とあれば時間も割きますよ。今日はどうされたのです」

「お力添えを賜りたいのです」

尾崎は諮問機関やそれに先立つ連絡会に参加する旨なども述べていった。則松は微動だにせず、尾崎をまっすぐ見据えている。尾崎が話し終えると、則松は深く頷いた。

「民間戦災者の件、尾崎さんは常に熱心でしたね。熱意は心底尊敬に値します。活動を止めようとも思いません。ですが、私は動けませんし、動く気もありません」

やんわりとした口調ながらも、にべもない返答だった。

「しかし……」

「もう遅いのです。戦争を知らない世代の方が多い時代になりました。その時々で取るべき選択は変わるのです。オイルショックも記憶に新しい。国は常に一定の余力を持たねばなりません。世界二位の経済力をもってしてもリスクが大きすぎる。尾崎さんとは古い仲です。今日のお話は胸にしまっておきます。誰かに言えば、総理府はさらに強固な働きかけを委員にするでしょうから」

「消極的な判断をされるのは、次の総裁選を睨んでいらっしゃるからですか」

従前の政治判断を覆せば、歴代の権力者の判断を否定することになり、その流れを汲む派閥の票を得られない。

「ええ、あいにく政治は善意では動きません。実利で動くのです」

「総裁になっても、民間の被害者を無視されるのでしょうか」

「日本を二度と戦争に巻き込ませないという、私の信念からすれば誤差の範囲でしょう。いま空襲被害者の補償に道を開けば、労せず果実を得る連中を生みます。空襲被害者だけでなく、他の問題に無関心な人をも利する結果になる。問題の性質上、網羅的に補償を実行せざるをえない。補償すべきでない人――流されるままの人も含めざるをえないのです。彼らの意思のなさは亡国に結びつきかねません」

則松が眼鏡のブリッジ部分を上げた。

「補償を求める運動に興味がない人、面倒だから何もしない怠惰な人、他の誰かに任せておけばいいと自主性のない人、決まったことに従えばいいと他人に下駄を預ける人。彼らは世間の圧倒的多数派です。他の補償問題においてもしかり。大義や正義の旗になびくのは、そんな何もしない、己の頭を使わない、自分の足で立っていない人たちなのです」

一つの見解としては理解できるが……。

「せめて行動した者は報われるべきでしょう。行動した者に対してあまりにも酷です。私と則松さんの意見のいいとこ取りをする選択肢もあります。白か黒かではなく、様々な色合いを混ぜ、妥協点を見出すことは政治家の腕の見せ所じゃないですか」

「おっしゃる通り、世間は様々な色合いで満ちています。つまり私にも尾崎さんにも正しさがある。反対の意は表明しませんが、客観的に申し上げるなら大勢はとっくに決しています」

則松の声はいつもと違った。説得するための声音でもなく、諭すための声音でもなく、事実を淡々と突きつける重たい響きだ。尾崎は頭の芯が痺れ、眉間の奥に力が入り、我知らず体が震えた。翻意は期待できない。長い付き合いだ。それくらいわかる。

尾崎は細く息を吐いた。

「大勢に抗うのには慣れています。お邪魔しました」

「また近いうちにお目にかかりましょう」

ホテルを出ると雪がちらついていた。じきに桜が咲く季節だというのに。マフラーに顔を埋めるように尾崎はうつむいた。革靴の音がむなしく街に響いている。

銀座線で新橋に赴いた。五年ぶりに訪れると、大将も女将さんも変わっていなかった。ただ、壁に貼られたメニューの短冊は茶に変色し、カウンターの内側には若い男性が立ち働いている。自分がどこで何をしていようと、各々の人生は動いている。

月日が経っていても、焼き魚も季節の白和えも絶品だった。他にも客がいるのに、大将はカウンターから出てきて、丸椅子を尾崎の隣に置いて座った。

「久しぶり」と大将が明るい声を発した。「寒い日にわざわざどうも」

「相変わらず絶品だよ。厨房は？」

「倅《せがれ》にやらせとくさ。昔馴染みの常連と話すくらいの時間は任せられる」

「息子さんか。そういや目元が似てるね。今も毎日店を？」

「ああ、ウチの売りだからね。倅もそこそこの腕になって、ちょっとは楽になった」

「そうだ。今度、川魚を食わせてくれないかな」

「なかなか、いいのがなくてさ。なにぶん目も舌も肥えてるからよ。ウチの家系は代々、多摩川で漁師やっててさ。アユやウグイ、川海老なんかを獲ってたんだ」

多摩川の水が汚れたのは一九六〇年代半ばからだった。高度経済成長に伴い、工場からの産業排水や一般家庭からの生活排水で汚染され、川の流れが一面洗剤の泡になり、死の川とも呼ばれた。水質改善の取り組みが始まっているはずだ。

「東京五輪の頃からかなあ、川が目に見えて汚くなってきたのは。獲ったばかりのウグイを焼いたら妙な臭いがして、食えたもんじゃなくてさ。まもなく廃業。そんで料理人になった。いまも川にはコイやフナはいるらしいよ。あいつらは汚れに強いから。多摩川の魚はうまかったんだぜ。海の魚も産地で味が違うだろ。川だって土地の味がした」

自分にとっての思い出の味、紅ショウガのてんぷらは自分で作るかタエに頼むか、関西に行けばいつでも食べられる。大将の思い出の味は二度と食べられないのかもしれない。

「漁師を廃業する時、この国は一事が万事こんな調子なんだなって骨身に沁みたよ。あんたも戦争にいった口だろ。戦争の時と一緒だ。個人の暮らしなんてお構いなしに国が音頭を取り、わっと一方向に動く。結果が良かろうと悪かろうと、上は潰れた下の生活なんて見向きもしない。下が自力でなんとかするしかねえんだ。取り戻せないもんもあるけどな」

誰しも、いつ何時、国に自分の暮らしを踏み潰されるのか知る由もない。民間の空襲被害者が最たる例だ。何とかしたい、何とかできないか、何とか光明を見出したい。

突如、耳の奥で布地が裂ける音が聞こえ、瞼の裏で白旗に銃弾の穴が開いていく光景が流れ、首筋に南方の熱気がまとわりつき、手の平に小曽根軍医の体温が蘇ってきた。

なぜいま、あの時の記憶が……？　大将との会話を続けつつ、尾崎は別の頭で思考を巡らせていった。

6

益子に先導され、尾崎は総理府の大会議室に入った。総理府、外務省、厚生省など関連省庁担当者による連絡会は十五分後、ここで始まる。則松と会って以降、鏑木の件は極力頭から追いやり、この日に向けて時間を費やし、益子と検討を重ねてきた。

総理府の面々は席に陣取り、めいめい書類に目を通している。長方形に組まれた長机には、参加者の名札があった。名札は小さく、尾崎には文字が読み取れない。

席に座るなり、益子が声をひそめた。

「総理府、かなり年配の方を呼んでますね」

後列に、窓からの光を背に浴びる白髪の男性がいた。顔が老けていても、一目でわかった。芦部圭介、約三十年前に鏑木とやりあった切れ者だ。十数年前、総理府のトップになったと官報で見た。年齢的にとっくに退官している。尾崎同様、関連団体の人間として参加しているのだろう。体の奥底が熱くなった。にわかに鏑木の弔い合戦の様相も生まれたのだ。

芦部の素性を益子に小声で伝えた。

「あれが噂の。息子さんは与党大派閥の有望株で、近いうちに何かの大臣になるらしいです」

芦部某という代議士は尾崎も知っている。芦部家は権力の中枢に生息してきたのか。

益子に渡された名札を机に置き、鞄から一本の万年筆を取り出した。小曽根軍医も使った万年筆で、長年のお守り代わりでもある。

他省庁も続々と会議室にやってきた。尾崎や芦部のような、明らかに現役官僚ではない人間が陪席として参加している。

午後二時、連絡会は総理府の事務方の挨拶から始まった。

「皆さんもご存じの通り、戦後処理について政府は、『諸々の措置は終結している』という立場をとっています。我々としましても、新たな措置を講ずるのは不適当と考えておりますが、与党専門部会の強い要望により懇談会が三ヵ月後に発足されます。それを受け、本連絡会は関連省庁間の意見調整の場として開催する運びになりました」

事務方の背後では芦部が目をつむり、じっと聞いている。事務方が参加者を見回す。

「懇談会の結論が出るのは二年後の予定です。与党から提起された三件をきっちり取り扱います。ただし、早くから三件に絞ってしまうと世論などで批判されるリスクが生じますので、注意深く進めて参ります」

玉虫色の発言だ。三件以外——空襲被害者などの件も議題にのせるとものせないとも取れる。実に官僚的だ。

「懇談会の事務方としましては二年後、政治情勢がどう動いていようと、パンドラの箱をしっかりとしめる方向に議論を運ぶ所存です」

尾崎は益子に目配せした。誰も質問すらせず、このまま賛成の方向に流れていきかねない。尾崎は手を挙げた。どうぞ、と担当者に指名される。

「パンドラの箱とは具体的になんでしょう」

担当者の口が開く前に、彼の背後から声が発せられた。

「皆まで言わせずとも見当はつくでしょう」芦部はいつのまにか目を開いている。「寝た子を起こさないという意味です。補償範囲は最小限に止めるべきですので」

「空襲被害者について議論の俎上《そじょう》にのせないのですか」

「空襲被害者の皆様が旧軍人と自分たちとを比べ、例えば腕を失った――など同じ被害に遭っても扱いが異なることに不公平感を抱いているのは、重々承知しております。ですが、補償が拡大すれば、負担するのは現役世代や若者です。彼らに何十年も前に起きた出来事に金を払わせる方こそ不公平でしょう」

「極論を述べれば、戦争を経験した世代のみに特別税を課し、財源にする方策もあります」

いえ、と芦部の声が鋭くなる。

「財源云々ではなく、そもそも与党が提示した三点もとっくに決着がついた問題です。私は軍人恩給復活の際に関わりましたが、当時、欠格者について問題にもあがりませんでした」

「軍人恩給については度重なる法改正がなされています。かなり不備がある法律という証左です。この機に与党提示の三点のみならず、決着済みとされた問題も、民間の空襲被害者なども含め、改めて全体的な戦争補償のありようを検討すべきでしょう」

各省庁の現役官僚は口を引き結び、成り行きを見守っている。別に構わない。現役には言及できない意見を述べる役割を尾崎も芦部も担っている。

芦部が眼鏡の縁を人差し指で押し上げた。

「個人的には戦争で被害にあったすべての方々に補償をしてあげたい。ですが、いまここに集まっているのは国の中枢に携わる者です。単純な感情で動いてはならない。あくまでも理性的な実務者として、国を潰さぬように運営していかねばなりません」

「私も感情論や根性論、精神主義には大反対です。一方、感情論と感情をくみ取ることとは似て非なるもの。感情の抑制と感情の排除は根本的に異なります。理性的に、理知的に物事を判断していくには冷静さが不可欠です。冷静さも感情の一種でしょう」

芦部がゆっくり頷く。

「おっしゃる通り。国民の暮らしを守るために我々は冷静に物事を見極め、適切な判断――線引きが求められます。国が総力戦で戦争をやり、負け、無条件降伏に至った。国民も当初は開戦に積極的だった。ならば金銭を払う方向での負担ではなく、国民が等しく一定程度の受忍をし、個人個人で戦後を生きていく負担が求められるのです」

「国や政府の大きな仕事の一つが線引きである点に異論はありません。ただし、決して線を引いてはならない時もある。国民を開戦に向けて煽動《せんどう》したのは国家です。即刻、民間戦災者への制度を整えるべきでしょう」

「国家は過去のために存在するのではありません。現在と未来のためにあるのです」

「違います。過去のためでも現在のためでも未来のためでもない」

会議室にいる全員の頭に染み込ませるべく、尾崎は一呼吸分の間を置いた。

「それは国民のためです。国家は、国民の平和と暮らしを守る責任を負っている。先の戦争では日本人だけで約三百十万人が犠牲になりました。三百十万分の夢、恋、いとなみ、経験、未来、体、血、喜怒哀楽、人生があった。そこに軍人と民間人の差はありません。生き残った民間人もしかりです」

　瞼の裏に南方の戦場と、焼け野原となった東京と神戸の光景が浮かんでいた。尾崎はさらに続ける。

「敗戦から時が経ち、あれは避けようのない戦争だった、仕向けられた――という論すら出始めています。論の正否や是非は措《お》きますが、そうだったとしても避けようのない事態に陥ったり、罠にはまったりしたのは失政ゆえです。どんな見解に立とうと、国家の失政が戦争を招いた現実から目を背けてはなりません。ともすれば、戦争補償問題は右や左や様々な主義に搦めとられ、彼らの活動や政争の道具に成り果てます。イデオロギーや政局ごときに屈せず、冷静に本質を見極め、すべきことをすべきです。国の基本姿勢が問われているのです」

　尾崎は芦部を見据えた。部屋にいる者すべてを凝視している心持ちだった。

「ええ」と芦部が応じる。「イデオロギーや、保守・革新といった政治色に染められてはいけない。私個人としても、空襲被害者などの民間戦災者はとても気の毒だと思います。ですが、自力で生きていっていただくほかない。国の予算は無限ではありません。リーズナブルに、合理的に事を運んでいくべきです」

「命や人生は商品やサービスではありません。国民に命を懸けさせたのです。国も相応の覚悟で後始末すべきでしょう」

「国が潰れたら元も子もありません」

「国を一度潰したのは政府です。旧軍人・軍属、一部民間人だけ補償をし、他はしないのは理屈が通りません」

「その理屈を見つけるのも官僚の役割ですよ。どこかで聞いた台詞ですよね。尾崎さん」

驚いた。憶えていたのか。名札の文字は読み取れないだろうし、尾崎も歳を重ねているのに、顔と名前と記憶を一致させるとはさすがだ。

「そうですね、芦部さん。与党提示の三点のみならず、他の戦争被害者にも補償対応する理屈をぜひ見出しましょう」

「いえ。絶対に限定すべきです。ここで対象範囲を広げれば、日露戦争、明治維新の被害者まで補償を求めてくるかもしれません」

「本気ですか。対象者はもう生きていないでしょう」

「GHQが軍人恩給を廃する際、日清、日露戦争の退役軍人も対象に含みました。それを鑑みて、対象範囲を広げて解釈する者も出かねません。起こりうる可能性を生み出すこと自体が危険だと申し上げている。明治維新や日露戦争同様、先の戦争の種々の補償問題についても、すでに解決済みだという態度を政府は貫くべきです」

尾崎と芦部以外、なおも誰も意見を述べない。現役官僚が下手に飛び込めば、致命傷を負いかねないほど繊細な議論だ。益子にもここぞという時までは発言するな、と言い含めている。他省庁の陪席も黙している。ここまで刃《やいば》を交わす想定をしていなかったのだろう。

「与党提示の三点も押し潰すべきだと？」

「起きた子についても一つずつ案件の対象を限定し、個別撃破を検討していけばいい。民間戦災者について、わざわざ我々が起こす必要はありません」

「ドイツとイタリアは民間人、自国人、他国人を分け隔てなく補償しているんですよ」

「国ごとに地政学的リスクや経済的問題、資本などの事情が異なります。なお他国人については、我が国も関係国とは外交的決着がきちんとなされている。国内で解決済みとされた問題に触れれば、海外の被害者が目覚めかねません」

　議事録が公開されないとはいえ、かなり踏み込んだ発言だ。海外の民間被害者については誰もが触れないままでいる論点で、芦部も戦後処理に強い熱意を抱いてきた節が窺える。

「尾崎さんは先ほど特別税云々とおっしゃったが、足りるはずない。政府は現役世代と若者に費用を負担させざるをえない。彼らを潰そうとするも同然で、誰も政府を支持しなくなる」

　尾崎は机上の万年筆を一瞥した。

「とるべき政策をとった結果、現役世代や若者が今後一切政府を支持しなくなっても、仕方ないのです。戦争は割に合わない、と為政者は懲りないとなりません」

「現職議員の方々が戦争を決めたわけではない」

「国を戦争に向かわせる立場にいる上、今まで何もしなかったんです。全取っ替えになってもいいレベルの話でしょう。今のままでは割を食ったのは民間人だけです」

　芦部の眼光が眼鏡越しに鋭くなった。

「非常に危険なご意見ですね。政治の長期不安定や大恐慌は、打開策として戦争を視野に入れる大馬鹿者を登場させかねません。武張った輩は往々にして『自国の安全が脅かされている』『大不況を改善させる』などと、能力もないのに嘯きます。不安に駆られた国民は大馬鹿者を支持し、戦争に進み、国を滅亡に導く。かつてと同じ道を歩みかねないのです」

出席者には冷笑する者もいた。芦部がゆっくりと立ち上がる。

「じじいの暴論だとお笑いになる方もいるでしょう。名目上、日本には軍隊はありませんし。ですが、笑えなくなる日が来てからでは遅い。尾崎さんなら危機感をご理解できるのでは？」

「ええ。あんな残酷で、残忍で、悲惨な体験をするのは我々世代だけで充分です」

わけのわからぬ時代のうねりに呑み込まれ、国家壊滅を経験した者なら、今しがたの芦部の指摘は一笑にふせられない。流れが生まれてからでは遅い。が、現職国会議員が総取っ替えになったとて、芦部が懸念する大馬鹿者の登場には結びつかないだろう。

幸い、八〇年代の日本は経済的にしっかりしている。国民を部品とする教育システムと、芦部をはじめとする典型的な官僚たちの感情を排した判断の積み重ねが生んだ富で、戦後の国家の歩みがすべて間違っていたとは言えない証明でもある。だからこそ、両者の立場から現状を全肯定するのではなく、経済力という戦後の果実に他者に寄り添う心を入れ込み、このタイミングで慈悲派の持論も取り入れるべきではないのか。

芦部はかなり離れた位置にいる。それなのに、唾が降りかかるような近距離で顔を突き合せている気分だった。

「少々よろしいでしょうか」と総理府の事務方が割り込んできた。「かなり概念論的な方向に話が進んでおります。論点を軌道修正しましょう」

「総論がなければ各論もない」

芦部が険しい声でぴしゃりと制し、事務方が口を開いたまま黙した。冷笑していた連中も背筋を正している。

尾崎は身を乗り出した。

「空襲被害者の戦争はまだ終わっておりません。彼らだけでなく、日本はまだ戦時下なのです。戦前戦中、国民は『お国のために』と犠牲を払った。現在は『お国』が『仕事』に置き換わったにすぎません。心はいまだ旧軍の構造に搦めとられている。誰かがこの呪縛を破壊しないとならない。空襲被害者への補償がその一歩になります。国や仕事への向き合い方に変化を促せるのです。ここにいる皆さんの手で、真の意味で戦争の幕引きを実現しましょう」

芦部も身を乗り出した。

「戦争はとっくに終わっています。終わっていないと感じる方がいても、国は終わったとしないといけない。旧軍の呪縛があるとおっしゃるが、それは個人の問題で、国がどうこうできるものではありません。むしろ個人の心に国が介入してはならない。国民自らが仕事を優先しているともとれます。誰しも耐えるべき問題があり、優先すべき事柄がある。国も国民のために安全保障、公害被害、医療制度――他に金を使うべき課題は山積みなのです」

芦部も自分と同じ場所を目指しているのだ。誰も見捨てず、置いてけぼりにしない国家を作るという地点を。登頂ルートが百八十度違うだけなのだ。一歩己の立場を捨てれば、芦部の意見にも妥当性はある。

ならば堂々と論じ、戦うのみ。

「経済、国防、政策、すべて大事です。もっと大事なのはその根本でしょう。誰もが幸せに、笑顔で暮らせることです」

「だからこそ、抑制の利いた制度やルールが不可欠なのです」

「法律や制度に人間の悲しみを見る目がありますか？　やさしい声をかける口がありますか？　訴えを聞き逃さない耳がありますか？　人間の微妙な気持ちを斟酌《しんしゃく》できる心がありますか？　どれも官僚が汲むべきことでしょう」

「かつて政界でも官界でも議論され、多数が支持した判断なのですよ」

「モラルや配慮のない多数決は暴力に過ぎません」

その後も二人は主張をぶつけあい、議論は平行線をたどった。誰も議論に加わってこなかった。国会とは違い、誰も眠っていない。

三十分が経ち、尾崎も芦部も息を継ぐ一瞬があった。

「よろしいでしょうか」と益子が声を上げた。「私にはどちらのご意見も正しく聞こえます。いわば正論と正論の四つ相撲で、両方の言い分に一理ある」

他の出席者がため息混じりに益子を見つめている。益子が参加者に視線を配っていく。

「どの立場に身を置くのかによって、どちらの正論をとるのか違ってきます。難しい選択ですが、私たち官僚は逃げてはいけない。他方、官僚がすべてを決めてもいけないのではないでしょうか。官僚は国家を円滑に動かす装置でもあります」

「おっしゃる通り」総理府の事務方が訝る。「何かいいご提案が？」

益子の目元が引き締まる。

「尾崎さんと芦部さんのご意見には明らかな隔たりがございますが、明確な共通点もある。空襲被害者などの民間戦災者を不憫《ふびん》に思う感情です。この点に妥協点があるのではないでしょうか。懇談会の冒頭、事務方から与党提起の三点以外も議題にのせるべき――と委員に提案してはどうでしょう。冒頭に言及することで、官僚側は民間の戦争被害者に心を寄せている点を示せます」

「万一、委員が同意したら……」

総理府の事務方が続く言葉を呑みこんだ。

尾崎は背もたれに体を預けた。背中が湿っていた。益子の提案は理に適い、官僚としての分もわきまえている。事前に打ち合わせた切り込み方で、タイミングは一任した。総理府直轄の懇談会、その連絡会で彼らを打ち負かせる確率は限りなくゼロに近い。だが、楔は打ち込める。打ち込まないとならない。これが事前に見出していた一筋の光明だった。

「賛成です」芦部が総理府の面々を見やる。「ご判断は委員の皆さんに任せましょう。事務方がここで判断すべき事案ではありませんしん」

意外な援軍だった。この芦部の一言で大勢は決し、益子が提案した流れが承認された。

7

「疲れたな。日比谷公園に行って、少し休んでから帰るよ」

「お供します」と益子が微笑んだ。

第一回連絡会議後、益子と総理府の庁舎を出ていた。

日比谷公園は夕暮れが近づき、西日の陽だまりに五匹の猫が丸くなって座り、散歩する高齢の夫妻やスーツ姿の会社員もいた。幸い風はない。空いているベンチを探していると、尾崎さん、と少し先から声がした。

芦部だった。三人がけの木製ベンチの端に一人で座っている。会議室で向き合った時よりも、ひとまわりもふたまわりも小さくなった印象で、散歩途中に一休みする好々爺《こうこうや》にしか見えない。尾崎は歩み寄り、一礼した。

「お疲れさまでした」

「ええ、くたくたです」芦部が苦笑する。「頭も体も熱くなったので、ちょっと火照りを冷まそうと公園に立ち寄ったんですよ」

「奇遇ですね、私もです」

「お互い歳を取りましたね。私にとっては今回が最後のご奉公です。おかげさまでいい議論ができた。尾崎さんが相手だからこそ、あそこまで語れた。実に心地よく、懐かしかった。三十二年前のことを想起します。鏑木さんともいい議論ができた」

「結果は我々の完敗でした」

いやいや、と芦部が顔の前で手を振る。

「あの時は薄氷を踏む思いでしたよ。世論も尾崎さん側にいた。我々は立場こそ違え、国の姿勢や方向性を真剣に論じた。いまの官僚の多くは与えられた仕事をこなすだけになり、それに何の疑問も抱いていない。ただの駒ばかりです。自ら進んで駒に徹する向きもある」

芦部が益子に片目を閉じる。

「じじいの他愛ない愚痴だと聞き流してください」

「官僚の後輩として、お二人の議論、興味深く拝聴しました。互いに一歩も譲らない気迫を受け取りました」

「私は私の正義に基づき、行動してきました。時に尾崎さんや鏑木さんの正義と対立し、今でも相容れません。これでいいんです。意見が一方向だけになった世の中は非常に危うい。まっとうな主張と別のまっとうな主張が真っ向から対立するくらいでちょうどいい。常に他の選択肢が存在しないとなりません。私は戦前も戦中も官僚でした。とてつもない勢いに抵抗できず、戦争を止められなかった。一方向の流れの恐怖を体験しております」

尾崎も当時から芦部の主張に一定の妥当性を感じていた。芦部もそうだったのか……。芦部といい、高野といい、各々が考えを持ち、戦後を生きてきたのだと実感する。

「お隣、いいですか」と尾崎は尋ねた。

「どうぞどうぞ」と芦部がベンチを軽く叩く。「延長戦といきましょう」

尾崎は芦部の左隣に腰を下ろした。

「売店でお茶でも買ってきます」

益子が駆け出していこうとすると、それには及びませんよ、と芦部は止めた。

「あなたは私と尾崎さんとの会話を一言一句漏らさず、耳に入れておいた方がいい。あなたには情熱がある。私にも鏑木さんにも尾崎さんにもあった、命懸けで国をいい方向に動かしていくんだ、二度と道を誤らせてはいけないんだという、あの気迫のこもった感情です。六〇年代までは我々のような官僚がちらほらいた。あなたは我々の系譜にいる」

連絡会議で切り込んできた絶妙のタイミングを評価したのだろう。並の官僚では割り込めない間だった。

「光栄です」

益子は表情を引き締め、尾崎の隣に座った。

「尾崎さん、民間の戦争被害者への補償、落とし所として今日の結論は素晴らしかった。そちらにとってみれば、あれ以上の結果はありえない。私の完敗です」

「益子の提案に賛成されたのは、勝算があるからでは？」

「私が現役官僚なら間違いなく勝てます。尾崎さんも今後の展開を予想できるでしょう」

「あれだけ大勢の前での同意事項なので、懇談会冒頭で与党提起の三点に絞るべきではないという提案はされる。ですが、総理府の事務方は今晩から寝技に動く。益子の提案を一度は拒否しようとした以上、私たちに同調する委員もいるとみるべきです」

近くの芝生にいた猫が立ち上がり、のびをして、遠ざかっていく。芦部が深く頷いた。

「ええ。私なら寝技に失敗しない。今回はノータッチです。次回から連絡会にも参加しません。さっきも申し上げた通り、まさしく今日が最後のご奉公で、人生最後の議論でした。銀座や新橋も近いですし、本当はお酒に誘いたいですが、医者に止められてましてね。己の見解を顧みずに申し上げると、尾崎さん側も寝技を仕掛けるべきです。いや、無理か。公平を求める以上、公平に物事を運ばないとならない。難しいお立場だとお察しします」

「私にとっても最後の決戦でした」

「なるほど」芦部は納得顔だ。「記録に残ることを重んじたのですね。非公式でも非公開でも、官僚は必ず会議会合の記録を残す生き物。空襲被害者の補償を実現できずとも、後世の人間にどちらを選択すべきだったかの判断を委ねられる」

「懇談会で主張を受け入れてくれれば言うことはありません。なかなか難しいのは承知しております。いま勝てないのなら、将来勝てる見込みが生じる布石を打つべきでしょう」

官僚は前例を尊び、必ず以前の記録を確認する。時代で価値観は変化していく。いずれ教育制度が変わり、こちら側寄りの考え方が大勢を占めるかもしれない。ゼロパーセントと〇・一パーセントでは全然違う。ゼロはゼロのままだ。〇・一は積み重ねれば、いずれ十にも百にもなる。いまは敗北必至でも、来るべき勝利の兆しを生み出せばいい。弱者の意地、一矢報いる手だ。自分には最後の決戦でも、後輩たちの議論の最後にしてはならない。他の誰かが勝負を続けられれば、いずれ勝利を得る望みも生じる。〇・一の光明は未来を照らす。官僚時代、強く摑もうとしても勝利は摑めなかった。だったら誰かに摑ませればいい。

「よくひねり出せましたね」

「ある時、唐突に戦場での記憶が蘇ったんです。銃弾に撃ち抜かれた白旗が裂ける音や銃声を。ご存じの通り、白旗は降伏の象徴です。それが無残にも打ち抜かれた。観点を変えれば、生き残ったのだから降伏せずに諦めるな、後進に希望を託せという天からのメッセージに思えたのです」

小曽根軍医の薫陶《くんとう》を受けたのだ。どんなに理不尽で絶望的な状況でも、何ができるのか、何を遺せるのかを最後まで考え、誰かが志を引き継いでくれると信じ、後世に可能性を生じさせる布石を打つことこそ、今の自分――敗者が残せる精一杯の意地だった。

園内の街灯に次々と光がともっていく。

「尾崎さんにしか講じられない一手だったのですね。まさしく妙手です。後世の官僚がどこまで熱心に勉強するかにかかっていますが」

「後世にも熱心な官僚が存在すると信じるだけです」

いまも現に益子がいる。芦部との議論中、誰も居眠りしていなかった点にも希望がある。尾崎と芦部が戦わせた議論の熱が、会議の出席者たちの心に伝播したことを願おう。

芦部がゆっくりと体を動かし、尾崎の方を向く。

「心からそう願います。記録を残さなくなったり、自分たちに都合よく改竄《かいざん》したりするようになれば、過去を洗い直すはずもない。官僚が機械的な駒とすら言えなくなってしまう」

「そんな官僚の風上にも置けない者が現れる状況になると？」

「為政者次第です。そうなった時は官僚制の末期、国の末期とも言える。末期の方が、かえって世の中を一新しようという気運が生まれ、古びたシステムや無能な人員を廃せられるのかもしれません。志のある人間が出てくるのを期待しましょう。我々はお役御免ですよ」

「芦部さんの国を潰すまいという気持ちは嘘ではない。政治家はどうだったのでしょう。芦部さんは常に私たちに勝った。時の権力者は芦部さんの方針に心底賛同したのでしょうか」

芦部が肩を上下させる。

「都合良く利用された面もあり、私も彼らを利用した面もある。痛み分けでしょう。国や組織の大きな意に従いつつ、自分の意も反映させるのが官僚の腕の見せ所です。先の戦争は精神主義が合理主義に敗れ、気合いと根性が圧倒的な物量に負けた。私は感情より、合理性を優先すべきだと信じ、そういう方向で政策を進めたかった」

「だとしても、民間の戦争被害者が無視されている現状は納得できません」

芦部が再び尾崎を見た。

「納得より、合理的に線引きできる理屈がつく方が重要です」

「サービス残業をよしとする企業の働き方や五輪のメダル主義など、日本には今も様々な局面で根性論や精神主義が蔓延《はびこ》っています。芦部さんが望む合理性は根づいていません」

芦部が正面に体を向けて背もたれに寄りかかり、目を閉じた。尾崎はそのまま続ける。

「敗戦時、焼け野原に国民を放り出し、気合と根性で乗り切れと放り出したつけです。百歩譲って敗戦時はやむをえなかったとしても、今なら民間も含めた戦争被害者全員への補償も、財政的に可能なら充分合理性があります」

芦部が目を閉じたまま口を開く。

「ええ、合理性はある」

思いがけない返答に、尾崎は束の間言葉に窮した。鼻から息を吐いた。

「芦部さんがしかるべき地位にいる時、いまの台詞を聞きたかったです」

「しかるべき地位にいないので話せるんですよ」芦部がおもむろに目を開いた。「正しさが複数あるから、よりよい選択や妥協点を探れる。敗者がいるから勝者もいる。尾崎さんと鏑木さんがいたから、私もいた。どちらも最善を尽くした。それでも救いきれない人がいる」

「私は」としばらく黙っていた益子が声を発した。「連絡会でお二人の議論を聞いて思ったんです。一人一人にやりたいこと、すべきこと、できること、求められることがあり、お二人は同じ官僚であっても求められることへの考え方が違うのだと。私は最後まで諦めません。すべての人を救える制度を作れる官僚になることを。勇気ある後輩に引き継ぐことを」

二羽の大きな鳥が競い合うように、上空を飛んでいった。空がオレンジ色から紫色に変わり、園内の灯りが公園の木々や歩く人々を影にしていく。

「桜が咲き始めましたね。開花宣言はまだ出ておりませんが」芦部が目を細めた。「きれいですな。誰にも何も言われないのに毎年ちゃんと咲く。律儀なものです」

尾崎は園内の桜に目をやった。枝に白い花がいくつか見える。ソメイヨシノの均一性に恐怖を覚えると、荒井は言っていた。

逆もまたしかりではないのか。一本のソメイヨシノが全国に広がったように、一人の行動が全国に広がり、人間の心を打つこともあるはずだ。

民間戦災者への補償の勝負は完全敗北を免れ、勝ち筋を未来に残せた。あとは……。

「総理府は当時、鏑木さんや私の動向を監視していましたか」

尾崎はさりげなく切り出した。探りを入れるまたとない好機だ。

「注視しても、監視はしてません。人材もいない。監視されている気配があったのですね」

「なんとなく。芦部さんはいかがでしたか。誰かに監視されている気配は？」

芦部が目を細くして、夕暮れ空を眺めた。

「あの頃は戦争のきな臭さがまだ残る時代でした。様々な立場の様々な人間がいた。鏑木さんや尾崎さんが監視されていても不思議ではないですね。当然、私も」

「脅されたことは？」

「私はありません」

芦部と当時の話をできるのは感慨深かった。時間の積み重ねがなせる業か。

「我々の情報は総理府に筒抜けでしたか」

「おそらく鏑木さんや尾崎さんが我々の情報を仕入れていた以上には」

「厚生省の内通者から？」

「詳細は申し上げられません。墓場まで持っていきます。それが相手への礼儀でしょう」

「おっしゃる通りです。根掘り葉掘り失礼しました」

「偶然が過ぎるほどのタイミングで鏑木さんが亡くなったのは、我々にとっても大きかった」

「どうお考えですか」

芦部がゆっくりと顔を尾崎に向けた。

「わかりません」

「直江政宗をご存じでしょうか」

「総理府にそういう者はおりませんでした。尾崎さんは鏑木さんの死をどうお考えに？」

「わかりません」

「総理府の情報はそちらに流れていたのでしょうか」

「ええ」と尾崎は短く答えた。

芦部がふっと口元を緩め、苦笑した。

「我々はぎりぎりの戦いをしていたのですね。一度、鏑木さんとも腹を割って話してみたかったですよ」

尾崎は園内の街灯を見つめた。

連絡会から一ヵ月後、尾崎は芦部死去の報を新聞で読んだ。十行にも満たない、短い訃報だった。芦部光彦《みつひこ》衆院議員の父親という肩書きが記されているだけで、芦部自身の戦後の歩みには一切触れられていなかった。

不思議な喪失感があった。考えが相容れない者同士として対したが、同じ時代を官僚として生きた同志とも言える。最後に本心を覗かせたのは、死期を悟っていたからに違いない。今頃、あの世で鏑木と酒を飲みながら腹を割った話をしているのだろう。

弔いを兼ね、芦部との会話を反芻していく。国の行く末への思い、これまでの歩み、約三十年前の総理府の情報収集の動き……。

尾崎は生唾を飲み込んだ。初夏なのに、足元から冷気が這い上がってくるようだった。

約三十年前という言葉を耳にした時、大抵の人は遥か遠くに過ぎ去った歳月という印象を抱くはずだ。いまの自分は違う。

手を伸ばせば届く距離に約三十年前がある。決着をつけない限り、過去は過去にならないのだろう。

それが五十年前の、百年前の出来事になろうとも。

8

「あなたが殺したのですね」

「いきなり物騒な話を」

いなすような返答に、尾崎は相手の目を見据えた。

「あなたが殺したのですね」

「人を殺した経験なら何度も」

一切感情を窺わせない声だった。

尾崎は顎を引いた。好むと好まざるとにかかわらず、人間は生きていれば、いつなんどき己が殺人者になってもおかしくない世界で暮らしている。

「私にもあります。戦争にいった者の大半が避けて通れない道です。しかしあなたは戦争中だけでなく、敗戦後も人を殺しています。あなたが殺害した一人は、鏑木さんですね」

否定の言葉はなかった。尾崎の心は凪《な》いでいた。相手の心も波立っていないのだろう。修羅場でも慌てふためく類の人間ではない。

則松は目をそらさず、尾崎を見返している。

東京ヒルトンホテル内の、則松の事務所で向き合っていた。広い執務室には他に誰もいない。先日訪れたのは昼過ぎだった。現在は午後八時。室内は森閑としている。昨日、自分が組み立てた仮説を一日かけて検証し、夜、則松の事務所に連絡を入れ、直接本人と話し、時間を確保してもらった。用件は言わなかった。則松も問い返してこなかった。

二人の前には赤ワインのボトルが置かれ、それぞれのグラスを満たしている。則松の目を見据えていても、視界に二人のワイングラスが入り、その色みは赤紫というより、黒々とした血の色に近い。

「私が鏑木さんを殺したのだとしても、とっくに時効は成立していますね」

「法律に基づき、罪を糾弾したいのではありません。自分の責務を全うしたいのです」

ここで言質を取ることは、則松を動かし、民間戦災者への補償の道を切り開くきっかけにもなるはずだ。

「人がよくて、真面目なのは尾崎さんの長所であり、短所でもある。私は嫌いではないですよ」

則松は表情をほのかに緩めた。老けたな、と尾崎は唐突に思った。自分も老けた。鏡に映る己は、目尻に深い皺が刻まれ、髪の毛は白くなり、皮膚の弾力も失われた。嘆きはしない。生きてきた証だ。己が日々老いるさまを見られず、感じられず、死んでいった者たちが大勢いた。

「則松議員は軍隊時代、憲兵として、もしくは特務機関の一員として満州にいたのではないですか」

「おっしゃる通り、軍の一員として満州におりました」

「今夜は戦争のことをすんなり話してくださるのですね」

「お目にかかるのもこれで最後でしょうから」

空襲被害者への支援を断わられているし、鏑木の件の追及を終えたら、確かに則松と会う機会はない。会う必要がない。

「ときに、連絡会はいかがでしたか」

「後輩や次世代にバトンを渡してきました」

「結構。ひとまずワインをどうぞ。話はそれからです。もう充分に空気を含み、味はまろやかに、香りは華やかになっているでしょう」則松がワイングラスを顔の前に掲げて、軽く回し、口をつけた。「やはりいい味になっています」

鏑木の不可解な死にざまが脳裡をよぎるも、尾崎は自分のグラスに口をつけた。

「上等なワインですね」

「他ならぬ尾崎さんとの最後の夜ですので。まずは御説を伺いましょう」

尾崎はワイングラスをテーブルに置いた。

「些細な状況証拠の積み重ねにより、私は則松さんが直江政宗と名乗り、満州の関東軍にいたと結論づけました。かつて則松さんは直江議員の秘書でした。下っ端だと自身を称されたが、常に直江議員のそばにいた。振り返ってみれば不自然です。それは筆頭秘書の役割でしょう。しかも復員後、同郷のよしみで拾われたとおっしゃっていた。直江議員は軍人嫌いでした。旧軍の人間を雇った意図や理由があったはずです」

則松は顔色一つ変えず、尾崎の話を聞いている。

「赤紙組ではなく軍人だったと考えたのは、出会った頃の出来事からです。一緒に中華街に行った際、私は暴漢に襲われた。則松さんは躊躇なく相手の目を潰そうとした。並大抵の動きではありません。『軍にいたせいで、あんなくそ度胸がついてしまいました』とおっしゃった。赤紙組なら、『戦争にいったせいで』『徴兵されたせいで』などと言うでしょう」

則松は真顔のまま否定も肯定もせず、口を挟もうとしない。尾崎は続ける。

「力量という面で元憲兵、もしくは元特務機関員の経験は大きい。直江機関にとって大きな戦力になります。ですが、則松さんは最初から直江議員とのつてがあった。元々直江機関の一員だったのか、親類なのか、他のつてなのか、かなり濃い関係性だったんだと窺えます。直江議員の地盤を継いだのは則松さんなのですから。深い関係性ゆえに大陸で直江と名乗ったのでしょう」

則松は何も言わない。あまりにも反応がない状況に狼狽えてもおかしくないのに、尾崎は動じなかった。漆黒の深淵を底から揺らすには、少々時間がかかるはずだ。

「なぜ国内ではなく満州にいたと推測したのか。則松さんは水餃子がお嫌いです。大陸では焼き餃子より水餃子が一般的とのこと。憲兵にしろ特務機関員にしろ、中国の一般市民に溶け込む任務も多々あったでしょう。水餃子を散々召し上がり、実行した残酷な任務をその味が蘇らせてしまうため、二度と口にしたくないのではありませんか。例えば、特移扱でハルピンの七三一部隊に無辜《むこ》の市民を送り込んだことなどを」

則松の表情はなおも微動だにしない。一般的には知られていない言葉——特移扱とは何かを質してもこない。

「理由の二つ目。先ほど触れましたが、則松議員は人並外れた度胸をお持ちだ。国内にいた軍人では、あんな反応はできません。大陸で命を狙われる修羅場を何度も潜り抜け、相手の目を躊躇なく潰しにかかる度胸がついたのでしょう。直江議員が則松さんをそばに置いたのは、用心棒の意味もあったのかもしれません」

「そろそろこちらから質問を一つ。憲兵や特務機関員でなくても、兵隊として満州にいれば水餃子を嫌いになったり、嫌でも度胸がついたりするのでは?」

「度胸はついても、咄嗟に動けるか否かには越えがたい差が出るはずです。あの時の則松さんは条件反射のような動き方でした。場数を踏んだ者だけができる動きです」

則松は外国人のように両手を広げ、手の平をこちらに向けた。

「なるほど。続きをお願いします」

「理由の三つ目。ご自身は宴会芸と称する歌手の声色を真似る技術は、憲兵もしくは特務機関員時代に身につけられたのでは？　そうではなく、元々他人の声を真似るのがお得意だったのなら、引っ張られた一つの要因にもなったでしょう」

則松がテーブルに両肘をつき、手を組んだ。

「それで？」

「則松さんは大陸で培《つちか》ったノウハウを私たちにも用いた。かつて情報戦で相手の内情を知るのに、もっとも簡単で効果的な手は内通者を作ることだとおっしゃった。内通者は私たち自身だったんです。相談という形で手の内を直江議員に明かしていたのですから。直江議員はそれを総理府側に流した。同時に我々にも総理府側の当たり障りない情報を流した」

生前、芦部はそうほのめかしてくれたのだ。総理府――身内の手の内は明かせても、外部の人については口をつぐんだ。あれが芦部なりの精一杯の発言だった。尾崎自身、当時の情報入手方法について皆まで語らなかった。芦部はどこかの段階で、自分が形式的な内通者と化している事実に気づいたのだろう。

「筋が通りませんね。軍人嫌いはあの時、総理府の思惑――軍人恩給復活を阻止する方に力を注ぐべきでしょう。鏑木さんと尾崎さんの登場は渡りに船だったのでは？」

「直江議員は私を嫌ったはずです。最初にお宅に招いてもらった際、議員の問いかけに、私は台風の時でも命懸けでご帰宅をお待ちしたと申し上げた。議員は含みのある口調で『命懸けで、ですか』とおっしゃった。忘れがたい体験の一つでしたからよく憶えています。あの時、私の発言に特攻精神や軍人特有の精神主義を嗅ぎ取ったのでしょう」

則松が懐かしそうに目を細める。

「直江議員が軍人精神や特攻精神に鼻白んでいたのは事実です」

「政治家として割り切った判断をされたのです。厚生省側の役人も忌み嫌う軍人精神に触れているなら、勝ち馬に乗るべきだと。私も鏑木さんも直江議員の本意に気づけなかった。総理府は内閣総理大臣自らが担当すべき事務を行う機関です。必然的に時の最高権力者の情報も集まってきます。外局には国家公安委員会や防衛庁という、いわゆる国家の暴力装置もある。総理府の人間に恩を売るのは、政治家としてもライバル議員の動向を摑む面でもかなりメリットになる。直江議員は我々が大勢を引っくり返すことがあれば、本当に支援してくれたのかもしれません。しかし天秤は片方に傾いたままだった」

——大勢はとっくに決しています。

先日、則松はいつもと違う声音で言った。あの時、我知らず体が震えた。支援の余地がないと突きつけられたがゆえの現象だと思った。だが、痺れた頭の芯は無意識に過去と重ねていたのだろう。同じ声だったのだ。

「一九五一年、四谷に向かう紀伊国坂で私を脅したのは則松さんですね。私と総理府からの情報で、すり合わせ会合の日程も場所も把握できます。当時、すでに我々は顔を合わせていました。だからこそ私が振り返らずに総理府と引き続き対抗していく選択をすると、眀松さんは見通していた」

「だったら脅す必要がないのでは？」

「鏑木さんは止まる可能性があった。自分が脅されるより、他人が脅される方が効果はあります。後年、私自身、家族を巻き込むと示唆される脅迫を受け、そう実感した次第です」

尾崎は深く息を吸った。

「私を脅した人間は完全に気配を消し、存在にまったく気づけなかった。私にも戦場で神経を張り巡らし、敵の気配をいち早く察知しようとした経験があります。当時、まだそんな戦場の感覚は体に残っていた。周囲に注意もしていた。それでも一流の憲兵や特務機関員ならば、気配を悟らせずに動けるでしょう。中華街で襲われたのも、本当に私が責務や使命のために命を捨てる人間かどうかをみる、直江議員発信の仕掛けだったのかもしれません」

「勘ぐりすぎですよ」

「勘ぐりたくもなります。脅しに屈しなかった私たちは業務を外された。異例の時期の異動で。誰か力のある人間が異動を促した。それが直江議員でも不思議ではない。省内で鏑木さんと私は浮きつつあったので、簡単な一押しだったでしょう。役人も外部の口出しのせいにできます」

直江議員は総理府にも大きな恩を売れる。口うるさい相手を飛ばしてやったのだと。

「結局、鏑木さんと私は止まらなかった。特に鏑木さんは医学会への接触を続け、七三一部隊員を戦時の行為で脅すような交渉をした。鏑木さんも七三一の関係者だったんです。しかし、戦争中も彼らの所業に批判的だったと思われます。軍人嫌いとして知られるほど、軍とやりあったそうですから。最終的には従ったにしろ」

「興味深いですね」

則松の口調は素っ気なかった。

「鏑木さんの製薬会社などへの訪問は、直江議員には悪あがきに映ったでしょうが、則松さんには違う意味に映ったんです。直江議員の後継者になる腹積もりでいらしたなら、かなり目障りな動きです。七三一部隊と接触していた憲兵か特務機関員がいて、その名前が直江政宗だと明らかになり、万が一でも則松さんに行き着けば、さすがに政治家として世に出る芽が消えます」

尾崎は息を継ぐ。

「則松さんは鏑木さんが無類の酒好きだとご存じです。特に桂花陳酒を好み、大陸で先輩が上物を飲んでいたと羨んだことも。だから元七三一部隊の人間から当時大陸で飲まれた桂花陳酒の瓶を入手し、酒を入れた。そこに当時編み出された手法で毒物を混入し、七三一で飲まれた酒だと言って渡した。則松さんからなら鏑木さんも受け取るでしょう。そして夫人から瓶を回収した。大陸での経験があれば、警官の真似なんて造作もないでしょう」

「他の誰かが飲めば、巻き添えになり、警察も事件性を疑います。鏑木さんが奥様に私からもらった酒と話していれば、捜査上にも浮かぶ。そんな危険な手を用いると？」

尾崎はゆっくり首を振った。

「万が一話していても、則松さんが毒を混入した証拠はありません。自ら毒を呷《あお》った線が検討されて終わりでしょう。仕事で行き詰まった時期でもある。そもそも鏑木さんが七三一関連の話を身内にも明かすはずないんです。その気なら私の耳に入っています。他の誰かが飲み、巻き添えになった場合の仮定は無意味です。鏑木さんがどこの御仁から酒をもらったのか誰も知らないのですから。以上が則松さんを満州の憲兵、もしくは特務機関だと推測した理由です」

則松が組んだ手を外し、音のない拍手をした。かすかな振動でワインが揺れている。

「筋の通る推論ですね」

「則松さんの情報網に、鏑木さんの死を探る私の動きが引っかかった。だから数日前にお目にかかった際、『また近いうちに』とおっしゃったのでは？　いずれ私が来ると見越して」

「ただの社交辞令ですよ。推論の件、筋は通るといっても推理を重ねただけで、物証がありませんね」

「ごもっとも。ただ、手前味噌ながらなかなかの推論だと自負できます。酒席で披露した駄賃をいただけないでしょうか。直江議員と則松さんは元々どのようなご関係で？」

「高崎藩の家老一族の本家と分家です。本家のご子息は空襲で亡くなりましてね。復員後、横浜に移っていた本家の地盤を継がせるべく、私に白羽の矢が立った。大学卒業後、満州に渡っていました。民間企業にいた時、あちらで軍に徴用された」

不意に呼ばれた際、咄嗟に振り返れるように本家の苗字を名乗ったのだろう。

「則松さんはいつから政治家になりたかったのですか」

「戦争中に芽生えた思いです。国や国の大義や正義なんて信用ならないと身に沁み、絶対に生き延び、日本を利己的な判断のできる国にしたくなったのです。めいめいが自分の頭で物事を考えられる国に。戦争になびくことのない国に。魂を軍に摑まれない国に」

則松はワインで唇を湿らせ、再び口を開いた。

「出会って以来、尾崎さんに共感しています。私たちは似ている。とても利己的に動いている点が。空襲被害者の皆さんへのお気持ちは本物でしょう。利他的な行動に見えます。しかし私からすると、一本気な思いに基づいた利己的な行動なんです」

「私が自分勝手な思いで動いていると？」

則松はワイングラスを置いた。

「利己的と自己中心的を混同してはなりません。似て非なるものです。家族と和やかに暮らしたい、おいしいものが食べたい、おしゃれをしたい、恋人と愛を育みたい。何だっていい。自分がやりたいように生きたいのなら、他人も同じように自由に、安心して暮らせる社会でないと不可能なんです」

「私は滅私奉公に走る気持ちも理解できます」

「戦争に出た人間、否、日本人なら誰しも理解できますよ。ある程度なら社会や人間の心を支える強い力になる。度を超せば、思考停止状態となり、ひいては国も自身も滅ぼす。見ててください。総理になったら、多様な問題に無関心な人たちを弱肉強食の世界に放り投げます。様々な場面で自ら考え、勝ち取った者だけが成り上がれるシステムにするのです」

聞き心地のいい理屈だが……。

「過度な競争社会は考える時間を減らすだけです。それに勝てる人間は一握りで、負ける人間が大半でしょう。財産や能力など生まれながら人間は違います」

「他に方法があるなら、そちらを採用すればいい。どんなシステムにも負の部分があります。私のシステムも成功の確証はない。絶対、完全、完璧、百パーセント、確実。そんな政策や判断なんてこの世に存在しないのです。尾崎さんに別案はありますか」

「ありません。今後も思いつけないでしょう。ですが、いずれ日本は変わります。次代に託した種が発芽し、花を咲かせ、実をつけます」

眼鏡の奥の則松の目が鋭くなった。

「日本経済を大きく成長させた護送船団方式は早晩行き詰まるでしょう。無理を重ねて手に入れた繁栄はひずみや歪みを生じています。その時、私のシステムが台頭し、そしてまたいずれ行き詰まる。尾崎さんが懸念するように、持てる者と持たざる者の差が大きくなりすぎるのです。そこで尾崎さんの出番がきます」

「もう死んでいますよ」

「長生きしてください。あなたは運がいい。生存本能も強い。判断力と度胸もある。運が強いのは得がたい資質です」

運？　生存本能？　息を呑んだ。毒物の入った酒を飲まなかったことを暗に示したのか。何度も脅されながらも命を奪われなかったのは、ひょっとして――。

「護送船団方式後のシステムが破局を迎えた時に備え、私を生き延びさせてきたのですか。私の強運を買って。次のシステムを生み出す種になれると見越して。種として手元に置いておくため、空襲被害者への補償を餌にしていたのですか」

高野が慈悲派として官僚組織に残したように。則松が腹の底で嗤《わら》っていたのなら、さっさと切り捨てればいいだけだ。厚生省の官僚なんて掃いて捨てるほどいる。

則松は穏やかに微笑んだ。

「さすがにそこまで気長ではありません。私の実力と時期がうまく合致すれば、本当に彼らの側に立つつもりでした」

則松がしかるべき時期に国の舵取《かじと》り役となっていれば、空襲被害者への補償を実現できたのか……。社会通念的に則松の行為は認められなくとも、彼らのためにはなった。則松には国のトップに座り、自分の頭で考え、行動できる国民をつくり、戦争に走らない国を造るという意志がある。権力争いが好きなだけの議員や、何も考えられない世襲議員よりましだ。

いや。

則松は旧軍を嫌いながらも、旧軍の血を濃厚に引き継いで生きている。どんなに尊いものでも、意志のためなら何をしてもいいはずがない。空襲被害者への補償を認めない官僚や政治家を片っ端から殺してしまえばいいことになる。根本的に則松とは相容れなかったのだ。

「もう一度伺います。鏑木さんを殺害しましたね」

「推論としては素晴らしかった」

「私の推論をはっきり否定しないのですね」

「頭の中は自由であるべきでしょう」

「私が疑惑を敵陣営に流したり、週刊誌に売ったりするかもしれませんよ」

「やるなら、とっくにやっていますよ。総裁の座という将来を完全に失えば、私が悲嘆に暮れ、正直に話すと考えて」

則松が長い瞬きをする。

「私も尾崎さんも人殺しです。戦争に赴いた人間の大半はそうです。三十年後、四十年後、五十年後。後世の人は我々を蔑《さげす》むでしょう。ですが、未来に生きている人間と我々は根本的に何も変わりません。五十年後の人間だって戦争に行けば、人を殺すのです」

言質を取れそうにない。鏑木の死の真相は表に出ぬまま、時間の深淵に消えていく。そういう無数の死がこの国の深部には沈んでいるのかもしれない。

だが、絶望はしない。

自分にはできずとも、これから誰かがやってのける。過去は死なない。過去を見つめ、決着をつけようとする者が絶対に出てくる。過去なくして、現在も未来もありえないのだから。

則松が手を出してきた。

「国の行く末を真剣に議論できる相手は、国会議員にはいませんでした。私は今回、お力になれません。尾崎さん、私の取り組みの先にある社会をご自身の目で見てください」

尾崎は則松の手を見つめた後、視線を上げた。

「今日はお邪魔しました。そして長い間、お世話になりました」

握手をせず、振り返りもせず、部屋を出た。

＊

戦後処理問題懇談会は早々に与党提案の恩給欠格者、シベリア抑留者、在外財産の三点以外の検討を排除した。

一九八四年十二月、約二年半をかけた検討結果を担当庁に提出した。与党提示の三点について、国としてこれ以上措置すべきことはないとの結論だった。

二章　どうか虹を見てくれ　――一九九五――

1

土から飛び出た太い根につまずき、尾崎は咄嗟に近くの幹に手を仲ばした。危うく転倒を免れ、安堵の息を吐く。

「じいさん、気いつけや」

背中に軽やかな声を浴び、尾崎は振り返った。

「南原だってじいさんだろ」

「あほ。おれに孫はおらん。尾崎には五人もおるやないか。にしても、やっぱ、蒸し暑いな。もたもたしてると、じきに干からびんで」

南原は額の汗を袖口で雑にぬぐった。尾崎もハンカチで額や首筋の汗を拭きとる。頭上でけたたましい声で鳥が鳴き、緑の濃いニオイが立ちこめていた。

密林特有の湿気が肌にまとわりつき、足元はぬかるみ、獣道《けものみち》すらない。七十歳にはかなりきつい道程だ。だが、この島で戦った尾崎や南原をはじめとする元兵士だけでなく、遺族も文句を言わずに歩みを進めていた。

「さあ、じいさん。はりきって行こか」と南原が気丈な声を発した。

南原もとっくに新聞社を退職している。高見沢の死後、疎遠になり、年賀状すらやりとりしなくなった。官僚として高見沢を救えなかった悔恨と、左遷をもたらした責任で、尾崎からは連絡をとれなかった。それでもカメラメーカーに就職した洋太郎が南原の甥と親しかったので、動向は時折伝わってきた。南原は独身を貫き、報日新聞社福岡支社、中部支社、北海道支社の広告部長などを歴任した。

退職後、尾崎の自宅に突然やってきた。

＊

南原は見事なほどの白髪になり、柔和な顔つきだった。南原の顔を見た瞬間、尾崎は頭の中が真っ白になった。

「なんや、幽霊でも見たような顔して。黙ってないで、なんか言え」

そうだな、と言おうとしても声が出なかった。唾を飲み下し、なんとか喉を押し広げ、咳払いした。

「久しぶりだな」

「どうせ暇や。手伝うで。洋太郎君から、尾崎がなにやっとんかは聞いとる」

「俺を許してくれるのか」

「許す」

「すまん」

尾崎は改めて頭を下げた。それがせめてもの償いだった。

「あほ。おれは道ばたで因縁つけてる輩ちゃうで」

南原が茶化すので、尾崎は顔を上げた。南原が眉を上下させる。

「許すっていうか、尾崎が最善を尽くさんかったはずない。最初からわかってたのに、突っかかった手前もあったし、二人で作った原稿も日の目を見せられんかったし、合わす顔がなくてな。こんな長い時間が経ってもうた。こき使ってくれ」

「ありがとう。せいぜい一緒に老骨に鞭打っていこう」

南原は尾崎の団体に加わった。二人とも一般的な戦友会には加わっていない。

再会から数ヵ月後、南原がおもむろに切り出してきた。

「タエさんに聞いた。さくらさんとも全然会うてないそうやな」

「どのツラ下げて会える？　南原なら俺の気持ちはわかるはずだ」

「わかるからこそや。署名受け取りの件、尾崎を責めてへんはずやで。兄妹喧嘩みたいなもんやったんとちゃうか」

「だから余計に辛いんだよ。兄と慕われたのに期待に応えられなかった」

「一生会わん気か？　一生過去から逃げる気か？　間に入ったんで」

尾崎は口元を引き締めた。

「余計なお世話だ。いつ、どうやってけじめをつけるのかは、とっくに決めてる」

専門家と組み、米国の公文書にもあたっている。

ようやくけじめをつけられる時がきた。尾崎は三十人ほどの一行を見回す。南原、新聞社を辞めてプロカメラマンとなったその甥、そして——。

＊

尾崎はその晩、電話口で小曽根軍医の戦死を告げた時と同じように自然と姿勢を正していた。慎重な手つきでプッシュボタンを押し、呼び出し音を聞いた。

「はい、小曽根です」

さくらが出た。尾崎は正面の壁をじっと見据えた。

「尾崎です。誰よりも早く伝えるべきだと、電話をいたしました。小曽根軍医らが戦死された場所がようやく割り出せたんです。研究が進み、米軍の資料と照らし合わすことで。現地との調整が終わり次第、遺骨収集に赴きます」

「わたしも参加します」

強い口調だった。

「もちろん歓迎します」

現地との調整は尾崎自らが行った。南原も手伝ってくれた。

渡航一週間前、尾崎の自宅で約二十年ぶりにさくらと顔を合わせた。しばらく二人とも双方を見たまま、黙っていた。

口にすべき話題は色々あるのに、尾崎は言葉が出てこなかった。

さくらは政府に補償を求める活動を続けている。彼女たちの活動が報われる気配はない。民間の空襲被害者への補償は行われず、月日が流れてしまった。だが、自分が生きているうちに遺骨収集の段取りがつけられ、本当によかった。あとは実際に遺骨を見つけ出さねばならない。

「なんです、二人とも押し黙っちゃって」タエが割って入ってくる。「ここはお見合いの席かなんかだったっけ」

「お互い、老けましたねえ」

さくらが目元を緩め、冗談めかした。若い頃のさくらよりも、目元や顔立ちに小曽根軍医の面影が色濃く表れていた。

尾崎とさくらは、タエと娘の美鈴に会話を任せた。洋太郎の子ども、尾崎にとっては孫の話題が主だった。あっという間にたどたどしい雰囲気は消えた。尾崎は署名を受け取れなかった話題に触れられず、さくらも持ち出そうとしなかった。あの敗北が互いに深い傷となっていることを、かえって物語っていた。

＊

三日前、戦地だったこの島の土を再び踏んだ。一歩踏むなり、足の裏に二十歳だった頃の感触がたちまち蘇ってきた。

飯もなかった、薬もなかった、自由もなかった。それでも生きた。

あれから五十年が過ぎた。自分がこんな年まで生きられるとは想像していなかった。バブル経済は崩壊し、今年一月には阪神・淡路大震災が起き、さらにオウム真理教が日本を震撼させ、社会は揺れ動いている。体が動く限り、外地での遺骨収集活動を続けていくつもりだ。国は遺骨収集作業に消極的で、散発的に行うに過ぎない。敗戦時、海外には旧軍人・軍属の遺骨が約二百十万体あり、民間人のそれは約三十万体あったと言われ、日本に戻ってきたのはその半数にも満たない。

海中にも遺骨はある。朝鮮戦争で鉄が必要になった時代にサルベージされた船から回収された程度で、戦後五十年という節目を迎えても、海中の遺骨はほぼ手つかずのままだ。民間団体が現地で洋上慰霊祭などを始めている。

軍人恩給の支給額は年々増えていた。

――死者は票にならんからな。政治家のやってることが、どこまで生きてる人間のためになってるかは知らんけど。

南原は指摘していた。

「じいさん、足元に気いつけ。少し先にぶっとい根っこが出てんで」

「ああ、注意する」

「今んとこ、今回の収集で大きなトラブルはないな」

「南原と出向くと大抵何か起きるからな」

「なんでやねん。おれのせいちゃうわ」

五年前、尾崎は南原らとミャンマーでの遺骨回収作業に加わった際、ホテルで別の慰霊団と鉢合わせした。彼らは軍隊での階級で呼び合い、酒が入ると軍歌を大声で歌い出し、周りから白い目で見られていた。かつての戦地を訪れ、当時の階級で呼び合う心情は理解できる。尾崎もタエや南原との会話で、いまだに小曽根軍医と言う。だが、周りに迷惑をかけるほどの軍歌はいただけない。

南原が注意に出向くと、『閣下』とおだてられていた年長者が怒鳴り返してきた。

――軍歌も戦友の慰霊のためだッ。貴様、階級は何だったッ。

――階級なんてとっくに忘れました。報日新聞で長く記者をやってたもんで、今でもついニュースを探してまうんですわ。慰霊先で現地の方とトラブルになるなんて、立派なニュースです。期待してますよ、閣下。

南原の皮肉めいた一言で軍歌団はしゅんとなり、部屋に引き上げていった。

別のある場所では遺骨回収前に慰霊祭を開こうとすると、現地の案内人に猛反対された。

――家族を日本軍の兵士に殺された住民がいます。彼らはいまも日本に不信感を持っています。食べ物も家畜も家も奪われ、服や木の家具を燃料にされたので無理もありません。

自分が当時の現地の住民だったらと思うと、返す言葉がなかった。

遺骨収集団から一人が一歩前に出た。現地部隊にいた生き残りだ。彼は深々と案内人に頭を下げ、震える声を発した。

――土地の方々に迷惑をかけてしまい、本当に申し訳ありませんでした。

結局、現地案内人が見て見ぬふりをすることで、集落の片隅でこっそり慰霊祭を催せた。旧日本軍兵士だけでなく、戦争で犠牲になった現地の人たちの供養もした。慰霊祭後、南原が手を合わせたまま呟いた。

――食料は現地調達が基本やった。そう命令を受けてたし、生きるためやった。おれも何度か徴発した。恥ずかしながら、さっき指摘されるまで頭の奥にしまい込んだままやった。幼い子どもが食料を奪うおれを見て泣いとった。あの時、心がきりきりと痛くなった。ほんま申し訳ない気持ちでいっぱいやった。せやのに、あの痛みを忘れとった……。

――戦争に行った人間は皆、普段の生活じゃ想像もできないほど、やりたくないことをした。人間が人間でなくなっていたんだよ。

――そやな。なんであんなむごい戦争をしたんか、おれにはまだ説明できん。

――俺もできん。自分に苛立ってくるよ。せめて自分たちにできることをやっていこう。

以後、遺骨収集作業では必ず慰霊祭で現地の戦争被害者も供養することにした。

「おい、また根っこやで」

南原が声を上げ、おう、と尾崎は応じた。

自分の一生とは何だったのだろう。官僚としては結果を残せなかった。益子も厚生省を退官した。高野が慈悲派と名付けた系譜が細々と生き残っているのを祈るだけだ。かつて尾崎が蒔いた種が芽を出し、花を咲かせ、この国の行く末に貢献してほしい。

政治家にも、もう知った顔はない。則松は総理大臣の椅子に座ることなく、一九八九年に死去した。護送船団方式も破綻した。しかし則松が目指した、一人一人が自分の頭を使い、動ける社会になったとは思えない。

「人生なんてあっという間だな」

「ああ。戦争なんてしてる暇はないねん。人生、やるべきことはわんさかある」

体力的にいつまで収集作業に携われるのだろう。作業は遺骨をただ収集するだけではない。銃剣や砲弾を拾い集めたり、周辺の草を抜いたり、石をどけたりもする。『どうせすぐに草は生え、石も転がってくる。無意味な作業だ』という声もある。傍目には無意味に見える作業でも、尾崎は欠かさない。周辺を掃除すると、不思議と遺骨が見つかる。単に見えやすくなる効果だけではあるまい。

昨日と一昨日は伍長らが息を引き取った洞窟や、転戦先の本陣で作業を行った。洞窟内部は南方の島とは思えないほど寒々とし、遺骨や軍帽や銃が散らばっていた。転戦先には多数の指の骨と焦げた識別票の欠片があった。洞窟では置き去りにした傷病兵の遺骨を前に、尾崎はしばらく動けず、ひたすら手を合わせた。傷病兵たちの「お母さん」という呟きや念仏、呻き声、最期の手榴弾の爆発音も、尾崎の耳には繰り返し生々しく蘇って聞こえた。一行の一人が土に何かを埋め、弔っていた。

今日はようやく小曽根軍医たちと別れた場所に行ける。疲労はどこかに消え、日常生活では悲鳴を上げる膝もちゃんと動き、普段はかすむ目も不思議とよく見える。

先頭を進む現地ガイドと若い団員が立ち止まり、コンパスなどで場所を確認している。尾崎たちも立ち止まり、一息ついた。

密林のあちこちで色鮮やかな蝶が飛んでいる。単色ではなく、黒、赤、青、緑、黄、白などの様々な光沢のある色が混ざり、きらきら輝いていた。

「きれいな蝶やな」

「戦争中はあんな蝶がいるなんて、まったく気づかなかったな」

神経を尖らせて周りを警戒しているつもりでも、実は何も見えていなかったのだろう。現地ガイドとさくらの姪である雅恵が英語で会話を交わした。雅恵が目を丸くしている。

「蝶の名前を尋ねたら、『日本蝶』と現地の人は呼んでいるそうです。日本軍がいなくなった後、急にこの辺りで見かけるようになったと、ガイドさんはご両親から伝え聞いているそうです」

戦友たちの魂の化身――。

尾崎は南原と顔を見合わせた。言葉に出さずとも、互いの考えが一致しているのはわかる。非科学的なのは百も承知だ。科学的に、理知的に、合理的にのみ動く世界なら戦争なんて起きやしない。世界には非科学的、感情的、非合理的な要素も多分に混ざっている。

突風が正面から吹きつけ、密林の枝葉がざわざわと揺れた。尾崎は顔の前に手をかざし、風を遮った。

向かい風を受けているのに我知らず目を見開いた。

強風に吹き流されて地面に叩きつけられる日本蝶、大きく揺れる枝葉にしがみついてすごそうとする日本蝶、巧みに人間の陰に回り込んでいる日本蝶もいる。

突風が止み、また多くの日本蝶がひらひらと飛び始める。尾崎の瞼の奥がにわかに熱くなり、体の芯からこみ上げてくるものがあった。

小動物や鳥、爬虫類《はちゅうるい》やクモに捕食された蝶もいれば、風に無理矢理運ばれて川に落ちたり、スコールで地面や岩に落ちて飛べなくなったりし、一生を終えた日本蝶もいるはずだ。それでも日本蝶はこの地で五十年、命をつないできた。

人間も一緒ではないのか。

少なくとも自分はあの蝶たちと一緒だ。時代や国や組織や権力者に押し流され、翻弄され、痛めつけられ、弾き飛ばされ、敗れ続けた。泥まみれになり、這いつくばり、かじりつき、懸命に生きてきた。

小曽根軍医、兵長、ヤクザの通信兵、中佐、鏑木、南原の婚約者だった高見沢、宿敵だった芦部、則松。

尾崎は目元をぬぐった。誰もが必死に生き、死んだ。

「あの、兄が亡くなった場所はまだでしょうか」

さくらが腰に手をやり、背筋を伸ばしながら先頭の若い団員に尋ねている。初めて会った時は中学生だったのに、六十歳を過ぎた。さくらも荒ぶる時代を懸命に生きた一人だ。

もう少し進みます。若い団員はさくらだけでなく、一行に声をかけた。

鳥があちこちで鳴いている。五十年前、米軍に取り囲まれたのを教えてくれていた鳥たちの子孫だろうか。鳥も戦争で何万羽も犠牲になった。植物だって命だ。世界は無数の生命で満ちている。

三十分後、ひときわ木々が生い茂った一帯で現地ガイドが足を止め、この辺りです、と若い団員が声を張った。

尾崎は視線を巡らせる。五十年前の記憶とは似ても似つかない。銃声も砲声もない。銃弾も砲弾も飛んでこない。硝煙のニオイも血のニオイもない。張り詰めた緊張感もない。頭上の枝葉の間から差し込む光を渡り歩くように、日本蝶がひらひら舞っている。

「どや」と南原が聞いてくる。「どの辺で戦った?」

「さっぱりだ。五十年前は砲弾で木々が倒れてた。もっと明るかった」

若手団員と現地ガイドが鉈《なた》などで枝葉を払っていく。尾崎や南原は力仕事には加われない。足手まといになってしまう。その代わり、注意深く地面を見ていく。枯れ葉や枝、小石などの合間に金属が落ちていないか。

「こっちに機械らしきものがあります」と団員の一人が叫んだ。

尾崎は木々の間を縫って歩み寄った。団員が色の濃い葉や土を取り除いていく。表面は色褪せているが、これは間違いない。

「旧日本軍の通信機です。我々はここで米軍に取り囲まれました」

尾崎は一行全員に聞こえるよう、声を張った。

小曽根軍医たちの姿が瞼の裏にありありと蘇った。近頃は昨日の夕飯に何を食べたのかも忘れてしまうのに、本当に鮮明な記憶だ。戦友たちの顔や声をはっきり思い出せる。皆が穏やかな顔をしていた。

彼らは人生の最期に、最年少の尾崎を助けることに生き甲斐を感じたのだ。

自分は皆に何かを託された。戦争を語り継ぐことかもしれない。戦争を起こさない社会を築くことかもしれない。皆の分も充実した人生を送ることかもしれない。

皆の期待をまっとうできたのだろうか。

「おい、どうした？　この辺でええんやな」

南原の問いかけに、尾崎の思考は現実に戻った。通信兵がこの位置というなら、小曽根軍医も近くにいた――。

尾崎は腕を大きく水平方向に動かした。

「皆さん、周辺に日本兵の遺骨が数体分あるはずです。注意深く探してください。よろしくお願いします」

一行はリュックサックを下ろし、めいめい作業に入り、昨日までと同じように南原の甥が周囲を撮影している。

当時と景色が変わっていても、あの時の距離感はあてはめられる。尾崎はさくらと雅恵に近寄り、太い木が何本も生える一角を指さした。

「小曽根軍医はあの辺りにいらっしゃいました。あそこで私は、軍医殿から背嚢や白旗を託されたんです」

尾崎たちはその一角に移動し、早速周辺の手入れを始めた。枝を払い、草をむしり、小石を片付けていく。

気が遠くなる作業だが、これまでの人生を思えばどうってことない。

さくらはシャベルで落ち葉や小石の混じった少量の土を掘り返した。尾崎が石をどけ、雑草や枝葉を片付けている。いつ骨が見つかるのか予想できないので、シャベルをそっと土に入れ、何も感触がなければ勢いよく出す、という動作をひたすら繰り返していく。

作業は難航している。昨日と一昨日の洞窟での収集とはまるで勝手が違う。木々が根を張り、なかなか掘り返せない。時折飯ごうや銃弾は見つかるものの、肝心の遺骨がどこからも発見されない。

「出ませんね」

雅恵が袖口で額の汗を拭い、尾崎に声をかけた。尾崎は手を止め、雅恵に微笑みかけた。

「砲弾での攻撃で体がバラバラになった恐れもありますが、直撃を受けない限り、遺骨の破片は必ず見つかります。五十年経っても骨は土にはなりません。根気よく探しましょう」

尾崎は再び、さくらの傍らで大きなシャベルを動かした。

——いよいよ軍医殿の遺骨を探しにいけます。

半年前、尾崎から電話があった時、さくらは思わず受話器を握り締めた。

高見沢の死や、厚生省が署名を受け取ってくれなかったことで、尾崎とは二十年以上疎遠だった。祖父や太郎兄ちゃんの法要にも、タエと二人の子どもだけが参列した。

——合わす顔がないって。ウチで小曽根軍医やおじいちゃん先生の冥福を祈ってる。

さくらが尾崎宅に赴く機会もあったが、都度、尾崎は外出していた。尾崎のことだ、わたしがぶつけた感情を真摯に受け止め、空襲被害者の力になれなかった後ろめたさや、やるせなさがあるに違いない。確かに落胆はした。けれど、大蔵省や厚生省で応対に出てきた職員が国の基本態度を示しているのだ。尾崎だけは違った。

さくらや森川たち空襲被害者だけでなく、官僚の中にも国の方針と戦ってくれる人がいた。

どんなに心強く、ありがたかったのかを直接伝えられていない。二十一年ぶりに会った時も、言えなかった。他にも話したいことや、再会した瞬間にこみ上げた心情を吐き出したいのに、言葉が喉から出ていかなかった。いまだ空襲被害者への補償が実現しないので、礼を述べてもあてこすりや、上っ面の発言、取り繕った社交辞令に捉えられかねない。明確なきっかけがないと、尾崎も文字通りの言葉に受け取れないだろう。

再会した日から、いまだあたりさわりない会話しか交わせていない。言葉遣いも、昔と違ってよそよそしいままだ。

今日、太郎兄ちゃんの遺骨が見つかった時、礼を言おうと決めている。

妹の幸も島に来たがっていた。最近腰痛と膝痛がひどいので断念し、代わりに雅恵が来てくれた。

あちこちで土を掘り返す音がしている。雅恵も隣でせっせと土を掘り返している。あんなに小さかった雅恵も社会人だ。

――わざわざ一緒に来なくていいんだよ。会社は？

――仕事も大事だけど、おばちゃんには小さい頃からお世話になってるからさ。

――泣かせてくれるね、こんないい子になるなんて。

――育て方の良かった、昔の自分とお母さんに感謝して。

戦地だった島に来るにあたり、太郎兄ちゃんの日記にじっくり目を通してきた。苦しかっただろう、怖かっただろう、やるせなかっただろう、生きて日本の土を踏みたかっただろう、つる姉やわたしたちとどんなに再会したかったことだろう。

東京大空襲から……敗戦から五十年が過ぎた。戦争の足音は今のところ聞こえてこない。でも、さくらは眠る前などに頭の芯が冷え、怖気がこみ上げる時がある。

太郎兄ちゃんも、尾崎も、南原もどこにでもいる、いい人だ。そんな普通のいい人たちが兵士や軍医、衛生兵となって戦争に駆り出された。五十年なんてあっという間だった。こんなほんのわずかな時間で、人間の生物としての本質が変化するはずがない。戦争に突入した世代が今生きる人たちに比べ、残虐で、好戦的だったとも思えない。戦争時の指導者の判断力や知的レベルが、現在の政治家より著しく劣っていたとも思えない。だから怖い。国が一歩道を踏み外せば、外交や選択を間違えれば、今の若い人も戦争に駆り出され、太郎兄ちゃんや尾崎、南原たちと同じような経験をする。

それを一人で止められるほど強い人間なんていない。個人個人が手を取り合い、一丸となって暴走を食い止める仕組みが不可欠なのだ。わたしたちはちゃんとした国を作ってこられたのだろうか。

確信は持てない。だから、空襲被害者への補償を国に求め続けないとならない。実現しないにしても、国に鬱陶しがられることが大事だ。面倒事が生じないよう、政府や政治家が国民の生活や外交に細心の注意を払い続けるよう仕向けていくのだ。誰も声をあげなくなれば、ちゃんとした国作りを疎《おろそ》かにされてしまいかねない。ちゃんとした国作りができなければ、戦争回避だけにとどまらず、災害や疫病が発生した際、国は国民を助けなくなる。

わたしは敗者だ。国にも時代にも社会にも敗れた。でも、世界は勝者だけが存在するのではない。敗者にもできることがある。未来の勝者を作り出す礎になることだ。

——負けっぱなしは癪だもんね。

高見沢の明るい声が今でも時折、ふと聞こえる。

——どんな時も希望を失ってはいけません。どんな時でも心ある人はいます。意志あるところに道は開けるんです。裏返せば、意志がないと道は開けません。

つる姉の教えは常に頭と心にある。

「おばちゃん、疲れちゃった？　手が止まってるよ」

「ん？　ああ、ごめん。大丈夫」

さくらは再び手を動かす。息が弾み、土の感触が指先に伝わってくる。空襲の炎でくっついた指。わたしはこの指と五十年生きてきた。指が五本だった時間より、この指になってからの時間の方が圧倒的に長い。何をするにも、もう不便はない。

太い幹の木の根元にシャベルがすっと入り、今までとはまるで違う感触だった。シャベルを引き抜くと、無数の細い根の先にちょっとした空間がある。さくらが開けた穴は一十センチ四方ほどで、のぞき込むと、横向きに人ひとりが横たわれる程度の空間があった。

さくらはシャベルを置いた。

「二人ともちょっと待って」

尾崎と雅恵が手を止め、さくらは膝をつき、懐中電灯で空間を照らした。穴の天井部分も細い根が支え、崩れさせないという意思すら感じられる。さらに同じ木の別の太い根と無数の細い根がぼろぼろの布地と白い何かを抱えこんでいるようだ。

もしかして。

「あれ、軍服と骨じゃないですか」とさくらは尾崎に訊いた。

さくらと入れ替わるなり、尾崎が地面に這いつくばった。しわだらけの顔に浮かんだ汗を拭おうともせず、じっと穴の奥を覗いている。

セルロイド眼鏡の奥の、尾崎の目元が緩んだ。

「本当だ、骨だ」

「おじさんの骨？」と雅恵が訊く。

尾崎が頬に土のついた顔をこちらに向けた。

「断言はできません。私がここから脱出した際、軍医殿はこの辺りにいました。私がいなくなった後、移動された可能性も捨て切れません」

「地上で戦っていたのに埋まっているんですか」と雅恵が首を傾げる。

「ここはジャングルです。砲弾で抉られた穴への五十年分の落ち葉の積もり方だったり、木の根の張り方によったりで、あのような空洞になることもありえますよ」

「ちょっといいですか」

さくらは再び尾崎と入れ替わり、懐中電灯を照らし、骨らしきものを凝視した。いくらなんでも骨だけでは太郎兄ちゃんかどうかは判断できない。

「軍服が他の方と違ったとか、なにか特徴はありませんか」

「服は同じでした。万年筆や医療道具などはすべて私が引き継いで逃げたので、所有物で見分けるのは難しいかと」

根だけでなく、小さな虫やミミズの類も土中で蠢き、白い骨にもアリのような虫が伝って歩いている。太い骨……大腿骨だろうか。あれは腰骨？　背骨らしきものが伸びている。さくらは光を骨に沿って這わせていく。幸い、砲弾で体がばらばらになった遺体ではない。細かい根が絡まっているものの、あばら骨もきれいに残っている。鎖骨から肩、腕が伸び……。

あっ。声を出しそうになった。鎖骨と根の間に、青い石が鈍く光って見える。さらに目を凝らしてみる。あれは――。

　さくらは振り返り、尾崎と雅恵の顔を交互に見た。

「あの遺骨は絶対に太郎兄ちゃん」

「なんで言い切れるの」と雅恵が問う。

「トルコ石がある」

　さくらは襟元に手をやり、首にかけたペンダントを服の外に出した。

「太郎兄ちゃんはお揃いのトルコ石のペンダントを戦場に持ってきて、身につけてたんだよ。わたしがいま着けてるのは、お兄ちゃんがつる姉にプレゼントしたもの。お兄ちゃんは自分の分も買ってたんだよ」

　東京大空襲の夜につる姉から渡されたペンダントだ。雅恵はつる姉と会ったことはないが、どんな人だったのかを何度も話している。

「つる姉という方は、軍医殿の幼馴染の？」

「ええ。太郎兄ちゃんと結婚するはずでした」

「そうでしたか。軍医殿は周囲に人がいない時に、よく胸のあたりをさする仕草をされた。クリスチャンだとばれないようにしているのかと最初は思いましたけど、どうも様子が違う。戦後、さくらさんのお宅にお邪魔した際もクリスチャンの飾りなどもなかった。長年の疑問だったんです」

　さくらは胸の奥底がほのかに温かくなった。

「太郎兄ちゃんはつる姉を想っていたんですね」

「ええ。確実に」

「尾崎さん、どうもありがとうございます。本当にありがとうございます」

「軍医殿の遺骨が見つかり、私もほっとすると同時に、嬉しさで一杯です」

「遺骨の件もですが、わたしが言いたいのは、尾崎さんがこれまでずっとわたしたち民間の空襲被害者、太郎兄ちゃんたちのようなもう声を出せなくなった戦争の犠牲者を支えてくれたお礼です。わたしはそういった方々の代表者じゃありませんが、心からありがたいと思っています。どんなに支えになったことか」

　鳥があちこちで歌うように鳴いていた。尾崎の目がみるみる潤み、しきりに瞬きを繰り返している。

「もったいないお言葉です。私は結局、官僚として何も成し遂げられなかった。さくらちゃんたちの力になれなかった。天国を作れず、虹も見られなかった」

「力になってくれる人がいるというだけで、人間は心強さを覚えます。今だって、こうして太郎兄ちゃんや他の方の遺骨を見つけているじゃないですか。希望を捨てず、行動してるじゃないですか。二十年ぶりに再会した時、お兄ちゃんと会えたら、こんな気持ちになるんだろうなって思ったんです」

さくらの声も震えていた。

尾崎は指の背で涙を拭った。今までの行為はまったくの無駄でなかった。少なくとも、さくらを支えられた。

小曽根軍医、皆さん、聞いてください。深く息を吸い、この地で散った命に向け、心の内で語り出していた。

私は長年、旧軍的な呪縛に蝕まれた日本と戦ってきました。私の中にもいる化物です。後の世代が二度と道を誤らぬよう、軍医殿から引き継いだ万年筆で私が体験した戦場、官僚としての経験、遺骨収集活動などを余さず記しています。軍医殿が自らの手で兵士を処置したことをさらけ出したように、私も嘘偽りない事実を率直に記しております。それを名も知らぬ後輩たちに託します。情報がないと的確な判断ができません、私は戦争を知らない世代のために記録を残すのです。正気を失わず、天国を作り出してくれるはずです。彼らが利用できなかったら、私にも彼らにも力が足りなかったということでしょう。

たとえ彼らの力が足りなくても、さらなる次の世代がいます。あと一歩なのか一歩なのか一万歩なのか数億歩なのか、あと何歩必要だろうと歩みを止めてはならないのです。誰かが歩いていれば、次の誰かにバトンを渡せます。小さな一歩でも積もり積もれば、天国まで届く一歩になれます。軍医殿たちが生きていれば必ずしたことを、私は今後も続けます。

「尾崎さん、これ」

さくらが真っ白なハンカチを差し出してきた。尾崎は一礼して受け取り、目元に軽く押しやった。柔らかい感触だった。

涙を拭き、小曽根の白骨が眠る穴の入り口を見据える。

軍医殿、尾崎は生きて戻って参りました。皆さんのおかげで生き延びたのです。一緒に日本に帰りましょう。軍医殿も帰国を心の底から願ったでしょ？　時間はかかってしまいましたが、私たちが軍医殿の願いを叶えますよ。

立派な木々の枝葉が風で揺れた。太い木々の幹に目をやる。遺骨を掘り出すには、この木を根こそぎ抜かねばなるまい。根こそぎ抜いてから——。

木々を根こそぎ抜く？　尾崎は太い幹に手を添えた。

アリが這い、小さな虫がとまり、皮が所々めくれ、みずみずしい葉が頭上を覆い、ごつごつとした幹に生命を感じた。この木を抜く……。

「どうかされましたか」

返答に詰まり、尾崎は逡巡した。

伝えるべきだろう。死者の尊厳に関わる上、さくらは遺族なのだ。尾崎は手を幹に添えたまま、さくらに向き直った。

「軍医殿の遺骨はこの土地でそっとしておくべきではないでしょうか。軍医殿はここで亡くなり、五十年をかけて島の土や木になったと言えます。この名もなき木は、軍医殿の血肉を栄養に根を張り、育ったのです。穴の中の小さな生き物もこの木をよすがに生きているんです」

さくらはそっと手を伸ばし、尾崎同様、木の幹を触った。優しい手つきだった。兄と手を繋ぐ時、こういう腕の動きをしていたのかもしれない。

「おっしゃる通りですね、この木は太郎兄ちゃんの生まれ変わりです。そのままにしておきましょう。きっとわたしたちより長生きしますから」

さくらは屈み込み、小曽根軍医の遺骨が横たわる二十センチ四方の穴に腕を入れた。せめてペンダントを持って帰ろうというのだろう。小曽根軍医の遺骨は何十年ぶりかに外の空気や光に触れたに違いない。さくらが来ていて、驚いているに違いない。

「あれ」

さくらは呟くと、おもむろに土がついた腕を抜き、首にかけたペンダントを外し、また腕を穴に入れた。何をしているのだろう。尾崎は雅恵と目を合わせた。雅恵も首を傾げている。

尾崎と雅恵が見守っていると、さくらが腕を穴から静々と抜いた。

「太郎兄ちゃん、つる姉のペンダントを置いて帰るからね」

さくらが膝に手をついて立ち上がった。

「いいんですか、形見ですよね」

さくらがにっこりと笑う。

「トルコ石のペンダントトップ、二つで一つになるデザインだったんです。今の今まで全然知りませんでした。ようやく一つになれたんです。心なしか、お兄ちゃんの骨が嬉しそうに微笑んだ気がします」

二匹の日本蝶が尾崎とさくらの前にひらひらと舞い飛んできて、小曽根軍医を糧《かて》に育った木の枝に並んで止まった。

二匹の日本蝶は尾崎とさくらをじっと見つめているようだった。

「気のせいじゃないですよ。軍医殿は絶対に喜んでいます。さくらちゃんやつるさんと会いたかったに決まっていますから」

「そうですよね」

さくらが大きく息を吐き、透き通った声で歌いはじめた。

補記

小曽根さくらさんは二〇二二年、老衰による誤嚥性肺炎《ごえんせいはいえん》で死去した。享年九十歳。姪の雅恵さんによると、遺品には焦げた古い柔道着があったという。さくらさんは死の一ヵ月前まで、空襲被害者への補償を求める活動に参加した。

東日本大震災復興事業費が被災地以外に約二兆円も流用されたと知った際は、憤りよりも哀しみが大きかったそうだ。杜撰《ずさん》で手前勝手な政府のやり方、国民を踏みつける手口は昔から変わっていないと。新型コロナウイルス対策を巡っては、七十七兆円の予算が投じられた。使途検証作業はまるで進んでおらず、本来の目的外に流用された予算は震災復興事業費のそれを大きく上回ると予想される。この事実を知ったら、どんな反応を示しただろうか。

さくらさんと初めてお目にかかった際、彼女はひと通り語り終えた後、控えめでありながらも真っ直ぐな眼差しで私を見つめた。

「今日話した内容を活字に――物語にできる、信頼に足る方を探してくれませんか。わたしにはできそうもないので」

あの日から長い時間が経ってしまった。ご存命中に本作を届けられず、申し訳なく思っている。

私の祖父、尾崎洋平は一九九八年、大腸がんで死去している。享年七十三歳。葬儀では、長年の友人である南原康夫さんが追悼文を捧げた。祖父の万年筆は銃弾で打ち抜かれた白旗とともに、いまは私が手元に保管している。

祖父は戦地での体験も、厚生省での経験も身内に話さず亡くなった。さくらさんの活動を支援したり、海外戦没者の遺骨収集活動をしたりするのを父は知っていたので、一度、どうして戦争体験や戦後の歩みを子どもや孫に話さないのかを尋ねたという。

――いつか戦争体験者は全員亡くなる。それでも体験者が残した文字や言葉から、戦争が人々の暮らしを破壊した事実を学ばなきゃいけない。お前たちはある意味、試金石だな。準備はしてある。お前や、自分の孫たちにできなかったらお先真っ暗だろ？

祖父は遠くを見やるように目を細くしたそうだ。

＊

祖父は次代に託したノートをこう締め括っている。

まだ見ぬ君たちに後を託す。君たちは私の希望だ。どうか皆で嵐の後の虹を見てくれ。天国を作ってくれ。

◆

戦時災害援護法案は一九七三年から一九八九年の間に十四回国会に提出されたが、いずれも廃案になり、以後は国会で審議すらされていない。一九九三年、二〇〇九年と政権交代がなされたが、議論は進まなかった。

また、二〇〇〇年代後半から二〇一〇年代半ばにかけて、東京大空襲や大阪大空襲の被害者団が国を相手に提訴したが、いずれも退けられている。

二〇二一年には超党派議員連盟が空襲被害者支援の立法を目指したものの、頓挫した。

二〇二五年三月現在、戦時災害援護法は成立していない。成立の兆しもない。東京大空襲後、あちこちに設けられた仮埋葬地の特定も進んでいない。

だが――。

かつて死の川と呼ばれた多摩川にはアユが戻っている。原爆症認定の範囲も広がった。日本原水爆被害者団体協議会がノーベル平和賞に選ばれた。働き方も徐々に改善されつつある。与党の派閥も形式的にせよ解散した。

私は祖父の志を継いで厚労官僚となって慈悲派の火種を人知れず細々と守り、父と雅恵さんは今も空襲被害者支援活動に参加している。

◆

日本蝶は今日も南の島の森で舞い、命を繋いでいる。

主な参考文献

『日本大空襲　本土制空基地隊員の日記』原田良次　ちくま学芸文庫
『東京大空襲　―昭和20年3月10日の記録―』早乙女勝元　岩波新書
『語り継ぐ東京大空襲　―3月10日、夫・子・母を失う―　炎の中、娘は背中で……』改訂版　鎌田十六・早乙女勝元　本の泉社マイブックレット
『ドキュメント東京大空襲　発掘された583枚の未公開写真を追う』NHKスペシャル取材班　新潮社
『東京大空襲　未公開写真は語る』NHKスペシャル取材班／山辺昌彦　新潮社
『神戸大空襲　復刻版』神戸空襲を記録する会・編　神戸新聞総合出版センター
『大阪空襲訴訟を知っていますか　置き去りにされた民間の戦争被害者』矢野宏　せせらぎ出版
『大阪空襲訴訟は何を残したのか　―伝えたい、次世代に』矢野宏・大前治　せせらぎ出版
『戦後補償裁判　民間人たちの終わらない「戦争」』栗原俊雄　NHK出版新書
『15歳の東京大空襲』半藤一利　ちくまプリマー新書
『昭和史をどう生きたか』半藤一利　文春文庫
『文士の遺言　なつかしき作家たちと昭和史』半藤一利　講談社
『昭和史　1926―1945』半藤一利　平凡社ライブラリー
『昭和史　戦後篇　1945―1989』半藤一利　平凡社ライブラリー
『B面昭和史　1926―1945』半藤一利　平凡社ライブラリー
『世界史のなかの昭和史』半藤一利　平凡社ライブラリー
『昭和二十年夏、僕は兵士だった』梯久美子　角川文庫
『昭和二十年夏、女たちの戦争』梯久美子　角川文庫
『昭和二十年夏、子供たちが見た戦争』梯久美子　角川文庫
『戦争とおはぎとグリンピース　婦人の新聞投稿欄「紅皿」集』西日本新聞社選　角川文庫
『十五歳の戦争　陸軍幼年学校「最後の生徒」』西村京太郎　集英社新書

『兵士たちの戦後史　戦後日本社会を支えた人びと』吉田裕　岩波現代文庫
『日本軍兵士　―アジア・太平洋戦争の現実』吉田裕　中公新書
『帝国陸海軍の戦後史　その解体・再編と旧軍エリート』山縣大樹　九州大学出版会
『昭和陸軍の研究　上下』保阪正康　朝日選書
『対談　戦争とこの国の150年　作家たちが考えた「明治から平成」日本のかたち』保阪正康・西村京太郎・池内紀・逢坂剛・浅田次郎・半藤一利　山川出版社
『太平洋戦争への道　1931―1941』半藤一利・加藤陽子、保阪正康（編著）　NHK出版新書
『帝国軍人　公文書、私文書、オーラルヒストリーからみる』戸髙一成・大木毅　角川新書
『国家と官僚　こうして、国民は「無視」される』原英史　祥伝社新書
『官僚階級論　霞が関といかに闘うか』佐藤優　モナド新書
『官僚の掟　競争なき「特権階級」の実態』佐藤優　朝日新書
『権力、価値観、天下り……「官僚」がよくわかる本』寺脇研　アスコムbooks
『官僚×東京大学法律勉強会』東京大学法律勉強会26期有志　ブックマン社
『城山三郎「官僚たちの夏」の政治学　―官僚制と政治のしくみ―』西川伸一　ロゴス
『生活保護制度の社会史　増補版』副田義也　東京大学出版会
『731　石井四郎と細菌戦部隊の闇を暴く』青木冨貴子　新潮文庫
『七三一部隊』常石敬一　講談社現代新書
『731部隊と戦後日本　隠蔽と覚醒の情報戦』加藤哲郎　花伝社

【映像】
「陸軍軍医の戦場」NHKアーカイブス

本書は書き下ろしです。

伊兼源太郎（いがね・げんたろう）

1978年東京都生まれ。上智大学法学部卒業。新聞社勤務などを経て、2013年に『見えざる網』で第33回横溝正史ミステリ大賞を受賞しデビュー。近著『リンダを殺した犯人は』『ぼくらはアン』『約束した街』『祈りも涙も忘れていた』ほか、『巨悪』『金庫番の娘』「地検のＳ」シリーズ、ＴＶドラマ化された『密告はうたう』で始まる「警視庁監察ファイル」シリーズなど著書多数。

戦《せん》火《か》のバタフライ

二〇二五年三月三日　第一刷発行

著者　伊《い》兼《がね》源《げん》太《た》郎《ろう》

発行者　篠木和久

発行所　株式会社講談社
〒一一二―八〇〇一
東京都文京区音羽二―一二―二一
電話　出版　〇三―五三九五―三五〇五
販売　〇三―五三九五―五八一七
業務　〇三―五三九五―三六一五

KODANSHA

本文データ制作　講談社デジタル製作

印刷所　株式会社ＫＰＳプロダクツ

製本所　株式会社若林製本工場

定価はカバーに表示してあります。

N.D.C.913　493p　20cm　Printed in Japan
ISBN978-4-06-537659-1